小説の〈顔〉

浅野洋《あさのよう》

輸林書房

小説の〈顔〉◎目次

Ⅲ　明治の陰影

Ⅳ　小説と戦略

「序」に代えて
――「追儺《ついな》」余談――

十人十色の言葉もあるように、作品にはそれぞれ「顔立ち」とも呼べる特性がある。本書は、これまで書いてきた拙稿のうち、多少は作品の「顔」が描けたかと思える論を軸に一冊とし、『小説の〈顔〉』と題した。各論にはそれぞれ相応の〈手法〉を試みたが、それらは一貫した〈方法〉意識をもって書きつがれたわけではない。現に、冒頭に配した二本の漱石論などハナから書名を裏切っている。したがって、単行本としての統一性を明解に語るような颯爽とした「序」などは書けない。かといって、各論に屋上屋を架す解説めいた文言《もんごん》も蛇足だろう。本書『小説の〈顔〉』は、発表の時期も関心の鋒先《ほこさき》も異なる論を集めた合冊なので、読者には感心の赴くところだけ自由にひもといていただければと思う。

昨今、「小説をいかに読むか」の議論が囂《かまびす》しい。しかし、読むための理論や方法をいくら磨いても、それが小説個々の「顔」の彫琢に結びつくとは思えない。また、「読み」の豊かさに寄与するとも思えない。それでもなお小説の「読み」そのものよりは「いかに読むか」の方法論をさらに精密な形にしようと心を砕き、汗をしぼる向きは少なくない。だが、世に「小説論」は多くとも、「小説とはコレだ」という明確な概念規定はいまだおぼつかない。それというのも、「小説」自体、境界の不鮮明なジャンルで「何をどんな風に書いても好《よ》い」ともいえる領域だからだ。

肝心の「小説」が漠たるものならば、「いかに読むか」の道筋も一筋縄ではゆくまい。

たとえば、森鷗外に「追儺」（「東亜之光」明42・5）と題する小品がある。およそ小説らしくない一編で、有名ではないものの、知る人ぞ知る作品だ。物語の筋はきわめて簡単で、語り手の「僕」が「M.F.君」の招きで料亭「新喜楽」を初めて訪れる。約束の時間より早く到着した「僕」がひとり座敷で待っていると、「赤いちゃんちゃんこ」を着た「お婆あさん」が突然あらわれ、「福は内、鬼は外」と言って豆をまく。それを聞いて面白がった「M.F.君」が宴会の席でもやらせてみたが、あまり注目をひかなかった——話はそれだけだ。

この変哲のない身辺雑記ふうの小品が注目されるのは、そこに次のような「断案」が下されていることによる。

> 小説にはかういふものをかういふ風に書くべきであるといふ事を聞《きか》せられてゐる。しかも抒情詩と戯曲とでない限の作品は、何でも小説といふ概念の中に入れられてゐるやうだ。（中略）／そのかういふものをかういふ風に書くべきであるといふ教《おしえ》は、昨今の新発明で、ゝもあるやうに説いて聞せられるのである。随《したが》つてあいつは十年前と書振が変わらないといふのは、殆ど死刑の宣告になる。／果してそんなものであらうか。／（中略）此頃囚はれた、放たれたといふ語が流行するが、一体小説はかういふものをかういふ風に書くべきであるといふのは、ひどく囚はれた思想ではあるまいか。僕は僕の夜の思想を以て、小説といふものは何をどんな風に書いても好いものだといふ断案を下す。（傍点筆者）

小説が「どんな風に書いても好い」ものなら、その「読み方」も自由であってよい。暇つぶしであれ、心の慰めであれ、人生の指針であれ、各人の思うところを思うように読めばよい。むろん文学研究の対象として「読む」ことも。ところで、右引用文の「書く」（傍点部分）を「読む」に読み換えてみたらどうか。

> 小説にはかういふものをかういふ風に読むべきであるといふ事を聞かせられてゐる。（中略）／そのかういふものをかういふ風に読むべきであるといふ教えは、昨今の新発明で、ゝもあるやうに説いて聞かせられるので

ある。随ってあいつは十年前と読み振りが変わらないといふのは、殆ど死刑の宣告になる。／果してそんなものであらうか。／（中略）此頃囚はれた、放たれたといふ語が流行するが、一体小説はかういふものをかういふ風に読むべきであるといふのは、ひどく囚はれた思想ではあるまいか。僕は僕の夜の思想を以て、小説といふのは何をどんな風に読んでも好いものだといふ断案を下す。（傍点筆者）

なくもがなの読み換えをあえて掲げるのは、近年「流行」の「かういふ風に読むべき」という理論先行型の「読み」に対し、鷗外の虎の威を借りて釘を刺したかったからだ。「読む」ためのコードや方法の提示は一面重要な手順だが、それがそのまま作品の独創的な「読み」を保証するわけではない。そこに「囚はれ」すぎると、見た目こそ「昨今の新発明でゞもあるやうな」姿形になっても、内実は概念的で意外に平板な「読み」に終わることもある。その作品、その読み手でなくともよい紋切り型の結論にならないとも限らない。

ところで、鷗外文学に通じている読者なら承知だろうが、「追儺」は鷗外自身の体験を素材とする。「鷗外日記」明治四十二年二月三日、つまり節分当日の条に次の記事がある。前後は略するが「夕に福沢桃介に招かれて新喜楽に往く。臨席は初め大岡育造と高橋義雄となりしに、後大岡去りて元田肇来たりぬ。医師には金杉英五郎在りき」とある。四月十一日の条には「頭痛甚だしく終日臥《ふ》しをり。追儺を書き畢《おわ》る」とあって、感冒に苦しみながら約二ヶ月前の見聞を手掛かりに、何とか完成させたことがわかる。

日記の記述は「僕」が鷗外を、「M.F.君」が福沢桃介をさし、彼の招きで「新喜楽」に出掛けた日のことがタネであることを示唆する。ただし、そこに「豆打」の一件は見えず、一方、日記に見える五名のうち、福沢を除く四名の人物は小説に登場しない。こうした微妙なネジレが鷗外のどのような心中を物語るかははっきりしないが、ひとまず日記に登場する五人の略歴を一瞥しておこう。[1]

福沢桃介は入り婿として福沢諭吉の養子となり、さまざまな事業を起した。明治三十九年には日清紡績会社や東京地下電鉄敷設や帝国劇場株式会社などの発起人となり、明治四十年には日清紡績会社専務に就任、その後も千田瓦斯会社取締役などをつとめ、やがて千葉県選出の衆議院議員ともなる（明45）。いったん実業界から身を引くが、セメント会社や電鉄事業に参画、とくに電力事業に力を尽くす。明治四十一年五月の時点では実業家三十傑に名を連ねる経済界の名士で、女優川上貞奴との仲も有名だった。大岡育造は山口県選出の衆議院議員で、はじめ国民協会に参加、機関紙「中央新聞」社長として広報につとめるが、のち政友会に転じ、衆議院議長や文部大臣を歴任した。元田肇は大岡と同じく国民協会から政友会に転じた大分県選出の衆議院議員で、のちに逓信《ていしん》大臣や鉄道省初代大臣を歴任した。二人は帝国議会開設時からの代議士で、第二十五回帝国議会（明41・12）の議長選挙では同数（78票）で次点となった。金杉英五郎は医学者で法学博士、明治二十五年、ドイツ留学から帰朝すると医院を開業、のち耳鼻咽喉科の学会を立ち上げ、慈恵医大の初代学長に就任する一方、衆議院議員や貴族院議員もつとめた。高橋義雄は三井呉服店理事として絹糸紡績会社八社の大合同を推進、のち三井鉱山合名会社理事から三井宗家の理事となり（明42・10）、王子製紙の社長などもつとめるが、五十一歳で実業界を隠退、茶道三昧の数奇《すき》生活に没入し、その方面の著書も多数ある。

　問題は「新喜楽」訪問の前後から「追儺」執筆までの期間だが、そこに焦点をしぼると以下の二人の名が目につく。大岡は、米穀の輸入税増率に関する法律改正問題の委員長として当日の議会で登壇するが、「支離滅裂『不得要レイ〔ママ〕』の長談義」で議場は「喧囂《けんごう》を極め」、「修羅場」と化した。「議長は止むなく振鈴を以て休憩を命せる」事態となるが、新聞には騒動の張本人大岡の名が再三掲げられている（「東京朝日」明42・3・17）。一方、新聞の見出しで「美人局《つつもたせ》院長」と命名された金杉は、「医師と云はんよりは寧ろ幇間《ほうかん》若《もし》くは結婚媒介業者」と揶揄され、大スキャンダルの渦中にあった。当時、金杉の紹介で宮内大臣田中光顕と婚約した小林孝子は金杉の元情婦で、二人の「密通」場所も彼の病院内が提供されたという（「大阪朝日」明42・1・26）。金杉が田中に元情婦をめあわせたのは、侍医になるため宮内庁への圧力を恃《たの》んでのことと噂された（「東京朝日」明42・1・30）。

世間を騒がせた二人の名は、二ヶ月余りの記憶を遡って「追儺」を執筆した鷗外の脳裏にも鮮明だったろう。だが、簡潔な事実の記述に徹する「鷗外日記」はそうした噂（スキャンダル）を記さず、小説は福沢以外の四名の片影すら見せない。また、「M.F.君」こと福沢桃介の流す浮名についても知るところはあったろうが、「人魚を食った嫌疑を免れない人」といった朧化表現にとどめている。日記で噂を封印し、小説で四人を消去した鷗外の二重の沈黙は何を意味するのか。思うに、この沈黙はひとまず鷗外の俗臭を嫌う潔癖さと対人関係や文学においても自己の立脚点を堅持するという矜持を物語る。それはまた陸軍軍医総監・医務局長として官僚制度の只中にあって、周囲の白眼視に耐えつつ官界とは異質の文学世界、とりわけ小説を書くという行為に執着する深い屈託とつながっている。森林太郎と鷗外とを一身に背負う二重生活の道を護持した鷗外は、同時にその「二股」を訝《いぶか》る疑問や思念に対して決して弁明の言葉を口にしないという姿勢を崩さなかった。小説を書くとは、己の思念に徹してひとり紙面に向き合う孤独そのものの謂《いい》だ、と言わぬばかりに。役所勤めで「へと〳〵になつ」た「頭」を奮い立たせ、「夜の思想」の暗闇に炯眼《けいがん》を光らす鷗外の沈黙は、俗悪な現実や文壇の時流を遠く離れ、「小説といふものは何をどんな風に書いても好い」と断言してはばからぬ意思の強度に見合っている。尤も、その「意思」は現下の日本では人生や芸術に対して「感じた所」を「正直に無遠慮に書」くことが「頗る覚束ない」（「夜中に思つた事」明41・12「光風」）という現実認識の上でのものだが……。

ところで、石川淳[2]は先の「断案」を以下のように解読してみせた。「追儺」を「鷗外の小説のはう（方）での処女作」と見る石川は、「蓋し先生（鷗外）が小説の口語体によられしは『半日』を除けば本篇を以て最初とするが如し」といった佐藤春夫の弁を引きつつ、「追儺」に至って「いよいよ始まつたの観がある」とし、次のように述べる。

　作者はまづ筆を取つて、小説とは何をどうして書くものかと考へ、さう考へた事を書くことから初めてゐる。

といふことは、頭脳を既成の小説概念から清潔に洗つてゐることである。「何をどんな風に書いても好い」とは、実は「断案」でも何でもない。何をどんな風に書くべきか五里霧中だという作者の遣瀬ない事情を語つてゐるだけである。

「断案」中の「書く」を「読む」とした先の読み換えをここにもあてはめれば「何をどんなふうに読むべきかは五里霧中だといふ筆者の遣瀬ない事情」をも言い当てたことになる。「遣瀬ない」のは鷗外だけではない。石川はさらに次のように続ける。

「追儺」は小説といふものの、小説はどうして書くかといふことの、単純な見本である。これが鷗外四十八歳にして初めて書いた小説である。文豪の処女作たるに恥ぢない。未知の世界に「刺激」される精神の小説に於ける努力がかういふところから駆け出すと行くさきざきにどんなことが起るか。

このように自問した石川は、明治四十二年から四十五年にかけて執筆された「長短四十余篇」の「現代小説」群が「文学の場に出来《しゆつたい》」させた「容易ならざる新発明」を含む「大騒動」の発端に問題の「追儺」を位置づける。さらに「追儺」が「小説といふものの、小説はどうして書くかといふことの」「見本」だとする石川論に従えば、この一編は小説作法を小説化してみせた、いわゆる「メタ小説」ということになる。再び読み換えるなら、それは小説の読み方を小説化した「メタ小説」ともいえるだろう。

「僕」が下した「断案」は、額面どおりにとれば当時の文壇を席巻していた自然主義一派の閉塞した小説観に対する鷗外一流の皮肉だ。だが、そうした表層的な意味にとらわれず、この「断案」を「小説をいかに書くべきか」「五里霧中だといふ作者の遣瀬ない事情」だと喝破した石川の「読み」は、文脈をやや離れるとはいえ、さすがに巧緻な実作者らしい卓見で捨てがたい。

しかし、作品の眼目は、この「断案」や作中に散見されるいかにも鷗外らしいペダントリィや皮肉にあるのではない。作品名が「追儺」とされたように、それはあくまでも老婆（実は女将）の「豆打」を軸とする文脈の中にあるのではなかろうか。一人ぽつねんと佇んでいた「僕」は予期せぬ「豆打」を目の当たりにして「あっけに取られ」るが、「極めて活々《いきいき》としてゐて気味が好い」「お婆あさんの態度」とそのオツな趣向に心ひかれる。そこからニーチェの「芸術の夕映《ゆうばえ》」を連想し、「芸術の最も深く感ぜられる」ところは「我等の内にある最も善なるもの」すなわち「古い時代の感覚の遺伝」ではないかと考える。そこに言い知れぬ興趣を覚えた「僕」は、やがて現れた「M.F. 君」に「豆打の話」をする。すると彼は「それは面白い。みんなが来てからもう一遍遣《や》らして遣る」と応える。招待客が揃い、大勢の芸者がくり出し、宴たけなわの最中に「遣ら」された「二度目の豆打」に周囲はどのような反応を示したか。その顚末《てんまつ》を鷗外は次のように記す。

　　二度目の豆打は余り注意を惹かずにしまつた。

わずか一行の素っ気ない記述以外、「僕」は一言も加えない。宴席の余興として「遣ら」される見世物に心動く興趣など無いことは、「僕」とて先刻承知だったろう。一度目と二度目の「豆打」に生じるこの〈落差〉こそ「新喜楽」を「追儺」に改題したと記す一編の趣意だったに違いない。果敢な「断案」やペダントリィや皮肉は読者の眼をひきやすいが、それは撒き餌《まえ》のたぐいにすぎない。二度目では色褪せたものの、一度目の「豆打」から感受した「芸術の最も深く感ぜられる」興趣すなわち小説の醍醐味を発見し、その含蓄をひとり噛みしめる「僕」であればこそ、二度目の冷めた反応にも動じない。この時の「僕」の心中を忖度《そんたく》すれば「俺以外にはわかるまい……」という無言の呟きであったろう。それゆえ二度目の反応に余計なことばは不要なのだ。断案やペダントリィや皮肉を雄弁に語る饒舌、それとは逆の二度目の「豆打」に対する冷淡とも思える「僕」の寡黙、くだくだしい感想や説明を排して黙然たる「僕」のこの孤身こそ「追儺」が描く「小説の〈顔〉」であり、一編の眼目だったといえよう。

「小説といふものは何をどんな風に書いても好い」との「断案」は、「小説」があらゆる形式や様態を呑み込む貪欲なジャンルであり、個々の作品が一度目の「豆打」から感受された一回性の感興をそれぞれ発揮する豊穣な領域であることを物語る。つまり、小説とは「かういふ風に書くべき」とか「かういふ風に読むべき」とする規範の押しつけ（制度化）は、むしろ非小説的な「囚はれた思想」であり、「小説」やその「読み」の幅をかえってそぐものといえるだろう。鷗外がメタ小説の「断案」にこめたメッセージとは、そのようなものではなかったか。

小説が「どんな風に書いても好い」ものなら、その「読み方」も自由だと先に述べた。だが、ひとり読書を楽しむ場合と違って、「読み」の〈結果〉を書籍＝商品（実際にはほぼ売れないが）として社会に送り出すとなると、事情はいささか違ってくる。「どんな風に読んでも好い」とばかり悠長に構えてもいられず、そこには一定の「責任」らしきものが生じる。しかし、その「読み」の〈結果〉に私が負える「責任」はきわめて限定的なものだ。なぜなら、私の「読み」に評価を下すのは本書の「読者」たちであって、私自身ではないからだ。したがって、ここでの「責任」とは、その〈結果〉よりも、「読み始め」る際の〈姿勢〉の問題とならざるをえない。「小説をいかに読むか」「五里霧中」の「遺瀬ない」状況にある私の場合、それはシンプルかつ漠然としたものだ。

私が読み始める際の指針のひとつは、たとえばポール・ド・マン(3)の次のような〈姿勢〉だ。「作者が書くために厳密にならざるをえなかったのと同程度に（「同様に」ではない）、読者として厳密な状態に近づこう」と心がけること。次に、従来にない新たな切り口（解釈）を論理的ないし実証的に提示すること、いわばオリジナルな「読み」によって作品の意味を少しでも拡大・更新すべく努めること。さらに私的な好みでいえば、たとえ論文でも「読者」がなるべく「面白く＝楽しく」読めるような叙述を工夫すること、また、論述の過程では種々迂回したとしても最後は作品自体の「読み」、つまり「小説の〈顔〉」に戻ること。以上は手垢にまみれた原則論にすぎず、理論でも方法論でもない。目下の研究状況でいえば、「殆ど死刑の宣告になる」「十年前と書振が変らない」旧弊な物言いだ。もっとも、新しい「方法」が新しい「読み」を生むとも限るまい。「読む」ための理論や方法論の消化に追われ、作品自体の「読み」が閑却されるとしたら、それこそ本末転倒というものだ。

「事件は会議室で起きるンじゃない、現場で起きてるンだ！」とはヒット作「踊る大捜査線」の名セリフだ。その心は「現場」という原点に常に立ち戻れとの意だろう。小説を読む醍醐味は、何よりもまず「事件」の現場すなわち小説そのものに（「僕」が初見の「新喜楽」に抱いたような）「未知の世界」への「期待」をもって臨む初読の楽しみにある。私たちが「リズール（精読者）」として物語世界の中核を成す「作品論理」や「テーマ」や「テキストの機能」などを発見するのは、小説の複雑な表象に分け入り、再読、三読の探索を重ねてのちのことだ。いわゆる「読む」ための「コード」も、実際にはそうした探索の過程で徐々に方向性を定めてゆくものだろう。にもかかわらず、「読み」の主体性の確保とやらで「コード」はしばしば「読み始め」の冒頭に据えおかれる。しかし「読む」ことに先だって外部からもちこまれる「読む」ための指針とは、何か微妙な背理ないし倒錯を孕んではいないだろうか。「現場」に立ち入る前の予断は、しばしば捜査の眼を曇らせ、「事件」に対する判断を誤らせる。重要なのは、初読者もしくは「レクトール（一般読者）」の「未知の世界」に対する「期待」、すなわち「現場」への予断を持たぬ第一歩が出発点であるという事実だ。

再び虎の威を借りて小文の結びとする。

夏目漱石は、朝日新聞入社後、三作目となった「三四郎」の予告（明41・8）で次のように述べていた。

> 田舎の高等学校を卒業して東京の大学に這入《はい》つた三四郎が新しい空気に触れる。さうして（中略）色々に動いて来る。手間は此空気のうちに是等の人間を放す丈である。あとは人間が勝手に泳いで、自ら波瀾が出来るだらうと思ふ。さうかうしてゐるうちに読者も作者も此空気にかぶれて、是等の人間を知る様になる事と信ずる。もしかぶれ甲斐《がい》のしない空気で、知り栄《ばえ》のしない人間であつたら御互に不運と諦めるより仕方がない。たゞ尋常である。摩訶不思議はかけない。

新聞連載という発表形態にもしだいに馴れ、「かぶれ甲斐」のある「空気」や「知り栄」のする「人間」の描出に自信を深めつつあった漱石の余裕の弁だろう。むろん本書『小説の〈顔〉』には漱石のような余裕や自信は毛頭ないが、その言い回しを拝借する。

本書の「手間」は小説をめぐる私の読みをこの一冊のうちに「放す丈である」。「もしかぶれ甲斐のしない空気で、知り栄のしない」読みであったなら「御互に不運と諦めるより仕方がない。たゞ尋常である。摩訶不思議はかけない」。

注

（1）以下の略歴は、当時の新聞記事を中心とし、『日本人名大事典』（昭54・7、平凡社）『日本近現代人名辞典』（平13・7、吉川弘文館）『茶道人物辞典』（昭56・9、柏書房）『明治時代史大辞典』（平23・12、吉川弘文館）などを参照。なお、鷗外と福沢桃介の関係については矢野彰「『追儺』試論——強いられた『僕』の『話』——」（「文芸と批評」39号、昭63・1）が帝国劇場開設にまつわる「劇談会」を軸として論じているが、消えた四人についての言及はない。

（2）『現代叢書17　森鷗外』（昭16・12、三笠書房）参照。

（3）Paul de Man『読むことのアレゴリー "In Allegories of reading" (1979)』、但し、アナベル・パタソン「意図」（『現代批評理論』所収、平6・7、平凡社）による。

I　小説を書く漱石

漱石、小説家の起源（1）

「硝子戸の中」二十九章をめぐって

――漱石の原風景――

はじめに

〈生まれながらの小説家〉という表現がある。しかし、それはすでに開花した才能をさしていう比喩もしくはあとづけの理屈であって、人はけっして〈小説家〉として生まれるわけではない。人は、いつしか、あるいはなぜか〈小説家〉になる、もしくはなってしまうのである。では、人はいかにして〈小説家〉になるのか、あるいは〈小説家〉に〈なる〉とはそもそもどういうことなのか。

周知のことだろうが、人が〈小説家〉を志したとして、その熱い動機や切実な理由だけで〈小説家になれる〉わけではない。そこには何か人を〈小説家〉に転成させる坩堝《るつぼ》のような変革の場が必要で、それを仮に〈小説家の起源〉[1]と呼んでみよう。生い立ちであれ挫折であれ読書体験であれ、そこから湧出する思考や感情のアマルガムを定着させる彼固有の言語形式の獲得、彼自身がおのれを〈小説家〉として認知するために断行した実際のテクスト〈作品〉、それが重要なのだ。再び言えば、人が小説家に〈なる〉そうした場を、ここではひとまず〈小説家の起源〉と仮称してみる。

たとえば、のちに作家漱石として世に知られる夏目金之助が〈文学研究者〉から〈小説家〉に転じた経緯について、柄谷行人[2]は次のように評している。

> 漱石は「文学論」の企てを放棄して小説を書き始めた。だが、彼は「文学論」において出会った問題から解放されたのではない。その逆である。彼の創作は、「文学論」で彼のやろうとしたことがたんなる理論の問題ではなく、彼自身のアイデンティティにかかわるものだったことを示している。たとえば、「道草」に書かれているように、漱石は幼時に養子にやられ、ある年齢まで養父母を本当の両親と思って育った。彼はたまたま「組みかえ」られたことの結果としてあった。漱石にとって、親子関係はけっして自然ではなく、組みかえ可能な構造にほかならなかった。ひとがもし自らの血統（アイデンティティ）に充足するならば、それはそこにある残酷なたわむれをみないことになる。しかし、漱石の疑問は、たとえそうだとしても、なぜ自分はここにいてあそこにいないかというところにあった。すでに組みかえ不可能なものとして存在するからだ。
>
> おそらく、こうした疑問の上に、彼の創作活動がある。

ここには〈小説家〉漱石の〈起源〉に迫るための重要な示唆がある。もっとも、それが「組みかえ可能な構造」の「結果」、「なぜ自分はここにいてあそこにいないのか」といった「疑問」であるかどうかは別としても。

むろん作家の生い立ちの問題がそのまま〈小説家の起源〉に直結するわけではない。だが、漱石の場合、それは小説家としての〈起源〉に迫る前提として避けて通れぬ要件だったことも確かである。たとえば、柄谷氏は「道草」に見える養子だった事実に注目し、「組みかえ可能な構造」云々を問題とした。しかし、私見によれば、類似の事実ではあるけれども、その後、少年金之助が養家から生家へ戻ったのちの問題の方がより重要だと思われる。生家に戻った少年は、それまで「祖父母」と信じて疑わなかった老夫婦が実は「本当の両親」だったという事実に直面する。このエピソードは、自伝的長編「道草」の直前に書かれ、「道草」執筆のための素描《デッサン》ともいえる「硝子戸の中」[3]二十九章に具体的に描かれている。

一

過去の思い出を断章ふうに重ねた随筆「硝子戸の中」にあって、二十九章は他の章とやや趣を異にする。たとえば、他の章ではおおむね特定のエピソードや人物に焦点が絞られ、そのイメージが一幅の絵もしくは一葉の写真のように描かれる。一方、二十九章は、「私」の誕生から少年期に至る約十年の歳月を、過去から現在への不可逆な時間の中にたどり、一つの暗示的な〈事件〉をめぐる感慨を「今」の「私」へと収斂させてゆく。話題が作家の人生の出発点であることも含め、二十九章は「硝子戸の中」に刻まれた過去の〈記憶〉のなかでも中核をなす一節といってよかろう。

二十九章は「私」の〈誕生〉をめぐる次のような「話」から始まる。

　私は両親の晩年になつて出来た所謂末ツ子である。私を生んだ時、母はこんな年齢をして懐妊するのは面目ないと云つたとかいふ話が、今でも折々は繰り返されてゐる。

「私」の〈誕生話〉をめぐるこの状況を漱石の現実に重ねてみるとどうか。文中の「今」をひとまず作品執筆時だとすると、それは大正三年末から同四（一九一四）年初頭に相当する。漱石は五男三女の末子として生まれたが、当時の状況でいえば、父夏目小兵衛（明30没）や母千枝（明14没）はもちろん、長兄（明20没）や次兄（同）もすでに亡く、四兄と三姉は夭折、長姉佐和（明11没）も鬼籍に入っている。存命している肉親は三兄和三郎と次姉房だけで、さしあたり彼らがその「話」を「今でも折々は繰り返」す人々に擬せられる。とはいえ、話題がやや気分の重くなる〈誕生話〉へと傾くにはそれ相応のきっかけが必要だろう。

たとえば、明治四十二（一九〇九）年三月初旬、漱石の前に養父塩原昌之助が古証文をカタに金の無心に現れる。(4)漱石は房の夫高田庄吉（「道草」中の比田夫妻）や和三郎らと相談を重ねるが、その折、養子であった往時の話ともども〈誕生話〉が語られた可能性が高い。だが、「硝子戸の中」発表時からみればそれはすでに六年前の過去であり、「今でも」と言うにはやや無理がある。明治四十二年以後の漱石は胃潰瘍で入退院を繰り返し、回復すれば執筆に追われる日々であり、また養父との関わりもこれ以後途絶えており、彼の〈誕生話〉が「今」でも「繰り返されてゐる」という状況は想定しにくい。

つまり、冒頭に綴られた〈誕生話〉は、漱石の周辺で「今でも」実際に語られているといった現実レベルの文脈ではない。事実、テクスト内で「繰り返」し語ったとされる人物の姿は明示されていないし、それが他者の肉声で語られた「話」だという保証もない。とすれば、この「話」はいわば幻聴のように「私」の耳にのみ反響する〈内なる声〉だったといえよう。〈内なる声〉は、夢の世界がそうであるように、他者と共有しがたい私的な領域だけに現実のくびきに縛られず、リアルで鮮明な記憶を喚起することができる。〈誕生話〉をめぐる〈内なる声〉は、時を超えて漱石の内部に「今」も反響し続け、遠い記憶を「繰り返」し蘇生させる。しかも、そこには常に「私」の「懐妊」を「面目ない」とする「母」の〈悔恨〉がつきまとう。その〈悔恨〉は「私」の〈誕生〉がけっして望まれたものではなく、いわば周囲の思惑に反する〈齟齬〉そのものであって、そのために生じた家族や社会との〈疎隔感〉が「私」という存在の輪郭を形成したことを示唆する。「私」は「私」をとりまく外部との〈疎隔〉を実感するたびに「私」自身であることを意識づけられてゆく。

この〈誕生話〉にはもう一つ注目すべき問題がある。それはこの話が「と云つたとかいふ話」という伝聞スタイルの間接話法で記述されていることだ。これはわれわれの〈誕生〉の〈記憶〉が常に父母や近親といった他者のコトバの追体験であり、ヒトは自身の誕生をみずからのコトバで語ることができないという事実を示している。〈誕生話〉をめぐるこの間接性は、われわれの〈誕生〉が常に他者＝外部との関係性で相対的に生成され、そこにしか〈「私」の起源〉もしくは〈「私」とは誰か〉をめぐる意味論的な場が形成されないことを物語っている。

二

「私」の周囲に対する〈疎隔感〉は、里・養家・実家という三つの〈家〉を〈たらい回し〉にされるという事実によってより深く刻印される。

　単に其為ばかりでもあるまいが、私の両親は私が生れ落ちると間もなく、私を里に遣つてしまつた。其里といふのは、無論私の記憶に残つてゐる筈がないけれども、成人の後聞いて見ると、何でも古道具の売買を渡世にしてゐた貧しい夫婦ものであつたらしい。

　私は其道具屋の我楽多《がらくた》と一所に、小さい笊《ざる》の中に入れられて、毎晩四谷の大通りの夜店に曝されてゐたのである。（中略）

　私は何時頃其里から取り戻されたか知らない。然しぢき又ある家へ養子に遣られた。（中略）私は物心のつく八九歳迄其処で成長したが、やがて養家に妙なごた〳〵が起つたため、再び実家に戻る様な仕儀となつた。

里子や養子がさほど珍しくない時代とはいえ、金之助の受けた仕打ちは明らかに「苛酷」なものだった。なぜなら、この〈たらい回し〉は、経済的理由などの余儀ない事情によるものではなく、母をも抑圧する父の「面目」とその身勝手な恣意に起因しているからだ。彼は「小さな一個の邪魔物[5]」として、当人の意志とは関係なく大人の身勝手な都合によってたらい回しにされる。むろん、こうした事態は、やがて金之助の内面に「親子関係」が「けっして自然ではなく、組みかえ可能な構造」であり、自分がそうした「結果」の存在であるという認識をもたらすかもしれない。だが、問題は少年がそうした認識に至る以前に、そもそもどのような状況が少年の眼前に展開され、少年がどのように反応したかである。

　ともあれ、こうした境遇に育った少年がしだいに〈家＝家族制度〉とは何かという疑問をつのらせてゆくのは自然の成り行きだったろう。三つの〈家〉をさすらう少年にとって〈家＝家族〉とは決して自己の帰属する慰安の場ではなく、いつでも「組みかえ可能な」仮構の場であった。そして、その〈家〉とは、この場合、家長として強権をふるう父の身勝手な〈恣意〉がもたらす御都合主義そのものなのだ。少年の疑問は、やがて〈家〉という場だけではなく、家族を構成する肉親との〈関係性〉それ自体にも及んでゆく。

浅草から牛込へ遷された私は、生れた家へ帰つたとは気が付かずに、自分の両親をもと通り祖父母とのみ思つてゐた。さうして相変わらず彼等を御爺さん御婆さんと呼んで毫《ごう》も怪しまなかつた。向でも急に今迄の習慣を改めるのが変だと考へたものか、私にさう呼ばれながら澄ました顔をしてゐた。

この一節は、一見〈自然〉とみえる家族関係〈親子関係〉が、血脈といった先験的《アプリオリ》な必然性をもつものではなく、また「組みかえ可能な構造」というよりは、むしろ「今迄の習慣」の上に成り立つ社会的〈制度〉の一種にすぎないという事実を示している。しかも、「祖父母」を装って「澄ました顔」をし続ける両親は、真相が露見さえしなければ、〈実子〉である「私」をいつまでも〈孫〉として遇し続けただろう。そして、この仮構の〈家族〉関係は、家長として君臨する抑圧的な父の「面目」によって強制された恣意的な「習慣」のかたちにすぎない。

たとえば、続く一節で漱石は次のように語っている。

私は普通の末ツ子のやうに決して両親から可愛がられなかつた。是は私の性質が素直でなかつた為だの、久しく両親と遠ざかつてゐた為だの、色々の原因から来てゐた。とくに父からは寧ろ苛酷に取扱われたといふ記憶がまだ私の頭に残つてゐる。

すでに作家としての名声も高く、老境に達しつつある五十歳目前の漱石が、なぜ十八年も前に他界した「父」の「苛酷」さを今さら公に強調してみせるのか。それは、当人には何の罪もない末子を「邪魔者」として〈家族〉の輪から平然と抹消し、「澄ました顔」で「祖父」を演じて恥じない父の欺瞞性に対する嫌悪、その身勝手な「面目」を強制する「父」への不信が消えないからだと一応はいえる。だが、それにしても「父」の「苛酷」な「記憶」がなぜいつまでも「私の頭に残つて」消えないのか。それは、その生々しい「記憶」が、単に遠い過去の出来事ではなく、「私」の人間に対する〈まなざし〉を「今」も強く拘束し続けているからだ。というのも、「父」の存在は、ほかならぬ「父」の〈子〉として生まれた「私」という存在の不可避な前提条件であり、「父」の「苛酷」さをも「私」自身のものとして引き受けつつ生きること――いかに理不尽であれ、避けがたい人間存在のありよう――が人生だと漱石自身、考えているからだ。「父」の「苛酷」さはこの「私」自身の体内にも深く潜んでいる、と。だからこそ、漱石は父の「苛酷」さを敢えて書きつける一種の〈父親殺し〉をみずからに課さざるを得ない。

三

本当の両親が澄まし顔で隠していたコトの真相は、ふとした偶然によって露見する。

馬鹿な私は、本当の両親を爺婆とのみ思ひ込んで、何の位の月日を空に暮らしたものだらう、（中略）何でも或夜斯んな事があつた。

私がひとり座敷で寝てゐると、枕元の所で小さな声を出して、しきりに私の名前を呼ぶものがある。（中略）聞いてゐるうちに、それが私の家の下女の声である事に気が付いた。下女は暗い中で私に耳語《みみこすり》をするやうに斯ういふのである。

「貴君が御爺さん御婆さんだと思つてゐらつしやる方は、本当はあなたの御父さんと御母さんなのですよ。先刻ね、大方その所為であんなに此方の宅が好なんだらう、妙なものだな、と云つて二人で話してゐらしつたのを私が聞いたから、そつと貴方に教へて上げるんですよ。誰にも話しちや不可せんよ。よござんすか」

私は其時たゞ「誰にも云はないよ」と云つたぎりだつたが、心の中では大変嬉しかつた。さうして其嬉しさは事実を教へて呉れたからの嬉しさではなくつて、単に下女が私に親切だつたからの嬉しさであつた。

「本当の両親を爺婆とのみ思ひ込んで」いた少年にとって、これは青天の霹靂《へきれき》にも等しい〈事件〉だったはずである。しかし、彼は〈事件〉のもたらす衝撃や驚きについては何一つ語らず、ただ「心の中では大変嬉しかつた」とのみ語る。こうした一見平静とも見える少年の寡黙さを、問題がさほど深刻ではなかったからだなどと考えるのは馬鹿げている。むしろ少年は事態の異様さに呆然とし、言うべき言葉を失ったのである。

「本当の両親を爺婆とのみ思ひ込」むことは、「養父母を本当の両親と思って育った」ことと一見同類の事態に見える。しかし、この〈事件〉が開示したのは、親子関係が「自然ではなく、組みかえ可能な構造」だという事実だけではない。重要なのは、少年の眼前にある老夫婦が「祖父母」ではなく「本当の両親」だったという事実が、その老夫婦に対する「私」の立ち位置をくつがえすこと、すなわち「私」を「祖父母」に対する「孫」から「父母」に対する「子」に変えるという〈関係性〉の転倒だったことである。つまり、少年金之助は、何の必然性もないまま同じ老夫婦に対して突然〈孫〉から〈子〉に変化する、という奇妙な事態に直面したのである。注目すべきは、〈事件〉の当事者たちにはまったく変化（交代）がないにもかかわらず、その〈関係性〉だけが下女のささやきによって唐突に変化したという事実である。血でつながる濃密な親子関係ですらそうであるなら、「私」と向き合う人間の〈関係性〉すべてもまた、いつでも恣意的に変化し得る社会的制度の一種にすぎない。しかも、「私」とはそれら他者との〈関係性〉の中で相対的に同定される存在でしかないのだ。人の「組みかえ」よりもさらに深刻なのは、同じ人間間《かん》でその〈関係性〉だけが突然変化し、それに伴って「私」自身の立脚点も容易に脅かされる、という事実である。にもかかわらず、「私」たちは、そうした恣意性に翻弄されながら「私とは何ものか」を問い続けねばならない。

くり返せば、ここに出来《しゅったい》した事実は、たとえ濃密な自然的関係（血縁）で結ばれた親子や家族であろうとも、容易に変化し得る人工的な習慣、すなわち極めて恣意的な社会的制度の一種にほかならない、という本質を見事に露呈してみせたのである。しかし、「祖父母」が「本当の両親」に突然変わるという奇異な〈事件〉は、少年に自己の苛酷な運命を嘆かせるよりも、当面、その奇妙な事態を前に呆然とさせただけであった。

実際、「私」は衝撃の事実を知ってもさほど悲しみや驚きを見せず、「心の中では大変嬉しかつた」とだけ語る。当時の彼にとって重要だったのは、暴露された事実（真相）の意味ではなく、「誰にも話しちや不可せんよ」と語った下女が「私」と二人だけの〈秘密〉を共有してくれたことだった。ほかならぬこの「私」に対する下女の語りかけは、少年が他者によって〈見られる〉存在であること、すなわち自身の実在を確信させてくれる証しであり、そのことが何よりも彼には「嬉しかつた」のである。たとえば幼児がしばしば親に向かって「見て、見て」と連呼し、ちらと投げられる親の視線を感じるだけで安心するように、自分を〈まなざす〉人間が居る、というただそれだけの事実が少年を幸福にする。このささやかな幸福は、裏を返せば、少年金之助が家族（実家）内に在りながらいかに〈見られる〉ことの少ない孤独な存在だったかを物語るだろう。人は他人のまなざしに自分が映じていることを確認することで、つまり他者との関係性において自己の存在が認知されていると感じることで初めて自己の実在を信じられる。

「硝子戸の中」二十九章は、この「大変嬉しかつた」はずの記憶を綴ったのち、いささか奇妙な次の一節で結ばれる。

不思議にも私はそれ程嬉しく思つた下女の顔も名も顔も丸で忘れてしまつた。覚えてゐるのはたゞ其人の親切丈である。

この「不思議」な忘却、すなわち「顔」と「名」の空白は、精神分析学にいうところのトラウマ（trauma＝精神的外傷）に相当するだろう。下女の「親切」な語りかけは、確かに「大変嬉しかつた」ものの、その語りが暴露した事実の衝撃は当時の少年にはまだ言語化（対象化）できないにしても、時がたち、その事態を理解できる後年になれば、やはり心を深く傷つけたに違いない。そうした心の傷を無意識のうちに隠蔽しようとする潜在意識が、「私」の記憶から下女の「顔」や「名」を消去してしまう。顔も名も無い下女のイメージは、漱石自身が用いた形容「ノッペラボー」(『三四郎』)を連想させるが、それは同時に反転した自身の姿でもあったろう。「たゞ其人の親切」だけを「嬉し」く感じる当時の「私」は、〈家族〉内でも黙殺されがちな自己の存在の稀薄さゆえに、顔や名のある他者と関係性を結び得る実感がもてないのである。「忘れ」られた「顔」や「名」は、ここに描かれた少年金之助自身も、「顔」や「名」など、何ひとつ明確な形象を確信できない裸形の姿であり、その精神的〈自画像〉だったといってよかろう。

四

「私」の〈誕生話〉に始まる「硝子戸の中」二十九章の物語は、単に幼少年期の不遇をかこつための回想譚ではない。それは〈家族＝親子〉という最も濃密な人間関係を具体例にその〈関係性〉の本質を炙《あぶ》り出すリアルな〈原風景〉だった。家長としての専制的な強権をふるう父は、その身勝手な「面目」ゆえに「私」を慰安の場であるべき〈家〉から放逐し、たらい回しにし、さらに「澄ました顔」でニセの〈関係〉を装いつつ、突然「祖父」から「父」へと変貌してみせた。こうした人間の関係性に潜む恣意的《しいてき》な制度性の露呈は、現実＝他者と「私」との関係性における不安や懐疑を増幅させ、「私」のアイデンティティを根底から揺さぶり続ける。つまり、漱石が問題にしたのは、人間関係の「組みかえ可能な構造」ではなく、その結果「なぜ自分はここにいてあそこにいないのか」(柄谷氏)でもない。そうではなくて、恣意的に変化する人間の〈関係性〉の中にあって「私」は確かに〈ここにいる〉のになぜ「私」は確固とした「私」自身たり得ないのか、である。これをひとくちにいえば、「私」の「私」自身に対する〈実存〉的不安と要約できるかもしれない。

すでにみたように、少年漱石の「私」意識はそもそも父母（最も身近な他者）からの疎隔感によって輪郭づけられ、〈誕生〉自体もそうであるように「私」は常に他者のまなざし（コトバ）に映ずる仮象としてしか存在し得ない。いいかえれば、「私」とは他者との恣意的な関係性に翻弄される記号的存在にすぎない。そのような際限のない「私」の自明性の喪失の中で、漱石は記号としての「私」をまぎれもない「私」とすべく模索していかなければならなかった。

もっとも、こうした問題の認識がそのまま〈小説家〉漱石の〈起源〉となるわけではない。人は誰しも、意識するしないにかかわらずそれぞれが自分の人生を左右する何らかの体験や〈原風景〉を抱え込んでいる。だが、少年漱石と同様の、ないしはそれ以上の悲惨な生い立ちや〈原風景〉の持ち主であったにせよ、彼らがそのまま〈小説家〉になれるわけではない。問題は、そうした人生上の基盤となる〈原風景〉をいかにして〈小説〉的表象へと転位し得るか、その現場が〈小説家〉の〈起源〉なのである。

くり返せば、人間の関係性は恣意的な社会的制度の一種にすぎないが、それでもそうした関係性をぬきにしてはこの「私」も存在し得ない。だとすると、「私」が〈ここにいる〉こと自体は事実だとしても、それが自己の確かなアイデンティティに結びつくなどきわめておぼつかない。現に、少年の眼前にいる老夫婦は「祖父母」から「父母」に突然変貌したし、その前にいる少年自身も「孫」から「子」に変貌した。とすれば、「祖父母」や「父母」は「私」との実体的関係をあらわす名辞ではなく、「私」自身をさす「孫」や「子」もたかだか制度的な記号としての名辞にすぎない。

たとえば、少年が夏目家に戻ってから十年以上も経った明治二十一年一月、戸籍上は依然として「塩原金之助」だった数え二十二歳の漱石は養家から実家へと復籍している。その際、実父が養父との間で取り交わした示談書のほかに、金之助も養父から別の一札を内緒で要求され、「今般私儀貴家御離縁に相成因て養育料として金弐百四拾円実父より御受取之上私本姓に復し申候就ては互に不実不人情に相成らざる様致度存候也」という文言を書きつけた。(6)彼は〈二人の父〉の間で二百四十円という〈貨幣〉によって〈商品〉のように〈交換〉〈売り買い〉されたのである。後年、彼はこの古証文中の「互に不実不人情に相成らざる様」という一節をタテに養父から金をせびられる。しかし、当時の金之助には自分の存在価値が貨幣という記号に換算されたという現実をことさら嫌悪したようには見えない。ただ「意味も論理《ロジック》もよくわからな」(7)い養父のやみくもな要求に「何も書く材料のない彼は仕方なしに筆を執」り「わずか二行余り」を綴って「先方へ渡した」(8)だけなのだ。養父が「私」との〈関係〉を金儲けの手段として売ったことも、実父が「私」を〈夏目家〉存続の手段（スペア）として金で買ったことも、彼にはさほど問題ではない。重要なのは、塩原金之助から夏目金之助への「交換」に関与した〈二人の父〉が「私」という青年のアイデンティティなどまったく顧慮せず、「交換」された当人も事態をどこか漠とした遠い感覚でしか受けとめていないことである。それはかつて養家から「実家へ引き取られた」当時の感慨が「考えるとまるで他《ヒト》の身の上のやうだ。自分の事とは思えない」(9)と吐露した感覚に近いものだったろう。つまり、当時の金之助にとって、人間の関係性それ自体がつかみどころのないのと同様、「私」自身の存在もまた紗幕を隔てた影のようにしか感じられなかったのである。この青年夏目金之助が〈小説家〉漱石の「起源」に立ち会うには、こうした〈原風景〉を基盤とするおぼつかない「私」をあらためて問い返す固有の言語形式を獲得する必要がある。

注

（1）　ここにいう〈小説家の起源〉の〈起源〉は、むろん「日本」「近代」「文学」をそれぞれ括弧に入れてその〈起源〉を論じた柄谷行人氏の用語（注2）に因むが、本稿における〈起源〉はいまだ簡略な説明にとどまり、およそ符号の域を出ない。いずれもう少しその概念を詰めたいと思うが……。

（2）岩波現代文庫『定本　日本近代文学の起源』（平20・10、岩波書店）「第1章　風景の発見」参照。
（3）「硝子戸の中」（「東京・大阪朝日新聞」大4・1・13〜2・23）。
（4）養父塩原昌之助は、明治三十七年頃や同四十一年頃にも無心に現れたとされ、この年（明42）は三月頃の訪問後、榎本某を代理人として十一月頃まで交渉が続き、最終的に百円相当を支払って一応の決着をみたとされる。荒正人編『漱石文学全集別巻　研究年表』（昭49・10、集英社）ほか参照。
（5）「道草」（九十一）参照。
（6）「道草」（九十五）などの描写では実父も承知の一札とあるが、養父母に宛てた実父の後日の書簡には「示談書」と別の一札が存在することを初めて知り、養父に「絶交」を宣告している。これからすると、養父は実父に内緒でひそかに金之助に証文を書かせ、将来の金づるにしたとも考えられる。
（7）「道草」（百二）参照。
（8）「道草」（九十五）参照。
（9）「道草」（四十四）参照。

漱石、小説家の起源（2）

「吾輩は猫である」試論
――猫の自死と〈書き手〉の誕生――

一

〈小説家〉漱石の初期創作活動が「吾輩は猫である」初編（一）の発表（明38・1、以下『猫』と略称）から最終章十一の発表（明39・8）の期間に収まることはほぼ異存のないところだろう。[1]『猫』の連載と併行し、漱石は「倫敦塔」以下、「カーライル博物館」「幻影の盾」「琴のそら音」『一夜』「薤露行《かいろこう》」「趣味の遺伝」など、のちに単行本『漾虚集』（明39・5）に収められる短編を次々と発表する。さらに「坊っちゃん」「草枕」「二百十日」など単行本『鶉籠』（明41・1）に収められる中・短編をも矢継ぎばやに発表し、まれに見る旺盛な創作力を発揮した。『猫』は発表と同時に高い評価を得、漱石自身も「猫伝を褒めてくれて難有いほめられると増長して続篇続々篇などをかくきになる」（野間眞綱宛、明38・1・1）と述べ、それがまるで予言だったかのように『猫』続篇（明38・2、第二回）、『猫』続々篇（明38・4、第三回）と続き、やがて十一回にまで至る長編となってゆく。

『猫』の連載や上記の短編群を発表し続けるなか、漱石の〈小説家〉転身への意欲はしだいに高まってゆく。そうした心境の変化を書簡中からひろってみると、「僕米が食へれば教員をやめて明治の文士ですます所ですが」（若杉三郎宛、明38・7・17）「あんなもの（『猫』）にても知人抔よりほめられると愉快なものに候小生は教師なれど教師として成功するよりはヘボ文学者として世に立つ方が性に合ふかと存候につき是から此方面にて一奮発仕る積に候」（村上半太郎宛、同5・8）「此愉快（創作に言及されること）は（中略）大学者だと云はれるより教授や博士になつたより遥かに愉快です」（山縣五十雄宛、同5・25）「実際大学がいやになつて仕舞つた」（中川芳太郎宛、同8・11）といったふうに、生活面から大学教師の口は捨て難いものの、徐々に小説家の人生に魅力を感じ始めていることがわかる。そうした迷いをはらみつつも漱石の口吻《こうふん》が大きく変化するのは、明治三十八年九月のことである。

たとえば雑誌「ホトトギス」の主宰者、虚子宛の書簡では「とにかくやめたきは教師、やりたきは創作。創作さへ出来れば夫丈《それだけ》で天に対しても人に対しても義理は立つと存候。自己に対しては無論の事に候」（高濱清〈虚子〉宛、明38・9・17）と吐露《とろ》している。以前の口調と明らかに異なるのは、まだ生活の方途を気にしているとはいえ、「創作」をすることがもはや自己の願望や趣味ではなく、「天」や「人」や「自己」に対する「義理」＝義ととらえ、小説家を唯一無二の〈天職〉と自負し始めたところだろう。また、「拙稿たりとも世に公に投げ出したるものに付ての褒辞は難有くアクセプトする主義に候。而も其難有味は博士に推挙されたり勲章を貰つたりするよりも遥かに優る難有味に候」（内田貢宛、同10・30）という魯庵宛ての書簡は、一見それ以前の村上宛や山縣宛書簡と同様に見えるが、その改まった口調や創作を「公」のものとする姿勢に緊迫感がうかがえる。

これが一年後となると、漱石の決意はもはや決定的となる。創作もしくは小説家は彼にとって〈生活〉以上の「命のやりとり」であり、彼の存在理由そのものを意味する。「明治大学をやめやうと思ふ（中略）新聞屋にならうか知らん」（皆川正禧宛、明39・10・20）と生活手段を具体化させつつ、いよいよ小説家への転身を決断してゆく。そうした漱石の強い決意を物語る三通の書簡を以下に見ておこう。

一通目は、漱石のためにいろいろ配慮し、京都帝国大学文科大学学長であった旧友狩野亨吉《かのうこうきち》宛の書簡で、彼は漱石を同大学教授に迎えようと誘ってくれた人物である。漱石はこの畏友に対してみずからの創作行為を自解し、次のように述べている。

僕は世の中を一大修羅場と心得てゐる。さうして其内に立つて花々しく打死をするか敵を降参させるかどつちかにして見たいと思つてゐる。敵といふのは僕の主義僕の主張、僕の趣味から見て世の為にならんものを云ふのである。（明39・10・23）

漱石はみずからを鼓舞するように「一大修羅場」である「世の中」に小説をもって立ち向かい、「打死」も辞さないとその覚悟を披瀝する。もう一通、同日に同じ狩野に宛てた長文の書簡には次のような一節も見える。

僕は洋行から帰る船中で一人心に誓つた。（中略）余は余一人で行く所迄行つて、行き尽いた所で斃《たお》れるのである。それでなくては真に生活の意味が分らない。手応《てごたえ》がない。何だか生き〔て〕居るのか死んでゐるのか要領を得ない。（明39・10・23）

イギリス留学からの帰途、船中で「一人心に誓った」悲壮な決意が明確な〈小説家〉の道であったかどうかは断言できない。しかし、この書簡が京都帝国大学教授への推挙をうけながら、東京での創作活動を念頭において京都移住を断るものであったことを思えば、かつての漠然たる「誓」いが今や〈小説家〉として「行く所迄行つて、行き尽いた所で斃れる」という覚悟の表明だったことは確実だろう。

三通目は弟子鈴木三重吉宛のよく知られた書簡である。

苟《いやしく》も文学を以て生命とするものならば単に美といふ丈では満足できない。丁度維新の当士《ママ》勤皇家が困苦をなめた様な了見にならなくては駄目だらうと思ふ。（中略）命のやりとりをする様な維新の志士の如き烈しい精神で文学をやつて見たい。（明39・10・26）

「文学」すなわち〈小説〉を書くことが漱石には「生命」そのものであり、それも「命のやりとり」をするように「維新の志士の如き烈しい精神」で〈小説〉に取り組むこと、それが漱石にとって〈小説家になる〉ことの決意であった。

二

『猫』を書き終えた明治三十九年十月、「命のやりとりをする」「烈しい精神で文学をやつて見たい」と吐露した漱石は、〈小説家〉として生きることをすでに決断している。このとき、〈文学研究者〉夏目金之助はまぎれもなく〈小説家〉漱石に転成していた。つまり、明治三十八年一月から明治三十九年八月に至る、『猫』連載中のどこかで漱石は〈小説家になった〉のである。とすれば、漱石における〈小説家の起源〉はどのように発現したのか、その転成の「坩堝《るつぼ》」とはいかなるものだったのか。

周知のとおり『猫』初編（一）は当初独立した短編として執筆された。冒頭の「吾輩は猫である。名前はまだ無い」の無名宣言と、末尾の「無名の猫で終る積りだ」という照応はその完結性を物語るし、漱石自身も「それ一回きりのつもりだつた」と語っている。[2]もっとも、前述のとおり『猫』は初編の好評から次々と続編が発表され、連載中に単行本の上編（一～五）が、連載終了後には中編（六～九）や下編（十、十一）も刊行され、結局は前述の通り十一章の長編小説となった。

「私の処女作――と言へば先づ『猫』だらう」[3]とみずから語るように、『猫』は〈小説家〉漱石の〈処女作〉である。『猫』以前の散文には「倫敦消息」や「自転車日記」などもあるが、前者は留学先から子規に宛てた書簡三通に子規が題を付したもので、後者ともども〈小説〉とはいいがたい。処女作『猫』について、漱石は漠然と「たゞ偶然あゝいふものが出来たので、私がさういふ時機に達して居たといふまでである」と述べ、次のように付け加えている。[4]

勿論生きて居るから何かしなければならぬ。する以上は自己の存在を確実にし、此処に個人があるといふことを他にも知らせねばならぬ位の了見は常人と同じ様に持つてゐたかも知れぬ。けれども創作の方面で自己を発揮しやうとは、創作をやる前迄も別段考へてゐなかつた。

この述懐によれば、漱石は「創作」によって「自己を発揮」しようとして『猫』を執筆したわけではなかった。ただ「自己の存在を確実にし、此処に個人があるといふこと」をみずから表明するために筆をとったのである。彼の関心は〈小説を書くこと〉ではなく、「自己の存在」のリアリティ、「個」としての〈私〉のレゾンデートルを確認すること、つまりは「私とは何ものか」を問い返すことであった。その意味では『猫』初編の執筆は、あくまでも漱石自身のための〈私的な営為〉であり、それが小説（文学）として対世間的にどうかなどはむしろ二次的な問題であった。裏を返せば、『猫』は、当時の一般的な〈小説読者〉から遠い作品であり、そうした〈私性〉ゆえにかえって独創的なテクストになり得た、ともいえよう。

　もっとも、いかに〈私的な営為〉であれ、外部に公表されるテクストである以上、漱石にも読者という意識が皆無だったわけではない。たとえば初編で唯一の第三者的登場人物は友人の「美学者」だが、彼と主人との話題はもっぱら「写生」であり、それが「ホトトギス」周辺で関心の高い〈写生文〉と連動する楽屋オチであるのは明らかだろう。「俳句をやつてほとゝぎすへ投書したり新体詩を明星へ出したり間違ひだらけの英文をかいたり」という「主人」像も漱石当人を彷彿とさせる。つまり、当時の漱石が意識する読者とは、楽屋オチの通じる〈仲間〉たちであり、それは〈書く〉という行為自体にともなう不可避な〈他者〉ではあっても、一般に〈小説読者〉として意識される対象ではなかった。当時の漱石にとって最も切実な問題は、何よりも「自己の存在」が「此処にある」ことのリアリティであり、『猫』はそれを確認するための〈自家用のテクスト〉[5]だった。したがって、『猫』初編において第一に問われるべきは、それが〈いかなる小説か〉といった文学的問題ではなく、〈私〉が確固とした〈私〉であることを確認するためにいかなる方法を試みたか、である。

三

『猫』に登場する「主人」が漱石当人を戯画化した人物像であることは見やすい。漱石自身、「主人も僕とすれば僕他とすれば他どうでもなる。兎に角自分のあらが一番かき易く当り障りがなくてよいと思ふ。人が悪口を叩かぬ先に自分で悪口を叩いて置く方が洒落てるぢやありませんか」[6]と述べるように、苦沙弥像の大部分が「一番かき易い「自分のあら」を「悪口を叩」くようにデフォルメした姿であることは間違いない。しかし、『猫』と漱石の結びつきに注目するなら、語り手である〈無名の猫〉の方がさらに重要だろう。周知のごとく『猫』の冒頭は次のように書き出されていた。

吾輩は猫である。名前はまだ無い。

どこで生れたか頓と見当がつかぬ。何でも薄暗いじめじめした所でニャー〳〵泣いて居た事丈は記憶して居る。吾輩はこゝで始めて人間といふものを見た。然もあとで聞くとそれは書生といふ人間中で一番獰悪な種族であつたさうだ。(中略)但彼の掌に乗せられてスーと持ち上げられた時何だかフハフハした感じが有つた許りである。掌の上で少し落ち付いて書生の顔を見たのが所謂人間といふものゝ見始めであらう。此時妙なものだと思つた感じが今でも残つて居る。(中略)

ふと気が付いて見ると書生は居ない。沢山居つた兄弟が一疋も見えぬ。肝心の母親さへ姿を隠して仕舞つた。其上今迄の所と違つて無暗に明るい。眼が明いて居られぬ位だ。果てな何でも容子が可笑いとのそ〳〵這ひ出して見ると非常に痛い。吾輩は藁の上から急に笹原の中へ捨てられたのである。

この書き出しでは、冒頭一行目だけが物語の流れからやや離れた独立性をもっている。それは初編全体をまとめる結句であってもよいし、二行目以降の描写とのあいだには微妙な切れ目がある。物語の時間的流れでいえば、実質的な起点は「どこで生れたか」もわからず「兄弟」[7]や「母親」の姿を見失い、ただ「泣いて」いるだけの「捨てられた」子猫の姿と周辺の光景だったといえよう。

すでに見たように、八人姉弟の末子だった漱石は、生まれてすぐ里子に出され、養子にやられ、生家に戻っても実の両親を祖父母だと信じこまされていた。彼は「普通の末ツ子のやうに決して両親から可愛がられ」ず、特に父からは「苛酷に取扱われた」(「硝子戸の中」十九)。要するに、漱石は周囲の大人たち(とくに父)の思惑に反して〈誕生〉した余計物であり、それゆえ父の「面目」にさし障る世界(世間)から「小さな一個の邪魔物」として「捨てられた」のである。こうした生い立ちを、兄弟や母親を見失い、不安に震えて「泣」く幼い〈捨て猫〉にかさねれば、この〈無名の猫〉が漱石自身の幼少年期を投影した自画像の一面であることは明らかだろう。(8)

つまり、漱石は自身の〈過去〉の生い立ちを幼い〈捨て猫〉の姿に転移し、一方、その〈現在〉を自虐的な戯画として主人(苦沙弥)の姿に反映させたのである。いうなれば自己の精神的自画像を苦沙弥と無名の猫に分断し、徹底した戯画化と人間以外の異類(猫)に転移することで、〈二重に他者化された自己〉を描出したのである。こうした〈二重の他者化〉を、バフチンやシクロフスキーの〈異化〉の一種とみることも可能だが、(9)それよりは漱石独自の「私」の〈異化〉と見る方が適切だろう。

たとえば、戯画化された苦沙弥は〈見られる私〉であり、猫に転移された眼は〈見る私〉である。〈見られる〉私は客体であり、〈見る〉私は主体であるが、物語の文法でいえば一般に〈見る＝語る〉主体は〈現在〉に立脚し、〈見られる＝語られる〉客体はおおむね〈過去〉の姿に近似したかたちで属する。しかし、『猫』ではそうした構図が転倒され、〈語る〉主体を〈過去〉から生起させ、〈語られる〉客体を〈現在〉に投影する。漱石の〈二重の他者化〉とは、そうした時間の転倒(主客の倒置)によって、「私」を「異化」する前に「異化される〈私〉とは何ものか」を問い返そうとする試みだった。「吾輩」が「猫＝異類である」とともに「名前」が「無い」という一行は、そうした漱石固有の「二重の異化」における方法的原理にほかならない。

四

『猫』冒頭の一行目について、前田愛は次のように述べている。(10)

> 有名な「猫」の書き出しは、肯定と否定の二つの定言判断で構成されている。第一文の「吾輩は猫である」が形式論理学でお馴染みの「SはPである」の公式に即していることも明瞭であろう。小宮豊隆は『漱石襍記』のなかで「当人は非常にえらい積りか何かで、頻りに吾輩は、吾輩はを繰り返してゐるが、さういふ事を言つてゐる奴はと見ると高が一匹の猫に過ぎない。従つて他人から見れば、それがひどく滑稽に見える」というように「吾輩」という一人称のアイロニカルな効果を指摘しているが、それに論理的な形式性と意味のアイマイさとの微妙なくいちがいから生まれる効果も付け加えておいていい。「吾輩は猫である」は「吾輩（＝人間である私）は猫である」というもうひとつの位相を潜在させているわけであって、読者はこの二つの矛盾した位相を引きうけることによって「猫」の物語る世界に参入することを許される。S－Pの断言的な形式は、「吾輩」が作者（語り手）であり、猫でもあるという矛盾を隠蔽している巧妙なトリックなのである。しかも、第二文の「名前はまだ無い」は、いったん猫という普通名詞で限定された「吾輩」を、固有名詞をもたない無限定な存在にひきもどす。猫は喋ることによってのみ、また喋っている間にかぎって存在を許される純粋だが不安定な語り手なのである。

第一文中における「二つの矛盾した位相」を引きうけることで「読者」は「猫」の物語る世界への「参入」が「許される」と前田氏は述べる。しかし、それは単に「読者」が物語世界に参入するための条件にとどまるだろうか。

むろん、「吾輩」という「えら」そうな一人称の正体が「高が一匹」の「猫である」というネジレと断言は、落語的なオチとして読者の笑いを誘う。だが、そうした滑稽な効果が生じるのは、尊大な一人称の「吾輩」が〈人間〉

以外の動物〈猫など〉ではあり得ぬという暗黙の前提があるからで、その〈常識〉からの逸脱が〈笑い〉の引き金となる。しかし、述部の「猫（P）である」という強い断定には、「吾輩」が「人間である」（S‐S'）という〈常識〉そのものをも揺るがす勢いがある。つまり、「吾輩は猫である（人間である私は人間ではない）」という断言は、われわれの〈常識〉の根幹をなす〈人間本位〉の発想そのものに対する反語なのだ。これはもはや「読者」への「効果」というより、作家自身の抱え込む問題であるに違いない。

くりかえせば、吾輩が「猫（P）である」という確信にみちた断定は、吾輩が「人間である」はずという暗黙の前提を揺るがし、「SはPである」こともあり得ると感じさせてしまう。そのため、〈笑い〉の背後から立ちのぼる「吾輩」は「なぜ（人間ではなく）猫なのか」という問いかけも、逆に「吾輩＝私」はなぜ「人間であるのか」という問いへと反転し、ひいては「私＝人間とはそもそも何物なのか」という問いかけをも導き出すだろう。つまり、「SはPである」という断言の強さは、「SはS'である」という〈常識〉が必ずしも自明の理ではなく、「私とは何ものか」を問う場合、何よりもまず「私」が「人間である」という前提自体を問い返さねばならぬという根源的な命題へと導く。重要なのは、「人間である私（吾輩）はなぜ猫なのか」ではなく、むしろ「私はなぜ（猫ではなく）人間なのか」という反問の方なのだ。

現に、存在論的にいえば〈猫〉も〈人間〉も本質的には等価のモノだろう。われわれは最初から〈人間〉として「生まれた」のではなく、むしろ〈猫〉とも〈人間〉ともつかぬ未分化の混沌たる〈塊〉として「生まれ」、それがいつしか人間社会の習慣に同化し、人間を指示する言語によって分節化され、その結果、たまたま〈人間〉と呼ばれる存在となったにすぎない。たとえば、誕生直後の赤子について漱石は次のように述べている。

彼の右手は忽ち一種異様の触覚をもつて、今迄経験した事のない或物に触れた。其或物は寒天のやうにぷりぷりしてゐた。さうして輪廓からいつても恰好の判然しない何かの塊に過ぎなかつた。彼は気味の悪い感じを彼の全身に伝へる此塊を軽く指頭で撫で、見た。塊は動きもしなければ泣きもしなかつた。
（「道草」八十、傍点筆者）

「気味の悪い」「判然としない何かの塊」――これが漱石における人間存在の原形ないし原初の姿にほかならない。やや唐突かもしれないが、ここにサルトルの『嘔吐』（白井浩司訳）の一節を並べてみよう。主人公ロカンタンがマロニエの樹の根を前にした有名な場面――「実存」が「ふいにヴェールを剥がれた」瞬間――は次のように語られる。

実存とは、事物の捏粉そのものであって、この樹の根は実存の中で捏ねられていた。（中略）根も、公園の柵も、ベンチも、芝生の貧弱な芝草も、すべてが消えうせた。事物の多様性、その個性は単なる仮象、単なる漆にすぎなかった。その漆が溶けて怪物染みた、軟くて無秩序の塊が――怖しい淫猥な裸形の塊だけが残った。

サルトルの語る実存＝存在（existence）の原点とは「怪物染みた、軟くて無秩序の塊」であり「淫猥な裸形の塊」であった。漱石が誕生直後の存在を形容した「気味の悪い」「判然しない何かの塊」と、サルトルの語る「無秩序の塊」や「裸形の塊」との相同性《ホモロジー》は一見して明らかだろう。両者はともに〈存在〉の原点を「無秩序」で「判然しない」、いわば名づけがたい「無名」の「塊」と捉える点で共通している。

つまり、われわれが「人間」として現存しているのは、もともと「人間」として「生まれた」からではなく（それはまだ無名の「塊」にすぎない）、「私」が事後的に「人間」社会の一員として生きている結果にしかすぎない。いうなれば、われわれが「人間」であるという存在理由は、どういう形であれ「人間」であることを不断に表明し探究し続ける主体性（実存）のうちにしかない。それゆえ、「私とは何ものか」を問うとしたら、「私はなぜ（猫ではなく）人間なのか」もしくは「私が人間であるとはそもそもどういうことか」をまず問い返す必要がある。「吾輩」という〈人間的な余りに人間的な〉一人称の正体が「猫である」という断言は、「吾輩＝私」が「人間である」ことそれ自体の不可解さ、あるいは〈吾輩＝人間〉という等号（常識）を自明の理とすることのうろんさを物語るものなのだ。

漱石が「私」の〈二重の異化〉として自身を苦沙弥と猫に分断し、戯画化と転移を試みるのは、「私」の「異化」が単に「私」を「他者＝異類」に〈転化〉することではなく、「異化される」以前の「私」とは「何ものか」を問い、「私」が「人間である」ことを自明のものとしない〈実存〉的命題の前に立つからである。

冒頭の第一文「吾輩は猫である」という断言は、笑いの効果だけではなく、上述のように「私とは何ものか」を根源的に問い返す発語である。とはいえ、その答えは容易に見つけられるものではない。それゆえ第二文にあるように「名前はまだ無い」というしかない。つまり、猫の〈無名性〉は、その語り手としての機能や効果であるよりも、「何もの」とも名づけ得ぬ「私」という存在のアモルフ（不定形）な姿を表象するものだったのではなかろうか。

五

猫の〈無名性〉については、早く越智治雄[11]に次の指摘がある。越智氏は『猫』が「かなり無計画に始められた」作品ではあるものの、「無名の猫でありつづける」ことが「全編を貫く小説の論理」だとし、一般に「人は名前によってその個別性を明らかにすると同時に、名前によって他の名前との関係性に組みこまれる」が、猫の〈無名性〉は「その点において社会に帰属しない。自由なのである」と述べる。事実、猫は苦沙弥をはじめ、その家族やこの家に出入りする太平の逸民たちの言動を見下ろし、融通《ゆうずう》無碍《むげ》に立ち回る。それゆえ、猫の〈無名性〉は一見「社会に帰属しない」「自由」さのしるしと見える。だが、冒頭の一節に見たように、この猫はそうした「自由」な存在である前に、社会から拒まれた（捨てられた）存在であり、むしろ社会から孤立した存在として出発したはずである。本人には何の罪もない不条理によって「捨てられた」吾輩（私）は、「社会」との疎隔感の中で自分が〈ここにいる〉という実感をもてぬまま「私とは何ものか」を問い返し、漠たる自己を凝視するしかない。いわばレゾンデートル・クライシスの只中にある〈無名〉の猫は、「自由」な存在というより、社会から〈孤絶〉した居場所（存在理由）の定まらぬ〈私〉の別名なのだ。

猫の〈無名性〉は確かに『猫』全体を貫く「論理」であり、特に初編ではそれが顕著である。冒頭や末尾以外でも、猫は「如何に珍重されなかつたかは、今日に至る迄名前さへつけてくれないのでも分る」と述べ、車屋の黒から何者かと尋ねられて「吾輩は猫である。名前はまだない」と繰り返す。これは猫の〈無名性〉が『猫』というテクストの重要な「論理」であることの証左だが、その〈無名性〉ないし「無名」の語は、単に〈名前が無い〉という事実だけを意味するのだろうか。たとえば、漱石に「無名」の一語を深く刻印する何らかの契機や典拠はなかったのか。

「無名」の一語から連想されるのは、漱石が大学二年次に提出したレポート「老子の哲学」（明25・6）である。漱石はその第一篇「総論」で老子の思想が儒教より「一層高遠」で「一層迂闊」なのは、老子が「相対を脱却して絶対の見識を立て」「捕ふべからず見るべからざる恍惚幽玄なる道」を「哲学の基」としたからで、そのため「出世間的」ではあるが、儒家の重んずる「仁義」にも捉われず、「無状の状無物の象」といった「殆んど言語にては形容でき」ないような「玄之又玄」や「玄衆妙之門」を重視するところに「主意」があるとする。そして、「玄」の二面性に言及し、「静なる所」は「天地の始め万物の母」でもある「混々洋々」ゆえに「無名」で、「動く所」は「万物」が「分れて相対となる」ために「有名」だと論じた。論の核心となる第四篇「老子の道」では、まず老子哲学の「骨子」を「道」とし、「（一）無名は天地の始め〔無名天地之始：第一章〕、（二）道の常は名無し〔道常無名：第三十二章〕、（三）故に道は天地の始め〔故道天地之始〕」という三段論法から「道は天地の始めなりと云ふ命題」が得られるとし、「天地の始め」とは「玄の事」で、第一章の「有名は万物の母〔有名万物之母〕」における「有名」とは「玄の一面にて蕩々渾沌たる点より見れば無名なれども其分離（differentiation）の根より見れば有名なり」と論じながら、結論では「老子の避くべからざる矛盾」を指摘する。こうした評言を見ると、当時の漱石は老子の哲学に魅かれつつも必ずしも全面的な信をおいていない。だが、後年になっても老子に対する漱石の関心は消えることがなかった。

たとえば『猫』中にも次のような描写がある。

主人が此文章を尊敬する唯一の理由は、道家で道徳教を尊敬し、儒家で易経を尊敬し、禅家で臨済録を尊敬すると一般で全く分らんからである。（九）

無為にして化すと云ふ語の馬鹿に出来ない事を悟るから（十一）

前者（九）の例は、天道公平（立町老梅）からの意味不明な手紙を前に感心する苦沙弥の奇妙な反応を猫が解説するくだりである。「道家」の「道徳教」とは『老子道徳教』すなわち『老子』のことで、その「尊敬する」理由は「全く分らんから」と茶化されているものの、『老子』をはじめ『易経』や『臨済録』など、苦沙弥の「尊敬する」対象は、いずれも漱石自身が深い関心を寄せた書である。後者（十一）で独仙が言及した「無為にして化すと云ふ語」は『老子』第五十七章「故に聖人云う、我無為にして民自ら化す」に拠る。「老子の哲学」第二篇「老子の修身」では「今結縄の民は無為にして化し老子は之に倣はんと欲するが故に無為を重んじ学問を棄てよ観察を廃せよと説法したりと見るも矢張り論理上の非難を免かれざるべし」と述べ、その「論理」的矛盾が批判されるが、『猫』では逆に「馬鹿にできない事を悟る」とされる。理の勝った青年期の若い頭脳には、この第二篇の一節や先の第四篇結論にも見たように老子の思想は全幅の信をおくに値するものではなかった。しかし、若き日のレポートから十三年後、『猫』の前掲二カ所では老子の言が「尊敬」され「馬鹿に出来ない」ものと高く評価される。また、「草枕」の「余」の述懐にも『老子』の影響が見られる。[12] さらに『猫』と同じ時期、明治三十八、九年頃の執筆と推定される「断片」（32D）にも次のような言及が見える。

○ Self-consciousness の結果は神経衰弱を生ず。神経衰弱は二十世紀の共有病なり。／人智、学問、百般の事物の進歩すると同時に此進歩を来したる人間は一歩一歩と頽廢し、衰弱す。／其極に至つて「無為にして化す」

と云ふ語の名言なる事を自覚するに至る。然れども其自覚せる時は既に神経過敏にして何等の術も之を救済する能はざるの時なり。

かつて「無為にして化す」の語に「論理上の非難」もやむなしとした漱石が、今は同じ語に対して「名言なる事を自覚する」と記すが、これは十一章で独仙が同じ語について「馬鹿に出来ない事を悟る」と述べたことに合致する。また、「断片」の二行目「人智、学問、百般の事物の進歩すると同時に……人間は……頽廢し、衰弱す」との言は、かつて「老子の哲学」第二篇で『老子』第二十章に「学問をなせば巧智愈進んで道の本元を去ること益遠く紛擾争奪の殃《わざわい》を醸すに至る」とあることや、同じく第四十八章に「無為を重んじ学問を棄てよ観察を廃せよと説法したり」とあることに「論理上の非難」を加えたのとは逆に、そのことばを肯定的に受けとめた文脈と考えられる。

いずれにせよ、『猫』執筆時の漱石の脳裏には老子が去来していた。ただし、それはかつて「老子の哲学」において「論理」性を重んじる観念的な頭脳に映じた老子像とは大きく異なるものだった。自意識（Self-consciousness）の過剰から「二十世紀の共有病」である「神経衰弱」に悩み、「人智、学問、百般の事物の進歩」がかえって人間の「頽廢」や「衰弱」を招くと感じるようになった漱石にとって、「仁」や「義」にも縛られず、ただ「無為」を説く『老子』の縹渺《ひょうびょう》たる思想に「自意識」の圭角を和らげる懐の深さを感じたのかもしれない。若き日の緻密な頭脳が重視した「論理」よりも、人間を含むすべての存在（天地）の始めを「無名」＝〈渾沌たる暗黒〉とする包括的な思想性に、アモルフな〈私〉との親和性ないし融和性を見たといってもよい。ちなみに『老子』中には第三十七章や第四十章にも「無名」の語が見え、重要なキィワードとなっている。すべての存在（天地）の始めとあるからには〈私〉の起源もまた「無名」の〈渾沌たる暗黒〉にほかならない。猫の〈無名性〉は、直接的には社会から〈孤絶〉した名づけ得ぬこの〈私〉のアモルフな姿の別名だが、その基底にはすべての存在の起源を「無名」とする『老子』の哲学が響いていたように思われる。

猫の〈無名性〉は、「有名」の人間としてこの現実世界に存在しながらその〈実存〉をリアルに感受できない漱石のレゾンデートル・クライシスの別名でもあった。こうした状況では、すべての存在の起源である〈無名〉を出発点とし、周囲のモノゴトを順次に名づけることで〈私〉と〈世界〉との関係を模索しながら、〈私〉の存在理由を構築してゆくしかない。『猫』初編のモチヴェーションは、ひとくちにいえばそうした〈私の実存〉を確認しようとする試みだったに違いない。

事実、「無名」の猫は冒頭まもなく「吾輩はこゝで始めて人間といふものを見た」と語り、「書生」が「人間といふものゝ見始であらう」とも語る。これは人間が「人間」という「名」で〈呼ばれる〉こと〈「といふもの」と命名すること＝有名〉によって初めてその存在が認知されることを物語っている。その後も、猫は「書生といふ（中略）種族」「煙草といふもの」「おさんと云ふ者」「教師といふもの」という命名行為を続けながら〈私と世界〉の関係を模索する。「老子の哲学」によれば、天地の始めは「蕩々渾沌たる点より見れば無名」だが、その「分離（differentation）の根より見れば有名」であるから「有名は万物の母」でもある。つまり、世界の事物を分節化し認識してゆくための「有名」は万物の〈母〉なのである。現に、猫は「無名」から出発し、〈名づけること〉によって事物の「分離」を身体化してゆく。それは言語による分節化、すなわち命名こそ〈私と世界〉の関係を構築する起点だという意味にほかならない。人間はその存在対象を即自的に発見するのではなく、対象を名づける命名行為によってその存在を初めて認知し、そこから〈世界と私〉の関係が模索され、その関係性の中で〈私〉の実存もまた構築される。この〈私の実存〉を問うという切実な問題に比べれば、〈小説を書くこと〉など、漱石にとって二の次の問題でしかなかった。

猫の〈無名性〉とともに『猫』初編の世界を構成するもう一つの「論理」（方法）は、苦沙弥ら人間世界を戯画化する猫のアイロニカルな〈まなざし＝語り〉である。それは人間との立場を逆転させた猫の心理的優位と、けっして同化することのない両者の差異（その断絶）によって形成されている。

『猫』の〈語り〉について明白な事柄をまず確認しておこう。語り手の猫は、人語を解するが、人語を発語することも記述することもできない。一方、人間（登場人物）たちは、猫語を解することはもちろん、猫語を発語することも記述することもできない。したがって、猫同士の会話を別とすれば、猫の語りは原則としてすべて〈独白〉なのだ。より正確にいえば、猫の感懐や見聞をめぐるこの〈独白〉は、テクスト上では人語で記述されているものの、実際には記述も発語もされない〈心内語〉なのだ。

たとえば、続編（二）の冒頭近く、元旦早々に届いた「一枚の絵端書」に描かれた吾輩の肖像を前に首を傾ける主人に対し、猫は次のように語る。

出来る事なら其絵が吾輩であると云ふ事を知らしてやりたい。吾輩であると云ふ事は好し分らないにしても、せめて猫であるといふ事丈は分らして遣りたい。然し人間といふものは到底吾輩猫属の言語を解し得る位に天の恵に浴して居らん動物であるから、残念ながら其儘にして置いた。（二）

猫は主人に「知らしてや」ることも「分らして遣」ることもできない。つまり、「猫属の言語」を解せない人間と人語を語れない猫が織り成すテクストは、猫の〈心内語〉による一方的な語りであり、両者のディスコミュニケーションによって構成された世界なのだ。そして、このディスコミュニケーション＝〈断絶〉こそ猫と人間との優劣の転倒や笑いを産出する枠組みである。いわば、両者の対話が〈断絶〉しているからこそ非常識（常識の転倒）が成立し、それがテクスト『猫』の独自性を特徴づける基盤ともなっている。しかし、この基盤は無名の猫と人間との交流が乏しく、猫の存在があまり人間たちの目につかない初編（一）の世界でこそ維持されるものの、続編（二）

に入るやすぐに〈綻び〉を見せ始める。前掲引用の直後に次のような語りが続いている。

　一寸読者に断わつて置きたいが、元来人間が何ぞといふと猫々と、事もなげに軽侮の口調を以て吾輩を評価する癖があるは甚だよくない。（二）

この一節は猫の語りが初編の枠組み（心内語）から早くも逸脱しつつあることを物語る。たとえば、「読者に断わつて置きたい」という発言は、『猫』が〈心内語〉の枠を超えて公表されたテクストであることを示唆し、テクスト外に「読者」が実在することを物語る。しかし、猫は人語を語ることも記述することもできないのだから、テクストの外部にある「読者」に「断わ」ることが可能なのは、テクストの〈書き手＝作家〉でしかない。猫のこの発言が単なる言い回し（ポーズ）だとしても、「読者」への訴えを口にする猫は、すでにテクスト内存在からテクスト外（現実）との交信を欲望する存在へと変貌したことになる。むろん、テクストの外部に存在するのは現実の「読者」と「作家」（書き手）であり、「読者」ならぬ猫の語りかけは半ば「作家」の機能を担うものといえよう。猫はテクスト内の〈語り手〉から〈書き手＝作家〉の領分へと一歩踏み出し始めている。

　ほんらいテクスト内の〈語り手〉である猫がなぜこのように逸脱し始めるのか。初編では、猫が唯一の視点人物であり、猫の見聞し得た事象だけを語る〈心内語〉が世界＝テクストのすべてであった。それゆえ初編では猫の視点に即した〈語り〉を一元的に記述すればよく、〈書き手〉を明示する必要もなかった。しかし、続編（二）の冒頭で「吾輩」が「新年来多少有名になつた」事実や「読者」への呼びかけが提示され、テクスト外の現実的要素が浸潤した結果、初編が公表されたテクストだと言明する必要が生じ、その結果、〈書き手〉の明示も不可避となった。『猫』初編の〈書き手〉が明確になるのは続編（二）冒頭よりしばらくのちの「第三の端書」をめぐる次の一節によってである。

　恭賀新年とかいて、傍らに乍恐縮《きょうしゅくながら》かの猫へも宜しく御伝声奉願上候《ごでんせいねがいあげたてまつりそろ》とある。如何に迂遠な主人でもかう明ら

> さまに書いてあれば分るものと見えて漸く気が付いた様にフンと言ひながら吾輩の顔を見た。其眼付が今迄と違つて多少尊敬の意を含んで居る様に思はれた。今迄世間から存在を認められなかつた主人が急に一個の新面目を施したのも、全く吾輩の御蔭だと思へば此位の眼付は至当だらうと考へる。（二）

「世間から存在を認められなかつた」主人が「新面目を施した」のはむろん「吾輩」を〈語り手〉とする初編の公表とその評判の高さによる。ただし、猫は人語を記述できないし、その内容を勘案すれば、『猫』の〈書き手〉はおのずと苦沙弥に絞られる。しかし、苦沙弥が『猫』の〈書き手〉だとすると、新たな問題も生ずる。たとえば、この「迂遠な主人」は前掲引用の直前「第二の絵端書」をめぐる挿話で次のように語られる。

> 見ると活版で舶来の猫が四五疋ずらりと行列してペンを握つたり書物を開いたり勉強をして居る（中略）。其上に日本の墨で「吾輩は猫である」と黒々とかいて、右の側に書を読むや躍るや猫の春一日《ひとひ》といふ俳句さへ認められてある。是は主人の旧門下生より来たので誰が見たつて一見して意味がわかる筈であるのに、迂闊な主人はまだ悟らないと見えて不思議さうに首を捻つて、はてな今年は猫の年かなと独言をいつた。吾輩が是程有名になつたのを未だ気が着かずに居ると見える。（二）

誰が見ても「一見して意味がわかる」門下生の葉書を前に「まだ悟ら」ず、「はてな今年は猫の年かなと独言」をもらす「迂遠」で「迂闊な主人」が、猫を〈語り手〉とするアイロニーに満ちたテクストの〈書き手〉としてふさわしいだろうか。また、主人が『猫』の〈書き手〉だとすると「吾輩が是程有名になつたのを未だ気が着かずに居る」のも不自然きわまりない。つまり、「読者」の〈笑い〉を誘う主人の〈戯画化〉が増幅されればされるほど、彼は『猫』の〈書き手〉たる適性を失ってゆく。そして、主人の〈書き手〉たる適性が減じてゆく分だけ〈語り手〉の猫は〈書き手〉の領分へと傾斜せざるを得ない。

テクスト内の見聞だけを語っていた猫は、やがて自身の独自性を支える枠組みをみずから侵食し始める。たとえば「二」の前半では、「一」で「無名」だった来客たちの固有名（美学者迷亭、水島寒月、越智東風）が明かされ、〈無名性〉の世界に亀裂が走る。また、「一」で早くも生彩を失った「黒」や一度きりの登場で姿を消す「白君」や「三毛君」に続き、「二」の後半では「吾輩」がほのかな恋心を寄せた「三毛子」の病死が語られる。猫の世界は急速に後退し、〈心内語〉によるディスコミュニケーションのタガも緩んでくる。これは『猫』初編における無名性や心内語を基盤とする「方法」に早くも〈亀裂〉が入り始めたことのしるしにほかなるまい。

『猫』の〈亀裂〉は、そうした「方法」上の枠組みだけではない。それは初編の世界と最終章（十一）に収斂してゆく「二」以後の世界と、二つの世界の〈時間軸〉にズレが生じる点にも端的にあらわれている。

初編は以下のような〈回想形式〉で語られていた。

此垣根の穴は今日に至る迄吾輩が隣家の三毛を訪問する時の通路になつて居る。／今から考へると其時は既に家の内に這入つて居つたのだ。／今日に至る迄名前さへつけてくれないのでも分る。／吾輩の住み込んでから一月許り後のある月の月給日に大きな包み（写生の道具）を提げてあはたゞしく帰つて来た。（一）

『猫』初編は右のように「今日」ないし「今」の時点からの〈回想形式〉による語りの世界だが、語りの〈今〉がいつなのかは明示されていない。ただし、「吾輩の住み込んでから一月許り後」の「写生」事件をはじめ、その後の「ある小春の穏かな日の二時頃」（十一月か）に出会った「車屋の黒」との初対面、後半の「十二月一日」や「十二月四日」付の「主人の日記」、さらには「車屋の黒は其後跛になつた」などの時間的推移が示されている。これらをふまえ、初編発表の時期（明治三十八年一月）や起稿の時期（明治三十七年11月下旬か）などを勘案すると、語りの〈現在〉は「日記」の日付に近い十二月初旬頃（明治三十七年）と考えて大過あるまい。一方、「二」より以後の『猫』の結末は、「猫と生れて人の世に住む事もはや二年越し」になった「吾輩」の「死」（十一）で結ばれる。物語の結構が固定されておらず、猫の「死」がゴール（今）となる「二」以降の物語にとって〈回想形式〉の語りは困難であり、語りの〈現在〉を猫の「死」の時とすると、初編における語りの「今」と齟齬する。そのため「二」以降はほぼ現在進行形の語りとせざるを得ず、初編の〈回想形式〉は破棄されてしまう。つまり、猫の〈死〉がしだいに前景化してゆく過程で、『猫』初編の〈時間軸〉は大きく変更を迫られ、ここでもまた初編で提示された枠組みとの〈齟齬〉は不可避となる。

七

「二」ではかすかな予兆にすぎない〈亀裂〉が、「三」の冒頭に至ると、猫みずからそれを予告することになる。つまり、「一」で「吾輩」と称した語り手の猫は、「二」に至ると「読者」への呼びかけや登場人物の命名によって変節し、「三」の冒頭では〈緩慢な自殺行為〉に及ぶのである。

　三毛子は死ぬ、黒は相手にならず、聊か寂寞の感はあるが、幸ひ人間に知己が出来たので左程退屈とは思わぬ。（中略）段々人間から同情を寄せらるゝに従つて、己が猫である事は漸く忘却してくる。猫よりはいつの間にか人間の方へ接近して来た様な心持になつて、同族を糾合して二本足の先生と雌雄を決しやう抔と云ふ量見は昨今の所毛頭ない。夫のみか折々は吾輩も亦人間界の一人だと思ふ折さへある位に進化したのは頼母しい。（中略）吾輩はどこ迄も人間になり済まして居るのだから、交際せぬ猫の動作は、どうしても筆に上りにくい。迷亭、寒月諸先生の評判丈で御免蒙る事に致さう。（三）

「己が猫である事」を「忘却」し、「人間界の一人」として「猫」族との「交際」を疎遠にする猫は、もっぱら「諸先生の評判丈」（人間世界）を追う存在へと変貌し、「筆」をも執る存在となる。こうした〈人間宣言〉を行う猫はもはや〈猫〉ではない。みずから〈猫〉であることを放棄した猫は、早晩〈自死〉を迎えざるを得ないだろう。さらに、同じ「三」の前半では、それまで猫と同様〈無名〉であった「主人」の固有名も明かされる。主人の不在中、細君と雑談を交わす迷亭は「苦沙弥君抔は道楽はせず（中略）世帯向きに出来上った人でさあ」と述べ、初めて「主人」の具体名が明かされる。「三」の中半までは迷亭のみが「苦沙弥」の名を口にしていた「苦沙弥」の名が、後半では「吾輩」も「猫と生れた因果で寒月、迷亭、苦沙弥諸先生と三寸の舌頭に相互の思想を交換する技倆はない」とその名を口にする。いうなれば「主人」の〈飼い猫〉におさまっていた猫は、相手を固有名で呼ぶことで無名の従属的な立場を脱し始めたのである。

「三」冒頭における猫の〈人間宣言〉は、初編における「方法」の〈破綻〉の予告であり、〈失敗作〉の烙印をも押されかねぬ危険性への踏み出しだともいえよう。だが、〈私の実存〉を問うための自然で必然的な「方法」――〈自家用のテクスト〉に自足する私的な「方法」――をみずから否定することなしに、漱石はけっして〈小説家になる〉ことはできない。いわば猫の〈自死〉を結果ではなく目的とする「方法」の意識的な〈再編成〉の場が、〈自家用〉の〈書き手〉をまぎれもない〈小説家〉に変成させる契機なのである。ロラン・バルトは次のように語っている。[13]

> 作家とは、語ることが直接自分自身の言葉《パロール》を聴くことである人間のことだ。こうして受け入れた言葉（それは創造された言葉であるけれども）、文学の言葉そのものである言葉が構成される。エクリチュールとは、事実、あらゆるレベルで、他者の言葉であり、この逆説的な逆転のうちに、作家の真の《天分》を見ることができる。それどころか、この逆転のうちにこそこの天分を見なければならないのだ。（傍点原文）

漱石は〈私の実存〉を問い返すために無名性や心内語という〈猫〉の「方法」によって自己を「語ること」に踏み出したが、その語りが猫自身の〈死〉を告げるものでもあることを「聴くこと」によって、猫の〈自死〉を前提とするエクリチュールへと〈再編成〉し始める。「三」はそのような「逆説的な逆転」への端緒であり、猫の言葉が〈私〉の言葉から「他者の言葉」すなわち「エクリチュール」に変成する第一歩にほかならない。

たとえば「五」に至ると、猫にはぬぐいがたい不吉な影が漂い始める。多々良三平にその無用性を強調された猫は、危うく「猫鍋」の具にされそうになる。危機を感じた猫は、「今迄〔鼠を〕捕らんのは、捕り度《たく》ないからの事さ」と悠然と構えていた態度を撤回し、鼠を捕ろうと決意する。しかし、鼠を捕る猫は、単なる動物の猫への後退であって、人間を見下ろす〈語り手〉の〈猫〉たる本質を喪失することを意味する。しかも、猫は鼠の迎撃に失敗し、「吾輩は先天的鼠を捕る能力がないのか知らん」と疑心暗鬼の自信喪失に陥る。さらに、鼠との実戦に完敗した猫は「月光を竪に切つて下へ落ち」「深夜に只ならぬ物音を立て、死物狂ひの吾輩の魂をさへ寒からしめ」「大人しく蹲踞る」しかない。いうなれば猫はこの場面で自己の節操を大きく曲げ、その存在理由を半減し、みずからの敗北に直面するのである。「月が西に傾いたので、白い光りの一帯は半切程になつた」という「五」末尾の一行は、猫の存在意義が薄れ、その敗北（瀕死）を自認する心象風景でもあったろう。〈猫の死〉はもはや目前に迫っている。

「六」では、太平の逸民全員が一堂に会し、迷亭の「パナマ帽」や「鋏」をはじめ、寒月の書いた「俳劇」や東風の富子に捧げる「詩集」および「今日の詩界」、さらには「送籍」の書いた「一夜」や苦沙弥の「短文」などが話題となる。彼らがそれぞれ自分の関心事を語り続けるのに対し、猫が独自の批評や弁舌を披瀝することはほぼ皆無である。猫はひたすら〈聞き役〉もしくは〈傍観者〉にとどまり、アイロニカルな〈語り手〉らしい機知を発揮することもない。

「七」になると、猫は「運動」について多弁を弄し、主人が出掛けた「銭湯」の様子や「服装」について語り続ける。しかし、その語りは猫のまなざす現実世界を相対化する批判的な言説ではない。運動論は単に説明的な〈独言〉であって、銭湯の様子は見たままの「紹介」にすぎない。その間には「何だかごちや〳〵して居て何にから記述していいか分らない」との困惑も吐露され、〈語り手〉は〈書き手〉とないまぜになって生彩に欠ける。後半には主人が細君に「おい、その猫の頭を一寸撲つて見ろ」と命じ「今鳴いた、にやあと云ふ声は感投詞か、副詞か」（傍点原文）云々のやりとりがあり、災難に巻き込まれた猫の〈語り〉はやや生彩を取り戻すが、末尾における夕飯（晩酌）のシーンでは夫婦の会話が主となり、猫の口数は再び減退する。つまり、猫は「ごちや〳〵し」た自身の〈語り〉にいささか倦んでおり、「何にから記述してい、か分らない」との困惑には猫の〈語り〉を綴る〈書き手〉の嘆息が重なっている。こうした〈語り〉の弛緩と〈書き手〉の困惑は、『猫』初編における「方法」の決定的な自壊がもはや間近であることを暗示している。

八

続く「八」の冒頭部分には次のような表現が見られる。

家賃は安いがそこは苦沙弥先生である。／ここに住む先生は野中の一軒家に、無名の猫を友として日月を送る江湖の処子である……／しかく先生を想像するのに余程骨の折れるのは無論である。／学士とか教師とか号するものに主人苦沙弥君の如き気違のある事を知つた以上は／落雲館の君子が、気の利かない苦沙弥先生にからかふのは至極尤もな所で……／只本人たる苦沙弥先生のみである。／して見ると、臥龍窟主人の苦沙弥先生と……（八）

わずかな例外を除き、それまでほぼ「主人」と呼んできた人物の呼称を具体的な固有名や職制で呼び始める意味はけっして小さくない。「主人」という呼称は「吾輩」の〈買い主〉を意味し、それは〈主人／吾輩〉という二人の主従関係を基軸とする呼称である。一方、「苦沙弥先生」という固有名詞や「先生」という職制上の名辞には、主従にとどまらない対等の関係や社会性が付与される。それは登場人物の素性をより明確にすることであって、主たる理由はテクスト外の「読者」に対する説明であって、楽屋オチに通暁した「仲間」とは別の、一般の「小説読者」に対する配慮である。そして、猫が「小説読者」の存在を強く意識するのにともなって、彼は〈心内語〉の〈語り手〉から明確な〈書き手〉へと変身する。

主人が如何に野暮を極めたかを逐一かいて御覧に入れる。／此戦争を記述する迄に於て必要であるから已むを得ない。／逆上の説明は此位で充分だらうと思ふから……／逆上でも自慢しなくてはほかに骨を折つて書き立てゝやる種がない。／小事件を記述したあとには……／先づ蜂の陣から説明する。／古来から叙述に巧みなるものは皆此筆法を用ゐるのが通則になつて居る。／今吾輩が記述するベースボールは……／吾輩は主人の大事件を写したので、そんな人の大事件を記したのではない。（八）

かつて「二」において『猫』の〈書き手〉を苦沙弥と示唆していたにもかかわらず、漱石は「吾輩」が〈書き手〉であることを堂々と宣告する。この強引な変更はむろん『猫』初編における「方法」の全面的な破棄を意味する。以下は、漱石がそうした〈破綻〉を意に介さず、〈失敗作〉の誹《そし》りも恐れず、猫が〈人語を記述できない〉という禁をみずから犯してやみくもに〈書き手〉へと突き進んだ経緯を示している。

吾輩は既に小事件を叙し了り、今又大事件を述べ了つたから、是より大事件の後に起る余瀾を描き出して全篇の結びを付ける積りである。凡て吾輩のかく事は、口から出任せのいゝ加減と思ふ読者もあるかも知れないが決してそんな軽率な猫ではない。一字一句の裏に宇宙の一大哲理を包含するは無論の事、其一字一句が（中略）容易ならざる法語となるんだから、決して寝ころんで読んだり、足を出して五行ごと一度に読むのだなどゝ云ふ無礼を演じてはいけない。（中略）吾輩の文に対してもせめて自腹で雑誌を買つて来て、友人の御余りを借りて間に合はすと云ふ不始末丈はない事に致したい。是から述べるのは、吾輩自ら余瀾と号するのだけれど、余瀾ならどうせつまらんに極つてゐる、読まんでもよからう抔と思ふと飛んだ後悔をする。是非仕舞迄精読しなくてはいかん。（八）

すでに前掲引用で「逐一かいて」「記述する」「書き立てゝやる」「記した」などと述べ、〈書くこと〉に執拗な言明を繰り返した猫は、ここでもさらに声高に反復する。さらに「叙し」「述べ」「描き出し」「全篇の結びを付け」「かく」と述べたのちにも「吾が輩の文」と念押しする。こうした自身が〈書き手〉であることへの異様な執着と主張は、もはや猫を逸脱した漱石自身の〈書き手〉への転身を告げる強い決意表明にほかならない。加えて「自腹」での雑誌購入や作品の「精読」といった要求は、自身が現実の「読者」と直に向き合う〈作家〉であることの表明でもあるだろう。

　こうした我こそは〈書き手〉だという執拗かつ異様な繰り返しは、単に自身がこの〈小説の書き手〉であるということの言明にとどまるものではない。それは自身が〈小説を書く人になる〉という覚悟を伝えるべき具体的な存在を前にした切迫した熱情と宣言を示すものではあるまいか。たとえば、「私は今から命を賭して〈小説家になる〉ことをあなたに誓う」とでもいったふうな。そして、漱石がそのように誓うべき「あなた」（相手）とは眼前の正岡子規ではなかったろうか。

　自身が〈書き手〉であることを執拗に繰り返した「七」「八」は、ともに明治三十八年十二月十二日に起稿し、約一週間で書き上げられ、翌明治三十九年一月号の「ホトトギス」に発表された。漱石がこの「七」「八」章を起稿する約二週間余り前、俳書堂籾山仁三郎[14]から川崎安制作の石膏製掛額「子規居士半身像」が寄贈されている。その好意に対し、漱石は次のような礼状（籾山宛書簡、明38・11・27）を書き送っている。

　拝啓子規の像本日着机上に安置致し眺め居候是は晩年の像だから小生のちかづきに成りたてとは余程趣が違つて居るうちに矢張り本人と対ひ合ふ様な気がする。病中は成程こんな顔であつた。御陰で故人と再会する様な気がします。

　　初時雨故人の像を拝しけり

　十一月二十七日　　　金

俳　書　堂　　庵中

子規の掛額が寄贈された当時、漱石は翌年一月号の「帝国文学」と「ホトトギス」二誌の依頼原稿を抱えて苦闘していた。特に前者の「趣味の遺伝」（十二月十五日締め切り）は「腹案がまとまらず」「迷て居る最中」（高浜虚子宛書簡、明38・11・24）でなかなか完成せず、大学の勤めも休んで十二月十一日にやっと書き上げられる。引き続き翌十二日から『猫』の執筆に取り掛かり、同月十八日に仕上げられるが、直後には「此二週間帝文とホト、ギスでひまさへあればかきつゞけもう原稿紙を見るのもいやに成りました是では小説抔で飯を食ふ事は思も寄らない」（高濱清宛、明38・12・18）とも洩らしている。締め切りに追われ机に齧《かじ》り付いたその「二週間」は、「故人と再会する様な」すなわち子規「本人と対ひ合ふ様な」気分で執筆し続ける日々だった。いうなれば『猫』の「八」は、子規に見つめられ、子規と対話しつつ執筆されたのである。猫の口をかりて自身が〈小説の書き手〉であることを強調する異様な繰り返しは、そうした子規を眼前にしながら今は亡き子規との〈対話〉を生々しく想起する興奮の中で、自身を文筆の道へと導いた親友に対し、〈小説家になる〉ことを誓う決意表明だったように思われる。

　のちに漱石は「七」「八」を含む単行本『吾輩ハ猫デアル』（明39・11、大倉書店）の「中編自序」で「僕ハモーダメニナツテシマツタ、毎日訳モナク号泣シテ居ルヤウナ次第ダ」で始まる子規からの最後の哀切な書簡を全文引用した上で「余は此手紙を見る度に何だか故人に対して済まぬ事をしたやうな気がする。（中略）書きたいことは多いが、苦しいから許してくれ玉へ杯と云はれると気の毒で堪らない。余は子規に対して此気の毒を晴らさないうちに、とう〳〵彼を殺して仕舞つた」（傍点原文）と述べ、この一冊を子規に献じている。朝日新聞社に入社直後、専業作家への道を踏み出した挨拶のために旧友狩野亨吉を京都に訪ねた一文「京に着ける夕」（「大阪朝日新聞」明40・4・9〜11）でも「子規は死んだ」「あゝ子規は死んで仕舞つた」と繰り返し、子規への深い哀悼の思いを綴っている。[15] しかし、こうした後日に書かれた中編「自序」や「京に着ける夕」以前に、『猫』七章・八章を執筆中の漱石は眼前の子規と対話し、自身が〈小説家となる〉覚悟を誓っていたのである。

終わりに

「吾輩」こそが『猫』の真の〈書き手〉だとの言明を繰り返し、猫が前景化するのと反比例して、かつて〈書き手〉と目された主人（苦沙弥）は「稚気を免れ」ない「滑稽文の材料」（八）に堕してしまう。かくして「吾輩」は〈語り手〉たる自己の存在理由をみずから否定し、自身の〈死〉（十一）を既成事実化しながら〈書き手〉＝「作家」へと変貌する。『猫』の「三」以後のライトモチーフは、〈語り手〉である「吾輩」（猫）が自分こそは真の〈書き手〉＝「作家」（小説家）であるという意志表明にほかならない。

〈小説家〉の仕事は、主人公や語り手といった自身の〈分身〉に直接的なメッセージを仮託することではなく、その〈分身〉が語る言葉の背後から立ちのぼってくる不可避な〈他者の声〉に耳を傾け、その声に従う「方法」を新たに構築し直すことだ。そのためには初発の直接的なメッセージを担う〈私〉の分身を自身の手で扼殺《やくさつ》し、「他者の声」によって己を〈私〉の分身から脱皮させなければならない。見てきたように、『猫』初編（一）の〈語り〉は「二」で早くも亀裂の前兆を見せ、「三」ではその亀裂が明確となり、「八」ではみずから自壊を宣告してみせた。つまり、自身のレゾンデートル・クライスと向き合う〈語り手〉として登場した「吾輩」は、その〈語り〉の基盤となる「方法」をみずから破壊し、自身の〈死〉と引き換えに、来るべき真の〈書き手〉の誕生を宣告したのである。漱石はみずから企てた〈猫〉という方法の延命をはかるよりも、その方法を自身の手で扼殺することを必然として択《えら》びとった。そうした意志こそ彼を小説家にする第一歩だったのである。そして、〈私〉の分身である〈語り手〉の猫が自身の〈死〉と引き換えに〈書き手〉に転成する現場こそ〈小説家漱石の起源〉を示すものだろう。

再びバルトの言に耳を傾けてみよう。バルザックの戯曲『ぺてん師』を論じた冒頭の一節を、彼は次のように書き出している。(16)

ティボーデがつとに指摘していたように、きわめて偉大な作家たちの作品中には、しばしば一個の極限的作品、風変わりで、ほとんど邪魔なといっていい作品がある。この作家たちはこうした作品中におのれの創造の秘密と、戯画とを同時に託し、彼らが書かなかったとしても、おそらく書こうと欲した基準からずれた一作品の存在を暗示することがある。

（「《意欲はわれわれを焼きつくす……》」傍点原文）

「極限的作品」とは、おそらく一人の作家の「基準」すなわち彼の個性を限どる〈作風や傾向〉から「ずれた」ことでかえってその作家の「書こうと欲した基準」の始源を明示する「作品」、というほどの意味だろう。漱石文学の中でその「ずれ」を示す「極限的作品」とは、「風変わりで、ほとんど邪魔な」『猫』がそれに相当する（同時期の「坊っちゃん」も含めていい）。以後の漱石文学の作風（基準）でいえば、「創造の秘密と、戯画とを同時に託し」、ユーモラスでアイロニーに満ちた〈哄笑〉を投げかける『猫』のような作品は二度と書かれることがなかった。その意味で『猫』はまぎれもなく漱石文学における「極限的作品」であり、その三章から八章に至る足跡は彼が〈小説家の起源〉へとにじり寄ってゆく過程そのものだった。特に、自身のレゾンデートル・クライシスが生み出した切実な「方法」をみずから扼殺した『猫』第八章こそ夏目金之助が作家漱石に転成する「小説家の起源」となる現場であった。〈失敗作〉の謗りをうけるリスクをあえておかす狂気じみた開き直りと自己の分身に迫りくる〈死〉の世界をみずから抱きとめる蛮勇なしに小説家漱石の誕生はなかったのである。

注

（1）「吾輩は猫である」の発表は明治三十八年一月から明治三十九年八月までであるが、『鶉籠』に収録される「草枕」が『猫』最終回の翌月（「新小説」明39・9）、同じく「二百十日」が二ヶ月後（「中央公論」明39・10）の発表であるほかは、初期の小説作品はすべて『猫』連載中の時期に収まる。

（2）（3）（4）　「時機が来てゐたんだ――処女作追懐談」（「文章世界」明41・9）

（5）　三好行雄「解説」『近代文学注釈体系　森鷗外』（昭41・1、有精堂）は、『舞姫』を鷗外が「自己のざわめく心中を中和し、敗北と挫折の痛恨を処理するために書かれ」また「作品から実生活への通路を巧妙に断」つ方策で書かれた作品とし、「〈自家用〉の小説」と評している。

（6）　野間眞綱宛書簡（明38・1・1）

（7）　この点について、前田愛（「猫の言葉、猫の論理」『作品論夏目漱石』昭51・9、双文社出版）は『猫』初編は猫が「吾輩は猫である。名前はまだ無い」という「自己認識を獲得した時点から、逆に出生の記憶へとさかのぼる過去形の物語」であると指摘する。

（8）　小森陽一『漱石を読み直す』（ちくま新書、平7・6、筑摩書房）はこの点に関連して、以下のように述べている。

「どこで生まれたか」もわからず、「ニャー〳〵泣いて居た」という「記憶」の初源に、異族の姿しかないという「猫」の告白は、そのまま金之助が、ものごころがつく年齢になって、夏目家に戻った後に聞かされた物語と重ねられているのです。「漱石」は、「猫」である「吾輩」の言葉を借りて、「金之助」としての自分の心の中にわだかまっていた、出生と、その後の養子にやられたことをめぐる屈折を表象しているわけです。

（9）　木股修「猫」（「國文学」「夏目漱石全作品」平成6・1，學燈社）参照。木股氏は、江藤淳が言及した「異化」に触れ、シクロフスキーの『散文の理論』（「パロディの長編小説」）やシュタンツェル『物語の構造』などを参照しつつ前田愛（注7）や小森陽一『構造としての語り』（昭63・4、新曜社）にも言及、トルストイ『ホルストメール』と『猫』との共通性を論じている。

（10）　（注7）に同じ。

（11）越智治雄「猫の笑い、猫の狂気」（「解釈と鑑賞」昭45・6、至文堂）参照。

（12）『漱石全集（第三巻）』（平6・2、岩波書店）「注解」（今西順吉、出原隆俊）では「草枕」六章の「恍惚として動いている」について『老子』第十四章との関連が指摘されている。『老子』でいえば、第二十一章にも「恍惚」の語を含む「道之為物、惟恍惟惚、惚兮恍兮、其中有物、恍兮惚兮」（道の物たる、惟れ恍惟れ惚、恍たり惚たり、其の中に物有り、恍たり惚たり）の一節がある。「草枕」本文には「恍惚」云々の前段にワーズワースへの言及があるが、かつて漱石は「老子の哲学」（第二篇）において二度もワーズワースとの類似性に言及している。

（13）ロラン・バルト、篠田浩一郎ほか訳『エッセ・クリティック』（昭47・5、晶文社）

（14）籾山は高浜虚子の知己で子規に師事した俳人でもある。俳書堂はもと虚子が俳書類を出版するために設けた出版社で、籾山がこれを譲りうけ、のち籾山書店と改名して漱石や鷗外ら多くの文芸書を胡蝶本として出版、雑誌「三田文学」の発行元ともなった。

（15）内田道雄「『猫』の眼（視線）――猫のいる世界――」（「解釈と鑑賞」昭54・6）は、この「中編自序」や「京に着ける夕」と関連して『猫』が漱石の「余りにも遅れた出発」と子規に対する「痛恨の思い」に論及している。ただし、子規の「掛額」については触れていない。

（16）（注13）に同じ。

「坊っちゃん」管見
——笑われた男——

はじめに

漱石文学の中ではむしろ正面きって論じられることの少なかった「坊っちゃん」が、ある時期からにわかに注目を集める一篇となった。試みに「漱石研究文献目録」[1]等を眺めると、昭和四十五、六年頃を境として、「坊っちゃん」に関する言及は急増し、この十五年間だけでも八十篇以上を数えることができる。こうした議論の高まりに火を点けたのは、「初めて本格的な「坊っちゃん」論が出た」[2]と評された平岡敏夫氏[3]の「「坊っちゃん」試論——小日向の養源寺」（『文学』昭46・1）を筆頭とするその前後の一連の仕事[4]であったろう。

年代記ふうにいえば、「坊っちゃん」論は一九七〇年代とともに幕を開け、漱石研究全般の盛況にも呼応しつつ、八〇年代に入ってますますその勢いに拍車をかけた。特に最近の多彩な「坊っちゃん」論は、平岡氏らが蒔いた解釈論の種をそれぞれに結実させる一方、様々な意匠を身に纏いながら一段と精密化してみえる新たな読みを呈示しつつある。ところで、その新たな読みの赴く先が、時として作品の主人公ともいうべき「おれ」から遠ざかるのはなぜか。

たとえば有光隆司氏[5]に次のような言がある。——「それにしても「坊っちゃん」において、なぜ、こうも語り手である男ばかりが重視されるのか」と。だが、事実はむしろ逆なのではあるまいか。たしかに、これまで「坊っちゃん」の「おれ」を正義感に満ちた日本的性格の典型とみる[6]一連の明るい主人公像があり、他方、語り手の強迫観念におびえるような暗い内面を摘出する見解も少なくない。しかしその明るさはもちろん、暗さにしてもどれほど具体的な問題として追究されてきたであろうか。どちらかといえば近年の議論の趨勢は、語り手の語りにくい内面から横すべりして、もっぱら「おれ」以外の登場人物や潜在する別の物語の探索に忙しい。最近の成果でいえば、さすがにそのモデルさがしは一段落したものの、石原千秋氏[7]のように「清の物語を紡ぎ出」すことこそ一篇の「秘密を語ることにつながる」といった視点は依然として根強く、また、有光氏自身、作品の「悲劇の方法」として喜劇を演ずる男よりも山嵐の方に「深い挫折[8]」を見出しており、さらに小森陽一氏[9]は赤シャツ・山嵐・語り手などのさまざまな「言葉」の層と対置して「うらなりの沈黙」に注目する、といったふうである。

無論、そのような新たな読みが掘り起こす成果を全面的に否定するつもりはない。しかし、その反面、「おれ」という語り手の提示する問題は果して他の何かに取って換えられるほど軽いものだったのか、という疑問も残る。換言すれば、これまで指摘されてきた悲劇も挫折も、そして沈黙さえも、それらは清や山嵐やうらなりのものである以上に、より深く「おれ」自身の問題だったのではあるまいか。敢えていえば、作品に刻印されたそうした陰影の濃淡がもし見えてこないのだとしたら、それはたぶん、七〇年代以後、作品をみつめる読者側の視線に何か変化が生じたしるしといえるだろう。

たとえば、「坊っちゃん」一篇は、そもそも何（誰）について語られた物語だったのか、という素朴な問いに立ち戻ればよい。端的にいえば、それはやはり語り手である「おれ」自身について語られた物語であり、後に詳述する如く、「おれ」が笑われたことについて語られた物語である。そして、この笑われるという事実を読者はもっと正視する必要があるのではなかろうか。

笑う側にとっては笑いはどのようなものでもあり得るが、笑われる側にとって意味のない笑いというものは存在しない。何か特別の事情がないかぎり、人は誰しもみずからが笑われる存在であることを望みはしない。従って、望みもしないのに笑われる人間は、多かれ少なかれ、なにがしかの〈哀しみ〉をひきずることになるだろう。たとえそれが物語世界の〈紙の中〉の存在であれ、ひとりの人間が周囲から笑われ続けねばならなかったことの哀しみは重い。

「坊っちゃん」の語り手「おれ」もまた望みもしないのに笑われ続ける。だとすれば、この男もまた、いわれのない哀しみをひきずる存在に違いない。「坊っちゃん」一篇が本当に「深い哀切感」(10)のにじむ作品だとするなら、それは、自分の笑われたことについては饒舌に語り得るこの男が、その哀しみについては何ひとつ語り得ない存在だったという事情による。作者漱石の意図が、笑われる男の行状を描きながら笑う側の本質を露呈させようとする逆説にあったのは確実だが、そうした逆説も笑われる側の無言の哀しみを深く共有することによってのみはじめて成立し得る。物語を語る饒舌がどこか哀しい沈黙の異名でないとしたら、その語りはたぶん耳を傾けるに値しない。無論、それは「坊っちゃん」の語りを分析する読者の言及についても同様であろう。

二

「坊っちゃん」は、冒頭第一章と最終章（十一）末尾を除けば、物語の大部分が「四国辺」の或る町を舞台として展開されている。その間の物語を一読して明瞭なのは、語り手である「おれ」の笑われるシーンが極めて多いことであろう。男はまるで笑われるために東京から四国へやってきた、といったあんばいなのだ。たとえば、男の笑われる場面を各章別に数えてあげてみると以下のような表になる。

章	笑われた回数	章	笑われた回数	章	笑われた回数
一	0回	五	6回	九	2回
二	3回	六	2回	十	0回
三	4回	七	1回	十一	4回
四	1回	八	0回		（計）23回

右に見られるように、語り手が飽くことなく語り続けているのは、ほかでもない「おれ」自身が「笑われ」た事実である。舞台そのものが異質の空間である第一章を別とすれば、男が笑われないのは、八・十のわずか二章にすぎない。第一章の意味については後に詳述するとして、同じ四国辺の町を舞台とする第八章と第十章において、男はなぜ笑われなかったのだろうか。

第八章は、男が赤シャツからうらなり転任の話とともに増給の件をもちかけられ、謎をかけられて「うんと考へ込」み、下宿の婆さんの噂話によって「作略《さりゃく》」の真相を謎解きされる場面である。つまり、第八章では赤シャツと婆さんの方が語り手であって、男はもっぱら聞き役に回っている。章の最後で、赤シャツの「巧妙な弁舌」による「論法」に対して一方的な「断り」を「云ひすてゝ」去る以外、ほとんど語らない男は笑われるタネをまくこともなく、それゆえ笑われない。また、第十章の方は、戦勝祝賀会に続く乱闘シーンであり、笑う側も笑われる側もそうしたいとまのない状況であるがゆえに笑われない。従って、それらの場面で男が笑われないのは物語の展開による偶然の結果にすぎない。四国を舞台とする物語をトータルにながめれば、この語り手の基本的設定が笑われる男であることにまぎれはない。

では、なぜこの「おれ」は笑われ続けるのか。まず、男が最初に笑われた場面をみてみよう。男が任地に到着して山城屋に宿をとったその日のことである。

給仕をしながら下女がどちらから御出になりましたと聞くから東京から来たと答へた。すると東京はよい所で御座いませうと云つたから当り前だと云つてやつた。膳を下げた下女が台所へ行つた時分、大きな笑ひ声が聞えた。くだらないから、すぐ寝たが、中々寝られない。（二、傍点筆者）

おそらく男の噂をしてのことだろう、下女たちの間に「大きな笑ひ声」が起きる。それはたぶん、給仕をした下女の語りかけに対する男の返答が奇妙だったからである。「東京はよい所で御座いませう」という下女のコトバは、いわばお客に対する職務上のアイサツにしかすぎない。にもかかわらず、「当り前だ」と応じた男の「答」は、下女のコトバを文字通りの意味にうけとめる筋違いの返答であり、相手がもとめてもいない自分の本気（価値観）を真向うから押し出すコトバであった。いうなればアイサツという社会的機能として、コトバがその〈場〉に応じて生じさせるもうひとつの意味を逸脱しているがゆえにこの男は笑われる。

男が二度目に笑われるのは、校長から辞令を渡されつつ、「教育の精神」に関する「長い御談義」を聞かされる場面である。そこで「生徒の模範」や「一校の師表」たることを要望された男は以下のように返答する。

到底あなたの仰やる通りにや、出来ません、此辞令は返しますと云つたら、校長は狸の様な目をぱちつかせておれの顔を見て居た。やがて、今のは只希望である、あなたが希望通り出来ないのはよく知つて居るから心配しなくつてもいゝと云ひながら笑つた。（二）

ここでもまた、男は校長のコトバを文字通りの意味で捉え、字義通りの内容を自分の現実に照らし合わせた結果、自分には不可能だと返答してしまう(11)。つまり、タテマエとしての「希望」にすぎないコトバを、文字通りの現実的要請だと解するがゆえに笑われる。校長のコトバが字義的な意味内容とは別に、社会的通過儀礼ともいうべき機能を果していることが「おれ」には理解できない。

男の笑われる理由のすべてがそうではないにしても、男はまずコトバにまつわる応答の奇妙さを笑われる。しかもそれは、この男がコトバの字義的な意味にばかり固執し、下女や校長のようにその〈場〉に即応した機能的な意味を容易にうけつけないことに起因している。

たしかにこの男は、コトバに対する奇妙ないびつさを抱える存在である。そして、それを笑う「世間」は、たぶん、男のコトバにあらわれた（と世間が考える）社会的常識の欠如をあげつらうだろう。だが、男にはコトバそれ自体に対する意識が欠如していたわけではない。むしろ男は、コトバの一部に奇妙にこだわったのであり、そうした対応のかたちがたまたま「世間」の常識にそぐわなかったというにすぎない。男は、コトバの本質にかかわる何ものかに対してあまりにも敏感すぎたのに違いない。

二

「坊つちやん」の語り手「おれ」がコトバに敏感な男であることを示す材料はいくつかある。

たとえば、「坊つちやん」という題名についてみてみよう。(12) 物語の現実に即していうなら、それは二種の意味で「坊つちやん」と呼ばれた男の物語である。ひとつは清が敬愛の意味をこめて呼びかける呼称であり、もうひとつは野だが軽侮の意味で噂する呼称である。だが、男自身はそのいずれの呼称にも大いに不服であり、当人はあくまでも「おれ」としか自称しない。換言すれば、この男は、他者が自分を名付けていう呼称と自分自身との間にいつも違和感を抱かせられている存在だったといえよう。(13)

また、次のような例もある。男は「これでも歴然《れつき》とした姓もあり名もある」（十一）と語りながら、作中ではついにその名を明かそうとしない。わざわざ立派な姓名があると主張しながら、結局その名を名のらないのは、この男にとって名前（固有名詞）が自分という存在を物語るのにふさわしいコトバではないと感じられていたからであろう。名前というコトバとそれが指し示すヒト（＝モノ）との間の違和感（乖離）につまずく男、これが「坊つちやん」の語り手「おれ」が潜在させているもうひとりの正体なのではあるまいか。

同様にみていけば、次のような場面もまた注目される。男が学校に出て最初に行ったことは、「みんなに渾名《あだ》をつけてやつた」（二）ことである。しかも、清を例外とすれば、男は自分とかかわる登場人物をすべてあだ名でしか呼ばない。狸・赤シャツ・山嵐・野だいこ・うらなり・マドンナなどだが、校長や教頭という職制上の名辞も含めると、彼らにはそれぞれ堀田・吉川・古賀・遠山家の令嬢という本名が明示されている。にもかかわらず、男はあだ名で呼び続ける。「無暗に渾名《あだ》なんかつけるのは人に恨まれるもとになる」（七）という清の忠告さえきいれず、男はあだ名に固執する。

なぜこの男はあだ名に固執するのか。(14) ひとくちにいえば、この男には、名前（固有名詞）という単なるラベルのようなコトバよりも、あだ名というそのヒトの特質を指し示す別種の言語記号の方がより正確なコトバだと実感されていた、ということだろう。やや観方を変えるなら、名前とは他の記号でも置換可能な言語記号の一種にしかすぎず、名前とそのヒトとの間には何ら必然的な関係性はない、と。

名前は、「世間」の人々が漠然と信じこんでいるように本当にそのヒト（モノ）を指し示すコトバなのか、と「おれ」はつまずく。そうしたつまずきの意識が潜在するからこそ、この男は「坊つちやん」という呼称になじめず、自分の姓名を名のらず、本名ではなくあだ名に固執する。つまり、この男が名前にこだわるのは、それこそがコトバの本質的な問題を典型的にあらわすものだったからにほかならない。

名前にこだわるのは「坊つちやん」の語り手だけではない。周知の如く、『吾輩は猫である』（以下『猫』と略記する）の第一章にも次のような冒頭と末尾の照応がある。

吾輩は猫である。名前はまだ無い。（中略）名前はまだつけて呉れないが、欲をいっても際限がないから生涯此教師の家で無名の猫で終る積りだ。

この猫に名前が「まだ無い」(15) のは、苦沙弥が名前を「つけて呉れない」からではない。それは、『猫』第一章の世界が、名前とそれが指示するモノとの結びつきを自明だとみなす先入見をひとまず無とするところに出発する未明の世界だったことを示している。そのことは、猫の足跡が、「人間といふもの」「書生といふもの」「種族」「煙草といふもの」「おさんと云ふ者」「教師といふもの」というように、初めて出会う周囲のモノの名前を命名する過程だったことでも知られる。[16] 無論、「吾輩」という極めて人間臭の強い一人称の人語で自称する非人間の猫は、それ自体がまだ奇妙にネジレた存在でしかない。それはたぶん、この〈猫〉という表象が、コトバと自己をとりまく世界との関係において漱石の実感した奇妙なネジレの仮象だったからにほかならない。その正体は依然として名付けがたく、だからこそ猫も「無名」に終始しなければならない。

『猫』にはさらに、「坊つちやん」と同時に発表された第十章[17]にも名前に関する以下のような言及がある。

> （古井武右衛門君は）監督と名のつく以上は（苦沙弥が）心配して呉れるに相違ないと信じて居るらしい。随分単純なものだ。監督は主人が好んでなつた役ではない。校長の命によつて已を得ず頂いて居る、云はゞ迷亭の叔父さんの山高帽子の種類である。只名前である。只名前丈ではどうする事も出来ない。名前がいざと云ふ場合に役に立つなら雪江さんは名前丈で見合が出来る訳だ。

名前がそのモノの内実を指示するコトバだと「信じ」るのは「随分単純」なことであり、「只名前丈ではどうする事も出来ない」、と漱石は語る。つまり、漱石にとって、一見モノとの結びつきを強く印象づける名前こそは、かえって、コトバが記号の一種でしかないという隠された属性を示し得る格好の例題《エクササイズ》だったのである。だとすれば、名前にこだわる「坊つちやん」の語り手はやはりコトバの本質と深くかかわる存在だったといえよう。

無論、かといって、「監督」と「雪江さん」とを同じ〈名前〉として同列に扱う漱石に、一般名詞と固有名詞を（あるいは代名詞も）概念的に弁別する言語哲学のような、厳密な理論的枠組みが用意されていたとは考えられない。[18]
しかし、すでに五年前、ロンドンに在って「名前も考へると無づかしきものに候へどもどうせい、加減の記号故」

と答えた事実(19)を考え併せると、名前を含めたコトバはモノや観念と結びついたものではなく、恣意的な記号にしかすぎない、といった基本的認識は充分その射程に入っていたように思われる。

三

　名前とそのヒトとの結びつきを自明のものだと信ずる「世間」の眼からみれば、その関係性に一々つまずくこの男の言語感覚は明らかにいびつであり、どこか病んでいる。実際、男はコトバにまつわる「妙な病気」をかかえており、それは自他ともに認めている。

「おれの癖として、腹が立つたときに口をきくと、二言か三言で必ず行き塞つて仕舞ふ。」(六)「おれは會議や何かでいざと極ると、咽喉が塞つて饒舌れない男だが、平常は随分弁ずる方だから(中略)」(七)「きまつた所へ出ると、急に溜飲が起つて咽喉の所へ、大きな丸《たま》が上がつて来て言葉が出ないから、君に譲るからと云つたら、妙な病気だな、ぢや君は人中ぢや口は利けないんだね、困るだらう、と聞くから、なにそんなに困りやしないと答へて置いた。」(九)「『おれにはさう舌は廻らない。君は能弁だ。(中略)それで演説が出来ないのは不思議だ』『(中略)演説となつちや、かうは出ない』」(九)

男は、日頃こそ「能弁」だが、肝心な時にはなぜか「大きな丸《たま》」が咽喉につかえて「言葉が出ない」。そのくせ「人中ぢや口は利けない」でも「そんなに困りやしない」「不思議」な存在である。山嵐がいみじくも指摘したように、男はたしかにコトバの「病気」をかかえている。

　無論、男は、失語症に苦しむ病理的な患者なのではない。現に、悪口のような一方的放言の場合、男の舌は人一倍ぺらぺらと回る。だが、「演説」のように、語るべきモノゴトがそれを指し示す正確なコトバを真剣にもとめようとすると、コトバはきまって喪われる。つまり、男が「人中ぢや口は利けない」のは、適正なコトバを真剣にもとめるからであって、もとめるコトバが見当たらないと感ずる人間には語らないことこそ自然であり、それゆえ口をきけなくとも「困りやしない」。

たとえ無意識とはいえ、単なる能弁と演説とを峻別し、語るにふさわしいコトバがないときには沈黙にあまんじる男にとって、コトバが生易しいシロモノであったはずはない。要するに、「おれ」の「言葉が出ない」のは、コトバの厄介な属性に対して男が過敏だったあかしであり、そのことを真剣にうけとめるからこそ「妙な病気」の様相を呈することになる。このほかにも男がコトバに敏感だったことを示す例は少なくない。たとえば、「曲りくねつた言葉」（四）や「条理に適はない議論」（六）や「人間の心」を離れた「論法」（八）等にみせるこの男の激しい嫌悪や疑問は、彼がコトバそれ自体の内包する本質的な問題につまずく存在だったことを物語る。

ところで、男は自覚していないが、「言葉が出ない」病いは、彼の信頼する唯一の相手・清との関係にもすでに浸潤しつつある。たとえば、男が清に手紙を書くシーン（二、十）である。任地に到着した翌日、男は清の気持ちを察して早速「奮発して長いのを書いてやつた」（二）と語る。が、その長いはずの手紙はわずか四五行の異常な短かさ[20]でしかない。この短さ自体、男のコトバの喪失を充分に物語るものだが、男があらためて「清への返事をかきかけた」（十）シーンはもっと深刻である。男がいざ返事を書こうとすると「書くことは澤山あるが、何から書き出していゝか、わからない」ために同じ所作を何度も繰返した挙句「おれには、とても手紙はかけるものではないと、諦らめて」しまう。

結局、手紙を断念した男は「かうして遠くへ来てまで、清の身の上を案じてゐてやりさへすれば、おれの真心《まこと》は清に通じるに違ない」と呟やく。だが、そうした男の独り言は、たしかに男の「真心」が清に通じているという現在の事実を語り伝えているわけではない。それはむしろ、手紙を書こうにも「言葉が出ない」やるせない現状をつくろう男の希望的観測でしかない。また、それに続く「（真心が）通じさへすれば手紙なんぞやる必要はない」という独断も、実はコトバを喪失した病いを無意識のうちに固塗する強弁の一種にほかならない。要するに、男は清への手紙についても「言葉が出ない」「妙な病気」にすっかり冒されている存在なのだ。

従って、男が「おれの真心は清に通じる」と「思つた」ことや「清をおれの片破れと思ふ」（六）ことを論拠として、両者にはコトバの介在を必要としない純粋で至福な関係が成立している、[21] などというのは当らない。男のそのような「思」いこみは、逆に男がいかに深刻なコトバの喪失に追いこまれていたかの証左にほかならない。清を自分の「片破れ」だと思うのは男の願いであって、それは深い沈黙にひたる男が夢想の中で紡ぎ出す彼岸の関係であろう。四国という「遠い」土地へと離れて、ますますコトバ（手紙）に頼るしかない現実に直面しながら、最も語りたいコトバを喪失しなければならなかったこの男は、やはり深くコトバに病んでいる。

四

男が笑われる真の理由を最も端的に物語るのは、バッタ事件の処分をめぐる職員会議のシーンである。

> おれはかう考へて何か云はうかなと考へてみたが、（中略）おれの癖として、腹が立つたときに口をきくと、二言か三言で必ず行き塞つて仕舞ふ。（中略）一寸腹案を作つて見様と、胸のなかで文章を作つてる。すると前に居た野だが突然起立したには驚いた。（中略）野だの云ふ事は言語はあるが意味がない、漢語をのべつに陳列するぎりで訳が分らない。分つたのは徹頭徹尾賛成致しますといふ言葉だけだ。／おれは野だの云ふ意味は分からないけれども、何だか非常に腹が立つたから、腹案も出来ないうちに起ち上がつて仕舞つた。「私は徹頭徹尾反対です……」と云つたがあとが急に出て来ない。「……そんな頓珍漢な、処分は大嫌です」とつけたら、職員が一同笑ひ出した。（中略）また何か云ふと笑ふに違ない。だれが云ふもんかとすまして居た。

男には、「言語はあるが意味がない」野だのコトバがなぜこの〈場〉で通用するのか「訳が分からない」。

ここで空疎なコトバがマカリトオルのは、この〈場〉自体が空疎な世界だからである。野だが賛成とだけ語るのは、もともとこの〈場〉が校長や赤シャツのいう「寛大な御取計」に賛成するための場だったからであり、野だの「意味がない」言語が黙認されるのも、この〈場〉が「会議」として意味がない世界だったからである。つまり、男には「訳が分らない」野だのコトバも、言語としての意味には欠けるものの、この〈場〉の意味には適合するコトバだったのである。一方、寄宿生の処分を強硬に主張する男のコトバは、この〈場〉の意味を大きく逸脱しているがゆえに笑われる。

　ところで、ここにはコトバの本質にかかわる重要な問題が露呈されている。たとえば野だのコトバのように、コトバは「言語」としての意味を空無化しながら一定の〈場〉にだけ機能する任意の意味をもてあそぶことができる。すなわち、コトバが本来の字義的な意味を離れて機能的な意味に従うとき、コトバはむしろ記号としての属性である恣意性をあらわにしはじめる、といいかえてもよい。

　無論、かつてコトバは、その歴史的実態からいえば、けっして恣意的な記号などではなかった。たとえばM・フーコーは次のように述べている(22)。

> その本源的形態において、すなわちそれが神によって人間にあたえられたとき、言語《ランガージュ》は物に類似しているがゆえに、物の絶対的に確実で透明な記号《シーニュ》であった。名は、（中略）相似という形態をとって、その指示するもののうえにおかれたのである。

そこでは、コトバは世界（＝モノゴト）との関係性を映し出す鏡であり、コトバはまぎれもなく世界を解読するための鍵《キイ》たり得た、といってもよい。だが、「言　語《ランガージュ》の最初の存在理由だったこの物との類似が、まず消えさった」結果、「あらゆる言語《ラング》を、われわれはいま、この失われた相似を基底として、それが消え去ったあとの空虚な空間において話しているのにすぎない」。つまり、この「おれ」が直面していたのは、そのようなモノとコトバの間の類似が消滅した「空虚な空間」だったのではあるまいか。だとすれば、男の字義的な意味に対する固執は、コトバがモノとの類似に基づく名前として世界を解読する鍵《キイ》となり得ていた、今は喪われたあり得べき過去への傷ましい幻視にほかならない。

だが、この「空虚な空間」では、コトバはそれ自体の恣意性にたわむれる変幻自在の記号となって跳梁する。コトバはすでに「相似という形態」を喪って世界とは何の脈略ももたない独自の恣意的な体系にすぎない。一方、相も変わらずコトバに世界との類似を幻視する人間にとっては、そうした眼前のコトバはもはや得体の知れない怪物のように映るだろう。男が「何か云ふと笑ふに違ない」と考え、「誰が云ふもんか」と沈黙をきめこむ真の理由は、実は、記号と化したコトバの恣意性に怖えているからではなかろうか。多分、「おれ」の「言葉が出ない」「妙な病気」も、そのようなコトバのもつ根源的な不気味さにつまずいたことに発している。

「坊つちやん」の語り手と同じく、漱石もまた、コトバそれ自体の無気味さに怖える人間であった。のちに『文学評論』として出版される講義「十八世紀英文学」は、「坊つちやん」発表をはさんで続けられたものだが、その「第一編　序言」の中に次のような部分がある。漱石は、外国文学を批評する際の「障害」のひとつは「即ち言葉である」（傍点筆者）と強調し、言葉の「意味の微妙《あや》(delicateshade of meaning)」を理解する困難さを例示した上で、そのために生ずる「一つの弊」に言及する。それは「英国の文学を評するのは英国人の云ふ方が間違はないと云ふ考になる」ことだとして次のように語っている。

これは疑もなく言語の相違と云ふ点から来る。言語が既に異様である。何だか思ひ切つた事をする気にならん。何となく薄気味が悪い。仮令気味が悪くならん迄が、手の附けやうがない気がする。何だか紗を隔てゝ人を看るが如く判然しない。

無論、ここに直接語られているのは、外国語で書かれた文学を評することの困難さである。だが、右のいかにも生々しい形容は、単に外国語の微妙なニュアンスを捉えきれないもどかしさのみにとどまらない。それは、言語それ自体の捉えがたい無気味な手ざわりを吐露した漱石固有の実感にほかならない。

異様で、薄気味が悪く、手のつけようがない、かすんでしかみえないシロモノ――それが、漱石の「言語」に対する生理的実感であった。それは同時に「言語」のみにとどまらず、漱石が自己をとりまく世界全般に対しても実感した手ざわり[23]であったろう。それはまた、「坊つちやん」の語り手が感ずる「世間」の手ごたえでもあり、「訳が分らない」と怖えつつ沈黙せざるを得なかった眼前のコトバの無気味さにも通底する。

ところで、コトバがその〈場〉かぎりの恣意的な記号だとしたら、そこ〈会議〉で語られるモノゴトもまた恣意的なものにすぎない、というおそれがある。そうした事情は、たとえば野だの「意味がない」コトバを容認した赤シャツたちにしても例外ではない。自分たちの語るコトバが恣意的な記号にすぎないという事実を認めることは、その〈場〉自体や彼ら自身の存在理由をもあやうくする。そこで、自分たちの語るコトバや〈場〉が恣意的ではないということを示すために、あるいは、それが恣意的であるという起源を隠蔽するために、人はその〈場〉から排除される存在（＝差異の対象）を発明する必要がある。つまり、そこから差異化される存在があるのは、そこで語られるコトバやモノゴトに一定の〈秩序〉（＝アイデンティティ）があることの証しだと、というわけである。

「坊つちやん」の語り手が「笑はれ」る真の意味は、そのような差異化、すなわち、コトバにおける記号としての恣意性を隠蔽するためのスケープ・ゴートだったのではあるまいか。コトバがモノとの類似に基づく〈名前〉の世界をはるかに遠ざかって「空虚な空間」を上滑りするとき、ニセのアイデンティティを発明する「作略《さりやく》」はしばしば哀れなひとりの異端者を血祭りにあげる。

男が差異化の対象として笑われ、その〈場〉から排除されねばならなかったのは、とりもなおさずその男がコトバの恣意性をあぶりだす危険な存在だったからである。ではなぜ、この「おれ」がそうしたコトバの本質を顕在化し得る存在たり得たのか。それはたぶん、男が四国へ来る前にコトバそのものに深く傷つき、その傷をみずからのコトバの病いとして体現する根源的な人間だったからである。

五

「坊っちゃん」の語り手はもともと笑われる男だったわけではない。現に第一章の男は、東京を舞台とする少年期の風景の中で、一度として笑われてはいない。つまり、第二章以後の語り手が〈笑われる男〉だとすれば、その過去である第一章は一人の男が笑われる存在へと生まれ変わる経緯を刻んだ〈前史〉だったといえよう。

物語は、「親譲りの無鉄砲で小供《ママ》の時から損ばかりして居る。」という一行に始まる。しかも語り手は、その「無鉄砲」がまぎれもない真実であるかのように、たて続けに三つの失敗談を物語る。しかし、それらは本当に男の「無鉄砲」を裏付ける行為だったのか。

まず、第一のエピソードからみてみよう。

> 小学校に居る時分学校の二階から飛び降りて一週間程腰を抜かした事がある。なぜそんな無闇をしたと聞く人があるかも知れぬ。別段深い理由でもない。新築の二階から首を出して居たら、同級生の一人が冗談に、いくら威張つても、そこから飛び降りる事は出来まい。弱虫やーい。と囃したからである。小使に負ぶさつて帰つて来た時、おやぢが大きな眼をして二階位から飛び降りて腰を抜かす奴があるかと云つたから、此次は抜かさずに飛んで見せますと答へた。（一）

語り手は、同級生の「冗談」を真にうけ、周囲の「囃し」にのって二階から飛び降り、腰をぬかしてしまう。たしかにそれは無鉄砲な行為のようにみえる。だがその発端を考え直してみるなら、男の行為はまず「同級生」の「冗談」という内実の乏しいコトバを現実の要請だとうけとめるところに始まっている。つまり、男はほんの冗談でしかないコトバを字義通りの意味でうけとめる奇妙な真摯さゆえに失態を演じなければならない。

これまで、ほとんど言及されたことはないのだが、右の失敗談の後半にはもうひとつ語られていることがある。それは、コトバ数こそ少ないものの、篇中唯一といっていい父子の対話である。「二階位から飛び降りて腰を抜かす奴があるか」と「云つた」父のコトバと、「この次は抜かさずに飛んで見せます」と「答へた」息子のコトバとである。

父のコトバは、息子の負傷という状況からすればいささか乱暴にすぎる物言いだが、かといってそれは次男坊の行為そのものを咎めだてするものではない。物語の時間からみると、もはや過去の人間に属するこの父にとっては、ホンネはどうであれ、旧時代の「武士的元気」（六）にも似た気概の鼓吹だけがかろうじて語り得るコトバだったに違いない。一方、息子は、平常の父が口にしていたであろう気概こそ、父の本意なのだと信じている。だからこそこの息子は、父の期待にそうべく「この次は抜かさずに飛んで見せます」と即答したのである。

あまり器用とも思われないこの次男には、父のコトバを忠実になぞることこそ、父の期待に応える最高の誠意だと考えられていたのであろう。従って、次男のこの即答は、父との精神的紐帯を信じて疑わぬ精一杯のコトバだったはずである。だが、次男の切実な思いを受けとめる父のコトバはついに発せられない。父のコトバをなぞり、父の気概に応えようとした次男の「答」は、ひとり孤立したまま、むなしく途切れてしまう。物語は一見快調なテンポを刻むように、すぐ次のエピソードへと移ってしまうが、その行間には、無言のままに父との断絶を強いられねばならなかった語り手の深い沈黙が潜んでいるのではあるまいか。この男は、父のコトバをなぞったにもかかわらず、父とのコミュニケーションを拒まれてしまう。

では、第二のエピソードはどうか。この場面もまた、第一の失敗談と同じくその発端はコトバの問題を内包している。

親類のものから西洋製のナイフを貰つてきれいな刃を日に翳《かざ》して、友達に見せて居たら、一人が光る事は光るが切れさうもないと云つた。切れぬ事があるか、何でも切つて見せると受け合つた。そんなら君の指を切つて見ろと注文したから、何だ指位此通りだと右の手の親指の甲をはすに切り込んだ。幸ナイフが小さいのと、親指の骨が堅かつたので、今だに親指は手に付いて居る。然し創痕は死ぬ迄消えぬ。

多くの説明は不要だろう。「友達」の語ったコトバをむきになってうけとめた語り手は、自分の「受け合つた」コトバに呪縛されて「死ぬ迄消えぬ」「創痕」を背負いこむ。その傷は、ナイフによる切り傷というより、友人と自分のコトバが刻印した傷痕だったのではあるまいか。ここでもまた物語は口早に第三の失敗談へと移行する。だが、たとえば、語り手の指を切らせる「注文」を出した友人はみずからのコトバに応じた語り手の実行を目撃しながらどのような表情をしていたのか。その際の友人や自身の反応について語り手は沈黙したままである。

次に第三のエピソードはどうか。「おれ」の家の庭にあった「命より大事な栗」を隣家の質屋のせがれ・勘太郎が「盗み」にやってきて二人は揉み合いとなる。そのうち男の袷の袖の中に頭が入って苦しくなった勘太郎が「おれの二の腕に食ひ付」き「痛かつたから」向うへ倒したところ、勘太郎は「自分の領分へ真逆様に落ちて、ぐうと云つた」。こうした事件の概要を語ったあとで、語り手はこの失敗談を次のような一節で終えている。

勘太郎が落ちるときに、おれの袷の片袖がもげて、急に手が自由になつた。其晩母が山城屋に詫びに行つた序《つい》でに袷の片袖も取り返して来た。

このような事件のどこが一体男の「無鉄砲」をあらわしているだろうか。男は単に自家の大切な栗を守ろうとし、それを盗みにきた闖入者を撃退したにすぎない。事件の実情からいえば、男の方に非はなく、非はむしろ盗みに入った勘太郎の側にあったはずだ。にもかかわらず、母は山城屋に「詫びに行つた」のである。

エピソードは、事件の処理に走った母の行動を語るだけで、「おれ」の心情にはいっさい触れることもなく、次の話題へと移行する。「おれ」は何ひとつ事件の弁明をしないが、非のない自分の側が一方的に「詫び」ねばならない現実にどこかわりきれない思いを抱きはしなかっただろうか。事件の理非曲直を問う肝心のコトバは発せられず、コトバだけの「詫び」が事態の収拾に走り、しかも男はまたもや母からうとまれねばならないだろう……。男はたぶんそのような現実を前にして沈黙している。事件の実状を理解する母からの暖い慰めのコトバがあればまだしも、コトバは現実の本質とはおよそ無縁であり、便法にすぎないコトバばかりが社会を飛び交っている。

このようにみてくると、「坊っちゃん」の冒頭を飾る三つのエピソードは、いずれも「おれ」がその少年期においてコトバに深く傷がついた物哀しい体験だったといえよう。しかも、その間隙には、男が語り得たコトバに倍する沈黙がわだかまっている。従って、「坊っちゃん」の文体を目して「伸びやかな」「躍るようなリズム」[24]とだけ評するのは、語りの半面を述べているにすぎない。そのセンテンスを一見リズミカルに短く切断しているのは、男の内部で沈黙する未発のコトバの数々なのではあるまいか。

さらに、三つのエピソードで、男のコトバと関わる登場人物が「同級生」「おやぢ」「友達」「母」であったことも注目に値する。つまり、両親と友人であるが、彼らは、いうなれば人間がコトバを学ぶ(=真似ぶ)最初の時点で出会う不可欠の存在であり、いわばコトバの習得を健全に培うための濃密な自然的関係ともいうべき存在であろう。だが、男が出会った彼らのコトバは、その最も信頼し得るはずの〈関係〉と背反するシロモノであった。このような不幸なコトバとの出会いの中で男が思い知るのは、人間社会における濃密な自然的関係そのものからの自身の疎外と、人間〈関係〉に応じて機能するコトバからの疎外であったろう。つまり、コトバは人間の自然的関係や社会的関係とは比定できない全く別個の体系であり、恣意的な記号の制度だという事実である。だとすれば、「坊つちゃん」の語り手は、人間がコトバを習得する原初的なシーンにおいて早くもコトバの本質的な背信と出会わなければならなかった存在だということになる。

こうした〈事実〉と少年期に向き合った「おれ」がコトバに関する深い当惑と精神的傷痕《トラウマ》をひきずるのは当然の成行きであった。のちに教師として四国に渡った青年が、コトバに対する「妙な病気」を抱え、字義的な意味への固執を「笑われ」るのは、右のような哀しい〈前史〉に潜むトラウマに引き裂かれていたからである。

男が名前にこだわったのは、それが自身には喪われていた人間の濃密な自然的関係を映すべきコトバの典型だと考えられていたからである。そして、男がコトバに怖えたのは、その原初的なシーンでコトバの背信に傷つき、記号的属性としての恣意性に敏感だったからにほかならない。コトバの原型ともいうべき名前は、コトバとモノとが類似によって結ばれていたあり得べき過去の残像であるとともに、コトバが恣意的な記号でしかないというモノ〈ヒト〉とコトバの乖離を露わにする端的なしるしである。つまり、この男のコトバに対するつまずきは、そうしたコトバに対するアンヴィバレンツな感情のあらわれであり、潜在する沈黙の間歇的な発露でもあった。

前掲のM・フーコーは次のようにいう。

> ボルヘスを読むとき笑いをかきたてる困惑は、おそらく、言語《ランガージュ》の崩壊してしまった人々のいだく、あのふかい当惑と無縁ではあるまい。場所と名にかかわる「共通なもの」が失われたということなのだ。失郷症《アトピー》と失語症《アファジー》。

傍線部の「ボルヘス」を「坊っちゃん」に置き換えて読めばよい。

小説「坊っちゃん」は、「坊っちゃん」という〈名〉で呼ばれた男が家の崩壊に出会い、東京という〈故郷〉を喪失し、四国という別の〈場所〉をさすらいながらその〈失語症〉的感性を笑われる物語である。いわば、「坊っちゃん」は、「場所と名にかかわる『共通なもの』が失われた」近代的言説空間の宿命を予告する物語なのだ。無論、主人公は、その宿命である「失郷症と失語症」に堪えながら「ランガージュの崩壊」した世界をさまよい続ける孤独な迷走者にほかならない。

注

（1）越智治雄・大野淳一編（『国文学』九月臨時増刊、昭46・8）以来、『国文学』誌上に断続的に掲載中。それ以前については『増補国語国文学研究史大成14　鷗外　漱石』（昭53・3、三省堂）所載「研究文献目録」ほかを参照。

（2）『シンポジウム日本文学14　夏目漱石』（昭50・11、学生社）中の佐藤泰正氏の発言。佐藤氏には「「坊つちやん」の世界――諸家の論に触れつつ――」（梅光女学院大『国文学研究』9、昭48・11）もある。

（3）平岡氏には以後も「評釈「坊つちやん」」（『国文学』昭54・5）や「漱石における家と家庭」（『講座　夏目漱石』第2巻、昭56・7、有斐閣）等がある。

（4）たとえば平岡論と前後して、佐々木充「坊つちやん」（『国文学』昭45・4）、江藤淳「名著再発見、夏目漱石「坊つちやん」」（『朝日新聞』昭45・6・5）、竹盛天雄「坊つちやんの受難」（『文学』昭46・12等があり、加えて同じく江藤淳「登世という名の嫂」（『新潮』昭45・3）が話題を呼んだことなども影響したかもしれない。

（5）「「坊つちやん」の構造――悲劇の方法について――」（『国語と国文学』昭57・8）参照。

（6）伊藤整「解説」（『現代日本小説大系』16巻、昭24・5、河出書房）ほか参照。

（7）「「坊つちやん」の山の手」（『文学』昭61・8）参照。

（8）前出（注5）参照。問題は有光氏の述べるように男が事件に参加しないことではなく、事件に参加できない男の性格づけそのものの方であろう。男が四国で挫折しないのは、そもそも彼が山嵐に較べて事件に遅れてきた青年だったからであり、彼がそれ以前にすでに深く傷ついていたからである。従って、氏や小森氏（注9参照）の如く、「本質的な『挫折』」が山嵐にあるとのべたてることにさほどの意味は認められない。

(9)「裏表のある言葉――「坊つちゃん」における〈語り〉の構造――」（『日本文学』昭58・3、4）参照。小森氏の述べるように、うらなりが寡黙の人であるのは事実だが、語り手にはもっと重い〈沈黙〉が潜んでいる。第一、うらなりも「おれの言葉を聞いてにやにや笑つ」（七）ており、小森氏のいう「全き了解者」だった清と「同じ存在」だとは言い難い。重要なのは、男が小森氏のいう〈私的言語〉になぜ追いこまれたかを問うことであり、それを問えば、男の〈沈黙〉はけっして黙過できないはずである。

(10) 本文冒頭の平岡論参照。

(11) 前出（注9）参照。既に小森氏に「『おれ』は狸の言葉を字義通り実践すべきものとして受けとめた」との指摘がある。尤も氏は、男のつまずきを〈公〉のたてまえと個人としての〈私〉的生活に関する「二重性の無知」とみており、それを字義的なるものへの余儀ない固執とみる私見とは異なる。無知なのではなく、いびつなのだ。

(12) 以下の私見と関連して稲垣達郎「「坊つちゃん」雑談」（『別冊国文学No.14』昭57・5）に、坊つちゃんという呼称が「ピッタリしない二人称」であり、主人公がその呼称を「いさぎよしとしない」などの指摘がある。

(13)「おれ」は自分を指す「野だ」の呼称「勇み肌の坊つちゃん」や「べらんめえの坊つちゃん」（十一）にひどく憤慨している。

(14) 前出（注5）参照。有光氏は、あだ名への執着を越智氏（注15参照）に準じて「社会の帰属性に基づいた他者との関係を拒んでいる」しるしだとみるが、私見では本名にしても〈社会の帰属性〉とは無縁だというコトバの属性を露わにするための異なったレベルの記号としてあだ名を捉えている。

(15) 猫の無名性については、越智治雄「猫の笑い、猫の狂気」（『解釈と鑑賞』昭45・9、のち『漱石私論』昭46・6、角川書店に所収）ほか多くの『猫』論が触れている。さしあたり以下の文脈（本文）のように考えているが、後考を期したい。なお、『猫』全体については、前田愛「猫の言葉、猫の論理」（昭51・9『作品論　夏目漱石』双文社出版）が、私見の「坊つちやん」観にとって示唆的であることを付け加えておく。

（16）拙稿「『吾輩は猫である』試論」（本書前掲）参照。

（17）『猫』第十章と「坊つちやん」は『ホトトギス』（明39・4）に併載された（但し、後者は付録）。

（18）『猫』や「坊つちやん」における名前の頻出を考えてみると、たとえば〈唯名論〉Nominalismの問題を検討してみる必要があるかもしれない。J・トラバント（Jurgen Trabant『記号論の基礎原理』昭54・3、谷口勇、南江堂）によれば、「唯名論の古典的定式化はロックにおいて見出される」とされるが、そのJhone Locke（一六三二～一七〇四）と彼の代表的著作〝*An Essay concerning Human Understanding*〟については、漱石自身、『文学評論』の中で言及している。なお、ロックの唯名論的定式は、右の著の「第三巻　言葉について」で論じられている。

（19）鏡子宛て書簡（明34・1・24）参照。

（20）前出（注9）参照。小森氏はここにロトマンのいう「語の単純化」すなわち「『〈私〉→〈私〉言語』＝『自己コミュニケーションの言語に近い』」ものをみる。

（21）前出（注20）の部分に続けて、小森氏は「『おれ』にとって清とは、他者にむかって自己を提示する言語」「を介さずとも了解しあえる存在」だと論じ、男が清を片われと思うことを論拠としている。

（22）ミッシェル・フーコー『言葉と物―人文科学の考古学』（渡辺一民・佐々木明訳、昭59・6、新潮社）参照。

（23）たとえば『永日小品』「霧」（『大阪朝日新聞』明42・2・8、東京版は翌日掲載）に描かれたロンドン留学中の心象風景がそれに近い。下宿の北窓から見た「一面に茫としてゐる」「たゞ空しいものが一杯詰つている」「外面《そと》」や、塔が「濃い影の奥に深く鎖《とざ》された」光景や、「重苦しい茶褐色の中に、しばらく茫然と佇立《たたず》んだ」

り「暗い中にたつた一人立つて首を傾けていた」姿などである。

(24) 越智治雄「坊っちゃん」(『漱石と文明　文学論集2』昭60・8、砂子屋書房)参照。

(補注) 本稿の「コトバ」は、極めてゆるやかな意味あいでしかない。問題によっては、langage・langue・paroleなどの概念規定がまず必要だろうが、ここでは「坊っちゃん」に登場する人物が日常的に使用する言語一般をさしておく。同様に、「恣意性」もソシュールが「第一原理：記号の恣意性」で述べた能記《シニフィエ》と所期《シニフィアン》の紐帯ではなく、いわばコトバとコトバの意味内容における不定な関係、といったレベルを想定している。

(付記) 本稿は、昭和六十一年立教大学日本文学会大会(昭61・7・5)において、「「坊っちゃん」管見――笑われた男――」と題して口頭発表をした草稿に手を加えたものである。なお、その前に近畿大学教養部・日本文化研究会(第一回　昭60・11・13)で、研究史を中心とする「坊っちゃん」粗描を試みたことがあり、その際の報告メモもまた、本稿の一部となっている。(昭61・9・30稿)

「こゝろ」の書法
——変身、物語の祖型《マトリックス》——

はじめに

変身とひとくちにいっても、その領域は実に広汎なものだ。

遠い時代の伝説や神話に始まり、種々の物語や説話のたぐい、あるいは中世や近世の芸能・演劇に至るまで、変身の例は枚挙にいとまがない。例えば外見の形態が変化する典型的な例にかぎっても、美和（三輪）山伝説（蛇婿入）や柘《つみ》の枝《え》の仙女などの神婚伝説、鶴女房（鶴の恩返し）や信太妻《しのだづま》（狐女房）で知られる異類婚姻譚をはじめ、謡曲・絵巻物・お伽草子・歌舞伎などで広く流布する道成寺ゆかりの物語（安珍と清姫）や小栗判官説話、あるいは羽衣や百合若などの伝説、さらに種々の素材を混淆し練り上げた能の舞台などがある。むろん、これらは日本の近世以前にみられるほんの一例にすぎない。そうした変身のタネはさまざまな血肉となって近代文学にも流れ込み、同時に近代固有の変身をも加え、さらには現代特有の多彩な映像メディアによる新たな変身も誕生しつつある。もちろん、対象領域を世界にまで広げればそれこそ際限がない。

こうした無数の変身を前にして、我々はどこから取りかかればよいのか。

たとえば、ウラジミール・プロップの『昔話の形態学[1]』にならって、変身の具体例を収集し、その構造をいくつかの祖型に分類しながら人間の根源的な営為に還元して論ずる、といった方法が可能かもしれない。最近の北川透の労作「現代変身論序説[2]」などもそうした方法に近い示唆的な試みのひとつだろう。北川氏は、「文学研究の方法の一つとして、〈変身〉という視座」の重要性を説き、文学における変身を次のような八項目のカテゴリーに分類してみせた。

（一）自然過程としての〈変身〉（成長、転身、病い、老化）（二）ファークロアや神話、物語としての〈変身〉（他界、死後）（三）レトリックとしての〈変身〉（メタファー、異化、ずれ）（四）思想転換としての〈変身〉（転向、変節、裏切り、変心）（五）現代の人間疎外としての〈変心〉（物象化）（六）パフォーマンス（演戯）としての〈変心〉（自己劇化、モード〈ファッション〉）（七）シュミレーション（模擬試験）、世界認識としての〈変身〉（八）可能性、願望としての、未知の〈変身〉

北川論が貴重な提言であることはあらためて念を押すまでもない。だが、こうした分類の場合、その前提となるカテゴリーをどのような基準のもとに設定するか（それらが同じレベルのカテゴリーなのかどうか）が非常に難しい。たとえば北川論の（一）のカテゴリーは〝素材〟の領域に属し、（二）は〝ジャンル〟の問題、（四）や（五）は〝テーマ（解釈）〟に即した分類とは考えられまいか。あるいは、「（一）自然過程」の例として「成長」や「老化」があげられているが、「死」もまた「自然過程」のひとつと考えられ、だとすると（二）の「死後」との境界はどうなるのか……等々、問題は容易ではない。とはいえ、現在の筆者に北川論以上の見通しや準備があるわけではない。明確なのは、この変身というテーマが、広大で魅惑的な〝沃野〟である、という事実だけだ。

一

まずは身近な例から見てみよう。

我々の周囲で、変身という超現実的な夢想を手軽に見せてくれるのは〝マンガ〟である。マンガは、もともと荒唐無稽な飛躍性や変化を重要な特質とするメディアであり、それゆえ変身の宝庫である。事実、手塚治虫ひとりの作品に限っても、「人間昆虫記」「ＩＬ」「奇子《あやこ》」「ばるぼら」「きりひと讃歌」「バンパイヤ」「リボンの騎士」など、変身そのものと関わりの深い作品が何編かすぐに思い浮かぶ。このうち、前半四篇の主人公たちは、いずれも昆虫の変態という自然界の変身を連想させる肉体的特性を顕在（潜在）させている。彼らは、羽化を夢見て眠るサナギ（蛹）のように、異形の仮死状態にいったん身体をうづめ、その凝固した時間を潜りぬけることでいっそう鮮やかに変身を遂げる。こうした例は、変身のモティーフのひとつが、まぎれもなく神秘的な自然現象そのもののうちに発することをものがたっている。

題材の多くをマンガに依拠し、テレビ化によって独自の発展を遂げた〝特撮ヒーローもの〟と呼ばれる変身アクションドラマもある。文字どおり「ヘンッシィーン（変身）」と叫び、独特のポーズを合図として変身する「仮面ライダー」シリーズを初め、「ウルトラマン」や「恐竜戦隊ジュウレンジャー」など、そのヴァリエーションは多い。これらのヒーローたちは、改造人間であったり、宇宙の彼方の光の国からやってきた存在であったり、さまざまな出自をもっている。興味深いのは、彼らの超人的な変身が、あたかも科学的な合理性に基づくかのようなＳＦ的想像力の上に成立し、その未来への夢を育む科学の発達もまた、我々の変身を生み出す有力なモティーフのひとつとなっていることだ。

テレビ時代到来の以前、我々が血を凍らせたのは〝変身映画〟だった。「狼男」や「蝿男の恐怖」や一連の「ドラキュラ」（吸血鬼）ものなど、これらは何度もリメークされた古典的な変身譚であり、撮影技術の進歩やメーク・アップ技術の向上に伴って、文字どおり変身の過程を見事に視覚化させてきた。そうした変身物語のモティーフは、おおむね或る種の宗教（呪術）的タブーと結びつく恐怖心もしくは防衛本能のあらわれであり、そこに再生の願い

やカニバリズムの影響をみる見解もある。(3)

「はじめに」で言及した例も含め、要するに我々は、自然現象や人間の根源的な欲望はもちろん、身辺のささいな事象や細部など、あらゆるものをタネとして多彩な変身の物語を紡ぎ出してきている。というより、我々の歴史や文化や生活が出発すると共に、そこにはすでにさまざまな変身が満ち溢れていたように思える。しかも、その変身は片時も我々から乖離することはなかった。ローマ神話を刻んだオウィディウスの『変身物語』(4)（Metamorphoses）をはじめ、ふろしきをマントに見立てた少年時のヒーロー気分も、昔話「一寸法師」や「ドラエもん」への興味も、ママゴトでの大人ぶりも、さらには禁断の異装趣味さえも、すべての変身が我々にとって不可欠な日々の糧だったといってよい。

時代を超え、様態を問わぬこうした変身への親炙は、とりもなおさずそれが我々の記憶の基層に刻み込まれた或る原初的な〈自然感情〉のひとつであることを示唆している。現代ではすっかり日常化した「化粧」なども、それが「カブク」こと（隈どり）や「ヤツシ」「モドキ」に通ずる異形・異装の変身行為の末流に位置するのは明白だし、その淵源を祭祀に関連づけてさらにさかのぼることもできる。(5)同様に、現代流行のエステティック・サロンが痩身美容という変身の夢をかなえる空間であり、カラオケ・ボックスがスターへの変身気分を味わう場だとするなら、そこにも変身の歌舞に託された古代の心性を無意識下になぞる神話作用を見出すことが可能だろう。このようにみてくると、変身が、我々人間の根幹を形成する根源的な心性のひとつであることは確実だ。

かつて文化史家ヨハン・ホイジンガ（Johan Huizinga）は、それまで流通していた「ホモ・サピエンス（理性人）」や「ホモ・ファベル（作る人）」といった人間観に対して、人間の本質が〝遊ぶ〟機能にある点に注目し、「ホモ・ルーデンス（Homo Ludens＝遊ぶ人）」という視点を提示した。(6)これにならっていささか性急に述べるなら、ヒトは〝遊ぶ存在〟である以前に〝変身する存在〟だったとはいえまいか。現実世界から自立した「固有の絶対的秩序によって統べられる一時的世界」としての〝遊び〟の世界は、むしろ変身という現実から遊離する仮幻の世界に自己投機する心性から派生し、その一端が統御された結果としての世界なのではあるまいか。換言すれば、ヒトは、〝遊ぶ存在〟である以前に〝変身する存在〟であり、これを仮に「ホモ・メタモルフォーセス（変身する人＝Homo Metamorphoses）と名付けることも可能なのではなかろうか。

ヒトはたしかに変身する。

誕生から死まで、ヒトは成長や老化の過程を通じて変貌し、変身する。だが、単にそれだけの意味なら、他の多くの生物にしても大差はない。重要なのは、我々が変身を想像し、考え、演じ、コトバに記す——すなわち、「変身の物語を紡ぐ」機能をもつ存在だという事実だ。「ホモ・メタモルフォーセス＝Homo Metamorphoses」という造語の謂もまさにそこにある。なかでも〝変身をコトバに記す行為〟は、世界に起こり得るあらゆる変身のなかで、最も人間的な営為であり、ヒトを他のすべての存在から差異化する明瞭なシルシだといえよう。与えられた課題「文学における変身」が、我々を強くひきつけるのも、たぶんその辺に起因する。

では、「文学における変身」とは何か。この厄介な問いを前にして、さしあたり筆者に可能な答えは陳腐きわまりないものでしかない、すなわち、それは〝コトバに記述された変身〟である、と。自明にも等しいこうした回答にもわずかながら意味はある。つまり、「文学における変身」が〝コトバに記述された変身〟である以上、それは「読む」モノであって、「見る」モノではない、という事実を再確認することだ。たとえば映画やアニメの場合、我々は対象ソノモノが変身する現場を同時的（共示的）に目撃するわけだが、コトバに記述された変身は継時的に「読まれる」のであって、それは現象としての変身を「見る」ことと明らかに異なる行為である。実際、「文学における変身」について考えようとすれば、我々はともあれコトバに記述された変身を「読む」という行為から出発するしかない。このような簡明な事実がものがたっているのは、「文学における変身」という問題の出発点が、ひとつにはコトバに記述された変身を「読む」という行為をいかにとらえるかという問いかけと不可分なものとしてある、ということだろう。

二

今世紀（20世紀）の文学にあって〝変身〟というモティーフを最も端的に体現したフランツ・カフカ（Franz Kafka）の『変身』（Die Verwandlung）を例にとってみよう。それは以下のように書き出されている。

ある朝、グレーゴル・ザムザがなにか気がかりな夢から目を覚ますと、自分が寝床の中で一匹の巨大な虫に変わっているのを発見した。彼は鎧のように堅い背を下にして、あおむけに横たわっていた。頭をすこし持ち上げると、アーチのようにふくらんだ褐色の腹が見える。……（高橋義孝訳、新潮文庫、昭和60・6、改訂版）

こうした書き出しを読んだからといって、読者は、人間グレーゴルが「巨大な」虫に変身するさまを目の当たりにしているわけではない。読者は、人間が巨大な虫に「変わっている」というコトバに接し、コトバに盛られた情報を理解し、虫の姿に形容する新たなコトバを脳裡に刻んでいるに過ぎない。むろん、グレーゴルが人間から巨大な虫に変身するさまを想像するのは自由だし、読者は大抵そうした想像力をはたらかせて文学作品を「読む」。だが、それはけっして変身の現象を「見る」ことではない。現に、我々は「グレーゴル」という元のコトバが「巨大な虫」という別のコトバに変ずるさまを目撃するわけではないし、グレーゴルという元のコトバが眼前で虫というモノに変ずる事実に立ち会っているわけでもない。

かつてロラン・バルト(7)は、「話される言葉＝パロール」の「訂正」とはあくまでもコトバを「つけ加えること」すなわち「『訂正する』と口に出して言うこと」であると述べた。それと同じように、〝コトバに記述された変身〟もまた、「変身スル（シタ）」というコトバが書かれ、変身後の形状を言い表すコトバが新たに付加されることにほかならない。〝読者〟という存在には、変身の現象を「見る」機能は備わっていない。

人間グレーゴルを巨大な虫に変身させたのは、従来の『変身』論がさまざまに分析してみせた高邁な理由——親子間の深刻な対立、私的精神と社会的存在の相克、形而上的な不条理——などではない。変身は、「巨大な虫に変わっている」というコトバと、その姿を「発見」したという記述と、「虫」の形状を表す新たな「コトバをつけ加えること」によって実現したのである。つまり、「文学における変身」を最も単純化して言えば、その存在を指示するコトバに新たに別のコトバが付加されること、である。

グレーゴルの変身は、彼を指示するコトバ、とりわけその〝呼称〟の変化に顕著である。たとえば第1章で、グレーゴルは父や母からは「Gregor」と呼ばれ、妹も二人称を伴って「Gregor, dich」と呼び、支配人は「Herr, Samsa」（ザムザ君）と呼びかけている。しかし、第3章に至ると、妹のグレーテは以下のように宣言する。

「あたし、このけだもの（diesem Untier）の前でお兄さん（Bruders）の名なんか口にしたくないの。ですからただこう言うの、あたしたちはこれ（es）を振り離す算段をつけなくちゃだめです。これ（es）の面倒を見て、これ（es）を我慢するためには、人間としてできるかぎりのことをしてきたじゃないの」（傍点訳者）

以後、妹は「これ（es）を振り離さなくちゃだめよ」とか、「これ（es）はお父さんとお母さんを殺しちゃうわ」というふうに、兄グレーゴルを無機的な中性代名詞の「es」（これ）によってしか呼ばない。父もまた、息子の名ではなく、「こいつ」と呼び、手伝い女も、はじめは「馬糞虫さん」とか「老いぼれ虫さん」といった「たぶん親愛の言葉」と評される皮肉な呼び方をしていたが、結末では極めて冷淡な「例のもの」へと変わる。

主人公グレーゴルと最も親密だった妹のグレーテの呼び方をあらためて整理すると、それはGregor（dich）→ Bruders（お兄さん）→ Untier（けだもの）→ es（これ）というふうに変化している。[8] ここに端的なように、グレーゴルを指示する呼称（コトバ）が新たに「つけ加え」られ、以前の呼称にとって代わるとき、作品内存在としての彼の変身とその関係性の変化が決定づけられる。(9) つまり、〝コトバに記述された変身〟とは、第一義的には当の存在に対する〝呼称（指示語）の変化〟として顕在化される、といえるだろう。

もうひとつの例をみてみよう。

スティーブンスン（R. L. Stevenson）の『ジーキル博士とハイド氏』（*The Strange Case of Dr. Jekyll and Mr. Hyde*）もまた、『変身』と並ぶ典型的な「変身小説」である。周知のごとく、〝二重人格〟の代名詞としても通用する『ジーキルとハイド』（以下、このように略記）は、薬品の服用による人格の「変身物語」である。カフカの『変身』が人間以外の異類への変身だとするなら、『ジーキルとハイド』は同類への変身の典型であり、その意味では両者は対照的でもある。

ところで、『ジーキルとハイド』の最終章（といっても、全編のほぼ三分の一を占める）「ヘンリー・ジーキルの詳細な陳述書」に以下のような一節がある。

そこでわたし（I. ハイドに変身している――筆者注）はできる限り体裁よく服装を整え……辻馬車を……ホテルに走らせた。わたしの姿（my appearance）（たとえわたしの衣服がどんな悲惨な運命を包んでいたにせよ、見た眼には実に滑稽極まる風体であった）を見ると馭者は思わず吹きだしてしまったのであった。悪鬼のように激怒したわたし（I）は、馭者に向って歯を噛み鳴らした。（中略）生命の危険にさらされているときのハイド（Hyde）は、わたしにもはじめて見るものだった。……しかしこの男（the creature）は抜け目がなかった。（中略）それがすむとかれ（he）は別室の暖炉のそばに……坐っていた。かれ（he）は恐怖におどおどしながら、たったひとりで食事をすませた。給仕もかれの前ではすっかりおぢけづいていてそわそわしているのであった。（中略）「かれ」とわたしは言う。どうしても「わたし」とは言えないのだ。（He, I say I cannot say, I）その地獄の子（That child of Hell）には少しも人間らしいところがなかった。かれのうちに（in him）住んでいるのは

恐怖と憎悪だけだった。(田中西二郎訳、新潮文庫、昭和64・6、改訂版。傍線筆者)

ジーキル博士の記述は、たとえその姿がハイドに変身していようとも、基本的には行動の主体である自身を「わたし」と称してきた。だが、ジーキル博士に戻る薬効が次第に薄れ、ハイドへの変身に抑制がきかなくなってくるに従い、彼はついに自身を「どうしても『わたし』とは言え」なくなる。つまり、『ジーキルとハイド』の場合もまた、「わたし」(I)→「ハイド」(Hyde)→「この男」(the creature)→「かれ」(he)といったふうに、〝呼称(指示語)の変化〟が変身の定義を裏うちしている。『変身』と『ジーキル博士とハイド氏』、これら「変身小説」の典型ともいうべき二編の物語が、いずれも〝呼称の変化〟を明解にする一節のうちに主人公たちの〝変身〟を集約させているのは注目に値する。これはとりもなおさず〝コトバに記述された変身〟すなわち「文学における変身」がそもそも〝呼称の変化〟と深く結びついて形成されるモティーフだったという事情を暗示してはいまいか。いや、実態はむしろその逆で、〝コトバに記述された変身〟こそ〝呼称の変化〟の物語を生む根源的な土壌なのだ、というべきかもしれない。

ところで、もう一度カフカの『変身』を見直してみよう。

すでに指摘もあるように、あの物語の中で変身したのはグレーゴルひとりではない。本当に変身したのは、むしろ彼の家族や周囲の人間たちの方である[10]。グレーゴルの変身に驚いた両親と妹は、やがて手のひらを返したように彼を邪魔者扱いし、彼が死んでしまうと解放感さえ味わいながら明るい表情で郊外への散策に出掛ける。あたかもグレーゴルなる人間が初めから存在しなかったかのように。いうなれば、変身したグレーゴルより変身しなかった家族の方がはるかに〝変心=変身〟している。主人公の孤独な〝変身〟は、当人の外見もさることながら、周囲の人々の内面に潜在している真のグロテスク——その無気味な〝変心〟の可能性——を露出させる精妙な仕掛けとして機能している。変身=変心譚におけるこうした両義的(反転の)構造は、カフカの『変身』にだけみられる特徴ではない。

我々にとって身近な変身物語、たとえば『竹取物語』や『鶴の恩返し』においても、主人公たちの変身は、かえって彼らの〝普遍性〟（永遠性や聖性）をあらわすシルシであり、逆に一見変身しそうにもない周囲の人間たちの〝変性〟（変心や有限性）をあぶり出す触媒にもなっている。そういえば、『ジーキル博士とハイド氏』の変身にしても、同一人物の中に潜在する〝もうひとつの性格〟への〝変心〟の結果にほかならない。

繰り返せば、グレーゴルを無機質のモノのように「これ」と呼ぶ〝呼称の変化〟の背景には、家族らの〝変心〟が介在していた。一方、みずからを「わたし」ではなく「かれ」と呼ぶジーキル博士の〝呼称の変化〟も、自己の意志が及ばなくなった〝変心〟によってもたらされた。つまり、外部の他者であれ自己の内部であれ結局は同じことなのだが、我々人間の内部には常に〝変心〟によって頭をもたげる〝もうひとつのプリミティブな私〟が棲みついており、変身の物語のタネを育んでいる。裏を返せば、変身譚の最もプリミティブな形とは、すべて人間の内部に潜在する〝変心〟の可能性を起源とした〝〈もうひとりの私〉についての物語〟だといえるかもしれない。たとえば、変身譚（「分身」も含む）にはしばしば「鏡」（水鏡）が登場する。それは「鏡」が変身する自己の姿を認知する道具だからである。つまり、そこに映し出される〝私〟が、単なる実像の姿を超えて、〝もうひとりの私〟すなわち、我々の〝隠された本心〟ひいては〝変心〟の可能性をかたどるものだったからでもあるだろう。(11) いずれにせよ、我々の内なる〝変心〟が変身の物語を喚起する有力なモティーフのひとつであることは間違いない。〝変心〟によって目覚める〝もうひとりの私〟を我々自身が別の呼称で呼びかけさえすれば、そこにはすでに変身の物語が芽生えることになる。

三

この七、八年、夏目漱石の『こゝろ』が論議の的となっている。その経緯をここでたどり直す余裕はないが、発端は小森陽一の所論「『こゝろ』を生成する心臓《ハート》」であった。(12)小森氏は、語り手「私」のテクスト（手記）が先生のテクスト（遺書）を差異化する語りの構造に注目、そうした言説の指し示す帰結として〈私／奥さん〉のドラマを喚起し、先生の遺書を基軸とする従来の読みを大きく揺さぶった。この刺激的なシナリオには賛否両論が相次ぎ、(13)なかでも三好行雄『ワトソンは背信者か――『こゝろ』再説(14)――』が正面からこれに反論した。小森論の眼目は、三好氏の要約をかりると「語のニュアンスを無視していえば、『私』は奥さんと『心臓（ハート）』で結ばれた生を『共に』し、貰いっ子でない子供を生ませている、つまり、先生のしてやれなかったことを、奥さんにしてやっているという大胆な推測」にある。こうした読みに対して、三好氏は「奥さんは今でもそれを知らずにいる」（上十二）という一節などを論拠に、〈私／奥さん〉の〈共生〉というシナリオのほころびを鋭く追及した。三好氏の疑義は一面でたしかに小森論の急所を衝くが、かといって、〈私／奥さん〉の〝愛の可能性〟を全面的に否定し得たわけでもない。『こゝろ』論議は、作品の読みとは何かという問題とも重なり、容易に決着がつきそうにない。

それにしても、同じ作品への読みがなぜこうも大きく隔たるのか。思うに、この隔たりは単に作品に対する読みの深浅や正誤によって生じた結果ではない。それは、そもそも『こゝろ』という作品自体、そのような異なる見解を生じやすい、イメージの反転や多義的な解釈を伴う振幅の大きい言説によって形成されたテクストだったからではなかろうか。換言すれば、『こゝろ』もまた、あの『変身』や『ジキール博士とハイド氏』などと同質の、変身を物語る言説と同質のエクリチュールによって語られたテクストだったのではあるまいか。(15)むろん『こゝろ』には変身する人物など登場しないし、変身をめぐるエピソードが語られるわけでもない。にもかかわらず、そこに「変身小説」の匂いを感ずるのは、『こゝろ』こそ前説で述べた〝呼称の変化〟と〝変心〟を不可欠な構成要素とする物語だからである。

周知のごとく、『こゝろ』は、「私」によって語られた（綴られた）物語である。語り手は、先生夫妻のひっそりした暮らし向きに接し、雑司ヶ谷への墓参に立ち会い、先生の表情に走る暗い影や興奮を目撃し、奥さんの懊悩や明るさに向き合う。さらに、自身の大学卒業や帰郷や父の重病を語り、後半ではただひとり選ばれた先生の遺書の受け取り手となる。いわば、「私」の語る（引用する）ことばだけが、読者にとって唯一すべての手がかりなのだが、奇妙なことに、「私」の語る光景は必ずしも鮮明ではない。現に、語り手自身、「不思議」（上6、7）でとまどう場面が少なくないし、「真実《まこと》を話している気でいた」先生の言動も「実際」は語り手を「じらす」（上13）結果のものでしかない、という吐露もある。つまり、『こゝろ』は、そもそも語り手自身にとってすらどこか謎の多い〝不鮮明な〟テクストなのであり、だとすれば読者にはなおいっそう〝曖昧〟なテクストになるのは必定だろう。

『こゝろ』の〝曖昧〟さは、「先生の遺書」（下）でも同様だ。たとえば、自身の過去を縷々《るる》語った先生は、最後に「私」に向って次のように語る――「私（＝先生）に乃木さんが死んだ（殉死の）理由がよくわからないように、あなた（＝私）にも私の自殺する訳が明らかにのみ込めないかもしれ」ない、しかし、それは「時勢の推移から来る人間の相違」や「個人のもって生まれた性格の相違」だから「仕方がありません」（下55）――と。作品のクライマックスでみずからの自殺を告白しておきながら、その理由（訳）がわからなくとも時代や個性が違うのだから仕方がない、と、先生は言い捨てる。半ばひらきなおりとも思えるこの陳腐な弁明は、見様によっては、自殺の理由説明を逃れる遁辞（自殺の必然性の乏しさ）ともとれる。少なくとも、この素っ気ない物言いにはここまで作品を読み続けてきた読者の共感に水を差し、離反させる危うさがある。にもかかわらず、先生は陳腐な「相違」をもち出すだけで自殺の理由を〝わからせよう〟とはしない。それはたぶん、この自殺から先生個人の陰影をなるべく払拭し、先生の自殺を「人間の心を捕へ得たる」[16]作物としたかったからである。つまり、「よくわからな」くても「のみ込めな」くても仕方がないとする〝曖昧さ〟こそ、自殺した当人の理由づけを絶対視する特定の意味の押し付けを避け、個人の事例を普遍的な問題に変換する重要なディスクールだからだ。換言すれば、そうした〝曖昧さ

＝多義性〟にこそ『こゝろ』というテクストの本質がある。

『こゝろ』の〝曖昧さ〟は、主な登場人物たちの命名法にも端的である。固有名詞の乏しい彼らは、おおむね抽象的な人称代名詞で指示され、ために同一の〝呼称〟が錯綜し、読者はとまどう。たとえば、作中に頻出する呼称を整理すると、以下のようになる。（表Ⅰ参照）

【表Ⅰ】

呼称	誰が誰を呼ぶ
あなた	先生が私を呼ぶ
	奥さんが先生を呼ぶ
	奥さんが私を呼ぶ
	私が奥さんを呼ぶ
君	先生が私を呼ぶ
	先生がKを呼ぶ
奥さん	私が奥さん（静）を呼ぶ
	先生が未亡人（静の母）を呼ぶ
先生	私が先生を呼ぶ
	奥さん（静）が先生を呼ぶ

（注）この外にも、先生が奥さんを呼ぶ「おまえ」もしくは「静」がある。

この表で明らかなように、『こゝろ』は、複数の人物が簡潔な同一の〝呼称〟（二人称代名詞）によって指示され、それが交錯し合う物語なのだ。一方、〝自称〟の方も事情は同じで、「私」という一人称代名詞が語り手の「私」・先生・

奥さん（静）の三人によって頻繁に使用され、錯綜する。自称が「私」という一人称代名詞になるのは当然だが、作品を二分する二人の書き手（語り手）が、ともに「私」という一人称で長々と語り続けるスタイルはけっして尋常ではない。実際、前半の「私」（青年）は、やゝもすると後半の「私」（先生）の後景に押しやられ、後半まで物語を読み進めてきた読者は前半をリードしたもうひとりの「私」をつい忘れてしまうほどだ。そして、このような〝紛らわしさ〟こそが『こゝろ』というテクストの〝曖昧さ＝多義性〟の最大の要因なのだ。

四

『こゝろ』のなかで最も紛らわしいのは、「あなた」という呼称である。表Ⅰでも明らかなように、この「あなた」という二人称代名詞はそれだけで四種類の異なった指示内容をあらわす。すなわち、先生が「私」を呼ぶ「あなた」（A）、奥さんが先生を呼ぶ「あなた」（B）、奥さんが「私」を呼ぶ「あなた」（C）、さらに「私」が奥さんを呼ぶ「あなた」[17]（D）である。自称の「私」と同様、呼称が二人称代名詞「あなた」になるのは当然ともいえるが、ことはそれほど簡単ではない。たとえば、相互の関係や日頃の習慣に照らして「あなた」と呼ぶのが極めて異例なケース（D）や、通常の「あなた」（A）が突然「君」に変わるケース（後述）、また同じ場面で二人の対象人物が同席している際の「あなた」（上八、三十四）など、読者は相当に混乱させられる。

作中で最も多い〝呼称〟は、先生が「私」を呼ぶ「あなた」（A）である。そこで、この「あなた」に焦点を当て、それが「君」に変化する〝呼称の変化〟を一瞥してみよう。漏れがあるかもしれないが、以下は、ひとまず先生の「私」に対する呼びかけをすべて抽出し、一覧表にしたものである。（表Ⅱ参照。固有名詞をもたない「私」は下表のごとくすべて二人称代名詞によって呼ばれる。）

【表Ⅱ】

上・中・下	節	あなた	君	あなたがた
上　先生と私	1~4	0		
	5	2		
	6	1		
	7	9		
	8	0		
	9		1	
	10		2	
	11	0		
	12		3	
	13	7	2	
	14	4		
	15~27	0		
	28	1	4	
	29		2	
	30		1	
	31	11		
	32	0		
上　先生と私	33		2	
	34	0		
	35		1	
	36	0		
中　両親と私	1~16	0		
	17	3		
	18	1		
下　先生と遺書	1	25		
	2	23		
	3	3		
	4			1
	5	1		
	6	1		
	7	1		
	8	8		
	9	3		
	10	1		
	11	1		
下　先生と遺書	12	2		
	13~23	0		
	24	1		
	25~28	0		
	29	1		2
	30	0		
	31	1		
	32	1		
	33~51	0		
	52	1		
	53	0		
	54	0		
	55	5		
	56	8		

一見して明らかなように、先生の「私」に対する呼称は原則として「あなた」である。だが、それが突然「君」に変化したり、両者が混在したりする。(18)以下、表Ⅱを参照しながら、その〝呼称の変化〟について多少検討を加えてみよう。

先生の「私」に対する呼称が最初に「君」に変化するのは「上9、10」である。ここは「仲のいい夫婦」であった先生と奥さんの間に例外的な「いさかい」があり、先生の方から「私」を尋ねてきた場面で、先生は「私」に自分たち夫婦が「最も幸福に生まれた人間の一対であるべきはずです」と述べ、文末に異常な「力を入れた先生の語気」が「私」の「不審」をまねくシーンである。つまり、理想的な「一対であるべきはず」の先生夫婦が実は埋めがたい〈亀裂〉を抱えた男女であることがや丶興奮気味に先生の口から初めて吐露され、「私」は否応なく先生夫婦の内面的な危機に立ち会う存在となる。換言すれば、「私」はもはや先生夫婦の亀裂のドラマに〈参入〉させられた一人であって、それはかつて先生夫婦とKとが演じた三角関係をも彷彿とさせるものだったからこそ先生は他人行儀の「あなた」ではなく、同格の「君」という呼称を用いたとはいえまいか。

次に、「上12、13」だが、「12」では「君」だけが、「13」では「あなた」と「君」の二種類の呼びかけがなされている。ここは、「私の記憶に残っている事」として回想された、花時分に上野近辺に散歩に出掛けたシーンである。二人は新婚の夫婦らしい「美しい一対の男女」を見かけ、「私」が「仲がよさそうですね」と言うと、先生はその発言を「恋を求めながら相手を得られない不快」の念を交えた「冷評《ひやかし》」と断じ、「恋は罪悪ですよ」ともらす。しかも、「私」の先生への接近が「恋に上る階段」であり、同時に「恋」が「罪悪」にしてかつ「神聖なもの」だと語る。いうまでもなく先生の口にする「恋」の一字には、友人「K」とお嬢さん（＝奥さん）を巻き込んだ青年時代の自身の痛切な恋愛体験が裏うちされている。だからこそ、先生のことばには「私」を「急に驚か」すものがあり、「語気」も非常に「強」く、「黒い長い髪で縛られた時の心持」を語る際には「私の言葉に耳を貸」す余裕もない。つまり、この場面の先生は、もっぱら自身の〈過去〉に没入し、興奮し、「私」の姿も半ば眼中に入っていない。先生の意識は、ほとんど若かりし時の自身に還っており、そうした生々しい記憶の蘇りが先生をかつての青年らしい口調に戻らせ、普段とは異なる「君」で「私」を呼ぶことになる。

以下、紙幅の都合もあるので簡略に述べる。「上28、29、30」は先生が叔父の背信（財産横領）を思い出して感情を高ぶらせるシーンである。先生は、平生「善人」である人間が「いざといふ間際に、急に悪人に変る」から「恐ろしい」と語り、「私に返事を考へさせる余裕さへ与えなかつた」ほど「興奮」している。つまり、ここでも先生は〈過去〉を生々しく思い出して我を忘れるほど激しており、そうした青年期の記憶が「私」を「君」と呼ぶ引金になっている。「上33」は、先生が「私」に「君も愈《いよいよ》卒業したが、これから何をする気ですか」と尋ねるシーンだが、会話が間もなく遺産相続の話に及ぶことを思えば、「財産の事をいふと屹度興奮する」（上30）先生がここでも苦い〈過去〉を思い出しているのは確実だろう。さらに、「上35」冒頭の用例は、先生が奥さんに自分が先に死んだらどうすると尋ねたあと、「私」の方に向き直って「君は何う思ひます」と聞く場面である。これは「上34」の末尾で奥さんが「ことさらに私の方を見て笑談らしく」「ねえあなた」と呼びかけるシーンに接続しており、先生の死後を問われた奥さんが問題の決着を「私」に委ね、それをうけて先生が「私」の意見を求める。「私」は、表面上の「笑談」めいた空気に流され「たゞ笑つてゐた」だけだが、繰り返し自分の〈死後〉を尋ねる先生の心底はむろん真剣だったはずだ。いわば先生の脳裡には、死にゆく自分と生き残る二人（先生／奥さん・私）という眼前の光景を透かして、自殺した「K」と自分たち夫婦（K／先生・奥さん）という関係が蘇っており、その青年期への想いがここでも先生に「私」を「君」と呼ばせる原因となっているのではあるまいか。

以上から、先生の「私」に対する〝呼称の変化〟を次のように整理できよう。二人の関係が「あるべき〈師弟〉関係」であるかぎり、先生は冷静な距離を保って「私」を「あなた」と呼ぶ。だが、叔父の背信や「K」への背信を含む痛切な恋愛体験など、先生自身の〈過去〉が急に生々しく蘇り、先生の精神が青年時代に還るとき、すなわち「あるべき〈師弟〉関係」が〈崩れる〉とき、先生は我を忘れて「私」を「君」と呼ぶ。因みに、上記の例以外に、先生が「君」と呼ぶ人物はただひとり、青年時代の友人「K」だけ（「下42」の3回）である。とすると、「私」に「K」を「君」と呼ぶ先生のまなうらには「K」の面影が生々しく蘇っていた可能性が高い。もっとも、「私」に「K」の姿がダブるのか、それとも死にゆく自分（先生）の現在に「K」の姿がダブるのか、判然としない。いずれにせよ、この〝呼称の変化〟が「私」の存在に触発された先生の内面の渦動（見えざるドラマ）を反映するものであったことだけは確かだろう。（これに呼応する「私」の内面のドラマは、日頃は「奥さん」と読んでいた静を突然「あなた」と呼んだ〝呼称の変化〟上（17、18）に反映しており、このふたつの内面のドラマは当然連動しているはずだ。[19]

五

『こゝろ』に潜在するドラマを暗示するのは先生の「私」に対する〝呼称の変化〟だけではない。たとえば、奥さんが同じ呼称の「あなた」で先生と「私」を呼び、その二人がともに「私」で語り続ける事実もきわめて興味深い。この呼称や自称の〝一致〟は、そうした符号がおのずと示すごとく、先生と「私」の二人が互いの位置を交換し得る（替わる＝変わる）可能性を暗示していよう。つまり、小森氏の喚起した、〈先生・奥さん／私〉の関係が〈私・奥さん／先生〉の関係に変換され得る可能性である。事実、奥さんによる呼称「あなた」が「先生＝私」のダブル・ミーニングを意味し、一方、「私」と先生による自称「私」もまた「私＝先生」の含意を喚起するように、この抽象的な人称代名詞の多用によって成り立つ詐術（偽論理）の等号（潜在的な詭計）は、いずれにしても〈先生＝私〉〈あなた＝私〉の構図を暗示している。いわば『こゝろ』は「私」や「あなた」といった人称代名詞の間隙をついてたちのぼる物語、すなわち〝人称のメタモルフォーシス（変身）〟ともいえるのではあるまいか。[20]むろんそこでは、「私」の呼びかける「あなた」とは「（もうひとりの）私」であるとともに、また別の存在（「K」）でもあり得る。

ところで、こうした総じて曖昧＝多義的なテクスト『こゝろ』にあって、ただひとつ明確に語られたことがある。人間（の心）は「変わる」という「事実」である。

「あなたは熱に浮かされているのです。熱がさめるといやになります。私は今のあなたからそれほどに思われるのを、苦しく感じています。しかしこれからさきのあなたに起こるべき変化を予想してみると、なお苦し

くなります。」（上14）

「しかし悪い人間という一種の人間が世の中にあると君は思っているんですか。そんな鋳型に入れたような悪人は世の中にあるはずがありませんよ。平生はみんな善人なんです、少くともみんな普通の人間なんです。それが、いざというまぎわに、急に悪人に変るんだから恐ろしいのです。だから油断が出来ないんです」（上28）

「さきほど先生の言われた、人間は誰でもいざというまぎわに悪人になるんだという意味ですね。あれはどういう意味ですか」／「意味といって、深い意味もありません。――つまり事実なんですよ。理屈ぢゃないんだ」（中略）「金さ君。金を見ると、どんな君子でもすぐ悪人になるのさ」／私には先生の返事があまりに平凡すぎてつまらなかった。（中略）／「そらみたまえ」／「何をですか」／「君の気分だって、私の返事一つですぐ変わるぢゃないか」（上29）

人間の心は「変わる」、すなわち、ヒトは〝変心〟する存在だ、と先生は語る。こと〝変心〟の可能性に関するかぎり、「私＝先生」も「あなた＝私」も例外ではない、と先生は強調する。かつて「お嬢さん＝奥さん」を前にした先生が「K」との関係において〝変心〟したように、「奥さん」を前にした「私」もまた〝変心〟する可能性は少なくない。そして、〝変心〟した「私」は、たぶん奥さんに対する先生の位置にとって換わるだろう。それは同時に、「私」がかつて「K」を出し抜いた青年時代の先生に〝変身〟することであり、だからこそ先生は「私」に対する呼称を「あなた」から「君」へと変化させる。

『こゝろ』は、登場人物も少なく派手な物語展開もない一見シンプルな構造の作品である。にもかかわらず、この作品が多くの読者を魅きつけ多彩な論議をよんでやまないのは、そこに「人間の心を捕へ得たる」最も原初的な変身（＝変心）の物語が深く潜在しているからであろう。『こゝろ』を形成する〝呼称の変化〟と〝変心〟とは、その意味で、現象としての変身こそ現前してはいないけれどもコトバに記述された「変身」の原型を暗示している。[21]『こゝろ』はいわばヒトが〝物語〟を志向する「ホモ・メタモルフォーセス」としての心性すなわち物語の中の物語である「物語の祖型」ともいえるテクストだったのではなかろうか。

注

（1）北岡誠司・福田美千代訳（昭62・8、水声社）参照。
（2）日本近代文学会九州支部「近代文学論集」17号（平4・12）参照。
（3）遠藤紀勝『仮面　ヨーロッパの祭りと年中行事』（平2・11、社会思想社）、吉田八岑・遠藤紀勝『ドラキュラ学入門』（平4・4、社会思想社）参照。
（4）田中秀央・前田敬作訳『オウィディウス　転身物語』（昭41・6、人文書院）参照。
（5）国立歴史民族博物館編『仮面と異装の精神史　変身する』（イメージリーディング叢書、平4・8、平凡社）参照。
（6）『ホモ・ルーデンス』高橋英夫訳（昭48・8．中公文庫）参照。
（7）ロラン・バルト『言語のざわめき』（昭53・4、みすず書房）第二部参照。
（8）高橋氏の訳文によれば、第一章では妹は「お兄さん」と呼び、第二章では「兄さん」（「お」が脱落）と呼び方を変え、ついで「グレーゴル」と呼び捨てにし、第三章に至って「これ」となる。
（9）たとえば、荒木正見「異常な語り――カフカ『変身』の構造分析――」（『語りとは何か』佐藤泰正編、梅光女学院大学公開講座論集11、昭57・6、笠間書院）にも、主人公の「邪魔者性」に関連して、「家族の呼び方をグレーゴルとの関係に即して変化させている」との指摘がある。

（10）『世界文学全集37 カフカ／リルケ』（昭42・10、講談社）所収の高安国世「解説」に「作中で変貌するのは家族にほかならぬ」との指摘がある。

（11）〝鏡〟一般については由水常雄『鏡の魔術』（昭46・11、中公文庫）等を参照。また、〝鏡〟には「分身（ダブル）」の観念を生ぜしめる機能もあり、そこでは「友はもうひとりの自己」とか「汝自身を知れ」の意味も派生し、ひいては後述の〈私＝あなた〉の想念を生む可能性もある。この点についてはJ・L・ボルヘス『幻獣辞典』（柳瀬尚紀訳、昭49・12、晶文社）等も参考となる。

（12）「成城国文学」（一九八五年三月）参照。

（13）詳述はできないが、前掲小森論（注12）や後掲三好論（注14）をはじめとする両氏の応酬や、秦恒平・石原千秋・田中実・平岡敏夫・浅田隆ら諸氏による議論が重ねられ、最近でも「文学」（平4・10、岩波書店）で『こゝろ』特集が組まれ、生原稿による改稿の過程にも検討が加えられている。

（14）「文学」（昭63・5、岩波書店）

（15）後述するごとく、私見では『こゝろ』を変身小説の一種とみなしており、R・L・スティーヴンスンは漱石の最も親炙した作家のひとりでもあるのだが、なぜか『ジーキルとハイード』に関する言及だけは残されていない。

（16）漱石自身の書いた「『心』広告文」は「自己の心を捕へんと欲する人々に人間の心を捕へ得たる此作物を奨めむ」というものだった。

（17）Dのケースは「上17、18」に集中してみられる。これは先生に留守番を依頼された「私」が「茶の間」の「長火鉢」をはさんで「奥さん」と差し向かいになる場面で、次のような対話の中で最初のDの「あなた」が語られる。

「奥さん、私はまじめですよ。だから逃げちゃいけません。正直に答えなくっちゃ」

「正直よ。正直にいって私にはわからないのよ」

「じゃ奥さんは先生をどのくらい愛していらっしゃるんですか。これは先生に聞くよりむしろ奥さんに伺ってもいい質問ですから、あなたに伺います」（傍点筆者、上17）

（18）呼びかけの〝頻度〟も各節ごとに相当の差があり、空白の続く場面もあるが、その辺の検討については、紙幅の都合もあるので別の機会に譲りたい。

（19）前出（注17）参照。「先生」の不在のときに「奥さん」と二人で向き合う「私」は、ここで初めて〈二人の関係〉を直視する場面に出会ったのだといえる。

（20）たとえば山中恒『おれがあいつであいつがおれで』（昭55・6、旺文社創作児童文学。大林宣彦監督・映画『転校生』、昭57、ＡＴＧ）のように、「あいつ」と「おれ」の精神と肉体が入れ換わる〝互換性〟や、その原型とも思える『とりかへばや物語』などはその辺の事情を暗示するものかもしれない。

（21）日本の近代文学において、現象として眼前する変身を論ずるなら、たとえば『ちくま文学の森4　変身ものがたり』（昭63・2、筑摩書房）収録の諸作品や佐藤春夫「西班牙犬の家」・石川淳のファルス物・井上ひさし「化粧」等をむしろ採り上げるべきだったろう。だが、拙稿では、（機能）としての変身への関心からこのようなかたちになった。機会を改めてまた〝変身〟を再考してみたい。

（補注）本稿の後半には、日本近代文学春季大会研究発表「『こゝろ』がわからない」（平3・4）および『漱石作品論集成第十巻こゝろ』（平2・5、桜楓社）「鼎談」における言及と一部重なるところがある。

Ⅱ　芥川文学の境界

「手巾」私注

芥川龍之介の文壇デヴュー作「手巾」に登場する主人公「長谷川謹造先生」が、新渡戸稲造をモデルとすることはよく知られている。(1) それは、「手巾」を論ずる際に必ずといってよいほど言及される周知の事実である。ところで、芥川の「手巾」発表(『中央公論』大正五年十月号)に先立つこと約二ヶ月前、大正五年八月号の『新思潮』に、久米正雄の「母」と題する短篇小説が載っている。芥川の「手巾」ほど知られてはいないが、この「母」もまた、実は新渡戸稲造をモデルとする作品である。後に詳述するが、これら二篇は、発表時期やその他の事情から考えると、極めて関連性の深い作品で、特に「手巾」の側からみた場合、「母」は直接の素材ともいうべき作品である。にもかかわらず、参看し得た「手巾」論(2)には、なぜかその点に触れる明確な指摘が見当らない。尤も、逆の側から、つまり久米の「母」を解説して「手巾」に及ぶものがないわけではない。(3) が、芥川の「手巾」を論じて久米の「母」を勘案したものは管見に入っておらず、わずかに吉田精一(4)に以下のような言及があるにすぎない。

山房(漱石山房―筆者注)に出入りして新作家をもとめていた滝田樗蔭にも目をつけられ、文壇の登竜門たる「中央公論」にも依頼されて「手巾」を書いた。「手巾」は久米のもっていた材料で、芥川にその話をすると、「僕にそれをくれないか」というわけになった。

右が何によるのかしかとは不明だが、(5) ここにも「母」の名はない。第一、「久米のもっていた材料」は芥川だけが作品化したわけではなく、久米自身もすでに同じ材料で「母」一篇を創作している。従って、推測するなら、後発の「手巾」は、久米の先行作品「母」を横目で睨みつつ、それと意識的に〈競作〉を演ずるかたちで執筆された一篇ではないか、ということである。作品のモティーフと関わるそうした背景を中心に、作品世界を構成する素材のいくつかに検討を加え、「手巾」一篇に私注を試みてみたい。

＊　＊

くり返せば、久米の短篇「母」もまた、新渡戸稲造をモデルとする。主人公の名は、初出時「第一高等学校長長谷部博造先生」で、のち「谷田部博造」に改められる。(6)

物語は、一高入学試験当日の朝に始まる。「いつも時間を守りつけてゐる先生」が、珍しく家用に手間取り、入試の開始に間に合わないのを「不快」に感じながら、校門まで「俥に揺られ」てくると、そこに「一人の清楚な中年の婦人」の立っているのが見える。いったんやり過した先生は、思い直して用件を尋ねると、婦人は受験生のひとりの母で、病気を押して受験する息子の身を案じて、こうして待っているのだという。その話を聞いた先生は「教育家の感動を抑へ切れ」ず、教室を回って、件《くだん》の受験生の様子をうかがい、その無事を校舎外の母に伝える。すると「婦人は笑を湛へて御辞儀をした」。

先生は只何となく嬉しかつた。而して殊に又一つ訓話の材料が出来たのを思ふと、嬉しさが二倍するのを感じた。

其後長谷部先生は講堂で右の話を予定通りに訓話した事は云ふ迄も無い。

その訓話を聞いた当時の「自分」が、家に帰って母に話すと、母は、「「私には迚《とて》もそんな真似は出来ないよ。」と言つて自分の顔を見乍ら微笑を洩した」、というのである。

我が児の身を案じて校門にじっと立ちつくす受験生の「賢母」と、訓話をまた聞きして照れたように「微笑を洩した」母と、二人の母親像に重ねられた題名「母」における久米の作意は、早計には断定しかねる。だが、少なくとも「長谷部先生」に対する作者のからかいは明白であろう。例えば、流暢な英語に自己満足したいという「可哀《ママ》いい欲望」を押さえかねたり、婦人が受験生の母だと知った途端「教育家的の物語《ロマンス》」を連想したり、「有名な人が自分の名を云ふ時に感ずる一種の誇り」をもって名乗ったり、また右にあるような「訓話」好きの「嬉しさ」など、その人間像は明らかに揶揄の対象として戯画化された筆致だといえる。

　多くの説明は不要だろう。自己顕示欲的な「可哀いい欲望」を押さえかねる「長谷部博造」の他愛のなさは、米国人の妻とその趣味の岐阜提灯を並べて、「東西両洋の間に横たわる橋梁」を自認する「長谷川謹造」の得意に通ずる。また、「母」の「日本の婦人にのみある一種の道義的な聯想を伴ふ、一種の美」を漂わせた「清楚な中年の婦人」の「賢母」は、「手巾」の「日本の女の武士道」を体現する「四十かつこうの」「賢母らしい婦人」である西山夫人の姿に酷似している。

　さらに、作品全体の構成でみるなら、「母」も「手巾」も、教育家として令名高い先生（いずれも新渡戸稲造を彷彿とさせる）が、子を思う母親としての情を内に秘めた日本的な中年婦人の礼節ある態度に感じ入り、そこに道徳的な意味を見出し、日頃の自説の傍証とする、という点では、ほとんど同工異曲の二篇だといえよう。「母」では、その体験を早速「訓話」の材料として多くの一高生に語りかけ、「手巾」では、愛妻ひとりに「熱心な聴き手を見出」す、という聞き手の多寡に相違はあっても、倍加する「嬉しさ」を感じた「長谷部博造」と「満足に思つた」「長谷川謹造」の間に落差はほとんどない。

　このようにみてくると、二篇の間の類似性は単なる偶然の結果というより、明らかに意識的な仕業の結果だとみるのが自然であろう。「手巾」は、だから、わざと「母」と同じ素材をかり、同世代感覚を基盤として旧世代の〈倫理〉を揶揄しつつ、芥川が久米との創作的技量を競い、二人の個性の違いを試すところに着想された作品、とはいえまいか。

先にも触れたように、久米の「母」発表から芥川の「手巾」発表までは、わずか二ヶ月ほどの時間的経過しかない。しかも、「手巾」発表と同月の『新思潮』十月号の「編輯の後に」には、以下のような呼応もある。

芥川の小説「手帛」が中央公論に出る。それは一体新思潮のために書き出したのであつたが、別に書かうとした材料が、どうも充分醗酵しないで、それを中央公論へ廻したのだ《ママ》。（中略）新思潮を読んで呉れる読者は、大抵中央公論も見るだらうが、新理智派とも称すべき彼の小説中、殊に文明批評を狙つた「手帛」の如きは、殊に注意して読んで頂き度い。

署名の「K記す」は、海老井英次[7]の指摘があるように久米のイニシアルであろう。この後記の意味は、無論、文壇の登竜門『中央公論』に初めて作品を発表した友人に対する同人仲間の側面からの援護、といったところであろう。と同時に、それは自作の向うをはった作品で華々しいデヴューを実現する芥川への、久米のなかば羨望を混じえた私的なエールでもある。「手巾」一篇の「狙」いを「文明批評」だとする久米の編集後記は、海老井の推測する如く「『新思潮』の仲間内の雑談の中で、芥川が「手巾」のねらいとして〈文明批評〉に言及したことがあってのこと」かも知れないが、実際に両作品を読み比べた久米の率直な感想だったのではあるまいか。

＊　　＊

昭和五十六年六月、〈芥川龍之介資料展〉で公開された新資料の中で、「手巾」には、『武士道』と題する別稿十五枚の存在することが明らかとなった[8]。その冒頭の第一枚目は以下のようなものである。

武士道（小品）

――久米に献ず――　　芥川龍之介

東京帝国大学教授　長谷部博造先生は書斎《ヴェランダ》の椅子に　楽々と腰かけて　ストリントベルグのドラマトゥルギイを読んでいた。

先生の専門は　殖民政策の研究である。従って　読者には、先生がドラマトゥルギイを読んでいると云ふ事が　聊　唐突の感を与へるかも知れない。が、学者としてのみならず（以下未見）

現在の完成稿「手巾」と右の別稿『武士道』との詳細な比較検討は、別稿の全容がみられる後日を待ちたい。が、右に掲げた部分に限っても、「手巾」の執筆過程におけるいくつかの重要な示唆が含まれていよう。

たとえば、「久米に献ず」という献詞と、作中主人公の名「長谷部博造」とは、「母」と「手巾」を繋ぐ決定的な材料であろう。別稿タイトルの左に付された久米宛てのデディケーションは、おそらく『武士道』が久米の作品「母」を直接の引き金としたことによる茶目っ気たっぷりな知己特有の挨拶であり、久米に対する芥川の軽い挑発の気分をも示すものかも知れない。無論、こうした楽屋落ちに類する挨拶は、「手巾」の原型『武士道』がそもそも「『新思潮』のために書き出した」（前出「編輯の後に」）作であったという事情をも物語る。また、『武士道』の「長谷部博造」という名が、「母」初出の主人公と同名であるという事実は、「手巾」の原型がまぎれもなく「母」に端を発する作品であったことを明示していよう。

以上のような事情を整理してみると、「手巾」執筆の現実的な経緯は、おそらく以下のようにまとめられるのではあるまいか。

芥川は、『新思潮』大正五年八月号に発表された久米の短篇「母」を読んで（または「母」を踏まえて久米と「雑談してゐるうちに」）、自身も一高在学中に接したことのある新渡戸稲造を創作的素材とすべく食指をそそられた。と同時に、久米の作品に対する創作上の技癢をも感じ、内輪の（同人誌『新思潮』用の）原稿だという気安さから、わざと〈競作〉めいた『武士道』を書いていた。ところが、『中央公論』という晴れの舞台に発表する原稿が「どうも充分醗酵しないので」ほぼ固まっていた『武士道』に手を加え、私的な献辞を削除し、主人公の名を変更し、「手巾」と改題して「中央公論へ廻した」——、と。

おそらく、「手巾」の外発的な創作動機としては、久米の作品「母」がすべてだとみても大過あるまい。無論、両作品の内実に視点を移せば、問題はおのずと違ってくる。例えば、「母」には、長谷部先生の訓話を聞いた当時の「自分」が登場し、作品の構造としては、久米を連想させる〈自分〉の体験が基底を成している。が、芥川の「手巾」では、作品の冒頭部分に半畳を入れるような〈語り手〉の解説めいた表現はあるものの、作者の素顔をのぞかせる体験談的要素は捨象されている。比喩的にいえば、〈新渡戸稲造〉という同じ素材から出発していながら、久米が基本的には自己の体験に根ざす方法を選んだのに対し、芥川の場合は、主題に即応した観念的人間像の造型に腐心しており、そこには以後の両者がたどる作家的宿運の暗示を見出すことも可能であろう。換言すれば、新渡戸稲造という素材を前にして、久米はその対象と関わる自己の〈体験〉へと収斂し、芥川は対象の著した〈書物〉への知的咀嚼へと向かった。

「手巾」の原型がいみじくも『武士道』と題されていたように、芥川の視線は、新渡戸稲造という〈人間〉よりも、彼の代表的著作『武士道』に注がれ、その〈書物〉をフィルターとする極めてブッキッシュな世界の再構成をめざしたように思われる。従来、「手巾」は、新渡戸稲造をモデルとする作品であることが自明だとされながら、案外、その点に関する具体的な検討は乏しい。以下、その角度からの考察を多少試みてみたい。

＊　＊

新渡戸稲造の『武士道』は、明治三十二（一八九九）年、アメリカ滞在中に英文で執筆され、"*Bushido, The*

Soul of Japan" の題名で "The Leeds and Biddle Company" (フィラデルフィア) より出版され、また、翌明治三十三(一九〇〇)年、東京の裳華房より出版された。その後、世界の各国語に翻訳・紹介されたが、日本語訳の最初のものは、明治四十一年、桜井鷗村(彦一郎)の手になる訳本だとされる。(9) また、芥川や久米との関連でいえば、新渡戸は、明治三十九(一九〇六)年九月から大正二年四月まで、約七年間、一高校長の職に在り、その後、兼任していた東京帝国大学法科大学の専任教授となっている。芥川らの一高入学が明治四十三(一九一〇)年九月、卒業が大正二(一九一三)年の七月であるから、彼らの在学中と新渡戸の在任はほぼ重なっており、芥川や久米が新渡戸の〈訓話〉に接する機会は一度ならずあったはずである。その意味では、久米の「母」が実体験であった可能性は高く、芥川自身も後年の講演で(10)〈訓話〉の体験を語っている。

さらに、大学入学後、より創作に近い時点でいえば、大正五年三月、英文科の外人教授ジョン・ローレンスの葬儀の席で、芥川と久米は、新渡戸の英語による弔辞とその姿に接している。(11) 久米の「母」発表より凡そ五ヶ月前、芥川の「手巾」発表から約七ヶ月前のことである。あるいは、この時の属目の光景が、芥川と久米の共通の話題として語り合われ、彼らの創作上の素材としての〈新渡戸稲造〉を喚起する契機となったのかも知れない。

日本語訳『武士道』は、芥川らが一高に入学する二年前に出版された。そして、翌明治四十二年一月から、新渡戸は雑誌『実業之日本』の編輯顧問となり、以後、みずからの見識を実践的倫理となすためのプロパガンダとして、平俗な教訓的文章に健筆を奮い始めている。しかも、それらはのちに『修養』(明44・1)『世渡りの道』(大元・10)『一日一言』(大4・1)等の単行本にまとめられ、実に多くの出版を重ねる。

「母」や「手巾」の発表された大正五年の時点でいえば、新渡戸稲造の名はそれら教訓書のベスト・セラーズの著者として盛名をはせており、彼自身、そうした教訓書の「ブックメーカー」たるイメージをいささか気にするほどであった。

僕は曩《さき》に『修養』なる題の下に一巻を公にし、引続き今又本書を上梓するに就ては、如何にも所謂「ブックメーカー」の如く、粗製品を濫《みだ》りに発行するの感なきにしもあらぬ。本書を公にするに当り、一言、読書界に対して申訳するが至当であらうと感ずる。(12)

こうした新渡戸自身の「申訳」を視野に入れれば、「母」や「手巾」中の「教育家」という肩書きは、〈ブックメーカー〉の「令名」に対する皮肉たっぷりの形容だといえよう。

ところで、芥川の旧蔵書中に新渡戸稲造の著書『武士道』の名は見当たらない。(13)しかし、「手巾」の推移稿が『武士道』と題された事実や、『中央公論』という発表誌に新渡戸その人をすぐにも連想し得る内容の作品を発表するとき、芥川がその代表的著作に全く眼を通さなかったとは考えにくい。というより、「手巾」そのものが、外発的な執筆契機としては久米の「母」に触発されたものの、その内実を形成する材料としては、むしろその多くを新渡戸の〈教訓書〉にとりこまれたパターンや著書『武士道』の中から大いに摂取した形跡がうかがえる。

たとえば、「手巾」の構成を再考してみたい。まず、先生と日本的な中年婦人の出会いという設定自体は、前述したように久米の「母」にもみられる。だが、それとは別に、新渡戸の教訓書に書かれたエピソードの多くが、或る婦人が自分を突然尋ねてきて、かくかくしかじかの苦労を語り、私はその話に感動した、というスタイルになっており、長谷川先生と西山夫人の出会いの場面も、いってみればそうした教訓話のパターンを踏まえたもの、とみられぬこともない。「手巾」も、あるいはそうした〈訓話〉のスタイルを意識的に採用したのかも知れない。

また、西山夫人にみられる子供を喪った母の痛切なる情はどうであろうか。これもまた、久米の「母」に描かれた病身の我子を案ずる母親の情を、いっそう際立たせた設定ともみられようが、それとは別に、以下に述べるような日本語訳『武士道』の訳述にまつわるエピソードとの関連性も考えられはしないか。

桜井鷗村訳『武士道』は、「愛児の訃」に堪える父の「悲愁」をのりこえて果たされた訳業であった。たとえば、巻頭の「訳序」は以下のような一節をもって結ばれている。

此訳は又た予が一家の悲事と関連するに至れり。訳文の大半は実に去年十二月十日三歳を以て逝きたる幼児立夫の病中になり、殊に『克己』の一章の如きは、彼が永眠に先だつ三日の夜深更、予は転輾憂悶、眠らんとして眠る能はず、坐せんとして児の痛苦呻吟を見るに忍びず、由つて屏後の床中に俯し、児の奄々たる気息を数へつゝ、筆を下し、文中記する所、即ち予が為に識を為すものならんことを恐れつつ、辛うじて脱稿したるものなり。されば、予は愛児の訃を博士に報ずると共に、此事を陳じて、此訳書に留むるに立夫の名を以てして、其霊に供へ、且つ以て我一家の悲愁を慰するを得んことを請へり。読者亦た幸に予が私情を宥せ。

明治四十一年二月十日　　桜井鷗村識

つまり、この『武士道』の訳業には、わずか三歳で夭逝した愛児に対する父の悲痛な想いがこめられている。令名高い教育家新渡戸稲造の名著に、「愛児の訃」という「私情」を綴った「訳序」は、それだけで印象深い。ところで訳者鷗村をして、「愛児の訃」という「悲愁」をいや増し、「辛じて脱稿した」「『克己』の一章」とはどのような内容だったのか。「第十一章　克己」の中から、特に訳者鷗村の心中に重い「愛児の訃」と関連する部分を捜せば、以下のような一節がみられる。

之を家庭と見るに、児子の病に臥するや、親心の闇に迷ふを暁られじと、終夜病室の屛後に潜みて、病児の呼吸を数へたるもあり。臨終の期にも愛子の勉学を妨げんことを憂へ、敢て之れが帰省を肯ぜざりし母もあり。我国の歴史と、人々日常の生涯とは、（中略）英邁剛毅の母の実例に充てり。

乱れる心情をさとられまいとして終夜「病室の屛後」に隠れて「病児の呼吸」を数える「親心」の例は、「訳序」で「屛後の床中に俯し、児の奄々たる気息を数へつつ、筆を下し」たと記す鷗村にとって、決して他人事ではなかったはずだ。そして、こうした「愛児の訃」を告げる親心の「悲愁」を、「我国の歴史と、人々日常の生涯」に満ちみちている「英邁剛毅の母の実例」に置き換えれば、『武士道』の〈克己〉の例は、そのまま西山夫人の姿へと転成するのではあるまいか。

また、右の一節の前には、「挙止沈着、精神重厚なるに於ては、容易に感情の為に乱すところとなら」ぬ例として、日清戦争、駅頭に兵士たちを見送った日本人の態度に驚いたアメリカ人のエピソードが語られている。

　然るに其米国人の、却つて奇異の感をなして一驚自から禁ずる能はざりしものは、汽笛一嘯と共に、列車の進行を始むるや、数千の人民は、帽を脱して、恭しく訣別の礼を告げ、而して手巾を振るものも無く、一語を叫ぶものも無く、唯だ耳を欹つれば、僅に歔欷嗚咽の洩るゝを聞くのみなりしと云ふ。

「擧止沈着、精神重厚」のゆえに容易に感情を乱さない日本人の態度の一例として、「手巾を振る」者も居なかったとある一節に、「手巾」の作者が、一篇の最も効果的な小道具と思って眼をとどめる一瞬があったかも知れない。(14)

さらに、同じく「克己」の章にみられる以下の一節はどうであろうか。

　然り、日本人は、其人性の弱点の、酷烈なる試練を蒙るに当りてや、必ず、其笑癖を現はし来る。吾人は彼の笑の哲人デモクリタスにも優りて、笑癖を有するの理由を持す。憂苦悲愁の為に性情を平静に復せしめんと勉むるを隠くすものたり。笑は悲哀憤怒を抑へて、心の平衡を得しむるものなり。

「人性の弱点の、酷烈なる試練」に際して生ずる日本人の「笑癖」を、「悲哀憤怒を抑へて、心の平衡を得しむるもの」と称揚する新渡戸の見識は、「息子の死を、語つて」「口角には、微笑さへ浮」べていた西山夫人の態度にこそ最も適しい実例のひとつを見出せるだろう。「愛児の訃」を告げるという最大の「憂苦悲愁の為に性情を悩乱せらるゝ時」、西山夫人は、見事に新渡戸のいわゆる〈克己〉を実践してゆたかな微笑をたたえてみせた。その意味では、彼女はまさに日本の「英邁剛毅の母の実例」を体現したひとりである。

こうしてみると、「手巾」の西山夫人は、新渡戸の代表的著作『武士道』、特に「第十一章　克己」との関連で再度みなおされてよい。無論、芥川がこの一章のみを素材として西山夫人や「手巾」を描いたというつもりはなく、また、作者自身の直接の言及も見当たらない。さらに桜井鷗村訳『武士道』を手にしたという確実な根拠もなく、むしろ英文本を読んだ可能性の方が大きいかも知れない。しかし、悲痛な心情をおし隠す日本人固有の「笑」についての見解から西山夫人の「微笑」まではほんの一歩であろうし、「訳序」における「愛児の訃」や「克己」本文中の「病児の呼吸を数へ」る「親心」もまた「手巾」中の西山夫人の心情に極めて近い。

＊　　＊

「手巾」は、長谷川謹造先生が「ストリントベルクのドラマトゥルギイ」を読んでいるところに始まり、西山夫人の態度とそっくりなハイベルク夫人の「二重の演技」を書中に見出すところで終る。従って、「手巾」一篇の外枠を形成するのは、長谷川先生と西山夫人のやりとりを隈取る額縁としての「ストリントベルクのドラマトゥルギイ」だということもできよう。

ストリントベルクが、芥川の愛読した戯曲家・作家であったことはよく知られている。特に〈精神的自画像〉を刻んだ晩年の諸作にその影は色濃いし、みずから「愛読書の印象」（大9・8）でその名を挙げたこともある。[15]ところで、「手巾」中に引かれた「ドラマトゥルギイ」の一節が、具体的にはどのようなテキストを参看したものか、その点に関する明確な指摘はまだなされていないように思われる。

早くは筑摩版『芥川龍之介全集』第一巻の語註[16]に、「〝*Dramaturgie*〟（1907～1910）は随想風に書かれた演劇論」で、作中に引用された二ヶ所のうち、前者は「第三章第六節「型」の冒頭にある書き出しの文章」であり、後者が「同じく第三章第六節「型」の中」のもので「前の引用のことについて例を挙げて説明している部分」だとある。そして、後者にある「臭味《メッツヘン》」の話に関して「エミール・シエリングのドイツ訳（一九一一年出版）にはMätzchenとある」と註する。また、角川文庫版『羅生門・鼻・芋粥』の「注釈」（昭52・3改版）は右の筑摩版全集を踏襲し、『鑑賞講座日本現代文学⑪　芥川龍之介』の「注釈⑰」も、同様に準じながら千田是也訳『俳優論』（昭27）を参照している。

無論、右の諸注に誤りがあるというのではない。ただ㊀、それらには、「手巾」執筆中の芥川が直接参看したと思われるテキストが確定されていない。

私見によれば、「手巾」中に引用された《ストリントベルクのドラマトゥルギイ》は、おそらく大正四年の『新小説』に分載された小宮豊隆訳「ストリントベルクの俳優論（一）」（三月号）および同「（二）」（六月号）に拠るものと考えられる。「手巾」初出の当該箇所は、小宮訳「（二）」の「六　型」の中に含まれている。以下に、「手巾」の引用部分前半に重なる小宮訳を掲げてみる。

俳優が最も普通なる感情に対して①或②る一つ恰好《アンシュブッヘント》な表現法を発見し③④此方によつて成功を贏ち得る⑤とき、彼は時宜に適すると適せざるとを問はず、一面には⑥夫が楽である処から⑦又一面には⑧夫によつて成功する処から、動もすれば此手段に赴か⑨むとする。⑩然夫が即ち型《マニール》なのである。（原文総ルビ、丸〔マル〕の数字は筆者）

これを「手巾」初出の引用箇所と較べてみると、数字①・③・⑦・⑧は読点「、」の付加、その他は②「る→〔トル〕」④「此→この」⑤「とき→時」⑥「夫→それ」⑨「む→ん」⑩「然→しか」と表記が改められたのみで、表現上の改変は全くなく、小説後半の引用も同様である。

こうしてみると、芥川が「手巾」執筆中に直接参看した「ストリントベルクのドラマトゥルギイ」は、前記・小宮訳の「俳優論」であることは動かしがたい。小宮の訳文の後尾（「（二）」）の「訳者曰《やくしやまおす》。」には、「独逸訳の訳者シエリングと云ふ人も可成細かな頭を持つてゐるらしい」とあるので、彼もまた、前記・諸注にある「エミール・シエリングのドイツ訳」から訳出したことが知られる。無論、芥川が小宮訳「俳優論」によってのみストリントベルクの「ドラマトゥルギイ」に接していたというつもりはない。ただ、「手巾」執筆に際して、芥川が同じ漱石門下の先輩文学者小宮の訳文に敬意を表して、なるべく手を加えず慎重に引用したあとがうかがえる。

当時、小宮豊隆は、〈舞台監督〉の内実（ひいては〈演出法〉）をめぐって、小山内薫と論争の最中であった。もともとこの論争は、小宮が「アンドレイエフの『星の世界へ』の批評」（『新小説』大3・11）で小山内を難じたことに端を発し、続いて「劇壇近事」（『新小説』大3・12）「最近劇壇の感想（劇壇芻蕘言）」（『新小説』大4・1）「小山内薫君に与ふ」（『新小説』大4・2）「小山内薫君に与ふ」（『新小説』大4・4）等で論及し続け、それに対して、小山内の方は、間接的には「模型舞台の前で」（大3・12・17脱稿、初出未詳）において、直接的には「小宮豊隆君に呈す」（のち「解嘲」と改題、『新小説』大4・3）という長大な駁論をなし、応酬したのであった。実は、芥川が「手巾」において引用した小宮訳「俳優論」も、そうした論争の過程で生じた副産物であった[18]。

「手巾」執筆の前年、いわば小宮豊隆のすぐ近辺に位置していた芥川にとっても、そうした論争の帰趨は興味深い関心事だったはずである。いってみれば、前年のこの論争に対する注視が、やがて「手巾」における「ストリントベルクのドラマトゥルギイ」引用の呼び水となったのではないか。

たとえば、「手巾」作中の以下の一節などは、当時の文学青年たちの間における〈演劇熱〉の高さを如実に物語るものだろう。

先生の薫陶を受けてゐる学生の中には、イブセンとか、ストリントベルクとか、乃至メエテルリンクとかの評論を書く学生が、ゐるばかりでなく、進んでは、さう云ふ近代の戯曲家の跡を追つて、作劇を一生の仕事にしようとする、熱心家さへゐるからである。

のちに小説家と称される作家たちの多くが、同時に戯曲の書き手でもあった当時の文学状況の中で、右の小宮と小山内の論争は、それでなくとも多くの耳目を集める刺激的なエポックのひとつであっただろう。いわば芥川本人の戯曲『青年と死と』（『新思潮』大３・３）や久米の「牛乳屋の兄弟」（『新思潮』大３・３）なども、そうした論争や〈演劇熱〉と地続きの場になる作品だといえよう。

その意味では、「手巾」は「ストリントベルクのドラマトゥルギイ」の部分にかぎらず、作品全体が当時の〈演劇熱〉を深く呼吸する一篇で、特に小説前半部には演劇そのものにまつわる描写も少なくない。というより、「手巾」の構成自体、いわば二幕物の家庭劇めいた極めて〈演劇〉的な場面設定になる作品であり、長谷川先生と西山夫人の芝居じみたやりとりとは、散文形式になるドラマとさえみなし得るのではあるまいか。

＊　＊

「手巾」は、着想から脱稿まで、それほど期間を経ずして執筆された作品だと思われる。作品末尾の付記《（九・二十・五）》、すなわち、大正五年九月二十日からさかのぼること、せいぜい長くて半年ほどの間に着想されたものではあるまいか[19]。前述した如く、定稿「手巾」とあまり変わらない推移稿『武士道』は、明らかに久米の「母」を踏まえており、それが直接の執筆動機だとすれば、「手巾」の執筆期間はさらに短くなる。つまり、久米と一緒に「ボヘミアンライフ」[20]を満喫し、千葉県一の宮海岸から帰京した九月初旬[21]を起稿の時点とすると、「手巾」はほぼ二週間で書き上げられた作だということになる。

従って、これまでみてきたように、「手巾」一篇は、同人雑誌の仲間意識が濃密な同世代感覚のうちに芽生え、当時の世評に名高い新渡戸稲造をモデルとし、その代表的著作をフィルターとし、さらには作者自身を取り囲む当時の文学状況や〈演劇熱〉の空気を深く吸った上で、若い作者が勢いに乗じ、比較的短期日で仕上げた作品、ということになる。とすれば、そこには当時の芥川が生活していた知的空間をストレートに反映する生々しい素地をこそ見出すべきであろう。

大学卒業という人生の分岐点をはさんで、文壇登場への確実な予感に包まれていた芥川は、師・漱石に宛てた書簡中にすら、みずからを「ライズイングゼネレエシヨン」(22)と呼んではばからない。この若い知的エリートにとって、次代を担う世代としての自恃は明快かつ確実なものである。その強い自負に裏うちされた知的優越意識が、自分たちの幕開けを告知するためにまず着手することは、旧世代への幕引きである。

新渡戸稲造は、久米や芥川らにとって、まさに旧世代を象徴する一方の旗頭であった。そして、武士道の〈倫理〉を鼓吹するこの旧世代のイデオローグこそは、彼ら「ライズイングゼネレエシヨン」が晴れの舞台へと踏み出す際の通過儀礼《イニシエーション》の人身御供として、このうえない好餌であった。つまり、「手巾」作中の長谷川謹造は、初めから嗤われるために寸法をとられた新渡戸稲造の影絵であり、西山夫人もまた、そうした作意を完成させるための精巧なダミーである。従って、「手巾」の「表だった主題」が「型《マニール》と化した人生態度の拒絶にあ」り「近代の醒《さ》めた眼による武士道の批判というテーマは明確」だとする三好行雄の見解(23)にも、そのかぎりでは異論がない。また、「どこか偽善の匂いのする大ぶりな挙措、しかもそのことを決して意識することのない大時代なモラリストの姿」が「かなり意地悪く照らしだ」されると読む磯貝英夫(24)や、「「橋梁」とは名ばかりの〈浮橋〉的存在でしかない」「コスモポリタンの戯画化」とする海老井英次の見解(25)などは、一篇の基軸と作家の姿勢をついて説得力に富む。早くは吉田精一(26)が「武士道乃至それをかこむ封建的観念に対する皮肉を主題とした」と読むところは、多少の振幅があっても、基本的には揺るがない。その点では、異を唱えるべきものは何もない。

ところで、作品の表の顔つまり長谷川先生の捉え方については凡ね差異のない諸家の見解が、こと西山夫人に対する観方となると、事情は大きく違ってくる。まず三島由起夫(27)は、芥川が「無意識のうちに、西山夫人のステレオタイプな人生的演技を一つの静止した形で、『型』の美とみとめてゐた」と述べ、これをうけた三好氏も、西山夫人が「近代の批判精神から型《マニィル》として斥けられたにしても、彼女はなお美そのもの」だとみる。磯貝氏は、西山夫人の態度とハイベルク夫人の演技との間の大きな落差を指摘した上で、「長谷川先生の追及を途中でぼかした」芥川の作意の不徹底が西山夫人のけなげな姿だけを印象づける結果を生じたとして、「西山夫人の型の美を断乎として強調する」三島の読み方に「ほとんど同意する」とした。これに対して、海老井氏は、三島の見解が人生と演技との「相渉ると錯覚されている部分を、西山夫人に凝結させてそれを美とするものであり、実人生を演劇に還元してしまったところに成った、恣意的な論」だと反論する。事は各読者の感性や資質にも関わって難しいが、以下にいささか私見を述べてみたい。

もし仮に西山夫人が「美しい」としたら、それはまず作品の現実が基本的には、〈長谷川先生の眼〉を通して捉えられた世界だったからであり、しかも、西山夫人は新渡戸稲造が「美しい」と信ずる〈型〉を忠実になぞるダミーとして作者が注意深く仕立てた典型的な形象だったからである。「手巾」に即していえば、西山夫人を「美しい」と感ずるのは、誰よりも長谷川先生その人であり、その〈美〉に「倫理的背景」を見出して「満足」を覚える長谷川先生の〈視座〉こそ、作者の疑わしげな眼によってまず問われる当のものである。従って、西山夫人に〈美〉をみる読み方は、少なくとも「手巾」一篇にこめた芥川の作意から遠ざかろうとする観方だといってよい。

我が児を喪った母の情が切実で重ければ重いほど、他者は当事者の悲痛の〈表現〉方法に容喙できるはずもない。そうした人間的な悲しみの内実をそっくり抜きにしたまま、西山夫人の態度を武士道の倫理的な〈型の美〉と見る長谷川先生の視線を芥川の作意とみなし、作品解釈へと付会してしまう安易さは、長谷川先生の「倫理」が内包する偽善性に盲いることにほかならない。

次代の担い手を自負する知的な青年作者が、旧世代に属する「令名ある教育家」を血祭りにあげるのは、その称揚する「倫理」に潜在する右のような偽善性を嗅ぎとるからで、その仮面をよりいっそう見事に剝ぐためにこそ先生の眼にかなう〈美〉を配したのである。だから、それは長谷川謹造もしくは新渡戸稲造のみる〈美〉であって、けっして作者芥川にとっての〈美〉ではない。

着想や設定において、亜流《エピゴーネン》とみまがうほどに久米の「母」に近似しながら、「手巾」の作者には、その危うさよりもむしろ〈競作〉を楽しむ風情さえある。いうなれば、同世代の共通感覚や寓意をいかに巧緻に表現し得るかの彫琢にいそがしい青年作者は、自己の意識に忠実な道具としての〈ことば〉の可能性を少しも疑ってはいない。無論、芥川がみずからの作意を裏切る〈ことば〉の厄介な属性や〈意識の閾の外〉からたちのぼる無意識につまづくのは、まだまだ先の話である。従って、「手巾」は、知的据傲を誇る新世代の青年が、同じ世代の〈幕開け〉と旧世代に対するイロニーを高らかに告知するいかにも明解な一篇だった。

注

（1）周知の如く秦豊吉宛書簡（大5・9・25）に「中央公論へは新渡戸さんをかいた」云々の芥川自身による言及がある。

（2）拙稿本文中で触れ得たもののほか、向山義彦「芥川の「手巾」に見られる日本人の表現」（「日本人の表現」昭53・15、笠間書院）・大里恭三郎「芥川龍之介「手巾」論」（『常葉国文』昭54・6）・蒲生芳郎「「手巾」の問題」（『信州白樺』昭57・2）・隈本まり子「芥川龍之介「手巾」試論」（『方位』第五号、昭57・11、熊本近代文学研究会）等を参照。

（3）加藤武雄の「解説」（「学生時代」昭23・4、新潮文庫）に《「母」は、芥川君の「手巾」と対照せらる可き作》とあり、江口渙の「解説」（「学生時代」昭29・7、角川文庫）にも「「母」は当時の一高の校長新渡戸稲造博士の学生訓話をそっくりそのまま使ったもので、新渡戸博士の教育家としての巧妙きわまる偽善の仮面を引きはがそうとしたものである。だが、最後の数行で試みられた批判に鋭さが足りない。その点では、やはり同じように新渡戸博士の訓話をそっくり使っている芥川龍之介の「手巾」のほうが批判に段違いのきびしさと鋭さとを示しているのは、この二人の作家の個性の違いをはっきり見せている」といえるとある。ただし、「手巾」が「訓話をそっくり使っている》か否かは未詳。

（4）「漱石と芥川―『鼻』を中心に―」（「芥川龍之介全集月報1」昭52・7、岩波書店）参照。

（5）おそらくは久米正雄『二階堂放話』（昭10・12、新英社）所収「『鼻』と芥川龍之介」の一節による。ただ、久米は、「手巾」（もしくはその原型『武士道』）執筆を、大正五年の一宮滞在中（八月十七日～九月二日）に「僕が話してやつたもの」だとするが、「母」掲載の『新思潮』刊行日（大正五年八月一日）からすると、久米の《話》の前に芥川が「母」を読んでいた可能性もあり、回想のニュアンスと微妙なズレが生ずる。しかも、久米はなぜか自作「母」の名に触れておらず、回想の内容は必ずしも明瞭ではない。

（6）「母」の主人公名は、管見の及ぶところ以下の如く変わっている。〈①初出『新思潮』（大5・8）→長谷部博造、②初刊『手品師』（大7・1、新潮社）→長谷部博造、③菊池・芥川編『新思潮選』（大8・7、玄文社）→矢田部博造、④『久米正雄全集』第八巻（昭5・4、平凡社）→矢田部博造〉おそらく③『新思潮選』再録の際、同人仲間内で何らかの話題となり、久米みずから変更したものか。

（7）「鑑賞」（「現代日本文学鑑賞講座［11］芥川龍之介」昭56・7、角川書店）参照。

（8）「芥川龍之介資料目録」（昭56・愛合月、三茶書房・岩森亀一）参照。〔補記〕現在は「武士道（小品）」（「手巾」関連草稿）十五枚および「手巾」草稿六枚の全体が山梨県立文学館編『芥川龍之介資料集／図版1』（平成5・11）において参看可能であり、さらなる検討の余地もあろう。

（9）『新渡戸稲造全集』第一巻（昭44・3、教文館）「解題」ほかを参照。以下、鸝村訳『武士道』（明41・3・25、丁未出版社）の初版による。

(10) 講演「明日の道徳」(大13・6)で一高在学中、新渡戸校長の「倫理の講義を聴き」「非常に憤慨し、」それが「彼是三四年も連続」した旨の言及がある。
(11) 久米の「風と月と」(特に「月の出潮」「花やかなる出発」の章)参照。後者の章には新渡戸が「流暢な英語」で、悼辞を述べた場面があり、それが彼らの話題となった可能性がある。なお、芥川の書簡(恒藤恭宛、大5・3・24)にも、ローレンスの死と葬儀参加を告げる言及がある。
(12) 本文前出『世渡りの道』「序」参照。
(13) 「芥川龍之介文庫目録」(昭52・7、日本近代文学館)参照。
(14) 無論、手巾は、ストリンドベルクの「ドラマトウルギイ」中にもみえ、そこからアイデアを得たとするのが自然だが、それと結びついてこの「手巾」もヒントのひとつとなったかも知れない。
(15) 同文中に高等学校卒業前後、「ストリンドベルクなどに傾倒した」とある。
(16) 吉田精一編『芥川龍之介全集』第一巻(昭33・2)参照。
(17) 前出(注7)参照。
(18) 小宮訳「俳優論(一)」(本文前出)の末尾「訳者白」に「小山内君の文章と私の文章とが互に互の焦点を認めない儘で互に應答し合」うより「此ストリンドベルクを飜訳」して「世間に紹介してゐる方が、私にとつても面白」く「読者を稗益することも多い」云々とある。
(19) 久米の「母」発表以前の創作動機として、ローレンスの葬儀(注11参照)にまつわる談柄を考えた場合、半年以前となる。
(20) 夏目金之助宛書簡(大5・8・28)。
(21) 浅野三千三宛書簡(大5・9・3)に「昨日まで一の宮の宿屋」に滞在していた旨の言及がある。

(22) 前出（注20）の書簡末尾に「先生は少くとも我々ライズイングジエネレエシヨンの為に」云々とある。
(23) 『芥川龍之介論』（昭51・9、筑摩書房）参照。
(24) 「作品論「手巾」」（『国文学』昭47・12）参照。
(25) 前出（注7）参照。
(26) 『芥川龍之介』（昭33・1、新潮文庫）参照。
(27) 『解説」（『南京の基督』昭31・9、角川文庫）参照。

〔付記〕拙稿は、昭和五十六年十二月、熊本近代文学研究会参加時に用意したノートに手を加えたものである（昭58・9・30稿）。ところで、拙稿送付後、笠井秋生氏の「芥川龍之介「手巾」について」（『日本近代文学』第30集、昭58・10）に接し、拙稿の内容と重なる指摘があることを知った。が、すでに校正段階に入っており、ために とりあえずこの「付記」を加えることでそのまま発表させていただくこととした。諒とせられたい。

「地獄変」の限界
——自足する語り——

一

「地獄変」は、芥川龍之介にとって、作家生活の未来を占う重要な試金石であった。当時、みずからも新婚早々の上、扶養すべき三人の老人を抱えていた芥川は、作家専従の道を望みながらも、まず経済的基盤の安定をはかる必要があった。一方で慶応大学のスタッフにとの話もあったが、彼は、師・漱石のひそみに倣って、大阪毎日新聞社との専属契約を働きかけ、ひとまず社友契約にこぎつける。「地獄変」は、そうした契約直後の完成第一作であり(1)、いわば職業作家としての技量を試された芥川が新聞社と一般読者との双方に提出した答案でもあった。この答案は、幸い試練の門出を飾るにふさわしい及第作として迎えられ、そればかりか今日では数ある芥川作品の中でも最も評価の高い〈傑作〉と目されている。

早くは中谷丁蔵（小島政二郎）(2)が、作品発表直後、その説明癖に苦言を呈しつつも、描写の確かさと「良秀の芸術的エクスタシイ」や作者の「詩人的資性の発露」を称揚し、正宗白鳥(3)は芥川追悼の文中で「この一篇を以て、芥川龍之介の最傑作として推讃するに躊躇しない」と評価した。以後も賛辞は枚挙に遑《いとま》がなく、たとえば宮本顕治(4)も「「地獄変」は芸術家の狂気に近い魂が切実に描かれてゐる作として、最も壮烈な色彩にとんでゐる」と述べ、和田繁二郎[5]は「芸術至上主義への覚悟と、それへの賛美を形象化した優れた作品」といい、稲垣達郎[6]も数多い「王朝ものののなかで、ひとつをえらぶとなると」「地獄変」だとする。

こうした傾向は、近年に至るも変わらない。芥川研究の盛況は、「地獄変」一編についても実に多彩な解釈を生んだが、こと評価となると、諸家の評言は奇妙なほどに酷似している。その一端をみると、川嶋至[7]は「芥川らしさのもっともよくあらわれた」「真実芸術至上主義の立場にたちえたころの記念碑的作品」と認定し、細川正義[8]は「芸術至上主義という自己の芸術に対する覚悟を力強くうたいあげた」「頂点」と述べ、関口安義[9]も「芸術至上主義」を示す「意欲のにじみ出た傑作」と呼び、笹淵友一[10]も「芥川がこれほど心血を注ぎつくして、芸術至上主義的陶酔を綴った作品は他にない」と断言する。要するに、作者芥川の〈芸術至上主義〉をよく形象化し得た〈傑作〉、という点でそれらは一致する。

無論、賛辞ばかりがあったわけではない。久米正雄[11]は、白鳥の「推讃」に異を唱え、「僕はあまり髭題目式といふのか、はで過ぎる芥川が出てゐるやうに思ふ」とやんわり否定し、宇野浩二[12]は、「結局、「地獄変」は見事な「絵空事」である」と述べ、堀辰雄[13]は、「やすつぽい絵双紙だ」と酷評している。芥川と前後する実作者たちに否定的見解が多いのは興味深いところだが、それらはむしろ例外に属する。一篇に与えられた評価を総体的にながめた場合、やはり「地獄変」を「傑作とする評価は動いていない」[14]（海老井英次）ということになろう。

近年の「地獄変」論に先鞭をつけた三好行雄[15]にしても、〈傑作〉との評言こそ用いないが、良秀の姿に「芸術家としての芥川龍之介が夢想する、完璧な芸術家の像」を見出し、「人生のすべてを残滓として捨てることで、芸術創造の過程に生きる真の人生を確保し、芸術家の光栄をよく存立しえた」「ある芸術至上主義」を読みとっている。主人公の人生から作者芥川の果敢な芸術的理想像を抽出する以上、三好氏もまた、〈傑作〉の名に等しい評価を与えているのは明らかだろう。

しかし、「地獄変」はまぎれもなく芥川文学の〈傑作〉と呼ぶにふさわしい作品なのだろうか。前掲の実作者は別としても、芥川自身、「地獄変」は、「具眼者に褒められる性質のものぢやありません(16)」と語り、「ボンバスティック（大げさ）で気に食はない作品(17)」とも吐露している。そこに芥川一流の謙遜がないわけではないが、反面、自作の弱点を誰よりも知りつくしていた作家特有の嗅覚が働いていた可能性もある。少なくとも私には、これまで多くの評家が双手をあげたように、「地獄変」が芥川文学の頂点に屹立する無疵の「傑作」だとはとても思えない。同様に、諸家の称揚する「芸術至上主義」にしても、それが作者によってどこまで深く掘り下げられた主題だったのか、あるいは、作品の実態として充分に形象化され得ているのか、いささか疑問なしとしない。

「地獄変」はむしろ、従来の高い評価とは逆に、当時の芥川文学の限界をこそ如実にものがたる一編だったのではあるまいか。以後の軌跡をながめるとき、「地獄変」に捧げられた〈賛辞〉の数々は、その限界にみられる芥川文学の真の問題を隠蔽し、芥川龍之介をいっそう険しい隘路へと誘いこむ陥穽となったのではあるまいか。

二

「地獄変」は、物語のすべてが大殿に「二十年来御奉公」してきた「私」によって語られた世界である。従って、まずその語り(手)の問題について検討を加えたい。無論、この問題に関してはこれまでにもいくつかの言及がある。たとえば、和田繁二郎(18)・三好行雄(19)・海老井英次(20)らが各自の「地獄変」論で触れており、その後も竹盛天雄(21)や清水康次(22)が語り(手)それ自体を主眼とする考察を試みている。以下、問題を整理するために、それら諸家の見解を一瞥しておこう。

はじめに和田氏は、「地獄変」の形式的特徴を「視点が一貫して、この話の語手《ママ》におかれていること」だとし、語り手が「権力者でもなく芸術家でもない」「下級官吏」すなわち「民衆の眼」に設定されたのは、「民衆が芸術家や権力者をどのように見ているか、またその権力の下に芸術家のたどる運命をどのように眺めているかを見ぬいた芥川の眼」があったからだとする。

これに対して三好氏は、語り手に着目した和田説を一応評価しながら、「作者の意識」に明確な「階級意識」があったとみるのは「疑問」だと述べ、「作者が利用したのは、語り手の大殿への畏敬と良秀への嫌悪感であり、その光と影のそめわける事態のおくゆき」であって、「第三者が語り手として設定され」た結果、作者は「自己を傍観者の位置におく」「距離感」を確保したとする。その上で、氏は、「芥川龍之介にとって、第三者の肉声をかりて事件の推移をえがいてゆく「地獄変」の方法は、告白の含羞なしに、自己の夢想する芸術家の理想像をきざむもっともふさわしい方法だった」と結論づける。

次に海老井氏は、芥川自身、書簡中で述べたナレエションの「日向の説明」と「陰の説明」[23]という視点に基づいて、前者が後者によって相対化されているとし、語りの「限定的なその性格、その主観性を暴露してしまうという方法」から生ずる「逆照射によって、良秀の芸術家としての魅力が浮上がり、彼と読者とを接近させる効果を生み出す」と述べ、そうした語りの方法こそ作者の「十分に計算」したところだと論じた。

一方、竹盛氏は、語り手が「老獪な存在」だと力説し、その老獪さの「淵源」には「芸術の力が決して現世的にも非力ではなく、むしろ現実を凌駕できるという認識」を「神話化」しようとする企みが潜んでおり、そのような「芸術思想」に挺身する語り手の強引さが物語の「自然」をそこなう「傾向的一義的な色あい」を深め、「観念的な「図取り」による」作品の「底の浅さ」を招いた、とする。

さらに清水氏は、海老井氏同様、作者の述べた「日向の説明」と「陰の説明」に準じて語りの二面性を腑分けしながら、前者の説明による物語が「良秀の堕獄譚」であるのに対し、「語り手の否定によって暗示される」後者の説明では良秀が「理由のない迫害を受ける被害者の位置」に立つことで初めて「芸術家としての一途さ・純粋さ」

を獲得する物語だとし、それら「二つの説明の交錯」するところに「堕地獄によってはじめて芸術家の本当の生の「輝き」が獲得されるという物語」が成立すると論じた。

さしあたり、以上が管見に入った「地獄変」の語り(手)に関する主な論及である。無論、それらはそれぞれに示唆的であり、個々にみた場合、いずれも理解しにくいものではない。しかし、一見したところ語り(手)という同じ問題について論及しながら、それらがどこに他説との本質的な差異を見出し、何をその争点としているのか、問題の所在が今ひとつ明瞭ではない。率直にいえば、それらは本当に語り(手)そのものについて論じているのかどうか、その点を中心にもう一度右の諸説を検討しておきたい。

たとえば和田説は、何よりもまず氏自身にとってのあるべき作家像を前提とし、そこに立脚した「芥川の眼」に整合する語り手像の形成を急いだため、いささかゆがみを生じる結果となった。三好氏が、そうした和田説の論理の倒立とそれを促した〈傾向〉に疑義を呈し、反論したのはひとまずうなずける。だが、その三好説にしても、反駁の論拠をもっぱら作品外の「作者の意識」にもとめ、語りの「からくり」が芥川の「夢想する」「もっともふさわしい方法」だと主張するとき、その前提に氏自身の動かしがたい芥川像が定立されていたことも確かだろう。

また、語り手の「老獪」さや「神話化」の企図を強調する竹盛説にしても、この語り手が本当にそうした企みを紡ぐほどの内実を備えた作中人物かといえば、はなはだ心もとない。第一、竹盛氏の強調する芸術が「現実を凌駕する」という語り手の「芸術思想」と、これまで繰返されてきた作者の〈芸術至上主義〉と、両者の間にどれほどの径庭があるのか、その相違は必ずしも鮮明ではない。

さらに海老井説や清水説は、どちらも作者自身の述べたナレエションの説明を出発点とする。だが、作者の自註する意図が作品の真実を裏づける確かな言質《げんち》だという保証はどこにもない。それゆえ、相対化された語りの逆説的性格を説く海老井説も、論拠は作者の「十分」な「計算」を信幅するしかない。清水説の根幹となる「ふたつ」の説明にしても、作者の自註する語りの二重構造をそのまま踏襲する見立てにすぎず、ここでもその論拠は作者の意図である。

このようにみてくると、「地獄変」の語り〈手〉を論じたかにみえる右の諸説は、いずれも実際には、語りを含めた作品全体を背後から支配する〈作者の意図〉の方を問題としている。そこで争われているのは、語りそのものについての議論ではなく、各自の肩入れする作者像の真贋であり、その作者が何を意図したか、である。だが、問題は、現に書かれている〈語り〉の実態をいかに捕えるか、である。

三

小説の語りについて考えようとするとき、手掛かりのひとつは、それがいかに語り出されているか、をみることだろう。短篇小説の場合、「書き出しさえきまれば、一篇は出来上がってしまったも同然だ」という実作者の証言もある。(24) 語り出しは、語りの問題のすべてとはいえないまでも、物語の地層にひそむ有力な鉱脈の露頭ではある。

「地獄変」は、堀川の大殿に関するさまざまな逸事をもって語り出される。そして、その挿話の間には、大殿の非凡さを示す類義の形容が反復される。たとえば、「恐らく二人とはいらつしやりますまい」「並々の人間とは御違ひになつてゐた」「凡慮には及ばない」等の表現である。語り手は大殿の非凡さをひとしきり強調したのち、第一章の後半を次のように語りつぐ。

大殿様御一代の間には、後々までも語り草になりますやうな事が、随分沢山にございました。（中略）が、その数多い御逸事の中でも、今では御家の重宝になつて居ります地獄変の屛風の由来程、恐ろしい話はございますまい。日頃は物に御騒ぎにならない大殿様でさへ、あの時ばかりは、流石に御驚きになつたやうでございました。まして御側に仕へてゐた私どもが、魂も消えるばかりに思つたのは、申し上げるまでもございません。

中でもこの私なぞは、大殿様にも二十年来御奉公申して居りましたが、それでさへ、あのやうな凄じい見物に出逢つた事は、つひぞ又となかつた位でございます。

右を一読して目につくのは、「恐ろしい」「流石に御驚きになつた」「魂も消えるばかり」「凄じい」等の表現である。これは大殿の非凡さを力説する修辞と同じ類で、地獄変図の「由来」がいかにおそろしいか、その〈恐怖〉を強調する類義語の反復である。

このような「あるひとつのことがらを述べるために、類義の語句を積み重ねてゆく形式」は、佐藤信夫(25)によると、西欧の伝統的修辞論の範疇で、「類義累積《シノミニー》」と名づけられている。類義累積《シノミニー》は、おおむね「主張を強化するため」や「印象の強化・増幅のための手法」とされるが、その点においても「地獄変」の語り出しにおける特徴のひとつが類義累積のうちにあることは確かだろう。

ところで、恐怖をあらわす類義累積を含む語りの本質とは何か。ひとくちにいえば、それはコワイモノ見タサの読者心理に訴求する語りである。比喩的にいえば、この語りは、今はあまりみられない見世物小屋の客寄せ口上に似ている。おどろおどろしい惹句を並べたてて蛮声を張り上げ、集まってくるお客の恐怖心をあおりながら、実はその好奇心に訴えかけるあの口舌である。口上の目的は、何はともあれお客を幔幕の中に誘いこむことだが、口舌の実体は、いうところのコケオドシのたぐいにすぎない。だとすれば、恐怖の類義累積を特徴とする「地獄変」の語り出しも、本質的には読者のコワイモノ見タサの心理につけこんでその好奇心をくすぐるコケオドシの言説だといえよう。

語り手によって物語の「由来」が非常にコワイモノだと何度もオドシをかけられた読者は、その語り口にまず緊張し、好奇心をそそられ、未知の物語の一刻も早い進展に期待をつのらせる。だが、第一章の末尾で「しかし」と語りつぐ語り手は、物語の先行きを急ぐ読者心理とは裏腹に、微妙な迂回を強いている。

> しかし、その御話を致しますには、予め先づ、あの地獄変の屛風を描きました、良秀と申す画師《えし》の事を申し上げて置く必要がございませう。

無論、良秀はこの物語の中心人物であり、彼の登場なくして「御話」の進展もあり得ない。しかし、良秀の紹介が「予め先づ」「必要」な事柄であるのなら、なぜ語り手はことさらその前に事件の「由来」がコワイモノだというオドシを重ねて語る必要があったのか。

物語の導入部におけるコケオドシの言説は読者のコワイモノ見タサに一段と拍車をかける仕掛けであり、それゆえ読者は物語が一気に「由来」の核心に迫るように気持ちを急かされる。そのように仕掛けた当の語り手が、にもかかわらず、やおら登場人物の紹介をもちだすのは、それまでに読者をあおりたてた分だけ、一種の背信行為に及んだことになる。つまり、「地獄変」冒頭の類義累積《シノミニー》は、それ自体、読者の眼をひきつけるコケオドシとして機能しつつ、一方で、「由来」を開示するかとみせながら、実は物語の核心をはぐらかすまやかしの掛け声ともなっている。[26]その真の目的は、物語の流れを分断し、読者をいつの間にか迂回させ、ひそかに物語の引き延ばしをはかることである。[27]

ところで、作品の冒頭を一読しただけで明白なもうひとつの特徴がある。それは「地獄変」が過去をものがたる回想の物語だという点である。

大殿に二十年来奉公してきた「私」は、当然のことながら作者とともに地獄変図の「由来」の結末を知っている。一方、読者は「恐ろしい話」の結末を知らない。つまり、「地獄変」の物語内容は、語り手の既知の世界であり、読者には未知の世界に属する。無論、語り手と読者の間に一定の時差《タイム・ラグ》が存在するのは、回想の物語のすべてに共通する当然の事実だといえるかもしれない。

しかし、注意したいのは、回想を語る語り手が、そうした時差に支えられて、結末を知っているという既知の高みから読者の未知を見下ろす優位にあぐらをかく可能性があるということだ。自分ひとりが物語の秘密を占有しているという事実は、時として回想の語り手を優越感に満ちた錯覚に誘いこみやすい。彼の優位は、単に物語の過去〈時制〉から生じた偏差のひとつにすぎないのに、あたかもそれが自分に先験的に具わっていた特権でもあるかのように思いこむ。その結果、彼は、物語をどのように語るかはすべて自分の思うがままだと考え、読者への優位に乗じた独善的な語りぶりに陥る……。

「地獄変」の語り手がコケオドシの言説である類義累積《シノミニー》を多用するのは、自分が読者よりも優位にあることを疑わないからである。つまり、彼を支えているのは、読者が物語の秘密を知ろうとすればその唯一の手掛かりは自分の語る言葉だけであり、それゆえ読者は自分の語りぶりに盲従するほかないという過信である。この過信は、さらに、だから自分はどのように語ってもよい、という倨傲へと増長する。語り手にその種の倨傲が内在しないかぎり、彼が読者にオドシをかけられる根拠は何もない。従って、「地獄変」の語り出しを特徴づける類義累積のもうひとつの意味は、語り手がそのような優位にあぐらをかいた結果、語りがみずから〈退廃〉へと踏み出したことの端的なシルシでもある。この語り手は、やがて自身の語りぶりに淫し、およそ物語の本質とは無縁な修辞的レベルの工夫にもっぱら血道をあげることとなる。

四

「地獄変」の主だった登場人物のなかで最後まで生きのびるのは誰か。良秀はもちろんみずから縊死し、良秀の娘は焼き殺され、猿の良秀も娘に殉じる。大殿は、現実の死を迎えるわけではないが、クライマックスで「御顔の色も青ざめて」「喉の渇いた獣」へと変じ、現実世界の王者たる権威を喪失している。その意味では大殿もまた内面の死に出会ったといえる。すると、物語の終了後にも依然として生きのびるのは、語り手の「私」ひとりだということになる。[28]

　現に語りつつある語り手が今も生きているのは当然といわれるかもしれないが、問題はそれほど簡単ではない。地獄変図の「由来」にまつわる登場人物が次々と斃れていく物語世界の中にあって、語り手だからという理由だけで彼が死をまぬがれ得る必然性はない。たとえば、精神の死を内面に抱えこみつつ、語り手の役割を生き続ける作中人物もあるはずだ。[29]

　だが、「地獄変」の語り手は、他者の無惨な死を幾度も語りながら、自身は一度も死に瀕することもなく、やすやすと生きのびる。その結果、彼は物語世界のすべてを統括し、事件の重要な目撃者となり、読者と物語をつなぐ唯一の接点となる。そうした貴重な存在である語り手の老侍が、かつて「女房」と目されたように、[30]その顔はおろか性別さえも見極めにくい。

　物語のすべてを牛耳る存在がなぜそのように曖昧な輪廓しか具えていないのか。それはたぶん、この「私」が、独立した人格を必要としない、いわば表層的な語り口にのみ存在価値をもつ形象だったからであろう。たとえば、物語の過去（時制）にあぐらをかいて読者への優位を誇る語り手の背後には、常に作者が身を寄せている。[31]なぜなら、彼の占有する秘密とは、要するに彼が作者の定めた物語の結末を甘受し、その秩序に服従することを意味するからだ。この従順な語り手が仮に〈恐怖〉をものがたる場合、その表現がどんなにおそろしげにみえても、そのコトバは所詮、作者の定めた結末を解明する歯車のひとつにすぎず、そこに作者の支配を超える底知れぬ恐怖などはけっして生まれない。つまり、従順な「私」が何をどのように語ろうとも、その語りは結局、作者によって語らせられたコトバであり、語り手が作者の意図に隷属する影絵でしかないことも明白なのだ。読者は、「私」の語るコトバから透けてみえる作者の手つきにだけ注意を払えばよく、語り手がどのような〝顔〟をしているかなどには少しも見入る必要がない。

ところで、「私」が大殿の従者であるため、この語りには一見制約がありそうにみえる。だが、事実はそうではない。たとえば、語り手が大殿に関する噂を否定するとそれはかえって真実に近く、語り手が言いよどむのは大殿の不都合な事実であり、語り手の口をきわめた賛辞は逆に大殿の酷薄な本性を露呈する……、といった、この語りの逆説的なパターンは誰の目にもわかりやすい。つまり、語り手の身分は、語りの制約ではなく、反対にそのパターンを逆用することで大いに語ることの可能な隠れ蓑とさえいえる。その意味では、この物語には従者という身分によって語りが制約される障害は何もない。

むしろ問題は、語りを疎外する何の制約もないのに、この「私」が物語の「由来」を本質的に語る語り手とはなり得ていない、という点であろう。[32] なるほど彼は良秀親子らの死という悲劇を伝えはするが、それは現象だけであって、〈地獄〉の本質が何かはほとんど語り得てはいない。彼の語る〈地獄〉はいわば他者の不幸であって、そこに当事者感覚ともいうべき自身の危機感は全く含まれておらず、従って、恐怖の実感も伝わらない。要するに、この語り手は、みずからは事件の外に在ってコトバだけの「恐ろし」さを述べたてる語りの道具にすぎない。

「地獄変」の語り手がただひとり生きのびられたのは、彼だけが物語の中核ともいうべき「恐ろし」さから遠く離れた安全な場所に位置していたからである。その〈場所〉は、この語り手が物語内容と緊密に結びつく不可欠の個性ではなく、作者の負託をうけて物語構造に深く喰いる存在でもなかったことを意味している。彼は単に語るためにのみ語る作者の道具であり、作者自身からさえもその存在感を見くびられた語りの機能そのものなのだ。

おそらく「地獄変」の語り手にとって最大の関心事は、地獄変図の「恐ろしい」「由来」の開示でもなければ良秀親子の悲劇でもない。語りの純粋な機能でしかないこの語り手が最も執着するのは、自身が少しでも生きのびるための延命策である。なぜなら、彼にとってはひたすら語り続けることそれだけが自己の存在を明証する唯一の方法だからだ。それゆえ彼は、読者の未知につけ入り、その興味を巧みにひき、物語の核心を小出しにしながら一歩でも遠くへ読者を連れ出す技術（修辞）の修練に腐心する。

「地獄変」の「ナレエション」が「諄々《くどくど》しい」[33]本当の理由は、従来の諸説が述べるような「日向の説明」と「陰の説明」が交錯する二重性のためなどではなく、ましてや物語構造の複雑さや語り手の身分上の制約によるものでもない。それは、何とか自身の延命をはかろうとする語り手が、もともと作者の思量以上に拡がりようもない物語を無理にも引き延ばそうとし、一方でその下心を見破られまいとして修辞的努力を重ね、悪戦苦闘をした結果にほかならない。

五

作者芥川の〈芸術至上主義〉を一編の主題だとみる「地獄変」論の多くが、その論拠として掲げるのは次の場面である。

その火の柱を前にして、凝り固まつたやうに立つてゐる良秀は、——何と云う不思議な事でございませう。あのさつきまで地獄の責苦に悩んでゐたやうな良秀は、今は云ひやうのない輝きを、さながら恍惚とした法悦の輝きを、皺だらけな満面に浮かべながら、大殿様の御前も忘れたのか、両腕をしつかり胸に組んで、佇んでゐるではございませんか。（十九）

最愛の娘を眼前で焼死させる苦闘が、一転して「恍惚とした法悦の輝き」に変わる良秀の表情は、なるほど彼の強烈な芸術家魂の発現かもしれない。だが、ここにたとえば以下のような一連の表現を並べてみるとどうなのか。

（1）「僕にも不朽の大作の一つ位は書けるかも知れません。（中略）さう思ふと、体の隅々までに、恍惚たる悲壮な感激を感じます。世界を相手にして、一人で戦はうとする勇気を感じます。」

（大6・9・28、塚本文宛書簡。傍点筆者、以下同じ）

（2）「あるのは、唯不可思議な悦びである。或いは恍惚たる悲壮の感激である。この感激を知らないものに、どうして戯作三昧の心境が味到されよう。どうして戯作者の厳かな魂が理解されよう。」

（「戯作三昧」十五、『大阪毎日新聞』夕刊、大6・10〜11）

（3）「私はこの小さな油画の中に、鋭く自然を摑まうとしてゐる、傷《いた》ましい芸術家の姿を見出した。さうしてあらゆる優れた芸術品から受ける様に、この黄いろい沼地の草からも恍惚たる悲壮の感激を受けた。」

（「私の出遭った事」「二、沼地」『新潮』大8・5）

ここにみられる「恍惚たる悲壮の（な）感激」の繰返しは、その表現が「地獄変」発表（大7・5）前後の芥川にとって「傷ましい芸術家」のイメージとそのまま直結する常套的な修辞のひとつだったことを示している。無論、良秀の「恍惚たる法悦の輝き」も同工異曲の表現であり、だとすれば、これもまたいかにも文章に彫琢をこらす作家得意の常套句だといえる。

「地獄変」が本当に〈芸術至上主義〉をよく形象化し得た作品だとするなら、その論拠は、このようなステレオタイプの常套句のうちにではなく、そこに至るプロセスの中にこそもとめられるべきだろう。つまり、画の制作自体に関わる良秀の苦悩を描写した過程だが、その点について三好氏(34)は次のように述べている。

七節から十一節にかけて、弟子を鉄鎖でしばり、耳木菟でおびえさせる良秀の奇矯な振舞いがたんねんに描かれている。小説のいわばかなめである。ひとりの芸術家が創造の秘儀に、自己をやみくもにかりたてる執念をうつしながら、〈見たものでなければ描け〉ぬ良秀の創作原理を、慎重にかためてゆく。良秀にとって、表現の完成は表現すべき対象の実在を必須の条件としていた。この条件が良秀を最後のカタストローフにさそうのである。この条件なしに、つまり、良秀の即物主義を読者に承認させるのに失敗したら、「地獄変」の構想はたちまち瓦壊するはずであった。（中略）龍之介の筆は迫力のある表現を重層して、〈地獄を見る〉芸術家の執念と精進をみごとに形象化している。

だが、三好氏の力説にもかかわらず、作中のただ一ヶ所（「十一」後半部）を除けば、良秀の画筆は極めてスムーズに進捗し、彼にはおよそ制作上の苦悩がないとさえみえる。少なくとも、良秀の「創作原理」がどのような過程をへてゆるぎない芸術的信条にたどりついたのか、それを問いつめて読者の共感を誘うような描写は見当たらない。

　芸術家の問題は、まず自己の選んだ表現方法とそれ自体の限界を問い返す制作の内的葛藤として存在する。だからこそ、作品の完成がすべてだという論理も成り立つのだが、この良秀には、作品の完成は大抵の場合やすやすと成就されている。語り手の伝える姿も、芸術上の「即物主義」を追究する芸術家の緊迫感というより、「見たもの」の表現に耽溺する老画家のマニアックな痴態に近い。その語りぶりも、良秀の「奇矯」さが発するおどろの風情に淫している気配さえみえる。そこには、語りの修辞的技巧に腐心する文章家の熱意はうかがえても、良秀の姿に自己の切実な文学上の問題を重ねて〈芸術至上主義〉の形象化に苦心する作家精神は見出せない。

「地獄変」の中で、唯一、良秀が制作上の苦悩らしきものをみせるのは次の場面である。

　が、その冬の末に良秀は何か屛風の画で、自由にならない事が出来たのでございませう、それまでよりは、一層容子も陰気になり、物云ひも目に見えて、荒々しくなつて参りました。と同時に又屛風の画も、下画が八分通り出来上がつた儘、更に捗どる模様はございません。いや、どうかすると今までに描いた所さへ、塗り消してもしまひ兼ねない気色なのでございます。（十一）

良秀が焦立ち画筆を遅滞させるのは、たぶん、大殿の奸計に次第に絡めとられていく自分たち親子の悲劇的運命がその眼に見え始めたからである。たとえば、右の時間は、良秀の娘が「だん〳〵気鬱になつて」「大殿が御意に従はせやう」としている噂のたつ（十二）時期に符号しており、直後には娘の手ごめ未遂事件（十二〜十三）もあって、娘の純潔は風前の灯である。つまり、良秀の画筆の遅滞は、明らかに彼の唯一の人間的「情愛」（四）の対象である娘の危機と深く連動している。

一介のお抱え画師にすぎない良秀が、現実世界の絶対者である大殿の意志に逆らって、娘を取戻すことはすでに不可能（五）であった。とすれば、良秀に残された手だてはただひとつ、画師＝芸術の名において横暴な現実世界の論理に楔を打つこと、すなわち、娘をみずから〈芸術〉の人身御供とすることで身体は喪失しても精神の純潔を奪還すること、である。とはいえ、その決断は結果として娘の死を意味する。良秀の迷いは、予想し得る胸中の悲劇が現実化される際の痛苦であり、逡巡にほかならない。念を押せば、良秀はここで地獄変図の描き方がわからないのではない。事実はその逆で、画の主題となる図柄（娘の死）が具体化したからこそ、彼は懊悩する。つまり、良秀の脳裡にあっては、画はすでに図柄として完成をみており、従って、彼の煩悶は、その「創作原理」に関わる芸術上の悩みではなく、極めて人間的な悩みだということになる。

見たものでなければ描けぬという良秀の「即物主義」が本当に強固な芸術的信条だとしたら、画の完成に供せられる人間的な犠牲などはもはや解決済みの問題だったはずである。だからこそ良秀は、弟子たちの「殺され」そうな苦しみさえ「冷然と眺めながら」「物凄い有様を写」す（十）ことに没頭する。だが、その同じ良秀が、自分の娘の場合にだけは煩悶し、画筆を迷わせる。たとえ、最終的には「恍惚たる法悦の輝き」に反転するにせよ、ここで良秀が〈親子の情愛〉という人間的心情につまずくかぎり、彼の創作原理は見かけほど強固なものではない。なぜなら、〈親子の情愛〉を断ち切ることは、〈芸術至上主義〉の出発点ではあり得ても、けっしてその到達点ではないからだ。

もしこの作者が〈芸術至上主義〉という主題を真剣にみずから問い、その形象化に当って周到な検証を怠らなかったとすれば、どのような形であれ、〈親子の情愛〉といった情実の色濃い人間的な問題を最後の踏み絵とする構想などけっして選ばなかったはずである。それでもなお、「地獄変」が〈芸術至上主義〉を主題とする作品だと信じているなら、この作者は、「傷ましい芸術家」という陳腐な固定観念を単に言語化しただけの感傷主義と、真の〈芸術至上主義〉の形象化を取り違えている作家にほかならない。

六

「地獄変」は、たぶん「恍惚とした法悦の輝き」という作者好みの常套句で見栄を切るために、換言すれば、その一句でクライマックスを飾るために、語りに技巧をこらし、構成を按配された物語である。物語の基底にあるのは、「傷ましい芸術家」というイメージに直結する名ばかりの〈芸術至上主義〉、もしくはそれに類するパターン化された固定観念である。良秀は、そうした既成の観念が極彩色のコトバでよろおわれた類型的人物のひとりにすぎない。そして、そのような主題の底の浅さを無意識のうちにコトバの絢爛によって固塗しようとするためにも、「地獄変」の作者はいっそう語りのあやや修辞的技巧の練磨に熱中する。

たとえば吉本隆明[35]に次のような論評がある。

> この作品には、作品を優れたものにするほとんどすべての要素が具わっている。過激な物語性も、明快な主人公の行動に沿うような明快な文体も、そして夢幻的な前衛性さえも。だがただひとつのものを除いては、と云い添えるべきなのだ。作品の形成に向うことがおおきな怖れや不安や未知に向うことであり、ついに衣裳のように着込んだ物語性や思いつきの意外性やといった一切のものが役立たず、無意味なのに、なお作品の形成に向わなければならないという、現代が強いてくる不可避性への感受力ともいうべきものが、ここには欠けている。（中略）この作家にとっては現在の大規模なぶ厚い社会的なイメージ様式の層は、いわば先験的な作品の宇宙であり、文学作品の凝集力は、このなかにあって言語記号のイメージ化の新しいパターンをつくることと同義だと考えられている。

この論評が直接対象とするのは筒井康隆の「虚人たち」だが、同じ文脈は芥川の「地獄変」にとっても示唆的である。吉本氏に倣えば、「地獄変」もまた、「作品を優れたものにするほとんどすべての要素」を具えている。劇的な物語性も、強烈な個性にふさわしい抑揚に富んだ文体も、そして鮮烈な非日常性も。だが、「ただひとつのものを除いては」、というべきだろう。

たとえば、「地獄変」の作者は、恐しい物語を形成するために、「恐ろしい」というコトバとそれに類義する既存のコトバを可能なかぎり駆り集めようとする。そして彼は、それらを選択してより巧みに使用さえすれば、おのずと〈恐しい世界〉が構築できると信じている。つまり、この作者には、既存のぶ厚い言語的イメージの層こそ自分の作品が形成される先験的宇宙であり、作品の凝集力はその中にあってコトバのイメージの巧緻なパターンを編み出すことだと認識されている。だからこそ、彼は、恐怖をあらわす類義のコトバを積み重ねれば読者もまた恐怖に捉われるはずだ、という、いささか素朴すぎる修辞学を駆使して飽きることがない。

だが、文学作品が真の恐怖を喚起するのは、恐怖を意味する既存のコトバの収集や使用法の問題ではない。それはむしろ、既存の意味の体系を破壊し、読者はもちろん作者自身にとっても未踏の、新たな恐怖の意味体系を模索する試みの中にこそ芽生えるものだろう。そこでの語りは、恐怖をあらわす既存のイメージを裏切り、作者の指示する物語秩序にさえひそかに反逆しようとする。いわばそうした自己破壊の衝迫を秘める語りだけが新たな真の恐怖を語り得る。

しかし、「地獄変」の語りからはその種の衝迫がついに感じとれない。再び吉本氏の言をかりれば、「すでに社会が存在させているイメージ様式の層」を「つき抜けてゆく志向にしか文学の本質化のかぎは存在しない」のに、そうした「志向」をはらむ問題意識というものがこの作者には欠落している。そして、そのような作者に隷属する語り手は、作者の定めた物語秩序を甘受し、物語の〈時制〉がたまたま与える優位に自足する。

「地獄変」の自足する語り手は、作者とともに読者を見下ろし、読者をどのように物語の結末まで導いてやろうかと腕を撫す。その〝腕〟すなわち語りの修辞的技巧のみを誇ろうとする物語世界の基盤を支えるのは、さしあたり言語をフェティッシュとする作者の情熱である。だが、文学作品や〈語り〉の本質的な問題は、その種の情熱によって解消されるわけではない。たとえば、「地獄変」の場合、語り手は物語の中核から離れた安全な場所に位置し、物語の〈時制〉をそのまま語りの水位と捉え、その語るコトバは既存の意味体系にどっぷりと浸っている。にもかかわらず、作者芥川はなぜかそうした語りの内実には全く関心を示さず、語りの表層ともいうべき語り口にだけ並々ならぬ情熱を傾注する。この奇妙なアンバランスは、とりもなおさず芥川龍之介という作家が〈語り〉の本質や「文学の本質化のかぎ」といった問題について、何か大きな誤解に囚われていたか、あるいは無知だったことを示している。いずれにせよ、「地獄変」は、真の「芸術的完成の途」[36]をめざす作家的熱意が、どこかで、コトバへの不毛な偏愛とでもいうべき言語的フェティシズムを根幹とする修辞的技巧への情熱にすりかわった大いなる錯誤の産物だった、といえよう。

このようにみてくると、「地獄変」は、いわれるような作者芥川の〈芸術至上主義〉をよく形象化し得た「傑作」などでは毛頭ない。それはむしろ、当時の芥川文学の本質的な限界を最も明瞭にものがたる一編だったとさえいえる。みてきたように、〈自足する語り手〉は何よりもまず語りの修辞的技巧にその情熱を傾けるが、それを支える言語のフェティシズムとは、要するに、コトバにおける楽天主義の異名にほかならない。つまり、コトバは作意を従順に伝える道具だと信じて疑わない表現意識のことだが、そうした表現意識が作家を安んじてコトバの練磨に励ませ、修辞の技巧に作家的技量の成否を賭けさせる。「地獄変」は、そのようなコトバの楽天主義を固く信ずる作者の手によって成った一編にすぎない。むろん、そこにはまだコトバを手に負えぬ不気味なシロモノとしてみつめる眼はなく、コトバが自己の観念を裏切ることへのオソレやコトバそれ自体の属性が内包する手ごたえの稀薄さと向き合う苦悩も生じていない[37]。いわば、たかだかその程度でしかない「地獄変」一編に大仰な「傑作」の名を冠せてきた評家たちは、多かれ少なかれ、当時の芥川とともに語りの修辞的効果を過信し、コトバが書き手の発する意味を忠実に送る道具であることを疑わない人々ではあるまいか。「地獄変」への賛辞は、おおむねそうした楽天主義によって醸成されてきたはずだが、それでもその結果は、当時の芥川の文学観やその後の動向に少なからぬ影響を及ぼすことになった。

たとえば、「地獄変」と相前後して構想され、直前に発表された一編に「袈裟と盛遠」がある。これは、作品の姿こそ小ぶりだが、近代における自意識と自己愛に囚われた男女間の〈愛〉の問題を追究して、芥川文学のもうひとつの可能性を芽吹かせる短編であった[38]。しかし、芥川はその新たな芽をみずから摘みとり、「地獄変」で手馴れた語りの技巧にいっそう磨きをかけるべく「奉教人の死」の世界へと赴く。ほとんど迷うことのなかったこの選択に何を読みとるかは見解の分かれるところだが、そうした方向を選ばせる要因のひとつが「地獄変」の見せかけの成功にあったことだけは確実だろう。「地獄変」と「奉教人の死」をつなぐパセティックな流れはなるほど自然な一筋道に相違ないが、反面、それは芥川龍之介という作家をさらにいっとき文学の「本質」から遠ざけ、後年の作家的道程をいっそう険しくする踏み石だったかもしれない。

「地獄変」への一方的な賛辞は、眼前に横たわる限界の意味を見えにくくさせるばかりか、やがておとずれる転換や晩年の芥川文学が抱えこむ〝悲劇〟の根源に対する射程をも微妙に狂わせる。だとすれば、それは単に「地獄変」一編の評価の問題というにとどまらず、芥川文学総体を不幸な誤解の中に包みこむ第一歩でもあるだろう。

注

（1）「地獄変」は、元来、前年（大6）暮の執筆依頼に応じて構想されたいくつかの作品の中の一編である。その間の経緯については、吉田精一『芥川龍之介』（昭17・12、三省堂）、森本修『新考・芥川龍之介伝』（昭46・11、北沢図書出版）、三好行雄『芥川龍之介論』（昭51・9、筑摩書房）ほかですでに触れられている。
（2）「『地獄変』」（『三田文学』大7・6）参照。
（3）「芥川氏の文学を評す」（『中央公論』昭2・10）参照。
（4）「敗北の文学」（『改造』昭4・8）参照。
（5）『芥川龍之介』（昭32・3、創元社）参照。
（6）「『地獄変』をめぐって」（『解釈と鑑賞』昭33・8）参照。
（7）『地獄変』（『国文学』昭45・11）参照。
（8）「芥川『地獄変』の世界」（『人文論究』昭49・8）参照。
（9）「第三短篇集『傀儡師』」（『国文学』昭54・12）参照。
（10）「芥川龍之介『地獄変』新釈」（昭54・12）参照。尤も氏のいうそれは「人生の超克による芸術の完成というフローベル的芸術主義の信条」をさす。
（11）「芥川龍之介の印象II」（『近代文学鑑賞講座11』昭33・6、角川書店）参照。
（12）『芥川龍之介』（昭28・10、文芸春秋新社）参照。
（13）『芥川龍之介論——芸術家としての彼を論ず——』（昭4、東大卒論。新潮社版『堀辰雄全集』第五巻所収）参照。
（14）「芥川龍之介作品論事典・地獄変」（『別冊国文学・芥川龍之介必携』昭54・2）参照。
（15）「『地獄変』について」（『国語と国文学』昭37・8）参照。氏の主張は後年の単行本（注1参照）においてもおおおむね変わらない。
(16) 小島政二郎宛て書簡(大7・5・16)参照。
(17) 薄田淳介宛て書簡(大7・4・24)参照。
(18) 前出(注5)に同じ。
(19) 前出(注1)に同じ。
(20) 「『地獄変』と『邪宗門』――芥川龍之介と芸術至上主義(その三)――」(『文学論輯25』昭53・6)参照。
(21) 「『地獄変』――語り手の影――」(『批評と研究　芥川龍之介』昭47・11、芳賀書店)参照。
(22) 「『地獄変』の方法と意味――語りの構造――」(『日本近代文学　第30集』昭58・10)参照。
(23) 『地獄変』の語りを論ずる際、必ず言及される小島政二郎宛て書簡(注16に同じ)中の作者自注。その一節に「あのナレエションでは二つの説明が互いにからみ合つてゐてそれが表と裏になつてゐるのですその一つは日向の説明で(中略)もう一つは陰の説明でそれは大殿と良秀の娘との間の関係を恋愛ではないと否定して行く(その実それを肯定してゆく)説明ですこの二つの説明はあのナレエシヨンを組み上げる上に於てお互いにアクテュエエトし合う性質のものだからどつちも差し抜きがつきませんそれで諄々しいがああ云ふ事になつた」とある。
(24) 大岡昇平『現代小説作法』(昭37・8、文藝春秋社)
(25) 『レトリックの消息』(昭62・2、白水社)参照。佐藤氏は類義累積が実は認識の布置の問題である点にも言及している。
(26) 本文中での説明を省いたが、この前に語られている大殿の非凡さに対する類義累積も、レベルの違いこそあれ基本的には同じである。後述するように、大殿の非凡さの強調が実はその〈非情さ〉を遠回しに語る逆説であることは明白だろう。つまり、強調されるこの非凡さは大殿に対して畏敬の念を強いる一種のオドシの言説でもあるわけで、それは一見大殿の偉大さを開示するシルシとみえながら、その酷薄な正体をはぐらかすまやかしのコトバである。

(27) R・バルト『物語の構造分析』（昭54・11、みすず書房。花輪光訳）ほかを参照。たとえばバルトは、物語作品の三つの記述レベルのうちの「機能《ファンクション》」に言及し、物語内容の「触媒」的機能として「要約し、先まわりし、ときには人の目をくらますこと」等を挙げている。

(28) 生きのびるのは人間ではなくて良秀の作品だという観方も当然あり得るが、ここではとりあえず〈登場人物〉に問題をしぼって考えてみたい。

(29) さしあたり、「こゝろ」の先生や私がそうした意味に近い語り手とはいえまいか。

(30) 高木卓編『芥川龍之介の人と作品』（昭39・5、学習研究社）の解説部分に「物語の語り手は、大殿に二十年来奉公していたという一人の女房である」とある。

(31) R・バルトは『零度のエクリチュール』（昭46・7、みすず書房。渡辺淳・沢村昂一共訳）の中で、フランス語の「単純過去」について、その背後には「いつも造物主か神か語り手《レシタン》がかくれて」いると指摘し、それは結局「ある秩序」「ある快感の表現」であって、文学を「社会の慣用的価値にとどま」らせるものだと述べる。無論、バルトのいうフランス語の時制に関わる見解をそのまま応用することは困難だが、この視点から大いにヒントを得ている。

(32) 問題のひとつは、この語りが良秀についてよりも大殿について熱心に語る語りだという点であろう。加えて、絵図の中核をなす絵柄が、主人公たる良秀当人の地獄ではなく、娘の地獄だという事実も黙過できない。作品の主眼とした語りや設定とのこうした微妙なズレについては、後考を期したい。

(33) （注23）に同じ。

（34）（注1）に同じ。
（35）『空虚としての主題』（昭57・4、福武書店）参照。
（36）「芸術その他」（『新潮』大8・11）参照。
（37）漱石は『文学評論』（明42・3、春陽堂）「第一編　序言」において「言語が既に異様である。何だか思ひ切った事をする気にならん。何となく薄気味が悪い。仮令《よし》気味が悪くならん迄が、手の附けやうがない気がする。何だか紗を隔てゝ看る如く判然としない」と述べている。こうした言語の属性にかかわる「異様」さや「薄気味」の「悪」さを感受する言語観に較べて、芥川のそれははるかに楽天的で〈道具〉視するものといってよかろう。
（38）拙稿「『袈裟と盛遠』の可能性」（『近畿大学教養部紀要』第18巻3号、昭62・3）参照。
（補注）本文や（注）で触れた以外にも、W・J・T・ミッチェル（海老根宏ほか訳）『物語について』（昭62・8、平凡社）、R・バルト『S／Z』（昭54・9、みすず書房）、「思想（特集＝ナラトロジー）」（昭60・9、岩波書店）、『小説の語り』（昭49・6、朝日出版社）等を主として参照した。なお、佐伯彰一『物語芸術論』（昭54・8、講談社）が芥川文学の語りを論じており、言及する予定だったが果たせなかった。別の機会を期したい。

「袈裟と盛遠」の可能性

一

大正七年一月から三月にかけて、芥川龍之介の周辺は繁忙を極めていた。その最大の理由は、同年二月二日の塚本文との結婚にともなう雑事であった。同年一月二十四日・松岡譲宛て書簡で、芥川は「何しろくだらない用が多くつてうるさくて仕方がないその中で小説を書くんだからやりきれないよ」と愚痴をこぼしている。この「小説」とは、おそらく前年末から引き延ばしてきた大阪毎日新聞の連載依頼に応える作品を指している。翌一月二十五日・岡栄一郎宛て書簡に次のような一節がある。

大阪毎日は今書いている奴が失敗したので新規に亘の日記と云ふのを書きます。

だが、新規に書き出された「亘《わた》の日記」(1)もまた、完成には至らない。さらに六日後、一月三十一日、当時の大阪毎日新聞学芸部長であった薄田淳介に宛てた書簡には次のような経過報告がみえる。

小説目下進行中です二つ書きそくなつたので三つ目です出来次第御送りします

この「三つ目」が、やがて「地獄変」(2)と題されて陽の目をみることになる。結婚を翌日にひかえた二月一日、松岡宛て葉書には、「これが僕の書いた唯一の結婚状だ」とあり、当然のことながら気ぜわしい。

芥川と塚本文との結婚披露宴は、田端の自笑軒でごく内輪に行われた。結婚から三日後、彼の頭の中はもう「文学」でいっぱいとなっている。二月五日・松岡譲宛て書簡でヘッベル作「ユーディット」を読み、その「恐しい感激」を興奮気味に伝える芥川は、「新婚当時の癖に生活より芸術の方がどの位つよく僕をグラスプ（grasp、つかむ――筆者注）するかわからない」と初心の「情熱」をかきたてている。その後も、雑誌『文章世界』からの原稿依頼に対する断わり、大阪毎日新聞社社友となる件に関する交渉、鎌倉での新居仲介の依頼、加えて横須賀海軍機関学校の校務などが重なる。二月二十六日・松岡宛て書簡で「小説は依然として行き悩みの体」だと訴えている。

さまざまな雑用に追われつつも、原稿を書かねばならぬとの思いは、寸時も芥川の脳裡を去らない。それも道理で、当面の文債だけでも、四月号の雑誌に掲載する小説二篇、五月一日からの新聞連載小説、他に二三の随筆などを抱えていた。そうした多忙の一端は、三月一日・薄田淳介宛て書簡からもうかがえる。

拝復　私の新規に書き出したのは十回か十五回の短篇です題は「地獄変」としました今いろんな繁雑な俗事に追われてゐるのでとても長篇の稿はつげません土日両日中に東京から出来ただけ送ります　やつと借家を見つけたので近々鎌倉へ移りますさうしたら少しは尻が落着くでせう今日東京へかへります東京へかへるのは滝田樗陰君に原稿の催促をされにかへるやうなものです。

「繁雑な俗事に追われ」たためか、鎌倉への引越しは三月末の二十九日まで待たねばならず、「地獄変」の完成も五月十二日までずれこみ、「少しは尻が落着くでせう」という希望的観測は容易に実現していない。ところで、右の書簡中に登場する「滝田樗陰」とは、周知の如く当時の『中央公論』編集主幹であった。従って、ここで「催促」される原稿こそ、翌四月号の同誌に掲載された「袈裟と盛遠」を意味している。その締切りは、「地獄変」その他の原稿とも併行しつつ、繁雑な俗事にも悩まされながら、わずか二週間後に迫っている。

このようにみてくると、「袈裟と盛遠」は、たしかに繁忙の間隙をぬって蒼惶のうちに纏められた一篇、との感を否めない。たとえば、当時の芥川がその成否を最も気に掛け、力を注いだ同時進行の「地獄変」に較べると、「袈裟と盛遠」はいかにも小ぶりの作品であり、見ようによっては作家の機知が器用に書き流した小手先きの作品、との推測も可能であろう。

現に、同じ大正七年に発表された「地獄変」や「奉教人の死」(3)「枯野抄」(4)等についての賑やかな論評に較べると、「袈裟と盛遠」に関する言及ははるかに乏しい。だが、そうした注目の多寡が作品の〈質〉に対する評価のあらわれだとするなら、「袈裟と盛遠」に対する従来の観方は、あまりに低すぎはしまいか。たとえば吉田精一氏は、評価を得ることの少ないこの一篇について、これまでの見解をやんわりたしなめながら、以下のように述べている。(5)

袈裟と盛遠の心理解剖に在来の伝説とは異なった皮肉な解釈を下しているのが味噌で、原作の単純な貞女と勇士とが、ここでは近代的な男女として、それぞれ微細な心理を告白の形で語っているが、このような苦心をつまらぬと笑う前に、この時代がこうした偶像破壊を、歴史の新解釈として目新しく感じたことを思うべきであろう。

だが、吉田氏の好意的な言及にもかかわらず、「袈裟と盛遠」に対する評価の低さが大きく挽回された気配は少ない。吉田氏の指摘にもある通り、たしかに「袈裟と盛遠」における作家の「苦心」は、在来の伝説に対する「皮肉な解釈」の付加、素朴な原作の「近代的」な染め変え、「偶像破壊」等々のうちにある。だが、その時代が「目新しく感じた」「歴史の新解釈」にしても、それが「銀のピンセット」でつまみあげた芥川らしい〈機知〉の産物だとうけとめるかぎり、所詮は小手先の作品にすぎない、といった定評をあとづけることとなる。

「袈裟と盛遠」は、本当に芥川の〈機知〉が得意とした「皮肉な解釈」を「味噌」とする底の浅い作品なのだろうか。たとえば「西郷隆盛」(6)や「世之助の話」(7)あるいは「俊寛」(8)や「将軍」(9)も含めて、歴史上著名な素材をとりあげ、比較的底の割れ易い偶像破壊の寓意性が露わな作品群と同じものかどうか。私見によれば、「袈裟と盛遠」一篇がはらむ問題は、それほど容易ではないように思われる。その執筆経緯にしても、前掲書簡中の「亘《わたる》の日記」が袈裟の夫・左衛門尉渡《さえもんのじょうわたる》の日記にかかわる腹案だったことは確実であり、だとすれば、「袈裟と盛遠」の原構想は少なくとも一月二十五日以前に遡ることができる。実際に完成するまでの約二ヶ月間、のちに詳述するようにさまざまに形を変えながら作者芥川の胸中に内在し続けたモティーフの根は、意外に深いものだったのではあるまいか。さらに、結果としては『中央公論』四月号に掲載されたこの短編の胚種が、もとはといえば、芥川の作家生活の前途をうらなう試金石として最も重大な舞台（大阪毎日新聞）のために用意された素材だった(10)、という事情も留意されてよい。発表舞台の重要さから作家の一篇に対する意気込みをうらなうなら、「袈裟と盛遠」のモティーフは、芥川のいわゆる王朝物の代表作とみなされる「地獄変」と同じ場所を争う素材だった、ということになる。

大正七年、文壇の寵児として周囲の衆目を集める芥川は、勢いこむように「地獄変」を筆頭とする〈芸術至上主義〉的信条を基調とした一連の力作を発表する。そうした作品群に較べると、「袈裟と盛遠」は、作品の内容自体、明らかに変り種であり、分量の短さからしてもやや印象が薄い。また、男女ふたりのモノローグが対置されたこの愛憎のドラマは、語られたことばの論旨をたどろうとすると時として錯綜し、どことはなく不明瞭な部分がまとわりついている。だが、それにもかかわらず、「袈裟と盛遠」を怱忙《そうぼう》の間に手軽に仕上げた未熟な一篇、と片付けるのはためらわれる。むしろ、この作品の未熟とみえる部分は、作者芥川がそれまでにない新たな領域をうかがおうとした可能性の芽だったのではなかろうか。

二

「袈裟と盛遠」は、周知の如く、『源平盛衰記』巻十九「文覚発心《もんがくほっしん》附東帰節女の事」を典拠とする(11)。原典の要諦は、題名にもあるように、のちの文覚上人すなわち盛遠が、袈裟の犠牲的行為と渡の諭《さとし》にうたれて仏道に〈発心〉するところにある。すでによく知られた話だが、論の展開上、芥川の創作と関わる部分を中心にその梗概をみておこう。

盛遠には衣川《ころもがわ》という叔母がいて、その娘に袈裟と別名される大層美人がいた。袈裟が左衛門尉渡に嫁いで三年目、渡辺の橋の供養の折り、奉行を勤めていた盛遠は、袈裟を見そめ、押さえきれない恋情の果てに、衣川に刀を突きつけて脅す。衣川は我が身の生命惜しさに袈裟と逢わせる約束をし、仮病を装って娘を呼び寄せる。母は泣いて娘に事情を説明し、自分を殺してくれと語るが、娘の袈裟は「親の為にはさらぬ孝養をする習也、御命に代り奉らん」と答え、夫の「渡が事を思い出でつつ、日には涙をこぼし」たものの、その夜、やむなく盛遠と「臥《ふ》し居《い》」ることになった。ところが、盛遠はさらに「長き契《ちぎり》」を強要するので、袈裟は「良《やや》案じ」た後に、「誠に浅からず思召す事ならば、只《ただ》思切つて左衛門尉渡を殺し給へ」と答えた。盛遠は喜んで袈裟の指示に従い、自家に戻って夜討の準備をする。一方、袈裟は渡を前後不覚になるまで酔わせ、自分が夫の身代わりになりすます。以下、袈裟の死・盛遠の悔悟・渡と盛遠の出家へと続く。

　盛遠の〈発心〉に集約される仏教説話的色彩を別とすれば、原話の眼目はむしろ袈裟の行為にある。要約すれば、それは情人の強要と母親への孝養や夫への貞節との板ばさみに悩んだ袈裟が、身代わりとなって殉ずる〈貞女の物語〉である。この貞女は、物語のディティールを微妙に修正しつつ、江戸期の「本朝女鑑」[12]等を通じて明治初期の女子用教訓書[13]や大正初期の修身訓話[14]に至り、非のうちどころのない〈貞女の鑑〉として道徳的ヒロインに祭り上げられる。

　たとえば『源平盛衰記』では、渡殺害の提言に至る経緯が詳細に書かれており、「日も既に暮れぬ。盛遠は（中略）色めきて、はや来て女と共に臥し居たり」とあって、二人の情交が明記され、その上でさらに「長き契」を強要された袈裟がやむなく一計を案ずることになっている。ところが、そうした経緯が『本朝列女伝』（前出注13参照）では「盛遠呼て云ふやうは君誠に我を思ひ給ふならは左衛門尉渡を殺し給へ互に心安く契り申べし」とあるだけであり、また『修養鑑』（前出注14参照）でもほぼ同じく「盛遠を呼びて云ふやう、君まこと、さほど浅からずわれを思ひ入れたまふことならば、左衛門尉渡を殺したまへ、互に心やすく契り申べし」とのみある。つまり、後者二著では、いかにも〈修身〉の書物らしく、袈裟と盛遠の間にはまだ肉体関係が無かったようにそれとなく修正が施されている。後日、芥川自身も「澄江堂雑記」（二十九、『新潮』大7・12）の中で、ふたりに「情交のあつた如く書」いた自作に抗議する読者からの手紙に対して、『源平盛衰記』の記述を挙げつつ「世間一般は、どう云ふ量見か黙殺してしまつて、あの憐れむべき女主人公をさも人間ばなれのした烈女の如く広告してゐる」と反論している。

皮肉な眼差しをもって偶像破壊を得意とした芥川にとって、右のような〈貞女の鑑〉はたしかにこの上ない好餌であったろう。では、そうした好餌に出会って、芥川はたちまち気の利いた一篇を拵《こしら》えあげたのかといえば、事実は必ずしもスムーズに運んだわけではなかった。

現在の「袈裟と盛遠」として完成するまでに少なくとも二ヶ月間の時日を要したのはすでにみた通りだが、その間、芥川はこの好餌をめぐって相当の紆余曲折をたどっている。そうした過程については、典拠と推定される諸作品とも関連づけられながら、すでにいくつかの原構想やその変転が指摘されている[15]。たとえば、安田保雄氏[16]に以下の見解がある。

「亘《わたる》の日記」「三つの独白」「袈裟と盛遠」と、drama of Kesa を加えて、四転したことを暗示する。

ここに示された見解を参考にしながら、以下に「袈裟と盛遠」の形成過程を考えてみたい。

まず、「亘の日記」は、前述したように大正七年一月二十五日付書簡に腹案として登場する作品名である。「亘《わたる》」が袈裟の夫「渡《わたる》」に重なることからその類縁が説かれている。題名から推察すれば、作品の中心的な視点が「渡」に据えられたのは確実であり、だとすれば、それは妻を寝取られた男、すなわちコキュ（cocu）の嘆きを綴るモノローグとしての日記ではなかったろうか。だが、もしその意図を実現しようとすれば、渡は袈裟と盛遠との不貞を夜討ちの前に察知していたことになり、袈裟の〈身代り〉は困難となり、原話の枠組を離れすぎてしまう。それでは〈貞女の物語〉をベースとする構想自体が成立しにくくなってしまう。

次に「drama of Kesa」は、芥川のノート「手帳　三」に書き残されていた創作メモである。わずかこれだけのメモから作家の意図などさぐれようはずもないが、推測をたくましくすれば、おあつらえむきの好餌をめぐって揺れる芥川の脳裡に、あくまでも袈裟の立場に則した、すなわち〈貞女〉の名とは全く逆の〈女の性《さが》〉から死の動機を捉えなおす物語でも構想されたのかもしれない。しかし、袈裟自身を中心に据えた袈裟のモノローグというのではあまりに直截にすぎるし、原話の枠組を裏返す芸としても乏しい。しかも、森田草平「袈裟御前」（『中央公論』大2・4）や金子洋文「袈裟御前」（『新演芸』大7・3）など[17]が近くに発表されており、芥川としても同じ素材を扱って後塵を拝する危険は避けたかったであろう。そもそも「drama of Kesa」というメモ自体、それらの先行作品に関する芥川の心覚えだった可能性もある。

さらに、「三つの独白」は「袈裟と盛遠」の生《なま》原稿にいったんは記入されながら消されてしまった題名である[18]。それはとりもなおさず現在のふたりの独白に併置する形で〈渡の独白〉も書かれる可能性があったことを暗示させる。もし仮にそれが実現していたとすれば、作品の主眼は、人妻を寝取った男と、夫を裏切った人妻と、妻を寝取られた男と、三者三様の立場にある三人の独白が互いに噛み合う構成となったはずである。こうした三すくみの独白が互いに自己を主張するという設定は、安田氏も指摘する如く、たしかに「藪の中」との深い血脈を連想させる。だが、現実にはなぜか〈渡の独白〉は書かれることなく埋れてしまう。

「三つの独白」のうち、〈渡の独白〉だけが脱落しなければならなかった理由とはどのようなものだったのだろうか。無論、渡という人物は、自身の妻を寝取られ、妻の情人によって殺されかねなかった男であって、物語の筋からいえばけっして没却することのできない重要な登場人物に違いない。しかし、袈裟と盛遠の場合、表面上は渡殺害の謀議を共に語り合いながら、実は双方がそれぞれ別の〈死〉について思いをこらすのであって、そこに物語の表面的な枠組を逆手にとった内面のドラマを生ずる契機がある。何も知らない渡の殺害という謀議をタテマエとして、目前に迫る〈死〉についてそれぞれが自問を発するという内面は、渡にはついに無縁のものでしかないだろう。いわば、ここでも原話の枠組を大きく逸脱しないかぎり、渡にはふたりに比肩する内面の〈独白〉は成立せず、従って、〈渡の独白〉は脱落する。原話の素材が、いわゆる〈三角関係〉を強く印象づける要素をもちながら、結局、男と女の〈ふたりの独白〉に収束したゆえんである。

袈裟と盛遠は、共にひとつの謀議を語り合いながら、それぞれの内面において全く別の自問自答を紡いでいる。盛遠は、なぜ自分が渡を殺す破目になったのかという理由をみずからに問い、袈裟は、なぜ自分が渡の身代りとなって死のうとするのかを自問する――この内面的な自問にかかわる男女ふたりの落差こそ、「袈裟と盛遠」一篇を構成する基本的なプロットだったのである。

三

このようにみてくると、「袈裟と盛遠」は、単なる思いつきによって手軽に書き流された作品とは言い難い。芥川がいつから「文覚発心」の挿話に創作の触手をそそられ始めたのかは不明だが、少なくとも二ヶ月はこの好餌をさまざまな角度から眺め直し、その構想を二転三転させ、ようやくにして現在の「袈裟と盛遠」の形にたどりついた、という方が実状に近いのだろう。たとえば、「三つの独白」が男女ふたりのモノローグに転成した経緯はすでにみた通りだが、それも原話の枠組に制せられた構成上の理由だけによるものではなく、作品の内実そのものが要請する作品形式ではなかったのだろうか。そこでもう一歩、作品内部に踏みこんでその生成過程を考えてみたい。

すでに長野甞一氏[19]の詳細な検討があるが、芥川が原典をどのように応用したかをまず一瞥しておこう。長野氏の指摘を整理すれば、芥川作品と原典との大きな違いは次のような諸点である。

(1)　芥川は原典の粗筋のうち、袈裟が渡の身代りとなった自分を殺すことを盛遠に教唆するくだりまでを採用し、以下を切り捨てた。

(2)　盛遠が袈裟と一夜をともにするまでの経緯が、原典では具体的に述べられているが、芥川は「抽象的叙述で片付けている」。

(3)　原典に明示されている袈裟らの年齢が芥川作品では消去され、「反対に袈裟の容色が衰えたという記述」が付加されている。

(4)　渡殺害の提言が、原典では袈裟になっているが、芥川は盛遠に変えている。

(5)　原典にはみられぬ複雑な心理描写が芥川作品に書きこまれている。

以上が長野氏のいう原典との比較による相違である。この整理に基づいて私見を述べれば、(3)および(4)が、芥川の作意に関わる重要な原典の改変ということとなろう。

(3)の改変と関連して「手帳　三」に以下のようなメモがある。

○現在関係しつつある女と初めて逢った時の事を考える。そうしてその時のSheの美しかったのに驚く。Sheはその時子供らしく今は動物的なり。

「子供らし」さから「動物的」になったという変化がそのまま実作に踏襲されたわけではないが、女の著しい印象の変化という視点は「袈裟の容色が衰えたという記述」を連想させるものだろう。のちに詳述するが、袈裟の容色の衰えは彼女自身の死の理由とも深く関わっており、芥川作品を読みとるための最も重要なポイントのひとつだといってよい。また、渡殺害の提言が盛遠によって行われるという(4)の改変も、そうした提言をなぜ盛遠自身が語り出さねばならなかったのかという自問や、提言を聞かされた袈裟がどのようにうけとめたのかという点こそ、作者の最も創意をこらしたポイントであるがゆえの改変だったのであろう。(5)の複雑な心理描写は、無論、そうした(4)の改変に関わる作意の結果であろう。さらに、(2)の抽象的叙述は、(1)の場面限定にともなう当然の省筆である。

ところで、⑴の改変は、長野氏の整理以上にもっと徹底した限定が施されているとはいえまいか。「袈裟と盛遠」は、ふたりの独白による「上」「下」二章から成っているが、それぞれの独白の前に、戯曲のト書きにも似た、極めて短い場面説明が付されている。[20]

上

夜、盛遠が築土《ついぢ》の外で、月魄《つきしろ》を眺めながら、落葉を踏んで物思ひに耽つてゐる。

……（中略）……

下

夜、袈裟が帳台の外で、燈台の光に背き乍ら、袖を嚙んで物思ひに耽つてゐる。

時刻は「夜」、盛遠は、愛人袈裟の夫渡を殺すべく、決行の時を待っている。一方、同じ時刻、夫の身代りになりすました袈裟もまた、盛遠が彼女だと知らずにその首をおとしに来るのを待っている。無論、ふたりの独白には過去の回想も含まれており、話の内容としては長野氏の整理にある⑴の通りなのだが、小説の枠組を構成する時間的限定は、右の引用にもあるように、決行当夜のほんの一時にしぼられる。原典が日常的時間の流れにそいながら事件全体の経過を描いたのに比して、芥川は、一篇の眼目を間もなく決行されるコトを目前にひかえた男女ふたりの「物思ひ」という一点に凝縮しようとする。つまり、作者にとって重要だったのは、愛人の夫を殺そうとする男の内面と、夫になりすまして自死しようとする女の内面と、愛人同士のふたりが露呈する内的動機の落差によって示される〈愛〉のアポリア（難問）といったものだったのではあるまいか。小説の時間を極めて限られた時間に圧縮し、ふたりの固有の「物思ひ」を両者の〈独白〉の併置というスタイルに形象化したとき、芥川が「袈裟と盛遠」で表現しようとした主題もまた、おのずとその形を定めたはずである。

四

「袈裟と盛遠」は、しばしば四年後に書かれた「藪の中」の先蹤《せんしょう》とみられる。だが、ふたりの独白の間には、「藪の中」の当事者三名の証言の如く、事実関係そのものが矛盾するといったような齟齬は存在しない。最初の出会いから三年ぶりの再会、半年後に肉体関係が生じてから現在に至るまで、袈裟と盛遠のふたりが語る事実はまぎれもなく一致している。たとえば、この不倫の愛人たちの間では、女性の美醜という極めてデリケートな現象でさえ、その認識が合致する。その意味では、事実の真偽を問う三様の〈証言〉よって構成された「藪の中」と、内的動機を自分自身に問う〈独白〉によって構成された「袈裟と盛遠」とを、同断に論ずることはできない。

容貌の美醜と関連して、盛遠は、自分と袈裟との間の「恋愛」が「今と昔との二つの時期に別れてゐる」と語る。それは、再会から半年後、ふたりが肉体関係を結んだ以後とそれ以前をさす。盛遠は、袈裟に対する自分の感情の落差をみずから分析して、次のように述べる。

主な原因は、あの女の容色が、衰へてゐると云う事だつた。実際今の袈裟は、もう三年前の袈裟ではない。（中略）己は三年ぶりで始めてあの女と向ひ合つた時、思わず視線をそらさずにはゐられなかつた程、強い衝動を感じたのを未《いまだ》にはつきり覚えてゐる。……

袈裟の容色の衰えは、かって自他共に認める美貌の持ち主であった袈裟自身にもはっきりと追認されている。

三年前の私は、私自身を、この私の美しさを、何よりも亦頼みにしてゐた。三年前と云ふよりも、或はあの日までと云つた方が、もつとほんとうに近いかも知れない。あの日、伯母様の家の一間で、あの人と会つた時に、私はたつた一目見たばかりで、あの人の心に映つている私の醜さを知つてしまつた。

容色の衰えというひとつの事実を前にして、男は愛人から顔をそむけ、女は現在の自分の姿を知って愕然とする。

だが、盛遠は何事もないような顔をして、いろいろと「やさしい語《ことば》」をかける。

が、一度自分の醜さを知つた女の心が、どうしてそんな語《ことば》に慰められよう。（中略）私はその寂しさに震えながら、死んだも同様なこの体を、とうとうあの人に任せてしまつた。

自己の醜さを思い知った瞬間から、袈裟が盛遠のことばに耳をふさぎ、女の「夢」をすべて喪ったと語り、あたかも緊張の糸が切れたように「死んだも同様な」肉体を盛遠の前に投げ出したことは、注意しておく必要がある。袈裟のように己の美しさだけを「何よりも亦頼みにしてゐた」女が、その美の喪失を自身に納得させることは、けっして容易なわざではない。『源平盛衰記』の時代を前提としていえば、女性にとって、自分の容色の衰えは何にもまして重大な生活問題でさえあっただろう。まして袈裟は、情夫が思わず自分から視線をそらす嫌悪の表情によって、その残酷な事実に直面させられた。「あの日」、袈裟が思い知ったのは、自己の醜さという単純な事実だけではない。おそらく袈裟は、みずから喪うことによってのみ初めて知り得る、自分の美しさというものの重い意味をさとらされたのである。つまり、自身の美しさこそはこれまで自分という人間を生かしてきたかけがえのない存在理由《レゾン・デートル》にほかならない、という認識である。

美しさという自己の存在理由を喪い、しかも「自害する勇気のない」袈裟には、もはや「生き甲斐」ばかりか「死に甲斐さへもなかつた」。そのような袈裟にとって、残された唯一の救いの道は、ほとんど僥倖にも等しい機会に乗じて、生ける屍となった自己の肉体を他人の手によって首尾よく葬り去ることであった。自己の醜さと直面した半年前の「あの日」以来、それは、袈裟の胸中でひそかに育まれてきた願いとさえいえるのではなかろうか。

私はそれを聞くと同時に、未に自分にもわからない、不思議に生々《いき〳〵》した心もちになった。

袈裟の微妙な心の変化は、いっとき、自分の醜さを忘れさせ、次のような述懐を引き出す。

ああ、私は、女と云ふものは、自分の夫を殺してまでも、猶人に愛されるのが嬉しく感ぜられるものなのだらうか。

ここには、「女と云ふもの」の残酷なまでの自己中心的な愛のかたちが率直に語られている。袈裟自身はほとんど気付いていないが、そうした愛のかたちと彼女の存在理由のありようとは深く結びついている。

ところで、一瞬「生々した心もち」になった袈裟は、再び泣き続けた後、或る「もくろみ」を思いつく。

　私のもくろみが、ふと浮かんだのも、恐らくその顔（渡）を思い出した刹那の事であつたらう。何故と云へば、その時に私はもう死ぬ覚悟をきめてゐた。さうして又きめる事の出来たのが嬉しかった。

この「もくろみ」が、夫に対する貞節のためのものではなく、あくまでも袈裟自身のための「死の覚悟」であったことは論をまたない。袈裟は、夫の身代りという名目の背後で、「あの日」以来のひそかな願いが実現される千載一遇の機会を発見し得たがゆえに「嬉しかつた」のである。

こうした袈裟の内心を反映する表情の変化は、盛遠によっても確実に目撃される。

　兎に角、己は執念深く、何度も同じ事を繰返して、袈裟の耳に囁いた。

　すると袈裟は暫くして、急に顔を上げたと思ふと、素直に己の目ろみに承知すると云ふ返事をした。が、己にはその返事の容易だつたのが、意外だつたばかりではない。その袈裟の顔を見ると、今までに一度も見えなかつた不思議な輝きが眼に宿つてゐる。

袈裟が盛遠のもくろみを「急に」「素直に」承知したのは、彼の言葉をヒントとして夫の身代りになって死ねるというアイデアを思いついたからであり、すでに存在理由を喪失した自己の肉体のこの上ない処理方法を確信したからである。徒《いたずら》に永らえる醜い肉体からの解放という思いは、袈裟の表情を晴れやかにし、その「眼」に不思議な生彩を宿らせたのであった。

袈裟は、〈貞女〉という仮面を少しもそこなうことなく、まんまと「私は私の為に死なうとする」願いを達成し得る。なぜなら夫の身代りになるという袈裟の行為は、彼女自身の内的動機による真のもくろみを被い隠し、表面的には親への孝養や夫に対する貞節を守った女の死として世間の道徳的欲求を立派に満たす結果になるからである。

五

袈裟が夫の〈身代り〉になった真の動機は、我が身の美しさを存在理由としていた女が、それを喪失した自己の肉体を首尾よく葬り去るための手段だった……――作家芥川が非のうちどころのない貞女の物語から抽出した〈新解釈〉は、たぶんその辺だったであろう。修身の教科書を飾る貞女の悲劇的な死は、極めて女性らしい個人的な存在理由の喪失による死という動機づけによって、まず一枚の皮が剥がされる。

しかし、「袈裟と盛遠」の創作動機が、貞女の仮面を剝ぐという偶像破壊にのみあるなら、独白《モノローグ》は、袈裟の一人分だけで充分だったはずである。だが、芥川はそれに加えて盛遠の独白をも書いている。

貞女が道徳的な悲劇のヒロインの座を降りて、いかにも人間的な女に変貌するとき、ヒロインを支える不遇の脇役に甘んじていた相手の男もまた、女と対等の登場人物として舞台に浮かびあがってくる。その結果、貞女の物語は、新たに〈男と女の間のドラマ〉として転成する。厳密にいえば、「袈裟と盛遠」の場合、それは男と女の間の〈擦れ違い〉のドラマである。芥川にとって「袈裟と盛遠」が意外に難産だったのは、それが単なる偶像破壊の対象ではなく、もっと深いモティーフを担う素材として見据えられたからではなかろうか。

たとえば、芥川の創作メモ「手帳　二」の中に以下のような記事がある。

○男、女を愛しその女他の男と結婚す。蓋《けだし》女男を愛ししかも男の愛を知らざる也。後、男嫉妬の為に夫を殺す。女はじめて男の love を知るの thema。

これが「袈裟と盛遠」の構想に直結するメモだとは断言できないが、すぐ横には明らかに「地獄変」のものと思われるメモがあり、執筆時期の重なり具合から推測をたくましくさせる。右のメモに従って、「男」を盛遠、「女」を袈裟、「他の男」を渡と考えれば、その筋は現在の「袈裟と盛遠」もしくは原典「文覚発心」の内容と重なり合い、その人間関係とも酷似している。尤も、男が女の夫を殺す動機を「嫉妬の為」とする点は、実際に完成された芥川作品とは異なる。

作品中の盛遠の独白によれば、彼の渡に対する心情は以下のようなものである。

それが袈裟の夫だと云ふ事を知つた時、己が一時嫉妬を感じたのは事実だつた。しかしその嫉妬も、今では己の心の上に何一つ痕跡を残さないで、綺麗に消え失せてしまつてゐる。だから渡は己にとって、恋の仇《かたき》とは云ひながら、憎くもなければ、恨めしくもない。いや、寧《むし》ろ己はあの男に同情してゐると云つても、よい位だ。

盛遠の述懐を信ずるなら、彼の渡に対する「嫉妬」は全く消失しており、二人の間には男同士の友情にも似た感情さえ流れている。また、この直前には「己は今夜、己の憎んでゐない男を殺さなければならない」ということばもあって、盛遠の殺人の動機が「嫉妬」にからむ憎悪などではないことがわかる。というより、盛遠の独白の基調は、自分がなぜ憎くもない男を殺そうとするのか、という自問に始まる内的動機の究明である。

「したくもない人殺し」の動機を自問する盛遠は、まず次のように分析している。

もし強ひて考へれば、己はあの女を蔑《さげす》めば蔑む程、憎く思へば思ふ程、益《ます》〳〵何かあの女に凌辱を加へたくてたまらなかつた。それには渡左衛門尉を、——袈裟がその愛を衒つてゐた夫を殺さうと云ふ位、さうしてそれをあの女に、否応無く承諾させる位、目的に協《かな》つた事はない。そこで己は、まるで悪夢に襲はれた人間のやうに、したくもない人殺しを、無理にあの女に勧めたのであらう。

この動機は、盛遠があまり食指をそそられない袈裟と強いて肉体関係を結んだ理由とも呼応している。彼が彼女との関係を結んだのは、「欲望の為の欲望」もあったが、彼の前で語られた「あの女が夫の渡に対して持つてゐる愛情」にわざとらしい「誇張」を嗅ぎとったからであり、その「嘘を曝露させてやりたい」という「妙な征服心」に動かれたからである。盛遠は、そうした「征服心」を自分の「己惚《うぬぼ》れ」だと別言しているが、だとすれば、「愛を衒つてゐた」袈裟の本性をあばくための「凌辱」として提言された渡殺害の動機もまた、盛遠自身の「己惚れ」に起因するものだといえよう。女の語る愛の本質に何としても虚偽の匂いを嗅ぎとろうとする男の「己惚れ」にはどこか肥大化した自意識のかげがつきまとっている。

盛遠が渡殺害の提言について語るもうひとつの別の動機がある。

まるで己の心もちを見透しでもしたやうに、急に表情を変へたあの女が、ぢつと己の眼を見つめた時、——己は正直に白状する。己が日と時刻とをきめて、渡を殺す約束を結ぶやうな羽目に陥つたのは、完く万一己が承知しない場合に、袈裟が己に加へやうとする復讐の恐怖からだつた。

だが、ここで盛遠が袈裟の「表情」から読みとった「復讐の恐怖」は、たぶん疑心暗鬼の類いでしかない。すでに述べたように、袈裟の表情の変化は、彼女自身のひそかなもくろみのせいであって、みずからの死を決意し、ひらきなおった人間の強さである。袈裟の独白中に盛遠の「邪《よこしま》な情欲に、仇を取らうとしてゐた」という表現はあるものの、それはあくまで自身の醜い肉体を葬り去る中での「仇」であって、現実に盛遠を殺そうとするようなものではない。袈裟にとって、真に「復讐」すべき相手は、美という存在理由を喪失しながらもなおいたずらに永らえている自身の肉体そのものであったろう。袈裟が盛遠の眼をじっと「見つめた」のも、実は、盛遠の提言の背後に実現可能となった自身の「死ぬ覚悟」が浮かび上がっていたからである。だが、盛遠は袈裟のそうした内面を何ひとつ知らない。すでに自死を決断した袈裟の簡勁《かんけい》な意志を前にして、盛遠は、みずからの自意識が勝手に拡大した袈裟の影絵に怖えながら、ひとりうろたえている。

加えて、盛遠が自問する渡殺害の動機は、それらふたつの「その上にまだ何かある」。

> それは何だ？　この己を、この臆病な己を追ひやつて罪もない男を殺させる、その大きな力は何だ？　己にはわからない。わからないが、事によると——いやそんな事はない。己はあの女を蔑んでゐる。恐れてゐる。憎んでゐる。しかしそれでも猶、己はあの女を愛してゐるせゐかもしれない。

独白の最後にいたって、盛遠は、軽蔑や恐怖や憎悪すらも、もしかすると〈愛〉の異名なのかもしれないと考えこむ。

盛遠は、自分がなぜ渡を殺そうとするのかと自問して、女の肉体に対する「欲望の為の欲望」を剔決《てっけつ》し、「愛の誇張」や「衒《てら》い」に対する「妙な征服心」や「己惚れ」を抽出し、さらには「復讐の恐怖」をも見出そうとする。しかし、さまざまに言い換えられるそれらの〈動機〉は、結局のところ右の末尾にあるように、自身の内なる〈愛〉の正体をたずねあぐねる問いの変形だったとはいえまいか。

たぶん、盛遠を迷わせているのは、袈裟との現実的な〈愛〉ではない。彼には、〈愛〉そのものより、自身にとって納得のいく〈愛〉の論理の方がもっと切実な問題だったように思われる。だからこそ、盛遠には袈裟の〈愛〉に潜む衒いや虚偽が人一倍気に掛かるものとして際立って見えたのである。たとえば、渡殺害を切り出す盛遠の提言は、たしかに〈愛〉を賭した重大な決意ともみられようが、そのようなあかしを必要とする試されねばならない〈愛〉が果して真正の〈愛〉と呼べるのかどうか。にもかかわらず、盛遠がみずからを渡殺害に駆り立てようとするのは、〈愛〉という名（観念）の下に自己がどれだけ真剣たり得るのか、といった、自意識を試す実験の場だったからである。問われているのは、自己内部の〈愛〉の観念に対する分析的論理の厳正さである。たとえていうなら、真正の〈愛〉とは一体いかなるものなのか、その問い（謎）が知的に分析され尽すのでなければ、自分はけっして〈愛〉のうちに没入できない、といったふうに、盛遠はみずからの意識の点検にいそしむ。だが、〈愛〉を微分しようとする自意識は、真摯になればなるほど逆に一歩ずつ〈愛〉そのものから遠ざかる。無論、そうした実験自体、観念的な〈愛〉に呪縛された自意識の肥大化にほかならないが、もはや近代インテリゲンツィアの毒をたっぷりとふくんだこの盛遠には、自意識をすべて払って情念の〈愛〉に身を投げることは困難きわまりない。

六

袈裟にとって、〈愛〉のすべては自身の美しさにかかわる。従って、情人から美という存在理由を喪失させられた瞬間から、彼女は「死んだも同様」だったのである。夫殺害の計画さえも、彼女には、生ける屍となった自己の肉体を首尾よく葬り去るための手段でしかない。彼女は「たつた一人の男しか愛せなかつた」と告白するけれども、その〈愛〉も、実はかつての自分の美しさを裏づけるための傍証にすぎない。盛遠がほとんど直感的に嗅ぎとった袈裟の愛の虚偽とは、彼女の語る〈愛〉が、渡や盛遠といった他者との関係において成立するものではなく、袈裟自身の美しさを誇示する自己愛《ナルシシズム》の投影にすぎない、という点である。だから、袈裟が「私は私の為に死なうとする」と語ることばは、当人が自覚する以上に、彼女自身のナルシシズムを正確に言い当てた表現だったといえる。一方、盛遠も、そうした袈裟の愛の衒いをあばこうとするかにみえつつ、その実、肥大化した自意識に煽られながら己れの〈愛の論理〉をたどることに忙しい。

とはいえ、袈裟や盛遠が、〈愛〉という名をもてあそんだり軽んじていたというわけではない。むしろ彼らは、意識の上では極めて真剣に各自の〈愛〉を渇望する人間たちだったのである。だからこそ、彼らはそれぞれに〈愛〉の名を強弁しようとする。しかし、結局のところ、ふたりはそれぞれの独白という〈擦れ違い〉の愛のドラマをしか演じられない。なぜなら、袈裟にとっては自己愛が、盛遠にとっては自意識が、彼らの意識し得ないところでその〈愛〉の根元をあまりに深く蚕蝕《さんしょく》していたから[21]。

おそらく、こうした問題の厄介さは、青年作家・芥川自身のものでもあった。芥川ははじめ、貞女の仮面を剥ぐ

ための アイデアとして、袈裟の身代りの理由にかかわる〈新解釈〉を思いつき、「袈裟と盛遠」の〈機知〉に富んだ構想を想い描いたであろう。だが、中古以来の悲劇的な貞女の死という物語を、男女の間の真正な〈愛〉を問う近代のドラマとして自身の現在に引き寄せたとき、それは自意識とナルシシズムに足元をおびやかされる〈近代の恋愛〉そのもののアポリアとして、彼自身の生身にふりかかる問題となった。無論、みずからも年若い〈近代〉インテリゲンツィアのひとりにほかならぬ芥川にとって、それはあまりにも切実な問題であり、すでに値ぶみを終えた主題というわけではなかった。

「袈裟と盛遠」が書かれた前後、芥川の作品には、極めてぼんやりしたかたちながら、愛憎のドラマを紡ぐ〈三角関係〉のモティーフが数多く潜在している。たとえば、芥川の芸術至上主義宣言と目される「地獄変」にしても、良秀と大殿との悲惨な角逐は、良秀の娘をめぐって争われる男二人のドラマでもあった。『開化の殺人』[22]もまた、遺言の書き手北畠義一と往年の甘露寺明子の間に本田子爵（或いは満村恭平）が立ちはだかって煩悶を生ぜしめている。さらには「奉教人の死」にしても、作品の主題とは別だが、男装の女人ろおれんぞの両側に、しめおんと傘張りの娘とが配され、錯綜した微妙な三角関係がほのみえる。「邪宗門」[23]にいたるとそれは物語そのものの発端であり、中御門の少納言の姫君をめぐって若殿と菅原雅平（のちの摩利信乃法師）とがその恋を争う。

芥川作品の中核をなすメイン・テーマの周辺で繰り返し見え隠れするこれらの〈三角関係〉は、男女間の愛憎ドラマもまた作家芥川の胸中に一貫して潜在するライト・モティーフであったことを暗示している。[24]「袈裟と盛遠」は、そうした芥川の潜在的モティーフが最も具体的なかたちをとって正面から問われようとした数少ない一編だといえるだろう。いささか小ぶりにすぎるとはいえ、袈裟と盛遠が演ずる不毛な愛のドラマは、たとえば、やはり近代のインテリゲンツィアにおける愛のアポリアを描いた夏目漱石の「それから」の世界に似ている。[25]再び、前掲の「手帳　一二」にあるメモを見直そう。

○男、女を愛しその女他の男と結婚す。蓋女《けだし》男を愛ししかも男の愛を知らざる也。後、男嫉妬の為に夫を殺す。
女はじめて男の love を知るの thema。

右のうち、「後、男嫉妬の為に夫を殺す」という一節を除けば、それはほとんど「それから」の筋に相当する。代助は三千代を愛していたが、友情の名の下に友人平岡に恋を譲り、三千代は平岡と結婚して大阪に赴く。三千代は代助を愛していたが、代助の自分に対する愛を知らない。だが三年後、東京に戻った三千代に代助は愛を告白し、三千代は初めて代助の自分に対する愛を知る……。「男」を代助、「女」を三千代、「他の男」を平岡と考えれば、右のメモは、むしろはじめに「それから」というモデルがあって、そこに〈夫殺し〉を付加しただけの構想、ともみられる。芥川が漱石の「それから」を愛読し、随筆集『点心』[26]に「長井代助」の一章をたて、「文芸的な、余りに文芸的な」[27]の中でその第一回を引用したり（五）、作品名を挙げた（十七）ことを考え併せてもよい。特に前者では、「我々と前後した年齢の人々には」「長井代助の性格に惚れこんだ人々」や「自ら代助を気取つた人も、少くなかつた事と思ふ」という述懐もある。そういえば、芥川の描く盛遠は、三千代との真の愛に懊悩する近代インテリゲンツィアの典型・長井代助のミニチュアともいえ、袈裟が誇張して語る渡との夫婦関係は、男女を反転させれば、平岡が意地になって守ろうとした三千代との夫婦関係に似ているだろう。だが、問題は、「それから」一篇の〈影響〉などではない。重要なのは、かつてはみずからも「代助を気取った」であろう芥川が、「それから」に描かれたような、近代（インテリゲンツィア）における愛のアポリア、といったかたちの主題を等身大の問題として切実に見つめてていた、という点である。いわば、「袈裟と盛遠」は、芥川が〈機知〉のレベルにとどまらぬ生身の問題として、「それから」的主題に取り組んだ一編だったのではなかろうか、という問題である。

もしこういってよければ、「袈裟と盛遠」は、芥川文学には珍しく厄介な作品である。そこには、作家の計算しつくした結構や既得の観念や論理づくのオチなど、いわば芥川という作家にありがちな定型的な思量の枠といったものがあまり目立たない。それはむしろ、作家自身、書きながら考え、考えながら書きついだ独白のようにみえる。たとえば、「袈裟と盛遠」が収録された第三短篇集の題名『傀儡師』(28)に因んでいえば、操り人形師がみずからの〈手つき〉のあざやかさを誇るような作品世界とは凡そ異質な一篇である。無論、近代に生きる男女間において、とりわけ近代のインテリゲンツィアにとって、「自然」の「幸《ブリス》」(「それから」十四)のような真正の〈愛〉は可能か、といった重い主題は、そうやすやすと作家の観念や掌中に収まるものではない。仮に「袈裟と盛遠」が、芥川らしくもないどこか不明瞭さを内包する厄介な作品だとすれば、その原因はこの一篇が急いで書かれた未熟さのためというより、主題そのものにまつわる厄介な重さと向き合ったための結果であろう。このとき、芥川は、その後の彼が描いていく文学的軌跡とは全く異なった、未発の可能性の中にわずかながらも踏みこんでいたはずだった。しかし、その直後、芥川は自分でもそれとは気付かぬままに手なれた世界へと舞い戻ってしまう。「袈裟と盛遠」と併行して書きつがれ、間もなく完成される「地獄変」は、スケールこそいささか大きいものの、〈芸術至上主義〉という既得の観念を極彩色の語り口で包んだだけの、作家の思量から一歩も踏み出そうとはしない作品である。それに較べれば、「袈裟と盛遠」は、自意識といい自己愛といい、いずれも自己への執着に囚われた近代の男女における〈愛〉のアポリアを問うて、はるかに困難な主題と取り組んでいる。たとえそれが、わずかな試みの芽をふくらませただけで、再び地下へと潜行する可能性であったにしても……。

注

(1)　大正六年十二月八日付書簡等から推すと、完成に至らなかった作品「踏絵」を指すかと思われるが未詳。

(2)　『大阪毎日新聞』(夕刊)および『東京日日新聞』に連載。前者の日付でいえば、大正七年五月一日から同二十二日まで、二十回にわたり掲載された(但し、五月五日・五月十六日は休載)。

（3）『三田文学』大正七年九月号所載。
（4）『新小説』大正七年十月号所載。
（5）『芥川龍之介』（昭33・1、新潮文庫）参照。
（6）『新小説』大正七年一月号所載。
（7）『新小説』大正七年四月号所載。
（8）『中央公論』大正十一年一月号所載。
（9）『改造』大正十一年一月号所載。主人公のモデルは乃木希典とされる。
（10）大正七年四月、芥川は生活の安定と作家専従の道への第一歩として、大阪毎日新聞社社友となる。無論、師漱石のひそみに倣ったわけで、たとえば大正七年二月十三日付書簡等にその間の交渉経緯がうかがえる。翌大正八年三月には正式に社員となる。
（11）芥川が参看したのはおそらく池辺義象編『校註国文叢書』第七巻「源平盛衰記（上）」（大3、博文館）だと思われ、本稿もそれに従う。
（12）浅井了意著、寛文元年刊。
（13）疋田尚昌編『挿書本朝列女伝』（明8・4、文昌堂刊）などがその代表例で「源渡妻袈裟」と題して収録している。
（14）たとえば武鳥羽衣閲・帝国講学会編『日本国民修養鑑』（帝国講学会刊）中の「第三章　和貞」例文として、「袈裟御前の守貞」（浅井了意）が収録されている。
（15）菊田茂男「芥川龍之介とブラウニング――「袈裟と盛遠」を中心として」（『東北大学文学部研究年報』第9・10号、昭33・12、昭35・3）や後出（注16）の安田論等参照。

(16)「芥川龍之介『袈裟と盛遠』から『藪の中』へ」（『國文学』昭47・9、學燈社）参照。

(17) 志村有弘「菊池寛――『袈裟の良人』論」（『谷崎潤一郎　古典と近代作家　第一集』昭54・3、笠間書院）参照。そこに袈裟と盛遠の説話を素材とする近代作家の作品全般にわたる言及がある。

(18) 前出（注16）の安田論に「戦後間もない頃、東京のデパートで古書即売展が催された際、芥川の「袈裟と盛遠」の原稿が出品され（中略）原稿の題名が、初めから「袈裟と盛遠」とあったのではなく、たしか「三つの独白」と題されていたのを消して」云々の言及がある。

(19)「『古典と近代作家――芥川龍之介』（昭42・4、有朋堂刊）参照。

(20) 本稿で引用する作品本文は『傀儡師』（後出注28参照）所収の定稿テキストに拠る。しかし、盛遠の独白に付されたト書きは、初出との間に大きな異同がある。左にその初出文を掲げてみる。

上

（日暮、盛遠が部屋の柱によりかかりながら、前栽の秋草を眺めている。）

右を定稿と比較してみると、その改変は、ふたりの独白を同時刻と同じ場所（渡の屋敷）により限定しようとする作意をうけた整合であることが明白であろう。

(21) たとえば、中村真一郎（『芥川龍之介の世界』「三五、懐疑」昭43・10、角川文庫）に、こうしたふたりの独白を断絶させている本質的な〈懸隔〉に注目する言及がある。尤も、中村氏はそれを「人間が決して他人を理解することはできない、という、不可知論的信念」に基づく「生の無限の深淵」だと捉えるが、問題をそこまで拡げると、かえって「袈裟と盛遠」一編から遠ざかることになろう。

(22) 大正七年七月号『中央公論』所載。

(23) 大正七年十月～十二月『東京日日新聞』所載。

(24) この〈三角関係〉に対する関心を芥川自身の現実生活や周辺の事実にもとめる観方も可能だろうが、ここではとらない。たとえば、前者の例として、芥川の結婚を基軸に、かつての恋愛相手・吉田弥生（彼女も芥川と同時期に結婚したと伝えられる）への想いや、彼女と新妻・文との関係をなぞらえることができる。また、後者でいえば、芥川の親友であった松岡譲と久米正雄との間における漱石の長女・筆子をめぐる恋争い（大正六年十月頃）はまだ生々しく、その余燼は芥川自身をも捲きこんでくすぶっている。失恋して帰省中だった久米は大正七年早々に上京しており、極めて卑近な素材だったことは否定できない。しかし、仮にその〈事実〉が〈作品〉の素材だと想定するにしても、後述するように〈作品〉により近い中間項として漱石の「それから」的主題について一考する必要はあるだろう。今はさしあたり、その種の事実詮索に興味はない、というしかない。

(25) 他の芥川作品に対する「それから」の影響として、三好行雄（『芥川龍之介論』昭51・9、筑摩書房）に「秋」（『中央公論』大9・4）との類縁を説く指摘がある。三好によれば、「秋」の「構想の発端は『それから』を下敷にして、一種のパロディふうな置換を試みることにはじまる」とする。充分に認められる見解だが、そうした「それから」の読み換えは、逸早く「袈裟と盛遠」においてより濃厚に試みられていたとはいえないだろうか。

(26) 大正十一年五月、金星堂刊。

(27) 昭和二年四月号～八月号『改造』所載。

(28) 大正八年一月、新潮社刊。

(補注) 本稿では特に触れなかったが、海老井英次「袈裟と盛遠」（『別冊　國文学・No.2芥川龍之介必携』「芥川文学作品論事典」昭54・2）、森英一「袈裟と盛遠」（『芥川龍之介研究』「作品事典」昭56・3、明治書院）および後藤玖美子「歴史と舞台「袈裟と盛遠」論」（『國文学』昭52・2、學燈社）等も参照した。

「蜃気楼」の意味

――漂流する〈ことば〉――

一　〈文学史〉の中の「蜃気楼」

「蜃気楼」一編の〈意味〉を、対・志賀直哉とのヴェクトルで読みとろうとする一連の仕事がある。例えば、平岡敏夫(1)は、芥川龍之介の「蜃気楼」「手紙」と志賀の「焚火」「城の崎にて」とを比較しつつ、「一見エピゴーネンと見まがう地点」まで接近した芥川の心底に「あえて言えば〈挑戦〉というほどのもの」や「骨を換え、胎を奪わんとする切迫した姿勢」を読み、井上良雄の論以来(2)、定着したかにみえる「志賀崇拝といった一面的な傾斜」に疑義を呈した。また、三好行雄(3)は、「蜃気楼」よりも、むしろその先蹤ともいうべき「海のほとり」の方が「『焚火』の題材と手法を露骨に追」うもの、と訂した上で、「蜃気楼」は「明らかに、志賀直哉の心境小説を意図しながら、それとは異質の芸術性を完結した短編」で、「『歯車』の方向に添って実現した傑作」だと読む。三嶋譲(4)は、それらを踏まえながら、「精神的崩壊による〈人格〉の否定」によって「一個の〈神経〉と化した〈私〉の目」が志賀的〈方法〉を超える「蜃気楼」の「詩的精神」だったとする。

緒家が「蜃気楼」一編の〈意味〉を、対・志賀、とりわけ「焚火」との対比において読もうとするのは、もちろん芥川が谷崎潤一郎との論争で、「『話』らしい話のない小説」すなわち「詩的精神」を主張し、その具体的な指標として志賀の「焚火」を掲げた、というコンテクストによる。

確かに、志賀の「焚火」を推賞する芥川の熱意は尋常ではないし、また、「蜃気楼」が「続海のほとり」と副題されている以上、「海のほとり」との類縁を否定することもできない。その意味では、谷崎との論争は、「蜃気楼」という成果を踏まえての主張[5]だったともいえるし、或いは、論争自体が「裏がえしにした『蜃気楼』論であった[6]」という視点も成り立つ。

しかし、対・志賀とのヴェクトルや対・谷崎との論争の中で、芥川が盛んに振り回した「詩的精神」という概念自体が、論争もまた芥川の死によって中断したように、我々の前に中絶したまま投げ出された問いそのものだったといえるのではないか。だとすると、「蜃気楼」一編の〈意味〉を、論争の文脈を整理した結果や、論争のキィ・ワードである「詩的精神」によって解くことは極めてむずかしい。

ところで、この論争は、ひと口でいえば、「いうところの〈構造的美観〉を強調する潤一郎にたいして、龍之介は、プロットを価値判断の基準におくをこと否定する[7]」という応酬であった。しかし、吉田精一の指摘[8]するように「両者の論は平行線をたどるもの」であって、結果的には以下のような印象を与えた。

　谷崎の一本筋で明快な論のはこびに対し、芥川は自分の主張に急であるよりも、多面多岐にわたっての理解力や博識を示しつつ、相対的に自己の説を演繹する態度をとったので、それを弱いと見た者が多った。

無論、それは「勝敗を云々すべき性」質のものではないが、芥川側の問題としては、依然として以下のような大きな問いが残る。

虚構と想像力で世界を対象化する芥川龍之介こそ〈構造的美観〉を強調し、〈「話」のある小説〉を評価するのにもっともふさわしい作家だったはずである。だから、〈最も純粋な小説〉を認めるために、あるいは、志賀直哉を認めるために、かれはみずからの方法論――意識的芸術活動の強調を〈十年前の僕〉として否定しなければならない。なにが龍之介に起きたのか。[9]

「なにが龍之介に起きたのか」という三好氏の問いは重い。この論争における芥川の本質的な問題は、まさに右の文脈のうちにのみあるといってもよい。だが、その問いをただちに「心境小説論のシンタックスの中」に置く三好氏の視点にはにわかに同じがたい。というより、そうした従来の〈文学史〉的シンタックスの中におさまりきらぬ問いをこそ、芥川は抱えこんでいたといえるのではないか。

そもそも、芥川が志賀の中に「唯一の救いを眺めた」[10]といい、或いは、志賀への「挑挑」[11]の気概を示したといい、さらには、志賀に「拮抗する」[12]といってみたところで、以後の芥川作品の中に志賀文学を明確な指標とする必死な創作的模索のあとを見出すことは困難である。同様に、「心境」が芥川の問題の根底に届く〈方法〉意識でなかったこともほぼ確実である。いささか粗雑な言い方だが、芥川が胸中深く抱いていた問題にとっては、志賀すら窮余の一策として呼びこまれた名辞だったといってよい。そして、芥川が谷崎に向って強弁する「詩的精神」も、彼の「ぼんやり」感じていたアポリアを指示する表現としては、必ずしも熟したものとはいえないのではなかろうか。

とはいえ、何かが「龍之介に起きた」ことは確実であり、だからこそ、彼は「蜃気楼」一編をあのように書き、「詩的精神」という問いを投げかけた。この芥川の問いは、結果的には〈文学史〉の中に相応の位置を占めるとしても、問いの〈意味〉を〈文学史〉のうちに求めることはできない。芥川固有の問いは、まさにそれまでの芥川文学自体のうちにのみ発せられたものであり、「蜃気楼」一編の〈意味〉もまた同様である。

私見によれば、芥川が仮に〈敗北〉したのだとしても、それは志賀に対してでも、谷崎に対してでも、或いはプロレタリア文学に対してでもない。いうなれば芥川はみずからの〈ことば〉に敗北したのだ。例えば、ほぼ自殺前夜、芥川はこう語っている。

クリストは比喩を話した後、「どうしてお前たちはわからないか?」（中略）「どうしてお前たちはわからないか?」――それはクリストひとりの歎声ではない。後代にも見じめに死んで行った、あらゆるクリストたちの歎声である。（「続西方の人」「15 クリストの歎声」）

芥川の「歎声」は志賀や谷崎には聞こえない。彼らは、芥川の発した問いの横を、迂回する気もなく通りすぎたのである。芥川は、自己の内に起きた何かを〈どうしてわからないのか?〉と問う代りに、〈詩的精神〉という〈比喩〉を投げ出してみせた。そして、そうした芥川の問いが空しく宙に響くのみであったように、「蜃気楼」の〈ことば〉もまた、深い孤立の中に在る。

二 「しみじみ」とした感懐と「自信」と

「蜃気楼」は、昭和二年二月四日に脱稿され、同年三月号の雑誌『婦人公論』に発表された。「ぼんやりした不安」という暗示的な一節を遺して、芥川が致死量のヴェロナールを仰ぐのは、これからわずか五ヶ月余の後である。あたかも食事代りのようにさまざまな薬を常用していた彼の体調は、無論、疲弊の極に達している。加えて、この年正月早々、義兄西川豊の保険金詐欺を目的とされる放火嫌疑と鉄道自殺、さらに残された高利の借金、それら一連の難題が芥川にふりかかり、その事後処理に忙殺された。同年二月二日、斎藤茂吉に宛てた書簡の中で、芥川は調薬と短冊の礼を述べた後、以下のように近況を報告している。

　唯今「海の秋」と云う小品を製造中、同時に又「河童」と云うガリヴア旅行記式のものをも製造中、その間に年三割と云ふ借金（姉の家の）のことも考へなければならず、困憊この事に存じ居り候。

執筆時期や内容からみて、右の「海の秋」が「蜃気楼」であることは動かしがたい。すなわち、芥川は心身ともに疲弊する事後処理に追われつつも、創作に余念なく、五日後の書簡をみれば、事態はもっと猛烈で、以下のようになる。

> 僕は多忙中ムヤミに書いてゐる。婦人公論十二枚、改造六十枚、文芸春秋三枚、演劇新潮五枚、我ながら窮すれば通ずと思つてゐる。（蒲原春夫宛、昭2・2・7）

「蜃気楼」（『婦人公論』）「河童」（『改造』）の他にも、芥川は随想二本「軽井沢で」（『文芸春秋』）「芝居漫談」（『演劇新潮』）を書き上げている。さらに八日後（小穴隆一宛書簡、昭2・2・15）、「河童」が「やつと校了」で計「106枚書いた」と述べる一方、「谷崎潤一郎君の駁論に答へた」と語り、「文芸的な、余りに文芸的な」で論争を開始している。

末期的な体調や厄介な事後処理にふり回されながら、それと反比例するように、芥川の筆は走っている。いわば、ものに憑かれたように書き続ける芥川の精神状態は、執筆活動に関するかぎり、なかなか旺盛である。それは確かに自殺というカタストロフに向ってやみくもに突き進む精神の昂揚ともいうべき日々なのかもしれない。しかし、芥川の創作意識自体はまぎれもなく張りつめており、最晩年の諸作も、決して終焉を急ぐための惰性や残照という相貌をみせてはいない。むろん作家の表情は、かつて「新婚当時の癖に生活より芸術の方がどの位つよく僕をグラスプするかわからない」（松岡譲宛書簡、大7・2・5）と語った日々に較べれば、はるかに沈鬱なものである。

だが、「蜃気楼」や「河童」、およびその直前に書かれた力作「玄鶴山房」、またこの直後に書かれる「或阿呆の一生」「歯車」「西方の人」などの作品は、作家の表情とは別に、確かに新しい文学的地平をかいまみせている。それがたとえ、新しい領域に向って踏み出す直前、企図半ばに凝固してしまったモニュメントだったとしても、である。中でも「蜃気楼」はいかにも「小品」だが、そこにあらわれたものの意義は決して小さくはない。第一、芥川自身、「蜃気楼は一番自信を持つてゐる」と広言して憚らなかった。

> 「玄鶴山房」は力作なれども自ら脚力尽くる所盧山を見るの感あり。河童は近年にない速力で書いた。蜃気楼は一番自信を持つてゐる。僕は来月号の改造に谷崎君に答へ、併せて志賀さんを四五枚論じた。（傍点筆者、

滝井孝作宛書簡、昭2・2・27）

のちに言及する予定だが、「蜃気楼」一編が、「玄鶴山房」「河童」「文芸的な、余りに文芸的な」と同一のコンテクストの中で作家自身の視野に映じている事実は重い。それぞれが「蜃気楼」の〈意味〉と緊密に結びついている。

ところで、先の茂吉宛書簡にあったように、「蜃気楼」ははじめ「海の秋」という題で構想され、執筆された。〈海の秋〉は、夏の賑わいが遠ざかった後の寂寥感を漂わせて、それ自体、ひとつの季節の終焉を感じさせる。芥川はしばしば〈秋〉という表象を用いて、主人公たちの孤独や喪失感、或いは人生の季節の終焉といった〈意味〉を物語った[13]。たとえば、かつて彼は、「秋」と題する作品において、青春という名の観念が日常性の前に崩壊し、〈終焉〉を告げられた「寂しさ」を「冷ややかな秋の空」に象嵌させたこともある。そうした文脈をたどれば、「蜃気楼」もまた、海辺の〈秋〉を描くことによって、何かへの〈終焉〉を自らに告知する鎮魂の賦だったとはいえまいか。だからこそ芥川は、執筆後の私信の中に「しみじみとして書いた」（小穴隆一宛、昭2・2・12）という心情の流露を包み隠しはしない。

一方、先にもみたように、芥川は繰り返し「蜃気楼」に対する「自信」を表明している。〈しみじみ〉とした感懐の背後で、これほど芥川に強烈な自負を抱かせる理由とは何であったのか。わずか十二、三枚の〈片々たる小品〉の中で、作家みずから語る「自信」を裏うちする〈達成〉とは何だったのか。

いわば、作家自身の内部で〈終焉〉を告げられたものと、「自信」を裏づける〈達成〉と、その両者が共鳴し合う場の〈意味〉を問わぬかぎり、「蜃気楼」の世界は、茫漠としてはるかに遠い。

三 「僕の想像」

「蜃気楼」にはしばしば〈心象風景〉の世界という評言が冠せられる。しかし、この評言が、芥川の「病的にひずみをきたした神経の震え」や「死の影がさすほど陰鬱な情緒」[14]という感性的な形容の修辞に収斂してしまうとき、〈心象風景〉は、いわば自殺を既定事実とする作家の最晩年からうけた漠たる印象の言い換えにしかすぎない。これを「素肌の感受性」「むき出しの神経」[15]といっても同様である。

私見によれば、「蜃気楼」の「変な実感に富んだ」[16]〈心象風景〉は、いたずらに〈ぼんやり〉とあるわけではない。現に「蜃気楼」はわずか十二、三枚の小品ではあるが、二章から成っており、「一」を〈昼〉の海辺とし、「二」を〈夜〉の海辺として明確に分けてある。それはいかにも簡単な構成だが、しかし、作家の〈心象〉を想いうかぶままにばらまいた結果ではない。この二章は正確に対応しており、ひと口にいえばそれは、作家の意識における〈昼〉と〈夜〉で、作中の評言に従えば、「意識の閾の」内と「意識の閾の外」との対応である。そして、「意識の閾の」内に関するかぎり、つまり、作家が意識的に〈意味〉を与えた〈昼〉の世界（「一」）であるかぎり、我々にもある程度までその〈意味〉を読みとる鍵がひそんでいはしないか。

かつて私は、「蜃気楼」一編のうちに、「いかにも観念的に整合されたひとつの〝絵解き〟が象嵌されている」と論じたことがある。[17]それはもっぱら、「一」の〈昼〉の海辺で、最も暗示的と思われる「O君」の拾った「獲物」についてであった。水葬死体についていたらしい十字架の残骸の木片がそれである。

「縁起でもないものを拾ったな。」／「何、僕はマスコットにするよ。……しかし1906から1926とすると、二十位で死んだんだな。二十位と――」／「男ですかしら？　女ですかしら？」／「さあね。……しかし兎に角この人は混血児だつたかもしれないね。」

僕はK君に返事をしながら船の中で死んで行った混血児の青年を想像した。彼は僕の想像によれば、日本人の母のある筈だった。／「蜃気楼か。」／O君はまつ直に前を見たまま、急にかう独り言を言つた。それは或は何げなしに言つた言葉かも知れなかつた。が、僕の心もちには何か幽かに触れるものだつた。

ここに示された「僕の想像」は、読者の了解とは別に、作家の想念の中では、何かはっきりしたイメージが浮かんでいるらしく感じられる。作品を読むかぎり、そこに「僕」が得体の知れぬものと初めて対峙するような不安やとまどいを看取することはできない。つまり、この「想像」は、あらかじめ芥川の「意識の閾の」内にあって、明確な〈意味〉を与えられた表象だったといってよい。だから、「想像」とはいいながら、「僕」の口調は、ほとんど断言と変わらない。

たとえば、ここに以下のような一節を並べてみれば、「混血」の〈意味〉を説明するのはさほど困難ではない。

近代の日本の文芸は横に西洋を模倣しながら、竪には日本の土に根ざした独自性の表現に志してゐる。
（「僻見《へきけん》」「一　斎藤茂吉」大13・3）

「竪には日本の土に根ざし」つつ「横には西洋を模倣した」日本の〈近代〉文芸は、明らかに精神的な「混血児」であったに違いない。ひとり芥川文学にかぎらず、日本の〈近代〉は、多かれ少なかれ、日本的精神風土と西欧的知性が雑婚して生まれた「混血児」たちであったはずであり、「蜃気楼」の「混血児」によってなぞられた作家内部の〈意味〉も、おそらくその辺に発する。

また、混血青年には「日本人の母のある筈」という〈意味〉も、前出「僻見」の同じ文章を結ぶ以下のような末尾に照応する。

あが母の吾《あ》を生ましけむうらわかきかなしき力おもはざらめや
菲才《ひさい》なる僕も時々は僕を生んだ母の力を、近代の日本の「うらわかきかなしき力」を感じてゐる。僕の歌人たる斎藤茂吉に芸術上の導者を発見したのは少しも僕自身の偶然ではない。

混血青年の「母」が、なぜ西洋人ではなく「日本人」であるのか、その理由を「蜃気楼」一編中にもとめることはむずかしい。もし理由があるとすれば、それは「僕」に連なる作品の外の作家内部にのみ存する固有の明証でしかない。たとえば、右の引用にあるように、〈近代〉の日本を「うらわかきかなしき力」とみなし、そこからか弱い「母」のイメージを想起し、そうした母のか弱さが若くして逝った混血青年のはかない宿命に色濃く影を落とす、といったような、作家固有の連想をつなぐ糸の中にしかその理由はあり得ない。

　さらにもう一点、この混血青年はなぜ「二十位《はたち》で死んだ」のか、という問いも残る。しかし、この点についても、たとえば「或阿呆の一生」の冒頭の「一　時代」を照応させてみれば、それなりの〈意味〉を抽出することは可能だろう。

　それは或本屋の二階だった。二十歳の彼は書棚にかけた西洋風の梯子に登り、新しい本を探していた。

　（中略）

彼は薄暗がりと戦ひながら、彼等の名前を数へて行つたが、本はおのづからもの憂い影の中に沈みはじめた。彼はとうとう根気も尽き、西洋風の梯子を下りようとした。すると傘のない電燈が一つ、丁度彼の頭の上に突然ぽかりと火をともした。彼は梯子の上に佇んだまま、本の間に動いてゐる店員や客を見下ろした。彼等は妙に小さかった。のみならず、如何にも見すぼらしかつた。

「人生は一行のボオドレエルにも若かない。」

彼は暫く梯子の上からかう云ふ彼等を見渡してゐた……（傍点筆者）

「或阿呆の一生」は、無論、正確な編年体ではないし、一定の通時的方則に従う記述でもない。現に、「二　母」では「彼の母」の「十年前」の「臭気」が間接的に語られ、「三十二　喧嘩」では少年時の〈異母弟と取り組み合ひ〉の光景が描かれている。しかし、それらの例外を除けば、作品は大体において、「二十歳」以後の光景が描かれている。換言すれば、この精神的風景画は、（或阿呆の）「一生」と標榜しつつも、あくまで「二十歳」以後の〈半生〉しか提示されておらず、作家はなぜか「二十歳」以前の〈詩と真実〉を隠匿した、といえる。つまり、「二十歳の彼」

は既にして「西洋風の梯子」に登った存在として登場し、その視界から「日本人の母」は消去されている。すなわち、この「彼」は、〈混血性〉に懊悩《おうのう》するもうひとりの自己を「二十《はたち》」の時に葬り去ってきた化身に他ならない。逆にいえば、「蜃気楼」の混血青年が抱えた懊悩を「二十《はたち》」の時に見きる内面のドラマを通過することなしに、ボオドレエル詩の一行によって人生を睥睨《へいげい》し、西欧的知性によって薄暗い現実を見下ろす青春の倨傲《きょごう》は不可能だった、といえるだろう。すなわち、「蜃気楼」における「―」の死とは、西欧的知性を主体とする青春を敢えて選択するために、もうひとりの芥川自身――「うらわかきかなしき」「母」に拘泥するほの暗い精神――が、否応なく見きられねばならなかったという、作家固有の内面的ドラマを暗喩している。

このようにみてくると、「僕の想像」を形象化する〈ことば〉は、作家のむき出しな神経に感応して流露するといったような〈心象風景〉とは逆の世界だとさえいえる。それはむしろ、あらかじめ作家内部に醸成されていた〈意味〉を寓する〈ことば〉の世界であって、「意識の閾の」内に関するかぎり、芥川は依然として〈寓意〉的方法のうちにある、と一応はいえる。

しかし、注意したいのは、「蜃気楼」に寓された芥川の〈意味〉が、あくまで作品の外延にある作家内部への溯《そ》及《きゅう》をまって初めて成り立つ性質のもので、初期作品以来の作品内に完結し得る〈寓意〉とは明らかに質的に異なることである。この〈意味〉は、〈ことば〉のこちら側で作家自身の内面とだけ反響し合っており、〈ことば〉の向うへ透過して、作品のあちら側にある読者へと伝わるものではない。いわば、「蜃気楼」は、作品中の〈ことば〉と向き合う同時代の読者に、何か〈意味〉を伝えようとする心の傾きが、極めて稀薄な一編だといってよい。

四　「蜃気楼」の「意味」

ところで、作中の〈蜃気楼〉は、「僕の想像」ひとつにとどまらない。たとえば、「新時代」という代名詞で呼ばれる若い男女たちもまた、〈蜃気楼〉のひとつである。

後方に追い抜いてきたはずの若い男女が前方から歩いてくる。そのことに「僕」は「ちよつとびつくり」するのだが、やがてそれが、そっくりの「新時代」ファッションに包まれた別の一組だということがわかる。

僕等は、——殊にO君は拍子抜けのしたように笑ひ出した。

「この方が反《かえ》つて蜃気楼ぢやないか？」

「新時代」の若い男女をさして、この方が〈蜃気楼〉らしい、とする挿話は、一編の陰鬱な雰囲気を柔らげる一種のブラック・ユーモアかもしれない。しかし、芥川が仮にも〈蜃気楼〉の名を付す以上、それは単なる「笑い」をはさむ作家の機知にとどまるとも思われない。たとえば、「蜃気楼」に対する「自信」をもらすのと並行して書かれた書簡の中に以下のような一節もある。

わたしは玄鶴山房の悲劇を最後で山房以外の世界へ触れさせたい気もちを持つてゐました。（最後の一回以外が悉く山房内に起ってゐるのはその為です。）なほ又その世界の中に新時代のあることを暗示したいと思いました。チエホフは御承知の通り、「桜の園」の中に新時代の大学生を点出し、それを二階から転げ落ちることにしています。わたしはチエホフほど新時代にあきらめ切つた笑声を与へることは出来ません。しかし又新時代と抱き合うほどの情熱も持つてゐません。（傍点筆者、青野季吉宛、昭2・3・6）

話題は、直接には、「玄鶴山房」最終章の「従弟の大学生」が読みふけるリープクネヒトの「追憶録」をめぐってのものである。とはいえ、ここに繰り返された「新時代」という〈ことば〉に対する芥川の思い入れは、決して軽いものではない。彼の眼前には、絶望しきることも、心中することもできない「新時代」がある。そして、彼がそのように語るとき、「新時代」という〈ことば〉が、芥川にとっては次代を担う新世代の〈意味〉のみならず、そこにはかつての彼自身の姿も重なり合って、複雑な心情を抱かせるからではないのか。そういえば、芥川もまた、

〈出発〉に際して〈新思潮派〉〈新理知派〉〈新現実派〉などというレッテルで呼ばれ、文壇の「新時代」を築くひとりとしての自負と栄光を担ったはずである。だが今や、彼はみずからの文学的〈出発〉そのものを〈幻像〉として断罪しなければならない〈敗北〉の懸崖に立つ者だといえるだろう。その〈意味〉では、この「新時代」もまた、確実にひとつの〈蜃気楼〉だといえる。しかし、再び年を押せば、「新時代」という〈ことば〉から、芥川自身の文学的出発が〈蜃気楼〉のような〈幻像〉にしかすぎぬという〈意味〉を読みとるためには、作品の外延に連なる作家固有の内面をさらう必要がある。無論「蜃気楼」一編だけを当面の対象とする同時代の読者にそうした理解は望むべくもなく、彼らはここでも〈意味〉から置き去りにされる。

さて、〈蜃気楼〉という〈ことば〉は、他にも二、三みることができる。管見に入ったかぎりでは、「澄江堂雑記」の「三十　後世」(18)や「少年」の「二　道の上の秘密」(19)などがそれぞれ暗示的だが、中でも「河童」は、「蜃気楼」と並行して書きつがれた作品であり、その「十四」末尾に表われる以下の描写は、特に注意されてよい。

僕は返事をするよりも思わず大寺院を振り返りました。大寺院はどんより曇つた空にやはり高い塔や円屋根を無数の触手のやうに伸ばしてゐます。何か沙漠の空に見える蜃気楼の無気味さを漂わせたまま。（傍点筆者）

この場面は、詩人トックの自殺に触発された「僕」が、河童の国の宗教に関心を抱き、その本山ともいうべき大寺院を訪れ、そこを離れるときにふり返ってみた光景である。この章では、トックが「無神論者」で、河童の国の宗教に「信仰をお持ちにならなかつた」「気の毒な詩人」だとされ、自殺の要因もそこにあったかの如く語られる。しかも、その宗教は、「近代教」もしくは「生活教」と呼ばれている。すなわち、まるで餌食を求めるように無数の触手を伸ばす〈近代〉そのものこそ既に無気味な〈蜃気楼〉なのである。ここでもまた、芥川は、トックの悲劇に自身の文学的〈出発〉にまつわる内面のドラマを重ね、彼を支える筈の〈近代〉がまさに〈幻像〉にしかすぎぬと思い知らねばならぬ者の悲哀を、〈蜃気楼〉という表象に仮託している。そして、それは「蜃気楼」という作品の題名そのものの〈意味〉でもある。いわば、芥川は、〈蜃気楼〉という題名の〈意味〉すら、他作品にまたがる外延の中に還元し、作品の〈意味〉を待ちうける読者から背を向ける。作者はひとりその〈意味〉を固有の内面にそってのみ照射させる。

五〈意味〉の切断

「蜃気楼」一編には、自然現象としては、わずかに「青いものが一すじ」ゆらめいていたにすぎない。無論、それはいかにもみすぼらしく、「K君」が「あれを蜃気楼と云ふんですかね?」と語る「失望」の対象でしかない。作品の基軸を、蜃気楼見物の散歩に見るような筋でみるなら、そこにはまさに幽霊の正体みたりという〈幻滅〉の〈寓意〉だけが残る。が、もしそうだとすると、「蜃気楼」自体が、いかにもみすぼらしい小品に堕してしまう。

　私見によれば、〈蜃気楼〉という現象は、あらかじめ用意された主題としての〈幻滅〉を〈寓意〉するために呈示された小道具ではない。作品の描写でいえば、〈蜃気楼〉はみすぼらしさそのままに状景の一点におさまりきっており、「僕」ないしは作家も、もともとそんな自然現象自体に関心があったわけではない。そこに荘麗な空中楼閣が見えようが見えまいが、現象の結果によって変転する心理すら、今の芥川には遠く意識の外にある。

「蜃気楼」が、みすぼらしい現実に出会って幻滅する心理などという〈寓意〉を読者に伝える作品だとするなら、この一編に示した芥川の「自信」もまた、極めて卑小なものとなる。だが、すでに何度も述べたように、作家芥川は、〈ことば〉のあちら側に読者の姿をほとんどみてはいないといってよい。もちろん「蜃気楼」の〈達成〉も、そうした〈寓意〉を伝える場とは無縁のところにあったはずである。

　たとえば三島由紀夫が、芥川文学の変質過程を踏まえながら、〈外界〉の喪失を語るとき、「蜃気楼」一編における芥川の〈達成〉を、ほぼ正確に嗅ぎとっていたといえるだろう。[20]

「物象が物象のまま」といふのは、芥川ほどあらゆる物象に解釈の粉黛を施し、物象本来の性質を失はせて、物語の小道具にしてしまつて来た作家はないからである。又、死に近いころの作品は、これとは逆に、あらゆる物象が不安に融解されて、鮮明な形を失ひ、作家にとつて外界が失はれてしまつてゐる。「蜃気楼」はそのどちらでもない。

三島は明示していないけれども、問題は〈ことば〉そのものの属性にかかわる。「解釈の粉黛」としての〈ことば〉、すなわち、〈意味〉の具としての〈ことば〉が、「外界」を全く遮蔽する〈ことば〉へ転ずる直前で、「蜃気楼」は踏みとどまる。「蜃気楼」から想起した三島の適確な比喩(21)を借用すれば、この〈ことば〉は、まさに「奇怪な漂流物」に他ならない。つまり、この〈ことば〉には作者と読者の間をつなぎとめるための基盤となる、伝達さるべき共通の〈意味〉という接着剤がない。

従って、作者と読者の間には〈蜃気楼〉の如き〈ことば〉だけが屹立し、或いは漂流している。この〈ことば〉は、双方を介在する〈浸透膜〉というより、双方の側にそれぞれ反射する〈背中合わせの二枚鏡〉といった趣きである。そこでは、蜃気楼という〈ことば〉と共に形象化する作家の内面が、読者に何か〈意味〉を伝える道具としての回路を切断したまま、無雑作に投げ出されている。「蜃気楼」の世界がしばしば〈心象風景〉と評され、それは半ば当ってもいるのだが、そのように語るためには、以上のような〈切断〉を黙過することはできない。

初めの問いにもどっていえば、「なにが龍之介に起きたのか」。私見によれば、より正確には、何かは「蜃気楼」以前に起きている。詳述する余裕はないが、たとえば、芥川が「点鬼簿」の冒頭に「僕の母は狂人だつた」という最大の秘密を刻んだとき、彼は、それまで〈寓意〉によって隠匿してきた内奥の〈意味〉が徐々に膨れ上がり、ついに表層の〈寓意〉を喰いつくすありさまを目撃したのである。それは芥川にとって、〈出発〉以来、自身を保護してきた〈寓意〉的方法にみずから反逆しつつ、しかもなお〈意味〉を伝えることに賭けた最後の〈ことば〉

だったといってよい。しかし、この痛切な賭けにもかかわらず、内奥の〈意味〉は、徳田秋声によって一蹴された如く[22]、同時代の読者にほとんど伝わらなかった。

〈ことば〉は〈意味〉を伝えない。この現実を前にしては、問題はもはや〈ことば〉の技術的レベルではなく、〈ことば〉の属性もしくは存在そのものに対する懐疑であった。いわば、〈意味〉の透過性を疑わぬ〈近代〉の〈ことば〉そのものに芥川は深く傷つき、鎮魂歌を奏した。「蜃気楼」は、そうした傷痕の果てに成り立つ一編である。だから、「蜃気楼」の〈達成〉とは、最も深いところで〈近代〉の〈ことば〉そのものが幻像に他ならぬという自己断罪を負いながら、〈意味〉と切断された新たな〈ことば〉を望む地平に踏みこむ試みだったといってよい。作家は、不透過性の〈ことば〉を相手にひたすら自己の内面のみを反照させ、「まっ暗な海」の中に〈ことば〉を漂わせる。読者は読者で、〈ことば〉のあちら側に、より誠実な固有の〈意味〉をひとりで紡がねばならない。すなわち、芥川が〈蜃気楼〉と呼んだものは、〈近代〉が疑うことを知らなかった〈意味〉を透過する〈ことば〉それ自体―ほかならぬ芥川の文学を支えてきた〈ことば〉自体――の崩壊の謂であった。

　そうした近代的な〈ことば〉の崩壊の果てにあらわれる作品すべてが現代文学と呼べるか否かはわからない。ただ、芥川は、谷崎に向って「詩的精神」などという「ぼんやりとした」概念を強弁する必要など少しもなかった。彼は多分、「『話』らしい話」よりも何よりも、それ以前にある〈ことば〉の属性自体が問題なのだ、と言い放てばよかったのである。

注

（1）「蜃気楼――芥川文学の作品構造」（『國文学』昭45・11、學燈社）。

（2）「芥川龍之介と志賀直哉」（『磁場』昭7・3）。

（3）「遺されたもの」（『芥川龍之介論』昭51・9、筑摩書房）。
（4）「芥川龍之介『蜃気楼』試論――『海のほとり』から『続海のほとり』へ――」（『佐世保工業高等専門学校研究報告　第14号』昭52・11）。
（5）「芥川龍之介の追憶座談会」（『新潮』昭2・9）における久米正雄の発言に「芥川が筋のない小説というものを一方で力説しているのは『蜃気楼』なんかが背景になつてゐる」云々とある。
（6）前出（注4）に同じ。
（7）前出（注3）に同じ。
（8）「解説」（『日本近代文学大系38　芥川龍之介集』昭45・2、角川書店）。
（9）前出（注3）に同じ。
（10）前出（注2）に同じ。
（11）前出（注1）に同じ。
（12）前出（注4）に同じ。
（13）「鼻」の禅智内供が長い鼻をぶらつかせた「あけ方の秋風」、『手巾』の先生が上眼づかいにみつめる「秋草を描いた岐阜提灯」、「戯作三昧」の茶の間と書斎で「変わりなく秋を鳴きつくす」蟋蟀などの初期作品、「舞踏会」の「二」における「大正七年の秋」や「秋山図」の中の「或年の秋」などの中期作品まで他にも幾つかある。
（14）和田繁二郎『芥川龍之介』（昭31・3、創元社）。
（15）前出（注3）に同じ。
（16）前出（注5）に同じ。
（17）「『或阿呆の一生』から『西方の人』へ――「母」の残像と「二度目の誕生」・その一――」（『立教大学日本文学』

第28号、昭47・7）を参照されたい。以下、この一節は、右の拙稿と重複する点が少なくないことを断っておく。

(18)「けれども私は猶想像する。落莫たる百代の後に当って、私の作品集を手にすべき一人の読者のある事を。さうしてその読者の心の前へ、朧げなりとも浮び上る私の蜃気楼のある事を。」の一節がみられる。

(19)「これは車の輪の跡です！　保吉は呆気にとられたまま、土埃の中に断続した二すじの線を見まもった。同時に大沙漠の空想などは蜃気楼のやうに消滅した。今は唯泥だらけの荷車が一台、寂しい彼の心の中におのづから車輪をまわしてゐる。……」の一節がある。

(20)「解説」（『南京の基督他七篇』昭31・9、角川文庫）。

(21) 前出（注20）に同じ。同文中で「これを読むたびに、私はダリの絵を想起する。あのとてつもない広大な澄んだ秋空と、奇怪な形の漂流物と」の言及がある。

(22)「十月の作品」（『時事新報』大15・10・9）で徳田秋声は「『鬼頭《ママ》簿』などの作品となると、作者が果してどれほどの芸術的感興をもつて筆を執ったものであるかを疑はざるを得ない」と語っている。

この否定的見解とは逆に、広津和郎が「点鬼簿」支持の見解（「文芸雑感（一）」『報知新聞』大15・10・18）を示すと、芥川は早速、「近来意気が振はないだけに感謝した。僕自身もあの作品はそんなに悪くないと思つてゐる」と告げ、「書かずにはゐられぬ気で書いた」書簡（大15・10・17、広津宛）を出している。「点鬼簿」一編にこめた作者芥川の心情の一端がうかがえよう。

（補注）最近、平岡敏夫「『蜃気楼』――その方法――」（『芥川龍之介研究』昭56・3、明治書院）や海老井英次「『蜃気楼』――〈光〉なき反照の世界――」（『國文学』昭56・5、學燈社）等の論考が相ついで発表され、示唆される点も多かったのだが、拙稿送付後のこととて、言及し得なかった点をお断りしておく。

Ⅲ　明治の陰影

「十三夜」の身体

はじめに

樋口一葉の「十三夜」は、周知のように（上）（下）二章からなる短編小説である。（上）は、夫の虐待にたえかねて離縁を決意し、実家に帰ってきた主人公お関が父の説得をうけて嫁ぎ先へもどるまで、（下）は、その帰途に乗った俥の車夫が、かつて彼女が淡い恋心を寄せていた旧知の男で、二人はしばらく語らいながら同道するが、やがて別れてゆく、という筋である。従来の「十三夜」論は、こうした経緯に揺れるお関の内面をどのように理解するかをめぐって議論を重ねてきた。論点のひとつは、北川秋雄[1]が端的に述べるように「父親の説得に対して、お関が〈わつと泣い〉ただけで、いとも簡単に翻意」したその内実をどのように捉えるか、である。もっとも、お関の「翻意」の内実を考えるには、そもそも彼女がなぜ離婚を決意するにいたったのか、その経緯を検討しなければならないし、そのためにはお関の辛い結婚生活、ひいてはその原因とされる夫・原田勇についても考察する必要がある。だが、従来の「十三夜」論は、原田勇の社会的地位や家族観などその〈外部〉について言及することはあっても、その〈内部〉すなわち彼の心情や身体についてほとんど踏み込むことがなかった。それというのも、原田は物語の現場に立ち合わせない間接的登場人物で、お関のことばや両親の語りを介して漠然とした輪郭をのぞかせる存在にすぎないからだ。お関を罵倒し、冷淡な態度をとる彼の言動にしても、それは他者が語った間接的情報であり、原田自身は一度も自分のことばで自身を語ってはいない。つまり、原田への言及の乏しさは、第一に彼をめぐる情報がすべて間接話法であるため、厳密に言えば菅聡子が述べるように[2]「実像と真意は不明」とするしかないという点に起因している。だが、「十三夜」論における原田勇の〈空白〉は、そうした叙述＝語りの方法のみに起因するのだろうか。それはむしろ「十三夜」の世界をながめるわれわれ読者（論者）自身の視線のありよう、そのまなざしに潜むあるバイアス（bias）がまねいた〈空白〉なのではなかろうか。

一　身にまつわる物語

「十三夜」は、何よりもまず「身」にまつわる物語である。たとえば、冒頭の段落だけでも「子もある身」「奏任の聟がある身」「身を節倹れば」「此身一つの心から」「身をふるはす」という五ヶ所の用例がある。「身分」「身がら」の用例（九ヶ所）を除いても、この短い物語には「身」が二十八ヶ所も頻出し、加えて「身体」や「からだ」の語もある。さらに「可愛き声」や「優しい声」「月に背けた顔」「相変らずの美しさ」「色が白いとか恰好が何うだ」「御懐妊」「顔の好い女房」「子が生れたら」「茫然とせし顔つき」など、身体の形状や機能に関する表現も少なくない。また、「身」や「身体」の語がなくとも、明らかに〈身体〉と深く関わる次のような描写もある。

たとえば、お関が両親の「機嫌」をうかがうと、父親が「元気よく呵々と笑」って以下のように答える場面がある。

〔引用1〕いや最う私は嚔一つせぬ位、お袋は時たま例の血の道と言ふ奴を始めるがの、夫れも蒲団かぶつて半日も居ればけろ〳〵とする病だから子細はなしさ（上）

また、原田のむごい仕打ちを両親に訴えるお関のことばに次の一節がある。

〔引用2〕嫁入つて丁度半年ばかりの間は関や関やと下へも置かぬやうにして下さつたけれど、あの子が出来てからと言ふ物は丸で御人が変りまして、思ひ出しても恐ろしう御座ります、（中略）全くは私に御飽きなされたので此様もしたら出てゆくか、彼様もしたら離縁を言ひ出すかと苦めて苦め抜くので御座りましよ（上）

さらに、「身体《からだ》」の一語を含む例として、父の説得に翻意したお関がひとまず元の鞘におさまることを承諾したことばに次のような一節もある。

〔引用3〕私の身体は今夜をはじめに勇のものだと思ひまして、彼の人の思ふまゝに何となりして貰ひましよ（上）

〔引用1〕の「血の道」および「病」が女性の生理（月経）を、〔引用2〕が妊娠の事実を、〔引用3〕が意志を殺して人形のように身体《からだ》を投げ出すことを意味するのはいうまでもない。これらの記述に徴しても、「十三夜」が生理や性にかかわる身体論的コンテクストに深く根ざす物語、つまり「身」にまつわる物語であることは明らかだろう。にもかかわらず、部分的には「身《み》」や「からだ」に触れても、それを主眼とする身体論的「十三夜」論は以外に少ない。[3] そうしたなか、例外として、井上理恵[4]と中川成美[5]の仕事が注目される。

まず中川氏は、十九世紀末の生活規範化された労働意識の変革を素描しながら、女性のジェンダーと密接に結びついた「家事労働」に注目し、その階級格差を反映する肉体労働との「身体の距離」を焦点化することで家事労働から疎外された「無能」の「奥様」に埋没するお関の「屈辱感」を析出する。そして、近代的労働の「時間」が抑圧する習俗の祝祭的な「身体の時」の「記憶」の揺らぎにお関の運命を重ね、テクスト内に構造化された〈空白〉を鋭くうがっている。つまり、中川論は、お関や使用人の家事労働における歴史性と階級性に注目し、近代的生産労働のネガとして規範化された〈女性の社会化された身体〉の内なる「距離」と「時間」を計測する。[6]

一方、井上氏は玉の輿の物語における人妻の不幸を縦糸としながら、「「鬼のやうな」良人、原田勇を思い出すと「身をふるは」して否定する」お関の身体に注目し、不条理な男性原理のもとで抑圧された〈女性の生身の身体〉の声を聞こうとする。

〈社会化された身体〉であれ〈生身の身体〉であれ、ともに〈女性の身体〉を論ずる中川論や井上論だが、なぜか〈女性の身体〉の端的なシルシであるお関の「妊娠（懐妊）」に言及しようとしない。たとえば、「十三夜」の〈事件〉は、原田の「丸で御人が変」ったことから派生しており、その発端は明らかに〔引用2〕にあるようにお関の「妊娠」である。いうなれば、「十三夜」の物語は、お関の「妊娠」を起源とし、そこから生じた夫婦間の亀裂が徐々に波紋をひろげてゆく過程、といえるだろう。にもかかわらず、なぜかお関の「妊娠」と原田の変貌との関連性を正面から論じる「十三夜」論が見当たらない。つまり、「十三夜」の起源を論ずる「十三夜」論が存在しない。これはいったいどういうことなのか。

たとえば、前掲の井上論は「嫌悪感で一杯な阿関の肉体、原田を受け入れることのできない肉体」の重要さを指摘し、その屈辱的な結婚生活について以下のように述べる。

> ここでわたくしたちは初めの段落で、身体中で阿関が原田を拒絶したことを思い出さなければならない。阿関は「鬼」といって原田を憎悪した。そこには夫婦の愛情は、既にない。阿関の日常が、惨めなシンプル・レイプの日々であったであろうことは推測に難くない。夫と妻――養い、養われる関係――であるがゆえに可能な性行為の強要、阿関はまさに精神的にも、肉体的にも絶望的な抑圧下におかれていたのである。

原田に「芸者狂い」や「囲い者」の可能性がある以上、お関の結婚生活が「夫婦間で合意でなく性行為を強要する」シンプル・レイプの状況にあったかどうかは断定できない。だが、「鬼のやうな」原田勇の元に戻ると思うだけで「ゑゝ厭や厭やと身をふるはす」お関の身体的反応は重要な表徴であるし、それが単なる精神的苦痛を超えた身体的＝性的苦痛を暗示する反応だった可能性は高い。たとえば「たけくらべ」（十五）にも「ゑゝ厭や〳〵、大人になるは厭やな事、何故このやうに年をば取る」という同様の表現があるが、これは美登利が初めて「嶋田の髷」を結った場面で、「大人になる」こと、すなわち姉と同じ「華魁＝遊女」になる道に踏み出すことを意味する。つまり、美登利の「ゑゝ厭や〳〵」は、自分の〈身体〉をセクシュアルな「商品」とする世界への参入を拒む哀しい心内語にほかならない。とすれば、お関の「ゑゝ厭や厭や」という身震いも、同様にセクシュアルな身体に関する拒絶をあらわす内なる声だったといえよう。

ところで、お関の〈生身の身体〉に鋭く迫る井上氏も、原田勇についてはお関の語る「鬼のやうな」夫という紋切り型の表現以上に一歩も踏み込もうとしない。いいかえれば、お関の抑圧された身体は問題とされるが、原田の身体性はまったく顧慮されず、それゆえ彼が「鬼」に変貌する理由もいっさい問われない。井上論にかぎらず、文学テクストの読みに導入される身体論的視点は、多くの場合、女性の身体に集中する。それは、身体論的視点そのものが、これまで抑圧されてきた女性の身体やセクシュアリティの解放をめざす方法の一つであり、その強い意志が過去の欠損を過剰に取り戻そうとするため、もっぱら女性の身体が前景化するのと反比例して、抑圧する男性の身体が後景に埋没するという事態をまねくからだろう。「十三夜」論における原田勇の〈空白〉は、彼の実像を朧化させる間接話法のためもあろうが、男性＝原田勇の身体を読者の視野から排除しがちな身体論的コンテクストにおけるバイアスにも起因している。そして、そうした〈空白〉が原田の「鬼」に変わる契機への問いかけをも封印することになる。

二　原田勇の結婚

原田勇は、「奏任官」たる社会的地位と経済力を誇り、お関の無教養さを嘲笑し、「虐待」する「鬼」だと見なされる。だが、原田が「鬼」に変貌したのは、すでに見た（引用2）にあるように、結婚から「半年」後、つまりお関が太郎を〈妊娠〉した以後のことである。原田が変貌した〈その時〉が明白であるにもかかわらず、お関はなぜかその理由を考えようとしないし、原田も語るべきことばをもっていない。それゆえ北川氏[7]が言うようにひとまず「原田がお関を嫌う理由はテクストでは解らない」とすべきなのかもしれないが、ことは物語の起源にかかわる。たとえば、前田愛[8]は、原田のお関に対する不満の原因をお関の「自主性の乏しさ、人間的自覚の欠如」だとし、狩野啓子[9]は、夫婦間の「ディスコミュニケーション」の原因が、原田の新時代の家族観・家庭観に対応しきれない旧弊なお関との「カルチャー・ギャップ」にあるとする。要するに、この両説はともに夫婦間の亀裂の原因をお関の〈至らなさ〉＝前近代性に求めている。だが、そうしたお関の「欠如」や「旧弊」さを指摘する論理には当然原田勇の近代性が前提となるわけで、原田の見かけはともかく、その内実が本当に近代的人間かといえば大いに疑問が残る。しかも、それらの解釈は、妻の妊娠を契機とする夫の突然の変貌をいささかも説明し得るものでもない。一方、この夫婦間の亀裂を、双方の〈家〉の〈格差〉から生じた悲劇とする見方もある。だが、両家の〈格差〉は結婚以前から周知の事実であり、しかも妊娠までの「半年」間はお関も寵愛されており、〈格差〉そのものを変貌の原因とみるのは無理だろう。したがって、原田の「丸で御人が変は」る原因はやはり本文（引用2）にあるように「あの子が出来」たという事実、すなわち〈妊娠〉それ自体にかかわる何かだということになる。これは原田の〈外部〉から引き出される類推的解釈には限界があり、原田の内なる〈空白〉を問うことなしにその真相に迫れないということを示唆している。

　両家の〈格差〉の問題は、むしろ以下のように問い直されるべきだろう。そうした格差にもかかわらず原田はなぜこの結婚を強行したのか、その契機とは何だったのか、そして、それらと原田の変貌がどのように関係するのか、と。そこで二人の結婚の経緯をあらためて確認しておきたい。

　周知のとおり、この結婚は、原田側が一方的に強く望んだものだった。お関が「十七」歳の正月、「旧《もと》の猿楽町」の家の前でお関の姿を「はじめて見た」原田が「人橋かけてやい〳〵貰ひたが」ったのに対し、斎藤家の方は「御身分がらにも釣合ひませぬし」「まだ根つからの子供で何も稽古事も仕込んで」おらず「支度」にしても「只今の有様」では十分にできないとして「幾度断つたか知れはせぬ」ほどだ。それだのに、今更「身分が悪いの学校がどうしたのと宜《よ》くも宜くも勝手なことが言はれた物」だ、と母は憤慨する。

斎藤家が何度も固辞した縁談を、原田はなぜ強く望んだのか。それはいうまでもなくお関の美しい容貌に原田が一目惚れしたからだ。現に、母親はお関が「火のつく様に催促」された「恋女房」だと語っているし、冷静な父が「斯く形よく生れたる身の不幸」と述懐していることからもそれは明白だろう。「十三夜」という物語の発端のひとつは、こうした原田の結婚スタイルにある。原田は、「奏任官」という社会的地位にありながら、そうした階層に一般的な〈家〉の格式や釣り合いを重んずる社会規範的・政略的な結婚を選ばなかった。そのことは原田の次のことばに端的に示されている。

我《わし》が欲しくて我が貰ふに身分も何も言ふ事はない。

求婚相手の実家の零落ぶりも意に介さず、自分が惚れ込んだからには「身一つ」さえあればよい、とする原田の発言は、確かにいさぎがよい。それは一見結婚を〈家〉ではなく〈個〉を軸として考える近代的な結婚観を示すものとも見える。それゆえ、この発言や原田の家庭に舅・姑がいないという状況なども忖度し、原田の結婚観や家族観に新しさ＝近代的な進歩性を読みとる一連の見解も生ずる。しかし、原田の発言の背景には、やはり「奏任官」という「身分」の高さ、現実社会の勝ち組としての〈圧力〉がはたらいており、だからこそ「我《わし》が貰ふ」という自己の欲望を前面に押し出す強気のことばも可能だったに違いない。したがって、原田のこの発言は、「身分も何も言ふ事はない」という後半よりも、「我が欲しくて我が貰ふ」という前半にアクセントがある。つまり、原田のことばは、「身分」の格差を否定する近代的な進歩性を意味するのではなく、自己の欲望に性急な、社会の勝者たる人間の倨傲のあらわれであって、そうした力を背景にお関の美貌の身体を無理にも獲得しようとする自己中心的な発言だった、ということになる。実際、お関の意志を無視した原田の一目惚れを〈個〉としての人間性を認識した近代的恋愛とするのはいささか無理があるし、当然のように「芸者」遊びに興ずる彼を近代的な結婚観の持ち主とするのもそぐわない。原田の性急な求婚は、むしろお関の美貌の身体をエロス（性愛）の対象としてまなざす欲望のあらわれであり、その「形よく生れたる身」を身分や金銭にモノをいわせて強引に自己の所有物とした＝買い取ったということである。妊娠による原田の変貌も実はそうした結婚スタイルと深く関連している。

三　お関の結婚

お関の結婚は「妾」や「手かけ」ではなく、正式な「結婚」という〈形〉をとった。母親に次のようなことばがある。

謂はゞ御前は恋女房、私や父様が遠慮して左のみは出入りをせぬといふも勇さんの身分を恐れてゞは無い、これが妾手かけに出したのではなし正当にも正当にも百まんだら頼みによこして貰つて行つた嫁の親（上）

だが、この「正当」な結婚の実態は、「根つからの子供」だったお関にすれば「親々の言ふ事なれば何の異存を入れられやう」もない縁談だったわけで、結局は親たちの意向でお関の容貌＝身体が原田の身分や金銭と交換される「結婚」にすぎなかった。つまり、お関の結婚は皮肉なことに母親が否定した「妾」や「手掛け」と同質の結婚だったわけで、お関の「身」はいわば金デ身ヲ売ル娼妓とさほど変わるところがない。

その意味で、お関は「たけくらべ」の美登利とも確実に通底している。たとえば、美登利の女王様たる権勢は、その美貌や気位の高さもあるが、子供に似つかわしくない多額の金銭を自由にできる経済力によるところが大きい[10]。しかも、その金は大黒屋で御職を張る姉太夫の身体と交換された金銭、もしくは美貌ゆえにまもなく高い商品価値をもつはずの美登利の身体に先行投資された金銭にほかならない。いずれにせよ、それは性的欲望を満たすために女性の身体と交換される金銭なのだ。むろん、お関の結婚は、遊郭という特殊な世界ほど露骨に〈身体と金銭の交換〉という構図を露出させるわけではないが、それは結婚というタテマエが隠れ蓑になっているだけで、実態は美登利の境遇と変わらない。いやむしろ、その実態が〈結婚〉という近代的家族制度のオブラートに包まれ、隠蔽されているぶんだけ、かえって内側に構造化され、根の深い問題となっている。

たとえば、美登利がとりこまれる〈遊郭〉という空間は、公権力によって囲われた〈人外〉すなわち社会的規範をはずれた世界である。その逆説的な特異性によって、〈女性の身体〉が〈金銭〉という抽象的な記号を介して交換される性的な〈商品〉だという「経済学＝エコノミー」の原則をあらわに可視化する世界である。そこでは、女性の〈身体〉を「商品」化する男性の特権的な〈欲望〉が、〈金銭〉の多寡というむきだしの経済力に数値化され、平準化される。つまり、女性の〈身体〉を支配する男性原理が〈金銭〉という交換価値の記号に還元され、その抑圧的な性差や欲望そのものが実は経済原則に基づく支配構造の結果であることを白日の下にさらす。それゆえ、上野千鶴子[11]によれば、〈金銭〉によって媒介された男女の性（セックス）は、両者をその場だけの対等の関係（貸し借りなし）にし、同時にその性（セックス）は、男性には「性行為」だとしても、女性にとっては「経済行為」でしかない、ということになる。私見によれば、そうした非対称の関係に立つことで、女性の身体はひとまず男性原理に一元化された抑圧的構造を相対化する。「遊郭」は、その意味で「性」のエコノミーを端的に明示し、男性のセクシュアルな欲望の内実を逆照射するシステムといえる[12]。

一方、お関の「正当」な「結婚」生活とはどのようなものだったのか。それをひとまず同時代的コンテクストの中にすえて見直してみよう。

たとえば、明治二十一年十月頃に作成された旧民法の「第一草案」では「婦其夫ノ氏ヲ称シ其身分ニ従フトキハ之ヲ普通婚姻ト云フ」とあったものが、明治二十三年の旧民法規定（人事編二三四）では「戸主トハ家ノ長ヲ謂ヒ家族トハ戸主ノ配偶者及ヒ其家ニ在ル親族、姻族ヲ謂フ／戸主及ヒ家族ハ其家ノ氏ヲ称ス」となり、明治三十一年の民法旧規定では「（七三二　1）戸主ノ親族ニシテ其家ニ在ル者及ヒ其配偶者ハ之ヲ家族トス／（七四六）戸主及ヒ家族ハ其家ノ氏ヲ称ス／（七八九）妻ハ婚姻ニ因リテ夫ノ家ニ入ル　入夫及ヒ婿養子ハ妻ノ家ニ入ル」となる。(13) その差異の端的な例は結婚後の〈姓＝苗字〉であって、それが「第一草案」では単に「夫の氏」とされたものが、旧民法では「夫の家の氏」となり、民法旧規定になるとさらに「家」が頻出し、「家」のウエイトが重くなり、前景化してゆく。他の用語でも、「第一草案」では「夫権」とされていたものが、旧民法では「父権」「戸主権」「家長権」となってゆく。こうした変化は、明治帝国憲法発布（明22）以来の近代の法体系の整備が、いかに家父長制的イデオロギーの浸透に腐心し、その専制的支配力の強化につとめたかを物語っている。それは同時に、〈妻〉という存在が、夫一人にかしづく存在から「家長」である夫の君臨する「家」に隷属する存在へと変化してゆくことを意味する。

明治二十年代以降、急速に〈近代化〉されてゆく家父長制的〈家〉の背後では、一方でそれを裏支えする「良妻賢母」という徳目も強化される。たとえば、「良妻」は「性」を含む夫への服従と日常的な「家事労働」の担い手として、また、「賢母」は〈家〉の「跡継ぎ」を筆頭とする子供たちの出産係や養育係として、女性の〈身体〉はひたすら〈家〉の経営と存続のために献身させられる。しかも、その献身は、男性原理的な経済原則の下で「収入」を生まない身体と規定され、「収入」を生む家長の下位に隷属させられる。その結果、〈個〉としての女性の〈身体〉や〈性〉は、規範化された家父長制的〈家〉の奥深くに構造化され、抑圧される。横暴な夫・原田が「家長」として君臨するお関の「結婚」生活も、実態はそうした専制的な家庭だったはずで、彼女の女性たる〈身体〉も原田家に献身すべき「良妻賢母」としての隷属を強いられたに違いない。とすれば、お関の「正当」な「結婚」は、むしろ〈個〉としての女性の〈身体〉や〈性〉を抑圧する男性原理的な経済原則を隠蔽し、構造化する隠れ蓑としてのタテマエであったにすぎない。

四　家長の役割と父の説得

ところで、こうした〈家〉の形成過程は、いうまでもなく明治維新後の〈身分の再編成〉とも深く関わっている。この〈家〉は、かつての封建的な身分制度のように固定した社会階層に帰属する単位ではなく、繁栄（上昇）も零落（下降）もある不安定な単位である。

〈家〉それ自体の組成も、一族郎党が緊密なネットワークを形成する〈大きな家〉と異なり、基本的には夫婦の「婚姻」を軸に分割され、孤立した〈小さな家〉（単婚小家族）である。したがって、ここでの身分の再編成とは、そうした「流動化」のなかで「立身出世」に象徴される競争社会の新たなヒエラルキーの形成を意味する。旧来の身分制度の崩壊は、結果として一種のモラルハザードを、すなわち封建的な〈家〉制度の下で保持されていた価値観（倫理）の衰退をもたらす。そして、新たな勝者の指標として浮上するのが富の多寡すなわち経済力である。つまり、近代の〈家〉に君臨する〈家長〉の能力は、ひとえにその経済力・経営的手腕にかかっており、斎藤家の現〈家長〉であるお関の父親にしても例外ではない。すでに零落した隠居の身の父にとって、〈家長〉としての役割を果たせる唯一残された手段は、娘や息子を経済的にいかに有効利用するかだけであった。そうした父のホンネは、お関の「説得」にかかる直前にふと漏らした感慨に端的に表れている。

お関のことばを聞くや「猛つて前後もかへり見ず」憤慨する母親とは対照的に、父親は「先刻《さきほど》より腕ぐみして目を閉ぢ」ている。そして、母親を静かに制した父親は、あらためて娘に「落ついて問ふ」たあと、「歎息して」「暫時《しばらく》阿関の顔を眺め」つつ以下のような感慨にふける。

大丸髷に金輪の根を巻きて黒縮緬の羽織何の惜しげもなく、我が娘ながらもいつしか調ふ奥様風、これを結び髪に結ひかへさせて綿銘仙の半天に襷がけの水仕業さする事いかにして忍ばるべき、太郎といふ子もあるもの

なり、一端の怒りに百年の運を取はづして、人に笑はれものとなり（上）

引用末尾の「百年の運」という一語は、父が思わずもらしたホンネだったに違いない。すでに老いた〈家長〉にとって、「奏任官」原田と娘の結婚は、手詰まりの現状を打破できる予想だにしない千載一遇のチャンスだった。だからこそ、父自身、この「運」を「取はづして」は斎藤家の将来もないと考えたのであろう。むろん、娘の不幸に同情しないわけではないが、この「運」は父が果たすべき〈家長〉としてのつとめ、すなわち零落した家運を少しでも挽回するための一筋の光明だった。その必死さが父親をより冷静な打算に向かわせ、この「百年の運」だけは守るという決意から逆算した後づけの論理で固めた「説得」へと駆り立ててゆく。

父親のお関に対する説得の前半は以下のような論法で展開される。まず自分の言い分は「無慈悲」に思えるかもしれないがお前を「叱る」わけではない、とやさしく前置きし、次に原田の立場に対する弁護と理解を促した上で、「彼れほどの良人を持つ身のつとめ」や「妻の役」を強調し、さらに「身一つと思へば恨みも出る、何の是れが世の勤めなり」と語る。この前半の要点は、「つとめ」や「役」割の強調と、娘の結婚を「身一つ」の問題から世間一般の「勤め」にずらした点である。「つとめ」や「役」割や世間的「勤め」とは、本来、〈家長〉の職分にこそ似つかわしいキィワードであり、そこには父自身の潜在的な欲望がはからずも透けて見える。

説得の後半では、〈家長〉としての欲望がさらにむき出しとなって娘を追い込む。第一に亥之助が「昨今の月給に有ついた」のも原田の「口入れ」が効いたとする「七光どころか十光」の「恩」の強調、第二に「親の為弟の為」や「太郎といふ子」のための「辛抱」と〈母性愛〉の強要、第三に家族全員で「涙は各自《てんで》に分けて泣かうぞ」という〈家族愛〉の押し付け、これらを重ねて「因果を含め」、最後は父自身も「目を拭ふ」て見せる。この父の涙をも演技だと言えばいささか酷にすぎるかもしれないが、「恩」と「辛抱」と〈母性愛〉と〈家族愛〉を次々と突き付ける父の論法は、娘の逃げ場を周到に塞ぐ十分に戦略的な言説である。「百年の運」は、娘お関のためというより、

〈家長〉として新たな競争社会に適合できず、没落士族らしき不遇に甘んじる父自身が苦しい現状から這い上がるためにこそ必要な〈僥倖〉だった。

家族全員で「涙」を共有しようという一見やさしげな父の説得も、〈家族愛〉という美名とは裏腹に、〈家〉のために〈人身御供〉になれかしという要請にほかならない。お関の心情よりも斎藤家の将来を優先した父の説得は、あくまでも〈家長〉の論理であり、けっして娘の幸福を願う〈父〉の論理ではない。また、しばしば説得の決め手とされる息子太郎への〈母性愛〉にしても、父の論点は、母子間の〈親子愛〉への心配ではなく、原田家の〈跡継ぎの母〉という立場の放棄、すなわち原田家との「縁」の「切れ」を気遣う物言いでしかない。もちろんお関は「太郎の母」を断念するか否かでさんざん悩みぬき、それを断腸の思いで断ち切ることでやっと「離縁」の決意を固めたわけで、その悩みは今も胸中にある。その苦悩を知ればこそ父は逆にその弱みにつけこみ、「母」たるつとめを果たせと冷徹に責めたのである。いいかえれば、父の説得は、「母性愛」という名の社会規範的な役割＝母性神話をふりかざすことで、暗に原田の妻にもどれと命じたに等しい。むろん、そこには父自身のひそかな欲望と家父長的な男性原理による経済学が機能している。

極論すれば、父の説得に潜む隠された意図＝家父長的論理の暗黙の強制こそ、あの原田の横暴よりもさらに根深い、お関の真の不幸（悲劇）を胚胎する基盤だったともいえる。したがって、「百年の運」にすがってお関の〈身体〉を「商品」として原田の身分や〈金銭〉と交換し、斎藤家の将来を買おうとする父の〈説得〉に、何らかの〈合理性〉や〈善意〉を汲みとる見解にはおよそ同意しがたい。たとえば、山田有策[14]はそこに「人生の荒波をかいくぐってきた家長としての重み」を見、高田知波[15]はお関の「捕捉していなかった新しい理論」すなわち「弟亥之助の存在に象徴される斎藤家の〈家の理論〉」を発見し、田中実[16]は「家族共同体」の共有する「涙」の〈一体感〉に支えられて再び「原田家の中で生きる勇気」を読みとる。これらの見解に共通しているのは、抗弁するコトバを封殺されたお関の身体に寄り添おうとするまなざしが欠落していることである。そこには父の論理を支える抑圧的な家父長制原理に基づく〈経済学〉への無意識の加担と、お関の〈身体〉をセクシュアルな「商品」とまなざす視線への無自覚な同調が潜在している。あるいは、父の説得を〈是〉とする解釈の背後には、お関の決断をした〈離婚〉を当時の社会規範に反する異例な行動として過大視する〈常識〉が横たわっているかもしれない。しかし、「離婚離縁は今の我が国に普通の習慣となり、人も見て怪まざる程の有様となれる」（「女学雑誌」十七号、明19・3・5）とあるように、「明治時代半ば過ぎまで離婚がとても多い社会」で、その離婚率は昭和四十年前後の「三倍近く」、近年に比べても「五割近く高」かった。[17]つまり、家父長制的〈家〉意識の浸透は、それ自体、特に離婚を抑止するものではない。現に、明治期の方が今日よりも〈離縁〉を「普通の習慣」ととらえる社会だったわけで、お関の離縁もありがちな事例の一つ、とりたてて後ろ指をさされる反世間的な行動ではなかった。とすれば、翻意を促す父の〈説得〉は、世間体一般（世のつとめ）に従う言説だったわけではなく、あくまでも父自身の個人的な動機にからむ〈戦略〉的言説だったということになる。つまり、父の説得は、美しいことばで語られたタテマエとは別のホンネ、要するに家父長的な男性原理による経済的な欲望を実現するために発せられたものだったと解すべきだろう。

五　お関の限界

父の説得がどうであれ、お関が原田家の〈跡継ぎの母〉という役割によって斎藤家の将来に望みをつなぐ〈人身御供〉となったことは揺るがない。事実、父の説得に応じたお関は、〔引用3〕に見たように「私の身体は今夜をはじめに勇のものだと思ひまして、彼の人の思ふまゝに何となりして貰ひましよ」と語り、いわゆる「人形妻」[18]になることを宣言する。それはとりもなおさずお関が金デ身ヲ売ル遊女と同様の「商品」になることを意味するが、こうした部分をさして、前田愛[19]のようにお関に潜在的な「娼婦性」があると言うのは当たらない。そもそも「娼婦性」とは、お関の資質として備わった内的な属性などではなく、彼女の「形よく生まれた身」に「商品」的価値を見出す原田や父親の視線の産物にほかならない。つまり、女性の身体を性的欲望の対象とし、それを金銭と交換し得るモノとみなす経済学によって制度化された男性側のまなざしこそ「娼婦性」を生み出す温床なのである。いいかえれば、経済的に優位に立つ男性側の一方的なエロス幻想のおしきせが生んだ神話のひとつ、それが「娼婦性」の正体にほかならない。

問題は、お関が父の説得を字義どおりにうけとめ、その本質を理解することなくみずから受けいれてしまったことである。いささか厳しいが、彼女は家族の〈涙〉という感傷的気分にほだされ、ややナルシスティックな犠牲的精神の中で自分の〈役割＝悲劇的ヒロイン〉に自足し、父の説得が金デ身ヲ売ル遊女と同じ境遇のおしつけだという認識ができなかった。そこにお関の〈限界〉があるが、その〈限界〉を、自我の欠落した前近代的（封建的）女性だとあげつらい、裁断しても意味はない。事実、お関はもともと庶民的な下町の少女であり、高等教育を受けたわけでもなく、特に思慮深い人物として描かれたわけでもない。そうした裁断は読者の問題であって、お関の問題ではない。

お関の〈限界〉は、父の説得を漫然と容認した点にだけあるのではない。彼女の〈限界〉は、自身の夫婦生活における〈亀裂〉もしくは夫の不満の原因について何ら思いをめぐらし得なかった点にもあらわである。たとえば、夫婦間の亀裂を訴えることばの中でお関は夫・原田の自分に対する不満を次のように語っている。

唯もう一から十まで面白くなく覚しめし、（中略）夫れも何うい ふ事が悪い、此処が面白くないと言ひ聞かして下さる様ならば宜けれど、一筋に詰らぬくだらぬ、解らぬ奴……と仰ります る、（中略）御父様、御母様、私は不運で御座ります

要するに、お関は原田が彼女の何に不満なのかさっぱり解らないと訴え、ただもう自分の「不運」を嘆くばかりな

のだ。たとえば、結婚後「半年ばかりの間は」「下へも置かぬやう」に扱ってくれた原田が、なぜ突然「御人が変」わったのか、その変化の引き金は何だったのかをお関は少しも直視しようとしない。

一方、お関への不満を言いつのる原田は、なぜ自身の口から「離縁」を切り出さないのか。原田の立場からすれば「離縁」の口実はいかようにも言い立てられたはずだし、かつての「三行半《みくだりはん》」と同様、当時の離縁状も圧倒的に男性優位の社会だったことは言うまでもない[20]。まして、身分や教育の格差は結婚前から百も承知のはずで、となると、原田が口にする「身分が悪いの学校がどうした」というお関への「不満」も、彼の本意ではなく、自分でもよくわからない〈鬱積〉から発せられた八つ当たりだった可能性が高い。原田の「邪慳」は、お関への具体的な「不満」からというより、彼自身の〈鬱積〉の発散であって、彼は本気でお関を「離縁」したいとは考えておらず、それどころか内心ではまだ未練たっぷりで、だからこそ自分から「離縁」を言い出さないのではあるまいか。実際、たとえ「嘲つて仰しやる」ことばにもせよ、原田は太郎の乳母として「置いて遣はす」と語り、しかも「御自分の口から出てゆけとは仰りませぬ」とあることからも、お関との「離縁」は彼の本意ではなかったように思える。原田は、奇妙な自身の〈鬱積〉にただもう苛立ち、お関に八つ当たりしているだけではなかろうか。

六　原田の鬱積、高坂の破滅

それでは、原田の〈鬱積〉とは何だったのか。先の〔引用2〕に見たように、結婚から「半年」後、原田はお関の「懐妊」を知るや「丸で御人が変」わってしまう。つまり、原田はお関が〈母〉になった途端、その存在を憎悪し始める。これは、もともとこの結婚がお関の美しい身体を原田の身分や金と強引に交換したように、原田がお関の身体をもっぱらエロス〈性愛〉の対象であるセクシュアルな「商品」として見ていたことを意味する。そのエロスの対象である〈妻〉の身体が突然〈母性〉に変化したとき、原田は予想外の事態に驚き、女性の身体を見つめるまなざしの基盤が崩れ、焦燥し、〈鬱積〉をつのらせたのではあるまいか。

「物の道理を心得た、利発の人」で「随分学者でもある」原田は、いわば高等教育を糧に世間もうらやむ立身出世を実現した明治期日本の誉れの男性である。だが、その内実は、結婚相手の女性の身体をセクシュアルな「商品」とまなざし、夫婦関係をもっぱらエロス的セクシュアリティだけで捉える未熟な存在にすぎない。〈妻〉が〈母〉に変わり、自身も〈夫〉から〈父〉への変化を迫られる事実に狼狽し、八つ当たりをする名のみ「立派」な男、それが「奏任官」原田の実態だった。したがって、原田の豹変は、心理学的には「幼児返り」の一種――新たに生まれた弟妹に母親の愛情を奪われたと感じる子供や、生まれた子供に妻の愛情を奪われたと感じる夫たちが「幼児化」する状態――ともいえよう。一方、夫の「不満」の原因を理解できず、我が身の「不運」をただ嘆き続けるお関もまた、そうした関係性の変化を知ることのない存在として、その〈限界〉を露呈している。

ところで、お関の「懐妊」を契機に「人が変」ったのは原田勇ひとりではない。お関の結婚後、放蕩に身をもち崩した高坂録之助が、周囲の勧めにまかせて色白で美人と評判の「杉田や」の娘と捨て鉢の結婚をしたのもまた、お関の「懐妊」が契機であった。

何なりと成れ、成れ、勝手に成れとて彼《あ》れ（「杉田や」の娘）を家へ迎へたは丁度貴嬢が御懐妊だと聞ました時分の事（下）

録之助の転落はむろんお関の「結婚」に始まる。だが、それが独り身の「放蕩」にとどまらず、妻子をも巻き込むきわめて悲惨な「放蕩」にのめり込むきっかけは、ほかでもないお関の「懐妊」だった。なぜお関の「懐妊」が録之助を後戻りのきかぬ転落へと追い込んだのか。たとえば、お関の「結婚」が原田の社会的地位に対する録之助の現世的敗北だとしたら、「懐妊」はお関が身体をもって録之助の存在を抹消する絶対的な敗北のシルシであった。つまり、録之助がお関の「懐妊」に見たのは、みずからの身体に別の新たな生命を宿すという女性の身体性、すなわち男性が感知し得ない絶対的〈他者〉としての女性の身体であり、新たな生命の宿りはそこに刻印されたスティグマ〈聖痕＝烙印〉だった。その超えられぬ他者性の衝撃が、録之助を現実世界の埒外へと連れ出し、自身を徹底して傷つける痛みでしか生の実感を得られぬ〈自傷行為〉の泥沼へと向かわせる。再会した二人がしばし昔話を交わしたのち、お関がかつての「夢の様な恋」という感傷に浸って「私が思ふほどは此人も思ふて、夫れ故の身の破滅かも知れぬ」とひとりごちたのに対し、「何を思ふか茫然とせし顔つき」で「左のみは嬉しき様子も見えざ」る録之助の目にはもはやお関の存在さえも現実ではない。別れ際に「紙づゝみ」を手渡された録之助が「思ひ出にしまする」と語りながら、一方で「別れ」の「惜し」さを「是れが夢ならば仕方のない事」ともらすのは、彼には「思ひ出」も目前の現実ももはや夢幻の世界＝他者の世界でしかないことを意味する。お関の「懐妊」という女性の身体のスティグマは、録之助の現実世界そのものを打ち砕く新たな〈他者〉の闖入だった。

　社会の中心にあって立身出世の階段を上昇する原田勇と、社会の周縁にあってささやかな〈幸福〉を夢見た高坂録之助と、対照的な二人の男がいずれもお関の「懐妊」を契機に歯車を狂わせてゆく。彼らはともにお関に魅かれたにもかかわらず、その女性の身体が子供を孕む〈母性〉に変じたことにたじろぎ、その現実を容認できない。勇がエロス的なセクシュアリティの対象である美人の妻を、録之助がささやかな〈幸福〉をともにすべき可愛い妻を、それぞれお関に求めながら、ともに「懐妊」によって自分を見失うのは、彼らの愛が結局は男性原理の経済原則に基づく自身の内なる幻想を投影した〈女性的セクシュアリティ〉の押しきせであり、そこに〈他者〉としての「性」である〈女性の身体〉が不在だったことを物語る。その意味で、社会の内と外に向かう勇と録之助の歩みがいかに懸け離れて見えようと、他者である女性の身体性を直視し得なかった点において、二人は同じコインの裏表だといえるだろう。

七　プリーグナント・ブルー

いわゆる「マタニティ・ブルー maternity blue」ということばがある。

一般的には「マタニティ」は、心身ともに負担の大きい妊娠期間中の女性の抑うつをさすが、原語の「maternity」は必ずしも妊娠期間中だけを意味しない。カタリーナ・ドールトン[21]によれば、「マタニティ・ブルー」には「ベビー・ブルー」「出産ブルー」「産褥ブルー」「産後ブルー」がある。つまり、「マタニティ」とは妊娠・出産・出産直後・出産後をトータルに意味する形容である。しかし、妊娠や出産がすべて〈母体〉にかかわる問題である以上、「マタニティ」という事象は、女性という「性（ジェンダー）」に限定される。しかし、お関の「懐妊」が原田勇や高坂録之助にも深く影響したように、妊娠にまつわる「ブルー」は女性のみならず男性の側にも存在する。したがって、妊娠にともなう「ブルー」を両性に等しなみに生ずる問題として措定しようとすれば、それなりに新しい表現が必要となる。性別にかかわりなく妊娠という事態にかかわる抑うつ、それを仮に「プリーグナント・ブルー（Pregnant blue）」と名づけてみよう。とすれば、お関の妊娠に発する原田勇の〈鬱積〉＝八つ当たりや高坂録之助の「放蕩」＝自傷行為は、ひとまず「プリーグナント・ブルー」として括れるだろう。

お関の「懐妊」にうろたえる原田や録之助の「プリーグナント・ブルー」は、ひとくちにいえば妊娠という女性の身体に刻まれたスティグマが告知する〈他者性〉に対する男たちの動揺や錯乱を意味する。それは男性原理的な社会規範に大きな揺さぶりをかける震源であり、父親になりきれない原田の未熟さ、すなわち日本の近代化の中核を担った「立身出世」主義を体現する男たちの脆弱な内実を露呈させるものでもある[22]。つまり、見かけは立派な「奏任官」の家庭でさえ、実は少しも「近代的」ではなく、かの遊郭と同様の論理、すなわち女性の身体を商品として金銭（身分）と交換し得るモノとみなす男性原理的な経済学の支配する場にすぎないという現実である。とすれば、

「思ふまゝに何となりして貰ひましよ」と投げ出されるお関の「身体」は、日本の近代化を推進する男性原理の〈経済学〉に抑圧された最も無残な〈人身御供〉であるとともに、家父長制的な〈家〉の内部に巣くう近代の病理や限界を鮮明に逆照射する〈合わせ鏡〉であった。「十三夜」の物語が片見月という題名をもつのは、単に男女の結ばれぬ恋の譬えというより、日本の近代が個としての女性の身体を排除する男性側の一方的なまなざし（片見）によって編成された片翼の世界であったことの隠喩だろう。真の他者である女性の身体に目をそむけた男性原理のまなざしは、女性の身体をもっぱら金銭との交換が可能な記号としてのみ欲望し、独立した個としての女性との出会いや男性自身の身体を直視する目を獲得することは困難であった。十三夜の「月」はそうした「おもふ事多」い近代の闇を映し出す〈明鏡〉として照り続けている。

注

（1）北川秋雄『一葉という現象』（平10・11、双文社出版）参照。

（2）菅聡子『時代と女と樋口一葉』（平11・1、日本放送出版協会）は「第五章　二つの〈制度〉／二『十三夜』の闇」で「たとえば、『上』の場面において、お関の夫原田勇の実像と真意は不明のままである。なぜなら、原田はお関の言葉のなかにしか存在しないからだ。よって、お関の訴えを原田の側から検証し対象化することはできない」と述べている。

（3）紅野謙介・小森陽一・十川信介・山本芳明「『十三夜』を読む」（「文学」平2・1、岩波書店）では数ヶ所の「身」に注が付されているが、その内容はおおむね文意の説明にとどまっている。たとえば「太郎と言ふ子もある身」について「親に対する『娘』という意識が濃厚だった記述から、『離縁』という言葉によってこの娘が『妻』でもあるということがわかっていく。ここは彼女が自分の身を『母』として対象化するところで、そこに最も強い執着があることがわかる」とされる。また、「此身一つの心」については「子・夫・親・弟といった他者（男）との関係性の中で位置づけられている役割としての『身』が、『離縁』を不可能にしているとすれば、『離縁』を決断する『心』はそうした関係性から切り離された、『身一つ』にやどるしかない」とされる。だが、それを作品の核とする指摘はない。

（4）井上理恵「無限の闇――『十三夜』」（『樋口一葉を読みなおす』平6・6、學藝書林）参照。

（5）中川成美『語りかける記憶　文学とジェンダー・スタディズ』（平11・2、小沢書店）「さやけき月の夜に――樋口一葉『十三夜』論」参照。

（6）ただし、「家事労働」の問題は、一連のフェミニズム論者が発見し理論化してきた問題系のひとつである。たとえば、ヨーロッパにおける家事労働論争（クーン&ウォルプ『フェミニズムと唯物論』、ナタリー・ソコロフ『お金と愛情の問題』など）の問題提起、あるいは一九五五年以降日本で展開された三次にわたる主婦論争（『主婦論争を読むI、II』、日本女性学会パンフレット『女性解放の視点から見た家事労働』）、さらにはこれらをふまえた上野千鶴子の一連の仕事（『資本制と家事労働』や『家父長制と資本制』など）によって強調されてきた。上野氏は端的に「女の問題を考えるには『家事労働』の理解が核心的である」（『家父長制と資本制』「あとがき」）と述べている。

（7）（注1）に同じ。

（8）前田愛「十三夜の月」（『樋口一葉の世界』昭53・12、平凡社選書）参照。

（9）狩野啓子「関係性の病い――『十三夜』の照らし出す近代――」（「日本文学」平9・1）は、お関と原田の「ディスコミュニケーション」は原田の新時代の家族観・家庭観に対応しきれない旧弊なお関との「カルチャー・ギャップ」と論じる。

(10)「たけくらべ」(三)に「子供に似合はぬ銀貨入れの重き」とある。
(11)上野千鶴子『発情装置』(平10・1、筑摩書房)参照。
(12)むろん、「遊郭」をはじめ〈買春＝売春〉は「「女が自分の性を男に売る」ビジネスではなく、「男が男に女の性を売る」ビジネス」であって、セクシュアルな市場経済の主宰者は圧倒的に男性が多く、その利益を独占するのも男性である。(注11)参照。
(13)熊谷開作『(増補再版)歴史のなかの家族法』(昭38・5、酒井書店)参照。
(14)山田有策「一葉ノート・2『十三夜』の世界」(「学芸国語国文学」昭52・2)参照。
(15)高田知波「『十三夜』ノート」「近代文学研究」昭59・10)参照。
(16)田中実「『十三夜』の雨」『日本近代文学』第37集、昭62・10)参照。
(17)湯浅雍彦『明治の結婚　明治の離婚──家庭内ジェンダーの原点』(平17・12、角川選書)参照。
(18)(注8)に同じ。〔引用3〕の部分を引きつつ、前田氏は「人形妻を決意することにはかない抵抗の途を求めようとする」と述べている。
(19)(注8)に同じ。前田氏は以下のように述べる──「少女時代に録之助の煙草店に立ち寄って『巻煙草のこぼれを貰ふて、生意気らしう吸立て』たこともあるお関には、両親の眼の前で煙草をくゆらして平気でいる蓮葉なところがある。実家の門口で戻ろうか戻るまいかの思案に耽るうち、父親から声をかけられて『おほゝと笑ふて、お父様私で御座んすといかにも可愛き声』を発するお関には意識しない娼婦性がある。そのような心の奥に潜む娼婦性が『頑是ない太郎の寝顔を眺めながら置いて来るほどの心』につながっているわけである」──と。
(20)(注2)に同じ。菅は「離婚に関しても、明治の離婚の形態は女性の側に不利なものであった。妻の側からの離婚請求が、最終的には夫の側から『三行半』を出すという形に収められるのに対して、夫の側が離婚を望んだ場合には、法律上はどうあれ、事実上『三行半』をつきつけさえすればたやすく離婚することができた」と述べている。

（21）カタリーナ・ドールトン著〝*Depression after Childbirth*〟（*1980, London*）邦題『マタニティ・ブルー　産後の心の健康と治療』昭57・11、誠信書房、上島国利・児玉憲典共訳）

（22）原田の鬱積には、女性の身体の〈他者性〉に対する動揺のみならず〈産む性〉へのひそかな脅えが内包されていた可能性もある。たとえば、原田の「奏任官」という社会的地位は、封建的身分制度による安定した「身分」ではなく、近代の競争原理のもとで「教育」を足場に必死の思いで獲得された「立身出世」の成果である。つまり、「世間に褒め物の敏腕家」には「外では知らぬ顔で切つて廻せど勤め向きの不平」といった苦労も絶えないわけで、その身分は日々の競争にしのぎを削り続ける不安や焦燥を内包している。一方、「形よく生まれたる身」ゆえに玉の輿にのったお関の「立身出世」＝「奥様」の地位も、原田の機嫌一つに振り回される不安定なものだが、お関がひとたびその〈家〉の跡継ぎを産む〈母〉となれば「奥様」の地位は格段に重みを増す。原田が必死で獲得した「立身出世」の〈家〉も、お関の〈産む性〉によっていつの間にかその足元を侵食されてしまう。つまり、お関が跡継ぎ「太郎」を妊娠すると同時に「鬼」と化した原田の八つ当たりには、そうした〈産む性〉が彼の築いた〈家〉の内部で確実に根をはってゆく女性の身体の強固さへの無意識の恐れも含まれていたかも知れない。

（補注）本稿は、二〇〇二年十一月二日、日本近代文学会関西支部秋季大会（奈良教育大学）での口頭発表に加筆した物である。

「たけくらべ」の擬態
――裏声で歌われた戦争小説――

はじめに

「たけくらべ」は、後述するように日清戦争のさなかに起稿され、物語の時間と戦時が合致し、作者一葉も戦争の行方を注視していた。だから、「たけくらべ」には〈戦争〉の影があって当然なのだが、その観点を軸に作品全体を見通す論考を寡聞にして知らない。たとえば前田愛の「子どもたちの時間」[1]は、明治の期待される少年像として「立身出世を夢見て刻苦奮闘」し「国家有為の人材」となる「勤倹力行の少年像」とは逆に、「たけくらべ」の「子ども」たちが「アソビの相」で描かれていることに注目する。特に「遊戯者としての子ども」の象徴である美登利の初潮に「大鳥大明神にささげられたいけにえの証し」すなわち吉原で娼婦となる「美登利に負わされた性と金銭の穢れや罪障」を見出だす。前田氏は、その「遊び女に再生するため」の「少女」の「死」を「子どもたちの時間」の「終わり」とし、吉原周辺に迫る都市化の波とともに大音寺前の「子どもの世界」を消滅させた「見えない力」を「近代」だと結論づけた。明治政府が奨励した立身出世による「近代」化とはむろん「富国強兵」の謂だが、前田論の「近代」には金銭の論理を強いる「富国」への道筋はうかがえても、もう一方の「強兵」やその末路である〈戦争〉への通路が見えない。数ある「たけくらべ」論においても事情は同様なのだ。

そうしたなか、小森陽一[2]は「たけくらべ」に日清戦争前後の日本社会の「格差」を見る。格差は「近代の学校教育の病」にも及ぶが、特に「検査場」の場面に「近代国民軍」の「大きなかなめ」である「兵士の性的欲望を満足させる装置を軍隊と売春制度を一緒に構築」する「論理」が集約されるとし、一葉はその格差を「売買春の問題をとおして描きだそうとした」とする。小森氏はレイプや売買春が〈戦争〉と「密接不可分に結びつ」き、売買春は「お金を介在させて女性の〈言葉〉を奪う」行為であり、それが「最も強化される」のが戦時であって、「たけくらべ」は「子どもたちの世界をとおして、国家が管理する売春の現場である吉原」で「人間が人間でないものにさせられていくプロセスを描いた」物語だと論じた。たしかに〈戦争〉の影は「検査場」にも落ちているが、そうした一部分に限らず、日清戦争は「たけくらべ」全体に深く刻みこまれているのではなかろうか。それはいわば日清戦争を丸ごと内蔵する裏声で歌われた〈戦争小説〉なのではあるまいか。以下、その点に焦点を絞って一編を読み直してみたい。

一

「たけくらべ」の冒頭（一）は、「廓内」に隣接する「大音寺前」の「よそと変わ」った「風俗」や生活ぶりなど、物語世界を包みこむ〈空気〉から語り出される。ただし、物語の展開は「八月廿日」の「千束神社のまつり」を二日後にひかえた「十八日」の夕暮れ近く（二）に始まり、十一月末の「三の酉」が終わって「表町は俄に火の消えしやう淋しく成」った後の「或る霜の朝」（十六）で幕を閉じる。

作品内の時間については、早く青木一男[3]が一葉の下谷竜泉寺在住当時の日記と作品内容との類似などから「明治二十六年の（夏から秋へかけての）物語」とする。もっとも、当年（明26）の酉の市は「二の酉」までで、それもきわめて印象的だったために「塵中日記」（明26・11・20）に「二の酉のにぎはひは此近年おぼえぬ景気といへり　熊手かねもち大がしらをはじめ延喜〔縁起〕物うる家の大方うれ切れにならざるもなく十二時過る頃には出店さへ少く成ぬとぞ　廓内のにぎはひをしてしるべし」と記されている。しかし、作中の描写は「二の酉」ではなく「此年、三の酉まで有りて」（十四）の様子なのだ。和田芳恵[4]によれば「明治二六年の秋には『三の酉』がなく、本郷丸山福山町へ引越した翌二七年が三の酉まであった」。つまり、物語の時間は、竜泉寺在住時（明26・7～明27・5）ではなく、また執筆時（明28・1～明29・1）でもなく、なぜか作品発表の前年、明治二十七年の八月から十一月末頃の設定である[5]。この微妙な時間設定にはどのような意味があるのか。たとえば、「たけくらべ」発表当時の読者の脳裏には、発表時からみて五カ月前の千束神社の祭や約一年前の三の酉の賑わいとともに、千束神社大祭の直前に戦端を開いた日清戦争の高揚や余燼も重なっており、そのことが物語の時間設定と深くかかわっているように思われる。

問題をみやすくするため、以下に関連事項の時間を整理した表を掲げる。

竜泉寺町在住期間	明26・7 ～ 明27・5
作品発表時	明28・1（一～三）／明28・3（七～八）
素　材	明27・8（千束神社の祭）／明27・11（三の酉）
（物語の時間）	明27・8 ～ 明27・11
日清戦争	明27・8 ～ 明27・11（28・4）

日清戦争は、明治二十七年七月二十五日の豊島付近における清国軍艦との交戦や、同二十九日の陸軍による成歓や牙山への攻撃で火ぶたを切り、八月一日には「宣戦の詔勅」が発布された。九月十六日の平壌攻撃や十七日の黄海海戦などで戦火はしだいに激しさを増してゆくが、同年十一月二十二日の旅順口占領によって戦況の大勢はほぼ決した。現に、十二月九日には「東京市第一回戦捷祝賀大会」が開催されている。

開戦以来我軍向ふ所敵なく鳳凰、九連、秀巌、皆すでに我軍の占領する所となり、海上にも亦黄海の大捷ありて敵艦殆ど戦闘力を失ひ、纔かに威海衛に余命を繋ぐ、此時此際清国が渤海の鎖鑰と恃み切つたる旅順口も難なく我掌中に帰し、こゝに戦争の一段落を告げたるの有様となりぬ。（傍点筆者、「時事新報」明27・12・11）

同記事は「祝捷大会」の様子を「定刻より日比谷或は上野公園に参集するもの先を争ひ非常の盛会を見ることを得た」と報じ、続いて「市中の賑ひ」を次のように伝える。

　市中は戸を開くると共に国旗或は聯隊旗を軒頭に掲げ、中には球燈を吊したる町もありし。鉄道馬車は申すに及ばず、ガタ馬車に至るまで国旗を朝風に飜し、人力車夫の中には小旗を母衣に掲げて客を引くもあり、銀座、日本橋、浅草、神田、下谷等の大通りは云ふも更らなり、山の手の町々悉く紅を以て飾られたりと云ふも不可なく実に一大美観なりし。行列の道筋に当らざる街路も人足何んとなく繁く、職人等は概ね業を休み問屋向の家々にては丁稚小僧に外出を許し、婦女小児は神田三王祭典の如き思をなし、晴衣をまとひて、会場に赴かずとも近隣を遊び歩くあり、夫れや此れやのためにて全市の賑ひ一方ならず（以下略）

「たけくらべ」には戦勝祝賀の「賑ひ」がうかがえないが、実際には吉原に近い「浅草」や「下谷」でも戦勝を祝う歓声が渦巻き、市中には「国旗」や「聯隊旗」がはためき、女子や子供はお祭気分の「晴衣」姿で遊び歩いている。こうした戦勝気分の歓呼の波が吉原や大音寺前にだけ及ばなかったとは考えられない。だが、一見したところ、「たけくらべ」の世界には〈戦争〉の影は皆無なのだ。それはなぜなのか。

二

　上掲の表にあるように、宣戦布告から戦況の大勢が決する日清戦争の時間と物語の時間はほぼ合致する。「たけくらべ」の起稿（明治27年12月末頃）は開戦から約五カ月後の戦時中、戦争終結（明28・4）直前には第三次分（七〜八）が発表される。つまり、「たけくらべ」の前半は日清戦争を横目に執筆され、後半はその余燼が尾をひくなかで執筆されている。戦争自体は、明治二十八年四月十七日の日清講和条約締結で終結の形となるが、三国干渉への反発などでその後も余波は続く。一葉は〈天下国家〉を憂い、一国の運命を左右する戦争にも注目した。そのことは日記を一読すれば明らかで「塵中につ記」（明27・3）冒頭にはよく知られた「思ひたつこと」が次のように記されている。[6]

　朝野の人士、私利をこれ事として国是の道を講ずるものなく、世はいかさまにならんとすらんかひなき女子の何事を思ひ立たりと及ぶまじきをしれどわれは一日の安きをむさぼりて百世の憂を念とせざるものならず（中略）死生いとはず天地の法にしたがひて働かんとする時大丈夫も愚人も男も女も何のけぢめか有るべき（中略）わが心はすでに天地とひとつに成ぬ　わがこゝろざしは国家の大本にあり

こうした天下国家への憂いとともに戦争もまた一葉には重大な関心事だった。事実、「につ記」には「朝鮮東学党ます〳〵勢力を加へけるよし　露国人の加ハり居るやに風説すれバ同国政府の恐こう少なからぬよしに聞く」（明26・6・26）や「朝鮮東学党しづまりてハ又もえあがるよ」（同6・7）として朝鮮半島の不穏な空気に注目し、翌年の「水の上日記」（明27・7・22）には「朝戦〔鮮〕開戦の期漸く近づきぬ」と日清開戦の動向に注目している。後者は「戦機迫り　――我兵牙山に向ふ」といった前日の記事（「東京朝日新聞」明27・7・21）などを目にしてのことだろう。また、翌年の「水の上日記」（明28・4・16）には「よ〔夜〕に入て号外來る　平和談判とゝのへり委細ハあとよりとあり」と記し、続報の遅さに苛立ってか「いまだ談判の後報來らず」（同17日）とも述べる。三月には講和の方針決定と講和使節李鴻章の来日が報道されるが、小山六之助の狙撃事件で延期となり、交渉は四月十日に始まり十七日に条約調印となった。後日の「水の上」（明28・5・30）には次のような記事もある。

　主上東都に還幸　即ち凱旋の当日なれば戸々国旗を出し軒提燈など場末の賎がふせやまでいたりてうらや住居するものは手遊やにうる五厘国旗などさしたるもミゆ着輦は午後二時成りといふ

要するに、一葉の日清戦争に対する関心はその終結に至るまで衰えていない。ところが、日清戦争の記事自体となると意外に少ない。小森氏も「日清戦争に関する記述」が「ほとんど出て」こないのは「不思議」で「異様」だと述べる。ただし、戦時の日記自体に欠が多く、また、講和条約の内容が一葉の「期待した平和とは全く異なったもの」と感じたので関連記事の「削除を思い立ったのでは」という野口碩の推測もある[7]。だが、記事の分量は少なくとも、上記だけでも一葉の〈戦争〉に対する関心の強さは明白だろう。となると、「たけくらべ」に〈戦争〉の影が見えないのは、むしろ事態の本質を冷徹に凝視する一葉が意図的に選んだ〈方法〉だったとも考えられる。

三

戦時下の日記の欠を補い、戦争に対する一葉の感懐が吐露されるのは、長くなじんだ歌の世界だった。野口氏[8]が「日清戦争が日本軍の圧倒的な勝利に傾いていた時期に、夏子がどのような印象を以て戦争を感じていたかをうかがう貴重な資料」とした「詠草　42」（明28・1〜2）の連作四首（整理番号5〜8）と、もう一首の歌（整理番号23）である。「戦争の悲惨さや死を思う憂鬱に焦点」を置くとされる歌五首を見直してみたい。

まず、連作の第一首目は「としのはじめ／戦地にある人を／おもひて」との詞書きで、戦地の悲惨に思いを馳せた新年の歌である。

おく露の消えをあらそふ人も有を／いはゝんものかあら玉のとし

趣意は〈先を争うようにはかなく命を落とす人々もあるというのにどうして素直に新年を祝えようか〉というものだろう。新年のめでたさを寿ぐ世間の気分を離れて、遠い戦地で命を落とす人々のことを思いやる一葉の心は重く沈んでいる。

続く二首目の詞書きは「敵国のさまをさぐりにとて立出し人のはかなき終りをとげたるも多しときくにそれが妻などのこゝろハとて」というもので、敵情視察のために「間諜」として赴く人々の中にはむなしく外地の土となる人々も多いと聞くが、その妻たちの心情はいかばかりか、と一葉は思いやる。事実、当時の新聞紙上（「時事新報」明27・10・13）には次のような記事も見える。

先頃上海に於て日本の間諜なりとの嫌疑を受け、支那官吏に捕へられ、すでに南京に護送されて、或は殺さるゝならんとの風説ありし福原、楠内の二氏は、今尚ほ無事なるのみならず、北支那日々新聞によれば遠からぬ内放免さるゝもの丶如し（以下略）

実際にはこれと逆の不幸な結末が多かったろう。スパイという役目柄その武勲は人目に立たず、どことも知れぬ地で落命するのだ。その彼らにも銃後の妻たちはいるのであり、その女たちの心情を思うと一葉の胸はさらに痛む。そして、次のような歌が詠まれる。

さだめたる方こそあらめ旅衣／身さへたたれんものとやハミし

趣意は〈赴く先もいつまでの滞在ともわからぬ旅の身とはいえ、命まで断つことになるとは思ってもみなかったろう〉というものだろう。また、この歌と〈対〉になるべく「さりながらそれもまた」の詞書きを付して三首目の歌が続く。

うら山しいづれ消ゆべき露のよを／野原のあらし立まさりつゝ

趣意は〈浦山で（恨めしくも）命がはかなく消えるのは世の常だが、さらに急かせるように野原の嵐（戦争）が吹き荒れることだ〉というほどの意味だろうか。

四首目の詞書きは「さむきふすまかすけきともし火しづかにあほひで故郷をしのぶときいミじきつはものといへども涙ハ襟の冷か成べし」とやや長い。冷たいすきま風の吹き込む兵舎でかすかな灯火を静かに見つめながら故郷をしのぶとき、屈強な兵士たちといえども涙で襟を濡らすこともあろう。そうした想像をめぐらしながら一葉は次の歌を詠む。

つるぎ太刀冴ゆる霜夜の月に寝て／結ばぬ夢のゆくゑをぞおもふ

いささかおぼつかないが〈軍刀が冷たく光るような細い月が冴える底冷えの霜夜に床につけば、故郷に帰るという実現しがたい夢がいつ叶うのかと悩ましい〉というほどの趣意であろうか。その詞書きからして、一葉は戦地にある兵士たちの〈望郷の念〉に深く同情し、その哀しみに寄り添おうとしている。

次に、上掲の連作四首からやや離れた整理番号「23」の歌を見ておこう。詞書きは「丁汝昌が自殺はかたきなれどもいと哀也さばかりの豪傑をうしなひけんと思ふにうとましきはたゝかひ也」である。清国北洋艦隊の提督だった丁汝昌は、生き残った兵士たちの身の安全を交換条件に投降し、劉公島で捕虜となっていたが、明治二十八年二月十五日、敗軍の将たる責任から服毒自殺をした。新聞は「十七日大本営発」として「北洋艦隊提督丁汝昌自殺す／悲壮の最後＝全清軍の汚辱を雪がんとす」とその死を伝えている（「東京日日新聞」明28・2・18）。一葉もこうした自殺の報に接したのだろう。敵国の将とはいえ、その責をまっとうしていさぎよく自殺した豪傑を哀れに思い、その命を奪ってしまう〈戦争〉の残酷さをうとましく思うといった詞書きを添え、次の歌を詠んでいる。

中垣のとなりの花の散るミても／つらきは春のあらし成けり

趣意は〈双方の間に垣根（国境）のある隣家（隣国）の花（豪傑）が散る（死ぬ）のを見てさえ心が痛むのは春の嵐（戦争）のせいだ〉であろう。一葉の戦争に対する嫌悪は詞書きの「うとましきはた丶かひ也」や歌中の「つらき」や「あらし」の語に端的だろう。敵も味方もなく有名無名もなく、戦地に消えたすべての命にその眼は注がれる。(9)

こうした詠草をみると、一葉の視線は、〈戦争〉を主導する国家や国益や軍隊にではなく、その犠牲となる死者たちにもっぱら注がれている。その多くは、否応なく駆り出されて落命する下級兵士、すなわち無名の庶民だろう。さらに、一葉のまなざしを特徴づけるのは、兵士だけではなく、銃後で心を痛め、夫の無事を祈り、夫が死傷すればさらに辛苦を背負いこむ妻たちの身にも注がれている点だ。戦争の犠牲者は、第一に消耗品の如く落命する無名の兵士（庶民）たちだが、戦地には立たなくとも背後（銃後）で身を削る思いで夫や息子の無事を祈る妻や母たちの苦悩もまた「たたかひ」の渦中にある。二首目の詞書き「それが妻などのこ丶ろハとて」と思いやる一葉の脳裏には、実は女たちこそ〈戦争〉の最大の犠牲者ではないか、との思いはなかったろうか。一葉が「たけくらべ」の世界に戦時の高揚感や戦勝気分の賑わいを（少なくとも表面的には）持ちこまないのは、「うとましき」戦争による犠牲者たちの「つらき」思いが軽々しいものではなく、その思いを深く心に刻むがゆえの慎重さであったろう。なかでも、戦地に立たず、死傷する危険もないため顕在化しにくい〈女たちの戦争〉の悲哀を、そのまま描けば感傷的になりやすく、時局からすれば厭戦気分を煽る作とも見られかねない。「たけくらべ」における日清戦争の不在は、そうした困難と対峙しつつ、〈戦争〉の深い傷をより精妙に表現するための戦略であった。一葉のとった戦略とは、たぶん、語らずに語ること、すなわち〈裏声〉で歌うことだったのではあるまいか。

四

くり返せば「たけくらべ」には直接的な〈戦争〉の影はたしかに薄い。しかし、作品世界を裏打ちする現実の吉原遊郭や大音寺前は〈戦争〉や〈戦勝気分〉の高揚に包まれていたはずである。その一端は、開戦後まもなく「戦争人氣」として「絵双紙店の前／掏摸の被害多し」を伝える次のような記事からもうかがえる。

昨今絵双紙屋には日清戦争の錦絵が並べあるより、何れの店頭も見物人山の如く或は口をアーンと開き、或は伸あがりして気を取られて居るをつけこみて、例の掏摸《スリ》共が仕事をするは此時なりとて、出掛けること非常にて、時計、煙草入、懐中物を取られる者多しと云ふ（「都新聞」明27・8・18）

スリの横行は別として、「日清戦争の錦絵」を並べた店頭に見物人が「山の如く」押し寄せた事実は、当時の市民たちの熱狂ぶりを端的に物語っている。

一方、「たけくらべ」の世界はどうであったか。たとえば、表町の子供たちの溜まり場「筆や」は、美登利が買い占めた「手遊」や「ごむ鞠」（三）をはじめ、「智恵の板」や「十六武蔵」（五）、また「細螺《きしやご》」（十）などの遊び道具を扱う。信如が「筆か何か買ひに来た」らしい場面（十一）や「筆や」の屋号からすると、本来は文具一式を主に扱う店だったと思えるが、実態は子供たちを相手とする雑貨屋であろう。その軒先には「掛提燈」や「吊りんぷ」は見える（五）が、「国旗」や「聯隊旗」や「日清戦争の錦絵」など、〈戦時〉を思わせる品はいっさい描かれない。子供相手の雑貨店ならば、時局柄、安価な子供向けの戦争錦絵や国旗などもあってよいはずだが、それが見えない。長吉から恥辱をうけた美登利を慰めるために正太が持ち出した錦絵は、「日清戦争の錦絵」ではなく「古くより持つたへし」錦絵だった（六）。つまり、作中の子供たちを取り巻く品々はたしかに「アソビの相のもと」にある（前田氏）が、注目すべきは、そのアソビにも〈戦争〉の影が及ぶ可能性が高いにもかかわらず、それが見事に排除されているという事実だ。この子供たちは「立身出世を夢想する」「勤倹力行型」のモデルから遠ざけられている以上に、身近な〈戦争〉の熱狂から遠ざけられ、戦争などまるでなかったかのような別世界を生きている。その意味ではくり返し述べるように「たけくらべ」に〈戦争〉の直接的な影は薄いが、実はそうでない場面もある。たとえば、姉大巻の常連客を語る次のような一節である。

　我が姉さま三年の馴染に銀行の川様、兜町の米様《よね》もあり、議員の短小《ちひ》さま根曳《ねびき》して奥さまにと仰せられしを、心意気に入らねば姉さま嫌ひてお受けはせざりしが、彼の方とても世には名高きお人と遣手衆の言はれし（七）

まず「兜町の米様」である。開戦前の世情不安や軍事公債の発行などで暴落した株は、まもなく「兜町に生色あり」として「戦捷景気出現」が報じられ（「時事新報」明27・8・21）、その後も乱高下をくり返す。そうしたなかで「兜町の米様」は、その名前からして戦時の米相場で儲けた戦争成り金だった可能性が高い[10]。事実、開戦三カ月前には米が買い占められ、「深川に米の洪水／在荷百万石」といった新聞報道も見える。

　東京の在米は先日来一百万石と称せしが、昨今益々加はりて百十万石は慥にあるよしにて、其証拠には深川の倉庫は何れも将に溢れん計りの有様にて、最早東京には廻米あるも其入れ所なかるべしとなり（「国民新聞」明27・5・3）

七月には大阪堂島でも大がかりな買い占めが始まり、米価は短期で急騰、戦端が開くとさらに高騰し、ここで売り抜けた相場師らは巨万の富を得たはずで、「兜町の米様」もそうした一人ではなかったか。日々の生活を借金でやりくりする樋口家にとって、米価の高騰は最もこたえる災厄で、そうした戦争の影響に一葉はとくに敏感だったろう。

「銀行」は、大量に発行される軍事公債の大口引き受け手として得る償還利子やその窓口手数料などで大いに潤ったに違いない。「勅令第百四十四号／軍事公債条例」（明27・8・15）は、公債の発行上限額を五千万円とし、利子を一ケ年百分の六以下に定め、半年ごとの償還とした。九月半ばには応募額が六千万円以上に達したが、主な「応募者は日本銀行一千万円、第十五銀行七百万円、第百十九銀行三百五十万円、三井銀行三百五十万円」(『時事新報』明27・9・15)など、銀行だけで総額の三分の一を超えた。その後も応募は増え続け、上限額は一億円となり、応募額を分割した(『時事新報』明27・10・19)。銀行はこの変種の戦時特需で巨額の利益をあげたはずで、「銀行の川様」もその恩恵に浴した一人ではなかろうか。また、「議員の短小さま」は、体格の貧弱さをあらわすが、開戦直後の軍国議会の総選挙(明27・9・1)で当選し、体格とは逆に態度が大きく、議員の職を鼻にかけた人物をさす〈地位様〉の皮肉ともとれる。いずれにせよ、〈戦争〉で辛酸をなめる庶民の苦労をよそに、また、三国干渉(明28・5)以後の国民的合言葉「臥薪嘗胆」などどこ吹く風で濡れ手に泡の金や地位にあぐらをかき、戦時に廓で散財する「馴染」の姿に、一葉は〈戦争〉による理不尽な格差への怒りをあてこすったと思われる。

さらに、戦時の影と見られる挿話がある。それは正太が美登利に「錦絵」を見せたあと、次のように語りかける「写真」の話(六)である。

ねへ美登利さん今度一処に写真を取らないか、我れは祭りの時の姿で、お前は透綾のあら縞で意気な形をして、水道尻の加藤でうつさう(中略)、笑はれても構はない、大きく取つて看板に出たら宜いな(中略)、変な顔にうつるとお前に嫌らはれるからとて美登利ふき出して、高笑ひの美音に御機嫌や直りし。

「写真」が日清戦争の開戦とともに世間で急速に拡大・流行したツールであることは知られているが、実際「写真屋は皆ホク〳〵」の見出しで次のような新聞記事もある。

征清軍事の起りし以来、府下写真師の家は朝より夕に至る迄非常の雑沓にして、或は兵士の自ら撮影して親戚故旧の許に贈るあり、或は親戚故旧の特に従軍者を同伴して写真するあり、之れが為めに九段坂の鈴木一真、新し橋の丸木利陽、三崎町の小川一眞、浅草の江崎礼二、神田と芝の江木兄弟、木挽町の玄鹿舘を首とし、大

小写真舗は皆時ならぬ利益を得るより、中には急に値上げしたる所なんどもありと云ふ。（「毎日新聞」明28・3・5）

ここには見えないが、芸妓の写真が戦地への慰問品にもなったことを思えば、美登利の写真撮影はその陰鬱な先取りともいえる。また、鷗外ゆかりの元津和野藩の当主亀井慈明が初めて写真の戦争報道を試みたのも日清戦争においてだった（「毎日新聞」明28・1・11、「報知新聞」同1・17、18）。いわば〈写真〉は日清戦争と重なる社会現象の代名詞だった。「たけくらべ」執筆中に起稿（明28・3・30）された「ゆく雲」（「太陽」明28・5）は「折柄日清戦争画、大勝利の袋もの」（下）として日清戦争の時局を明示する作品だが、そこにも「写真」が三度も登場する。「この頃送りこしたる写真をさへ見るに物うく」（上）や「桂次がもとへ送りおこしたる写真」（下）などの叙述は、日清戦争を機に急速に普及した「写真」が桂次の故郷の片田舎にまで及んでいたことを物語る。とすれば、美登利に「一処に写真を取らないか」という正太の申し出は、日清戦争を連想させる端的なしるしであり、戦時の流行にも敏感な正太のませぶりをも示すものといえよう。

また、祭の趣向として正太が提案した「幻燈」（三）にも日清戦争の影がうかがえる。木股知史[11]は幻灯機の文化誌を詳述したあと、「観幻燈記」（「小国民」明28）から「児童の戦争意識を高めるという役目」を見る唐澤富太郎の言及や平塚雷鳥の自伝『元始女性は太陽であった』などから「幻燈会の目的が、戦争意識の高揚にあった」と指摘する。ちなみに、芥川龍之介の「奇怪な再会」（「大阪毎日新聞」大19・1）にも次のような描写がある。

剣舞の次は幻燈だつた。高座に下した幕の上には、日清戦争の光景が、いろいろ映つたり消えたりした。大きな水柱を揚げながら、「定遠」の沈没する所もあつた。敵の赤児を抱いた樋口大尉が、突撃を指揮する所もあつた。大勢の客はその画の中に、たまたま日章旗が現れなぞすると、必ず盛な喝采を送つた。中には「帝国万歳」と、頓狂な声を出すものもあった。

また、喜多村里子は地方の実例から次のように述べている。[12]

島根県八束郡岩坂村では（中略）十一月には四夜連続で村内四つの地区ごとに日清戦争幻灯会が開かれた。とくに幻灯会は農繁期にもかかわらず会場は足の踏み場もないほどの盛況で、初めに宣戦の詔勅を捧読し、天皇・皇后の肖像が映し出されたときには小学生が君が代を斉唱し、日清韓三国の兵士の比較や戦闘場面が解説されるなど、幻灯会を通して敵愾心を喚起していた。

「幻灯会」は「敵愾心」や天皇への忠誠心を喚起し、戦意昂揚をあおるために日清戦争前後に全国各地で開かれたイベントだった。つまり、正太の語る「幻燈」は国家肝入りのプロパガンダを忠実になぞる提言だったのである。ただし、〈戦争〉の影だけは見事に拭い去られて。

一葉はおそらく、日清戦争のあらわな投影を抑制する一方、大巻の「馴染」や「写真」や「幻燈」などに〈戦時〉の匂いをさりげなくすべりこませたのである。戦争に「うとまし」さや「つら」さを感じ、窮乏生活をさらに圧迫する〈戦争〉に一葉が無関心だったはずはない。とはいえ、時局柄、戦争批判や厭戦気分をあらわに描くことにも細心の注意を払わなければならない。たとえば、内務省警保局「警保局図書課」編『出版警察資料』[13]によれば、明治二十一年より二十八年の間に安寧秩序妨害や風俗壊乱で発禁処分となった書物は合計一八三点（前者五六点、後者一二七点）で、このうち日清戦争が近づく明治二十六年から戦時の二十八年までの発禁本が八九点、約半数（前者二八点、後者六一点）を占める。なかでも、一葉が愛読した西鶴関連では『西鶴全集』（帝国文庫、博文館、明27・7）などの四種が発禁となった。これは西鶴を愛読していた一葉には特に衝撃だったはずで、いっそう警戒心をつのらせたに違いない。戦時下の一葉日記の欠もそうした警戒心による処置だったのかもしれない。とすれば、「たけくらべ」においても慎重な配慮が必要だったろう。一見〈戦争〉とは無縁の世界と見せつつ〈戦争〉を〈裏声〉

で歌うような工夫が施されたとしても不思議ではない。

五

「たけくらべ」に点描された「馴染」客や「写真」や「幻燈」が日清戦争の暗喩であることは当時の鋭敏な読者ならば容易に察知できたのではなかろうか。一葉はそれらの描出を通じて「たけくらべ」に潜むもうひとつの解読コードを示唆したのである。そして、そのコードにしたがえば、表組と横町組の子供の〈喧嘩〉がミニチュア化された〈戦争〉の暗喩であると読むことも可能だろう。そして、現実社会の〈戦争〉を子供の〈喧嘩〉という小さな〈戦争〉に変換した物語世界では、すべてが縮小されることも。

周知のように、「たけくらべ」の子供たちを巻き込む〈喧嘩〉の要因は、地縁の論理と金銭の論理の衝突であるが、〈戦争〉とは、その二つの論理、すなわち領土（地縁）と経済（金銭）の利権をめぐって国家が多大な犠牲をはらって強行する大きな〈喧嘩〉なのだ。

作中人物では、本人に「何の咎」もない（五）車屋の三五郎がその二つの論理に引き裂かれ、〈喧嘩〉の無惨な犠牲者となる。その姿は、余儀なくして〈戦争〉に駆り出され、無名の下級兵士として落命する庶民の典型といえよう。長吉らに手ひどい仕打ちを受けながら、「悔しさを噛みつぶし」て父に訴えることもできない三五郎の痛み（十）は、庶民の声なき痛苦の写し絵といえる。こうした三五郎の役回りは、たとえば「車夫は軍夫に早替」といった新聞記事を連想させる。

東京府下に於ける人力車夫は、近来の不景気に何れも非常の困難なりしが、日清事件に付軍夫蒐集に際し、我れ先きと争ふて此募集に応じ、為に市内に於て軍夫となりし車夫は、殆ど四万余千人《ママ》に達したりと云ふ。
（「国民新聞」明27・12・9）

三五郎がもし父の貧しい車屋稼業をつぐのであれば、彼も「軍夫」として真っ先に戦地に赴いただろう。三五郎は「軍夫」に「早替」する小さな「車夫」なのだ。ちなみに〈人力車〉は「別れ霜」や「十三夜」などの一葉作品で重要な場面に登場する道具立てである。特に後者の阿関の初恋相手・録之助が廃人同様に「車夫」に身をもちくずす姿は、社会の最下層に沈みそうな他人事ならぬ身として一葉の心底に深く刻まれる暗喩だったろう。[14] その意味で三五郎の哀れな姿は一葉自身にとっても切実な落魄のヒナ型であった。

〈喧嘩〉が小さな〈戦争〉だとしたら、父の威勢をかりた「乱暴の子供大将」であり「頭の長」(二)として暴君ぶりを発揮し、うむいわせず「大凡十四五人」(五)を引き連れて〈喧嘩〉に臨む長吉は、命令に逆らえない柔順な兵士たちを〈戦争〉に駆り出す職業軍人(上級将校)の姿に似ているかもしれない。

また、高利貸の祖母に代わって日掛けの集金に回る正太は、原理的には貸金の利子で経営される小さな〈銀行家〉といえる。あるいは、「廓内《なか》の大きい楼《うち》にも大分の貸付があるらし」い「金主様」(四)は、地域限定の小さな〈資本家〉といってもよい。正太が長吉一派の襲撃現場に遭遇しなかったのは、つまり、小さな〈戦争〉の現場に不在であったのは、物語でいえば祖母の呼び出しによる偶然の結果であるが、はたしてそれだけだろうか。正太本人の意志は別として、「金主様」の孫である正太の不在は、庶民の苦難をよそに焼け太りのように〈戦争〉で莫大な利益をあげる〈銀行家〉や〈資本家〉が、けっして〈戦争〉の前線には立たないことの暗示とも思える。事実、徴兵令は金の力による免役の買い取りを公認していた。[15]

「竜華寺さまの若旦那」(七)である信如は、「腥《なまぐさ》」で「朝念仏に夕勘定」の父の大和尚を「心ぐるしく」感じ、「欲」のために「恥かしさも失せ」た母を「恥かしく」思いながらも(九)、おそらくは親の指示に従って「何がしの学林に袖の色かへ」る(十六)ことになる。彼はまた、廓からの朝帰りらしい長吉の「親切」な「世話」にあずかる反面、美登利が「格子門」に投げ出した「紅入り友禅」の「裂《き》れ」を「見ぬやうに見て知らず顔」でやりすごす

（十三）。女の身体を金で買ってきたばかりの長吉の恩義にあずかる信如は、美登利の恥辱を共有することのない〈見て見ぬふりをする〉存在なのだ。彼が長吉に加勢を頼まれながら、正太と同様、小さな〈戦争〉の現場に不在なのは、寺院の後継者や「何がしの学林」への就学を理由に徴発を免役ないし猶予される存在だったことを物語る。たとえば、国民皆兵をめざすべき「徴兵令」にも抜け道はあり、全面改正された「徴兵令」（明22・1、法律第一号）でも「文部大臣ニ於テ中学校ノ学科程度ト同等以上ト認メタル学校（第11条）ニ在校ノ者ハ本人ノ願ニ由リ満二十六歳迄徴集ヲ猶予ス」（第21条）の条文や「徴集に応スルトキハ其家族自活シ能ハサルノ確証アル者ハ本人ノ願ニ由リ徴集ヲ延期ス」（第20条）や「余人ヲ以テ代フ可カラサル職務ヲ奉スル」者は「招集スルコトナシ」（第22条）との条文がある。(16) 寺の跡取りにして「何がしの学林」に転校（進学）する信如は、小学校卒の「中間《なかま》」がすべて「満十七歳」になると現役の徴兵義務を負うのと違って、先の条文に準拠するか拡大解釈によって免役や猶予となる可能性が高い。たとえば、次のような記事（「毎日新聞」明28・2・27）もある。

僧侶にして予備後備徴発の爲め征清軍へ従軍せるもの丶内、教師以上の資格あるものは、本山の添書若しくは照会により、軍服を脱し袈裟法衣を着し従軍僧となり、忠勇なる戦没者若しくは病死者を埋葬弔祭することを許可せらる丶事となりたるよし。

信如が、有力な檀家をもつ地域共同体の要である寺院の後継者である以上、「本山の添書若しくは照会」を得るのは容易だったはずで、とすれば「軍服を脱し」て「従軍僧」となり、戦地の前線を避けることも可能だった。小さな〈戦争〉の現場における信如の不在は、そうした彼の特別な境遇を暗示している。ちなみに「徴兵令」の「質議回答」には「真宗京都中学本科卒業後同実修科ニ在学ノ者徴集猶予」といった例も見られる。(17)

最終章（十六）で、不機嫌な正太の「荒らい」様子に接した三五郎は「何だ、喧嘩か」と勢い込む。それを否定された三五郎は「今夜はじまらなければ、最う是れから喧嘩は起りッこ無いね」と語り、長吉の「片腕」である信如の「坊さん学校」への転校を告げる。長吉の廓体験と美登利の初潮と信如の転校と、この三幅対によって子供たちの小さな〈戦争〉は終わりを告げる。ところで、上述の場面で正太が「藤本は来年学校を卒業してから行くのだと聞いたが、何うして其様に早くなつたらう」と不思議がる理由は何か。淡い恋物語を軸とすれば、信如が美登利の初見世が近いことを知って悲嘆し、一刻も早く不浄の地を離れたかったからだ、とでも解釈できる。しかし、この転校が信如自身の意志ではなく、大和尚の勧めだとしたら、わずか半年余りの繰り上げもやはり徴兵問題のからむ処置と考えられる。数え十五歳の信如は、三年後には兵役義務の生ずる「満十七歳」となる。「経済」の「割出し」にさとく「さばけた」気性で世知にもたけた大和尚は、先を見越して信如の〈徴兵逃れ〉を考え、竜華寺の後継には自然な方策として「坊さん学校」への転校を急がせたのであろう。信如と美登利を除く大音寺前の少年たちにとって、小さな〈戦争〉の終わりは、やがて迫りくる大きな〈戦争〉の始まりであった。

六

ところで、一葉と縁のあった穴沢清次郎に次の回想(18)がある。

日清戦争の頃なので、私は「戦争と文学」と云つた風な質問をしたことがありました。その時に一葉さんは、「われ〳〵仲間では少しも戦争なんて影響されませんね」と答へました。戦争熱に浮かされてゐた私は、そんなものかなあと思ひながら、毅然とした態度を思はず眺めたものです。

こうした回想を信じるなら「たけくらべ」を「戦争小説」と読む拙稿はきわめて突飛な妄説ということになる。しかし、同文中には一葉を「大変皮肉な人で」「虐げられた女性の味方」だと述べる一節もある。自分のもとに古典を教わりにくる十七歳の若者に向かって一葉が率直な本音をあらわに語るとも思えない。「少しも戦争なんて影響されません」との断言は、戦争への無関心そのものを意味することばとは限らないし、むしろ「戦争熱に浮かされてゐ」る世間への皮肉であり、戦争の本質を見ようとしない社会への痛烈な批判だったと解することもできる。事実、彼女は他の作品において結婚制度における女性の身体性（「十三夜」）や冷徹な近代経済の合理性（「大つごもり」）や社会の底辺でもがく女性の精神性を問いかけ（「にごりえ」）、その社会性に鋭く迫っている。すでに見たように、記事の分量こそ少ないものの日記類では日清戦争への注視を怠らず、歌の詞書きでも「うとましきはた、かひ也」と明記している。自作のモチーフをみずから吐露することのなかった一葉の真意は、作品世界を生きる登場人物自身の中から汲み出すしかないだろう。「たけくらべ」の場合、その真意は主人公美登利の身体に最も深く刻みこまれている。

正太や信如とちがい、三五郎とともに犠牲となった美登利は、正太に対する長吉の反感から生じた小さな〈戦争〉に巻き込まれ、屈辱的な仕打ちをうける。長吉は横町組の〈地縁〉の論理によって正太の〈金銭〉の論理に一撃を加えようとするが、「敵の正太」（五）が不在だったため三五郎を打擲し、止めに入った美登利を攻撃する。長吉が美登利を攻撃するのは、内実こそ違え、美登利もまた廓を支配する金銭の論理で「子供中間の女王さま」（三）だったからである。「何を女郎め、頬桁た、く、姉の跡つぎの乞食め」（五）と罵倒しながら美登利を蹂躙する長吉の暴力は、兵士たちを率いる軍人が戦地や慰安所で女性の身体を暴力や金で犯す姿の暗喩といえよう。小森氏が述べるように「軍隊と売春制度」をセットにして構築する「近代国民軍」の要諦が国家管理の売春制度である吉原遊郭に具現化されているとすれば、「戦争とレイプや売買春」の「密接不可分」な事態は、長吉が美登利に加えた「洗ふても消えがたき恥辱」（七）と廓からの「誇らし気」な朝帰り（十三）に二重に投影されている。加えて、遊郭の女たちが借金の早期返済を名目に高給の支払われる戦地の「慰安所」に送りこまれた事実を思い合わせれば、美登利のうけた「恥辱」はさらに暗鬱な未来の先取りだったことになる。

初潮を迎え、女性の身体を商品として売買する悪場所にからめとられる美登利は、前田氏や小森氏の語るようにたしかに「近代」の「格差」を増幅する金銭の論理の「いけにえ」だった。しかし、それ以前に、子供の〈喧嘩〉で暴力の犠牲となった美登利は、明治国家が推進する「富国」と「強兵」のもと、前者の犠牲であるとともに、後者のもたらす〈戦争〉の犠牲者でもあったといえる。たとえるなら美登利は二度殺されたのである。一度目は長吉からの暴力的な「恥辱」すなわち〈戦争〉によって、二度目は〈金銭〉に縛られる廓にとりこまれることによって。〈戦争〉を凝視した一葉は、同性の女たちの銃後の苦悩や哀しみに注目する。戦地で死傷する危険はないにしても、ファロセントリックな男性原理の発現である〈戦争〉の熱狂が最も虐待するのは、戦力にならぬ女性の身体と「かひなき女子」の「思ひたつ」心だからである。〈戦争〉の残酷さは、兵士同士の殺戮にだけあるのではなく、女性の身体と精神を蝕む二重の疎外にも凝集される。一葉が美登利に与えた二度の死は、暴力と金銭による女性の恥辱、その「女なりける」姿を物語ることが、何よりも〈戦争〉の論理を相対化し、〈戦争〉の隠された残酷さを顕在化する方法だったからである。

「たけくらべ」は、「吉原」という〈人外〉の艶やかさと〈子供の世界〉という純真さを隠蓑としつつ、その内部に子供の喧嘩（小さな戦争）に圧縮された大きな〈戦争〉を隠しもつ物語である。廓に寄生する「大音寺前」の子供たちは、「近代」に抑圧されたいたいけな「子ども」であるよりは、大きな〈戦争〉の縮図である〈子供の喧嘩〉に巻き込まれた〈小さな大人〉たちなのだ。[19]「喧嘩」という小さな〈戦争〉に加担させられた「子ども」たちは、物語の表層から大きな〈戦争〉の影を消去するための〈擬態〉が生み出した仮象にほかならない。「子供中間の女王さま」だった美登利が「泥草鞋」の「恥辱」を刻印され、身体を売る「女郎」へと暗転する残酷なドラマは、人間の犯す最も愚かな行為であり、男性原理による近代資本主義の促す富国強兵策がゆきつくカタストロフィの〈戦争〉を、その最大の犠牲者である女性の身体と精神の蹂躙によって浮き彫りにした物語なのだ。丸谷才一[20]にならえば「たけくらべ」は〈裏声で歌われた戦争小説〉だったのである。

注

（1）初出「展望」（昭50・6）、のち『樋口一葉の世界』（昭53・12、平凡社）所収。

（2）小森陽一『ことばの力　平和の力――近代日本文学と日本国憲法』（平18・10、かもがわ出版）参照。氏には別に「口惜しさと恥しさ――『たけくらべ』における制度と言説――」（『文体としての物語』昭63・4、筑摩書房）もあるが、ここでは〈戦争〉を軸とする観点から前者をとりあげた。

（3）「『たけくらべ』ノート」『たけくらべ研究』（昭47・11、教育出版センター）。

（4）『樋口一葉集　日本近代文学大系』（昭45・9、角川書店）「補注」。

（5）加藤恭彦「明治二十七年という空間」（「論輯 28」平12・5、駒沢大学大学院国文学会）は、事実は「千束神社」大祭が八月二十一日、「三の酉」が十一月二十七日とし、そのズレや背景を述べているが、日清戦争への言及はない。

（6）日記や詠草の引用は『樋口一葉全集』（昭49・3～、筑摩書房）による。

（7）前出（前出注6）全集・第三巻（上）の野口氏〔補注〕。

（8）前出（前出注6）全集・第四巻（上）の野口氏〔補注〕。

（9）この歌については小森氏（注2）も簡略に言及している。

（10）和田氏（前出注4）は「兜町の米様」を花柳界の習慣で姓の一字を呼び名とする類いとし、菅聡子「補注」（『新日本古典文学大系明治篇　24 樋口一葉集』平13・10、岩波書店）も同様だが、それでは「短小さま」の呼称が解けない。私見は戦時に大金を払って遊ぶ人種にあてこする命名だと考える。「米様」には、第五国立銀行の設立者で東京米穀取引所を創設し、米穀株式界で辣腕を奮い、「洗髪のお妻」の身請けで話題となった「米倉一平大盡」（「都新聞」明28・6・30）の投影を想定している。

（11）「写し絵・幻燈・茶番」（「宇部国文研究」昭60・3）。

（12）早川紀代編『軍国の女たち』（平17・1、吉川弘文館）第1章。原資料は『八雲村誌』（平8・12、八雲村誌編集部）による。
（13）『明治21〜昭和9　禁止単行本目録』（昭51・7、湖北社）。
（14）「別れ霜」の人力車については山田有策「迷走する人力車」（『深層の近代——鏡花と一葉』平13・1、おうふう）に言及がある。
（15）菊池邦作『徴兵忌避の研究』（立風書房、昭52・6）第二章第二節には「代人料」を上納すれば兵役免除となるなど、合法的徴兵忌避の例が挙げられている。
（16）『官報』（一六六七号、明22・1・22）。
（17）「真宗」云々は時代がやや下って「徴兵令徴兵事務條例及同條例施行細則」（明39・8・30）に見える例（『陸軍成規類聚（一）』平23・1、緑蔭書房）である。
（18）穴澤清次郎「一葉さん」（筑摩書房版『一葉全集』月報第二号、昭28・9）
（19）小森氏は（前出注2）の後者の論で前田論の「かつて子どもであった私たちの原像」といった「無垢なる子どもといった幻想」を前提とする危うさを指摘する。
（20）丸谷才一『裏声で歌へ君が代』（昭57・8、新潮社）。

〔追記〕末尾の「水仙の造り花」について一つ思いつきを加えておく。

生花の「水仙」は周知のとおり「霜月」の季語だが（注21）、作中の「水仙」の出処として、相愛の男女を「水仙」と「柳」にたとえる長唄「越後獅子」（注22）の詞章は考えられないか。

す〔好〕いた水仙、すかれた柳の、ほいの、心石〔せき〕竹、気はや紅葉サ、やつとかけの、ほい、まつ

かとな

関良一が四章の「打つや鼓のしらべ」を「越後獅子」のパロディとしながら（注23）、この一節に触れないのは不思議だが、「すいた水仙」を美登利、「すかれた柳」を信如に見立てれば、「見返り柳」に始まる「一」が信如の紹介で結ばれ、最終章が美登利に捧げられた「水仙の造り花」で結ばれるのと対応する。また「紅入り友禅」の模様が「紅葉」であるのも詞章の「紅葉」と対応し、末尾の「まつか」が「真っ赤」ならばこれも「紅入り」友禅と対応する。「たけくらべ」が吉原界隈という設定との関連から「音曲、特に俗曲の詞章・情調が十分に活かされている作」（注24）であるなら、一葉の耳になじんだ長唄の一節に想を得たとしても不思議ではない。また、『蕪村句集』（一七八四）の「冬」に「水仙や美人かうべをいたむらし」の句があり、「水仙」を頭痛に悩む美人の姿に見立てているが、この趣向と初潮で伏せる美登利の姿が通底するようにも思える。偏頭痛が一葉の持病であったことを思えば、この句も捨てがたい。問題は水仙が「造り花」であることだが、目下これといって成案といえるほどのものはない。後考をまちたい。なお、本文（筑摩版全集）および新聞等の引用はすべて新字に改めた。〔以下は右〔追記〕の「注」である。〕

（21）正保二年（一六四五）頃の刊行で、広く流布した松江重頼編の俳諧作法書『毛吹草』（昭18・12、岩波文庫）「巻第二　誹諧四季之詞」も水仙を霜月の季語とする。

（22）「越後獅子」は作詞篠田金次・作曲九世杵屋六左衛門、七変化「遅桜手爾葉七字」の一齣として演じられる。『名作歌舞伎全集　24　舞踏劇集　二』（昭47・6、東京創元社）および『京舞井上流歌集』（昭40・3、祇園八坂女紅場学園）を参照。

（23）「『たけくらべ』の世界」『樋口一葉　考証と試論』（昭45・12、有精堂）所収。

（24）関良一「『たけくらべ』の趣向」（前出注23）同書所収。

「百物語」のモティーフ
――鷗外の夕闇――

はじめに

明治四十四年（一九一一）、森鷗外はいわゆる現代物の力作を次から次へと発表し続けた。あたかも胸のつかえをおろすように、それらは一気呵成に吐き出される。こうした作品群の噴出は、確かに鷗外の旺盛な創作欲の旺盛さともみられようが、その執筆過程や発表の仕方は、むしろ何かに急《せ》かされてやみくもに書き散らすといった様相なのだ。

たとえば、前年三月より連載中の「青年」は、一応この明治四十四年八月をもって終了するが、その終わり方は完成というより唐突な擱筆という方がふさわしく、一方では半生の回想ともいうべき「妄想」（明44・3・4）が重ねて発表され、「青年」終了から間髪をおかずに「雁」（明44・9〜大2・6）の連載に着手し、加えて成算の目途も度外視するかのように「灰燼」（明44・10〜大元・12中絶）に取りかかる、といったありさまであった。それはどうみても異常な書き急ぎとの感を否めない。

ところで、この年、鷗外はそれら比較的粒の大きい力作群にまじって、幾篇かの短編小説をものしている。「Casuistica《カズイスチカ》」（一月十五日脱稿）や「心中」（七月二十一日脱稿）などとともに「百物語」（九月二十四日脱稿）もそのうちの一編である。「心中」については、「雁」と関連して谷豊栄《とよなが》心中事件との深い血脈や遠く初期三部作への反照を読む指摘[1]がわずかにある。また、「カズイスチカ」については、鷗外近親による伝記的事実からみた言及[2]はあったものの、近年の竹盛天雄氏[3]や三好行雄氏[4]の考察が出されるまで、作品それ自体の意味を問うものは少なかった。

同じ明治四十四年に発表された他の短篇小説の不遇ぶりに比べると「百物語」はまだしも注目を浴びてきた作品だといえよう。たとえば、「淡々とした抒述《ママ》で、ただの日録のやうに見えながら、読み終わつてしばらくすると、凄愴な主題が瞭然と迫つて来る」短編小説の名品だとする三島由紀夫の絶讃[5]を筆頭に、石川淳[6]・山崎正和[7]・稲垣達郎[8]・渋川驍氏[9]らの好意的な言及がある。ただし、それらはいずれも私見が「百物語」について重視しようとする意味とは視点を異にする。

問題は、あれほど多くの力作を一挙に手がけねばならなかった明治四十四年の鷗外の奇妙な性急さであり、そうした鷗外内部の意識の渦動と「百物語」一編のモティーフとの関わりである。いわば〈古びた〉体験のスケッチでしかない「百物語」だが、そのモティーフは、一短篇小説の狭い世界にとどまらず、むしろ明治四十四年当時の鷗外の文学活動総体に通底する或る深い感慨と結びつくものではなかろうか。

一

「百物語」は、明治四十四年九月二十四日に脱稿され、翌月の『中央公論』に発表された。話の筋は、作者鷗外を彷彿とさせる「僕」が、若い友人の誘いで今紀文と評判の飾磨屋が催す百物語に出かけた話である。時代錯誤の催しには「しらじらし」さばかりが漂い、「僕」はもっぱら催主の飾磨屋という人物と彼のそばで看護婦のように付添う芸者太郎の風情に「好奇心」をそそられる。しばらくその場に居合せて、二人の境涯や胸中の思いに考えをめぐらせていた「僕」は、やがて折りをみはからって帰途につく……。

ここには何かドラマティックな事件が起きるわけではなく、入りくんだ心理的葛藤があるのでもない。また、登場人物たちの内面や人生に大きな変化が生ずるわけでもない。そのためか、これまで「百物語」に言及した多くは、「僕」が飾磨屋にもうひとりの「傍観者」を発見し、「他郷で故人に逢うような心持」を感じながら「傍観者というもの」について深く考えたくだりに一編の主眼をみてきた。そして、そこからこの作品における鷗外の傍観者的人生態度が論議の対象となる。だが、「百物語」の実質はそうした傍観者の哲学を問うにふさわしい世界であろうか。たしかに「百物語」には、ふたりの「傍観者」が登場する。ひとりは語り手の「僕」であり、もうひとりは飾磨屋である。もっとも飾磨屋は、「僕」によって見出された「傍観者」であり、本人が自称したわけではない。一方、「僕」の方はみずから「生まれながらの傍観者」だと称している。

飾磨屋は、およそ無為としか思えぬ時代錯誤の百物語を主催しながら、ひたすら黙然と坐し、ふいにその場を去る。そうした飾磨屋の無表情は、なるほど「傍観者」と呼ぶにふさわしい。そして、「僕」の観察を信ずれば、飾磨屋の「傍観者」的態度には何らかの原因が潜んでいるのだという。

察するに飾磨屋は僕のやうな、生れながらの傍観者ではなかつただらう。（中略）併しどうしてなつたのだらうか。よもや（中略）オルガニツクな欠陥が出来たのではあるまい。さうして見れば飾磨屋は、どうかした場合に、どうかした無形の創痍を受けてそれが癒えずにゐる為めに、傍観者になつたのではあるまいか。

飾磨屋を「面白い研究の対象」として見る「僕」の観察はなかなか堂に入っている。しかし、作品を読むかぎり、飾磨屋の精神的な「無形の創痍」は「どうかした場合に、どうかした」という以上、何ひとつ具体的に語られているわけではない。読者は、いわばあてどのない精神の傷痕を空想しながら、飾磨屋が「傍観者」となった原因をテキストの裏側にむなしくもとめるしかない。

一方、もうひとりの「傍観者」である「僕」についても事情は変わらない。

一体僕は畜賦《ひんぷ》と習慣との種々な関係から、どこに出ても傍観者になり勝である。（中略）僕は生まれながらの傍観者と云ふことに就いて、深く、深く考へて見た。僕には不治の病はない。僕は生れながらの傍観者である。

「僕」は「深く、深く考えて見た」と強調するけれども、それは「高がスタチスト」という程度のものであって、「畜賦と習慣との種々な関係」についてそれ以上の深い考察が具体的に展開されるわけではない。

結局のところ、読者は「百物語」一編の中で「傍観者」という問題について何ら具体的な手がかりを与えられてはいない、ということになる。飾磨屋の「無形の創痍」といい、「僕」の「生れながらの傍観者」といい、それらは作品の内部自体に開かれた意味をもつ形象ではなく、作品の外側に横たわる作家の〈現実〉を補うことによってのみ初めて一定の意味をもつものでしかない。というより、「百物語」それ自体、傍らに鷗外の〈現実〉を合わせ鏡とし、それとの対照の中でしか具体的な意味を明らかにしない、といった作品構造をもつ一編だったのではあるまいか。

してみると、先天的な傍観者を標榜する語り手そのものの性格も読者はどこまで信じこめるであろうか。たとえば、「僕」をそのまま作者鷗外の分身と解するなど、かえって作品の真の意味とり逃がすことになるのではなかろうか。

一人称の語り手による創作が、しばしば作者自身の現実そのままだと誤解される傾向や弊について、鷗外は充分に予習済みである。「ヰタ・セクスアリス」等で自然主義作家たちのそうした創作論理を揶揄した鷗外(10)は、だから、それを逆用することにもたけている。つまり、「生れながらの傍観者」という「僕」のイメージは、いかにも鷗外その人らしい形象だが、それは真の意味をはぐらかすためにわざと仕掛けられた罠の一種だったのではあるまいか。おそらく「僕」は、当時、周囲の人々の眼に映じていた鷗外の作風や人となり、すなわち、鷗外の外見のコピーにすぎない。たとえば、自分がどのように見られているかについて鷗外が極めて意識的な作家だったことを証する一節がある。以下は、「青年」第六章、平田拊石の講演会に集まった青年たちが拊石と鷗村について噂をするシーンである。拊石が漱石を、鷗村が鷗外自身を寓していることは述べるまでもない。

「併し教員を罷めた丈でも、鷗村なんぞのやうに、役人をしてゐるのに比べて見ると、余程芸術家らしいかも知れないね。」

話題は拊石から鷗村に移つた。

（中略）会話はいよいよ栄えて、笑声が雑《まじ》つて来る。

「厭味だと云はれるのが気になると見えて、自分で厭味だと書いて、その書いたのを厭味だと云はれてゐるなんぞは、随分みじめだね」と怜悧らしい男が云つて、外の人と一しよになつて笑つたの丈が、偶然純一の耳に止まつた。

純一はそれが耳に止まつたので、それまで独で思つてゐた事の端緒を失つて、ふいとかう思つた。自分の世間から受けた評に就いて彼此云へば、馬鹿にせられるか、厭味と思はれるかに極まつてゐる。そんな事を敢えてする人はおめでたいかも知れない。厭味なのかも知れない。それとも実際無頓着に自己を客観してゐるのかも知れない。それを心理的に判断することは、性格を知らないでは出来ない筈だと思つた。

「自分の世間から受けた評」を右のごとく記す鷗外であってみれば、噂の「厭味」を逆手にとることも充分にあり得る。たとえば、「傍観者」と見られている自分を、自認するようなポーズをとりつつ、真の自分を別の形象に仮託する芸当など鷗外にはたやすいわざであったろう。「生れながらの傍観者」と語る「僕」は、自分に貼られたレッテルをそのまま生かした鷗外の外見であり、そうした仮構の自画像の影に隠れながら、鷗外はむしろ飾磨屋の方に自己の内面を仮託している。

一体あの沈鬱なやうな態度は何に根ざしてゐるだらう。あの眼の血走つてゐるのも、事によつたら酒と色とに夜を更《ふ》かした為めではなくて、深い物思に夜《よ》を穏に眠ることの出来なかつた為めではあるまいか。（中略）この百物語の催しなんぞも、主人は馬鹿げた事だと云ふことを飽くまで知り抜いてゐて（中略）冷やかに見てゐるのではあるまいか。

飾磨屋にとっては、安息の時であるべきはずの「夜」さえもがままにならない。その「夜」は、昼の疲れを慰撫する世界ではなく、放恣な想像を夢見る世界でもない。むしろそれは、かえって「深い物思」を際立たせて身を竦《すく》ませる時間なのだ。そうした不眠の夜を迎えるからこそ、飾磨屋の眼は「血走つてゐる」。

だが、ここでもまた、読者は飾磨屋の「深い物思」なるものが一体どのような内実をもつものか知らされはしない。すなわち、そこに鷗外自身の〈不眠の夜〉を重ねないかぎり、結局、その「深い物思」の内実を解読することは困難なのだ。

問題は、もはや「百物語」の中に書かれていることというより、「百物語」の近傍に合わせ鏡として横たわる鷗外の〈現実〉そのものだといってよい。それがたとえ小説の読み方として望ましいものではなく、また、テキストの自立を妨げる仕業であったとしても、こうした作品構造をもつ一編にとって、作品の背後に広がる〈現実〉の読みは一段と重いものとなる。

二

すでにみたように、「百物語」の意味は、作品内の世界に限定しようとすると、どこか見えにくい部分を抱えこんでいる。というより、そこには作者鷗外がはじめからその鍵《キイ》を作品外の世界に設定したふしさえうかがえる。とすれば、作品の素材となった事実をまず一瞥しておく必要があるだろう。

「百物語」が、現実に催された百物語を素材としていることは、つとに森銑三氏の指摘(11)するところである。森氏は、小説の中に実名で登場する依田学海の日記「学海日録」(12)中の記事や「鶯亭金升日記」(13)等に依りつつ、それが明治二十九年七月二十五日の事実であったことを確認している。ただし、それら傍証の中に鷗外の名は見当たらず、他の管見に入った資料や鷗外自身の記述にもその事実を見出すことはできない。従って、厳密にいえば、それが鷗外自身の体験に基づくものか否かは不明ということになる。しかし、作中の記事から推察するかぎり、鷗外が現実の百物語を眼近していたことは確実であろう。

当日の様子は、ひとくちにいえば「児戯たるをまぬかれす」(「学海日録」)といった類いのものであったらしい。しかし、実際に開催されるまでの準備は、降雨順延という事態もあってそれなりに大変だったようだ。その舞台裏の事情については、『歌舞伎新報』第一六四八号(14)の次のような記事が具体的に伝えてくれる。

> 去る十八日両国川開の時を期し向嶋喜多川別荘に於て本誌改良一週《ママ》年祝を兼百物語を催す筈にてそれ〴〵招状を発し前日来邸内の装飾は勿論連《しき》りに諸般の準備を為せしに(中略)四時四五十分頃より降雨頻《しき》りに至れば大に失望を極めたれど(中略)せめて百物語だけを決行せんとの説起り尚未だ全く備準《ママ》は中止せざりしも一旦来賓に対して雨天の節は川開と共に順延すべき由を以て約せし以上は更にその案内を為せばとて多数の人は恐らく来られまじとて向嶋と玄鹿館との間に数回往復の末終に予約の通り断然今廿五日に順延することに確定せしは午後三時を過ぐる頃なりし(以下略)

「百物語」冒頭に「何か事情があって、川開きが暑中を過ぎた後に延びた」とある理由は右によって明らかであろう。
明治二十九年七月は、岐阜県一帯を中心として全国に水害が頻発し、華族や舞台人など各界の士がさまざまな義捐金募集に応じたことが当時の新聞紙上に出ている。恒例隅田川の川開きも、そうした天候不順のあおりをうけて七月十八日開催の予定が一週間の延期を余儀なくされた。一方、川開きと抱き合わせで催すはずだった百物語も、その順延をうけて決断を迫られる。前日十七日から飾りつけられたさまざまな趣向のやり直しや招待状への変更通知などを考えると「決行せん」との説が起きたのもやむをえない。だが、明け方から強くなった雨、川開きの順延決定、雨天の際は川開きとともに順延する旨の予告など、諸般の事情を勘案してついに当日の「午後三時」過ぎに百物語も順延を決定した、というのである。舞台裏の困惑や混乱ぶりは想像に難くない。

一週間後の七月二十五日、百物語はようやく開催にこぎつける。当日の詳細については『歌舞伎新報』第一六四九号[15]の記事が最も詳しいが、ここでは比較的手短かな新聞記事によってその一端をみておこう。すでに森氏らによって紹介済みのものだが、当日より三日後の『東京朝日新聞』第四面[16]に以下の記事がある。

●花火見物と百物語　玄鹿館及び歌舞伎新報社は相連合して一昨々日両国川開きを機とし何れも知己の人々を招待して花火見物と百物語の遊戯とを催したり今其模様を記さんに当日午後六時頃大伝馬三艘（一は玄鹿館にて祭礼の囃子をなし一は新報社にて新橋の紅裙連を載せあり一は東京音楽倶楽部にて芝居にて遣ふ鳴物を奏す）を新富町の川岸より漕出して材木町の川筋を行く来賓は学者、新聞記者、小説家、劇評家、画家、書家、狂言作者、其他俳優、落語家等雑種の人物を交へて百有余名をならん猶ほ両国に達して柳橋の亀清楼より要意の別船にて来会せしも多かりき同夜十時過ぎ花火の終わると共に船を上手へのぼせ向島に到りて予定の場所なる寺島の喜多川へ一同落着たるは十二時頃なり（中略）便器《しびん》に酒を入れ虎子《おまる》に稲荷鮓を盛るなどは少し化されの気味あり時節柄と云ひ場所柄と云ひ大に不感服併しこゝらが前以ってお断りありし悪洒落のところかも知れず（中略）来賓の一番迷惑せしは蚊の多かりしならんが是も初めより世の通どもをいぢめんとの下心なりしやも測りがたし兎に角陰暦十五夜の月はよし夜明けには蓮の匂ひもあり中々面白き遊びにてありしといふ某子句あり曰く鐘ないて幽霊は蚊に喰はれけり

記事はこのあとに主催者内部の「趣向」をめぐる多少の摩擦を伝えたのち、「遂に百物語の無礼講を催す事とはなりけるなり。」と結ばれている。作中で「過ぎ去つた世の遺物」と呼ばれた百物語の実景――すなわち、明治

二十九年七月二十五日の深夜の宴――は、おおむね右のようであった。

また、作中の飾磨屋は鹿島清兵衛、芸者太郎は初代ぽん太をモデルとすることもすでに知られているが(17)、念のためにその簡略なプロフィルを以下に掲げておく(18)。

> 鹿島清兵衛　明治大正時代の写真界貢献者、能狂言の笛の名手。兵庫の人。慶応二年酒醸業鹿島屋に生る。芸名三木助月。東京京橋区新川の分限者鹿島屋清兵衛の養嗣となり、夙に演芸、幻燈、写真などに興味を抱き、斯界のパトロンとして識られた。（中略）また木挽町に大規模なる写真舗玄鹿館を築き、日露《ママ》戦争（日清か?）後の景況の波に乗つて豪奢な大尽生活に耽り、新橋玉の家抱の名妓初代ぽん太を落籍して艶名を謳われ、ついに家産を蕩尽して養子縁組を解消され、世人に今紀文と噂された。（中略）ぽんたは終始愛児を撫育しつつ落魄の夫に侍づき、或は踊の師匠となり、寄席、地方巡業に出て、或は写真業助手をつとめ、世に貞女ぽん太と称された。（中略）大正十三年八月六日没す。年五十九。

なお、百物語が催された前の年、明治二十八年七月二十一日付『都新聞』に、鹿島清兵衛が玄鹿館で盛大な饗応を行った旨の記事がみられる。この催しには、やはり写真に親炙していた亀井茲明伯爵も当日の招きに応じている。他に陸軍将校の参加も伝えられているが、当時、鷗外は日清戦争に従軍し、台湾視察の途上であった。

先行文献や参看し得た資料によって大まかな整理を試みるなら、事実としての百物語は、表向きでは雑誌『歌舞伎新報』改良一周年祝賀のために、編集所・歌舞伎新報社と発行元・玄鹿館とが共催で開いたいささか風変わりな謝恩の宴であった。が、その内実は、雑誌のパトロン的存在であり、玄鹿館のオーナーでもあった鹿島清兵衛が、今紀文と噂された豪奢の一端としてふるまったグロテスクな夏の夜の酔狂だったといえよう。

しかし、鷗外の筆は、そうした実景をそのまま写しとろうとしているわけではなく、酔狂の詳細を再現することに熱心なわけでもない。また、登場人物の人間像にしても、巷間に伝わる鹿島屋清兵衛と飾磨屋の印象は全く異なっている。

つまり、「百物語」の素材となった事実は、それ自体で作品の隠された意味を解き明かすものではなく、むしろその催しに因む別の内実を想起するための材料だったのではなかろうか。たとえば、作者鷗外の関心は、百物語の〈催し〉ではなく、百物語が催された〈年〉に向けられていたのではあるまいか。以下、その点について多少の考察を加えてみたい。

三

「百物語」の冒頭は、以下のように書き出されている。

　何か事情があつて川開きが暑中を過ぎた後に延びた年の当日であつたかと思ふ。余程年も立つてゐるので、記憶が稍おぼろげになつてはゐるが又却てそれが為めに、或廉々《かど〱》がアクサンチュエエせらえれて、翳《かす》んだ、濁つた、しかも強い色に彩られて、古びた想像のしまつてある、僕の脳髄の物置の隅に転がつてゐる。

　勿論生れて始ての事であつたが、これから後も先づそんな事は無ささうだから、生涯に只一度の出来事に出くはしたのだと云つて好からう。それは僕が百物語の催しに行つた事である。

作者はまず「余程年も立つてゐるので、記憶が稍おぼろげ」だという。だが、鷗外の記憶は本当に「おぼろげ」だったのであろうか。

明治二十九年夏の宴は、明治四十四年九月の執筆時点からみると、確かに十五年前の「古びた」体験に相違ない。しかし、「生涯只一度の出来事」を素材の珍奇さによって紹介するつもりなら、印象は強烈で「記憶」も鮮明だったはずではなかろうか。だが、小説を読むかぎり、語り手の「僕」はその催し自体に「しらじらし」さしか感じておらず、趣向にもあまり興味を示していない。第一、「過ぎ去つた世の遺物」と軽んずる古い話を、わざわざ十五年もの時間の埃りを払いつつ引き出しておいて、記憶が「おぼろげ」だというのは、いかにも矛盾している。だとすれば、それはおそらく鷗外一流の韜晦にほかならない。

作者鷗外の「記憶」はけっして「おぼろげ」ではない。なるほど百物語の細部は長い時間の風化にさらされて印象を薄れさせているかもしれない。しかし、その催しが開かれた明治二十九年という「年」はまぎれもなく鷗外の記憶に鮮明だったはずである。

明治二十九年、この年の鷗外に刻まれた記憶は、豪奢の気まぐれが再現したアナクロニズムの饗宴だけではない。同じ明治二十九年、鷗外の人生にとって極めて重大な二つの伝記的事実が起きている。その二つとは、いずれも鷗外にとって密接な関係にある二人の人物の死である。

まず、明治二十九年四月四日、鷗外の父・森静男が萎縮胃および肺気腫のために没している。享年六十一歳、その遺骨は向島須崎町の弘福寺に葬られた。森家の婿養子に入った静男は、あたかもその名に似つかわしく地道で平穏な生涯を送った。たとえば、鷗外の末弟・潤三郎は、父・静男の日常を以下のように伝えている。[19]

父が医療に熱心な事は既に述べた。石州流の茶人だけに行儀作法は厳格だが、他の俗事には一向無頓着で、子供の事は一切母に任せ、趣味としては盆栽いじりと煎茶、後には小鳥を飼育した。

次に、もうひとつの事実も、鷗外に関係の深い人物の死である。明治二十九年七月二十一日付『東京朝日新聞』に以下のような記事がみられる。

過般来病気中の従三位勲四等伯爵亀井茲明氏は不療養相叶遂に去る十八日薨去せられるに付、明後廿三日午前七時小石川区丸山町八番地邸出棺、向島須崎町仁福寺（ママ）[20]墓地に於いて神葬式を営まるゝ由。

維新前、旧津和野藩主・亀井家に典医をもって仕えた森家にとって、代々の主筋にあたる当主の亀井茲明がやはり明治二十九年に没している。亀井茲明は鷗外よりわずか一歳の年長であり、しかも、鷗外はドイツ留学中、のちに洋行してきた茲明の水先案内を務めている。滞独時代の二人の交流は、「独逸日記」および短編「大発見」にその一端をうかがうことができる。さらに、時期こそずれてはいるが、茲明もまた鷗外同様、その少時に西周門下として学んでおり、茲明がドイツで美学を修め、鷗外がハルトマンの美学を論争の塁としたことを考えあわせれば、二人の関係は一般的な主従関係以上の親近感に包まれていたと考えられる。その亀井茲明が明治二十九年七月十八日に没し、葬儀が同年七月二十三日に営まれている。

日付でいえば、亀井茲明の葬儀は「百物語」の宴のわずか二日前に挙行されている。しかもその葬儀の場所は、三ヶ月前、鷗外の父・静男も眠った同じ向島須崎町の弘福寺であった。つまり、鷗外は、敬愛する旧津和野藩当主の亀井茲明の葬儀に列席した二日後、父も眠る同じ墓所から程遠からぬところで開かれた百物語の宴に出かけた、ということになる。

明治二十九年、百物語が催されたその「年」、森鷗外は父と主君とを同時に失っている。しかも、その宴の場所は、二人の人物が眠る弘福寺からほど近い「向嶋」[21]だったのである。いささか図式的にいえば、封建秩序体制を支えた倫理として、儒教にいう〈忠・孝〉の概念の具体的な二本柱を鷗外は同じ「年」に失ったわけである。いうなれば、あの百物語の催しは、鷗外にとって、その精神（倫理）的支柱だったはずの〈忠・孝〉の理念を体現する具体的対象であった人物の喪失とともに「記憶」される〈宴〉だったといえる。無論、こうした「年」の「記憶」が「おぼろげ」であろうはずはない。

「百物語」が鷗外内部のそうした深い喪失感とともに描かれた世界であることはほぼ確実である。たとえば、小説前半で催しの「しらじらしい」ことを何度も強調した「僕」は以下のように述べる。

　百物語と云ふものに呼ばれては来たものの、その百物語は過ぎ去つた世の遺物である。遺物だと云つても、物はもう亡くなつて、只空き名が残つてゐるに過ぎない。客観的には元から幽霊は幽霊であつたのだが、昔それに無い内容を嘘《ふ》き入れて、有りさうにした主観までが、今は消え失せてしまつてゐる。怪談だの百物語だのと云ふものの全体が、イプセンの所謂幽霊になつてしまつてゐる。それだから人を引き附ける力がない。客がてんでに勝手な事を考へるのを妨げる力がない。

右は無論、怪談や百物語の空疎さをあげつらう文脈ではない。それはむしろ百物語などが「人を引き附ける力がない」ことを惜しむ一節であろう。とすれば、「過ぎ去った世の遺物」という表現も、単に百物語のアナクロニズムをさす意味だけではなく、もっと屈折した物言いだったはずである。たとえば、それは鷗外内部に永くつちかわれてきた自身の〈倫理〉的な古色に対するアイロニイではなかったろうか。いわば「てんでに勝手な事を考へる」「今」からみれば、鷗外の世代における時代感覚、たとえばこれまで鷗外の人生を支えてきた〈忠・孝〉の倫理を基盤とする世界観（共通認識）は、もはや「過ぎ去つた世の遺物」にすぎない。そうした現実を前にして、自己の置かれた立場をみずから諷することばだったのではなかろうか。おそらく鷗外は、自分がそろそろ「過ぎ去つた世」の側に押しやられつつあることをみずからに言い聞かせようとしている。自分の時代の終焉をそのように実感するとき、かつて自己の精神的中核であった〈倫理〉を顕現していた存在の死は、鷗外にとってあらためて重いものとして再認識されたはずである。

いささか先走りすぎたが、少なくとも明治二十九年という「年」が、鷗外の「記憶」にとって、単に珍奇な体験を刻むだけの年でないことは明白であり、「百物語」一編のモティーフもまた、素材としての事実のみにとどまらぬ鷗外固有の感慨を掘り下げる中で問われる必要があるだろう。

四

「百物語」のモティーフが、鷗外の「今」に対する深い喪失感に重ねられた父と主君の死にまつわる〈明治二十九年〉

の「記憶」に発する、と主張するためには、まだいくつかの手続きが必要だろう。たとえば、その前提としてまず鷗外の「今」に対する喪失感そのものをもう少し具体的に述べなければなるまい。問題は、明治二十九年の「記憶」の内実だけではなく、「百物語」執筆当時の「今」の鷗外の意識である。

前述したように「百物語」は明治四十四年九月二十四日に脱稿された。小説の素材となった明治二十九年の事実からみれば、十五年前の古びた体験をなぜ明治四十四年という「今」にわざわざ蘇生させる必要があったのか。というより、そもそも当時の鷗外に、「百物語」自体には全く登場してこない〈父〉や〈主君〉にまつわる何らかの感慨が確かにあったのかどうか。

少なくとも〈父〉に関してなら、明治四十四年の鷗外の意識がその方角に向いていた論拠はある。たとえば、先にその名をあげた短編「カズイスチカ」は、在りし日の〈父〉の姿を描いた唯一の作品であり、後述するようにそこで鷗外は〈父〉との距離を精妙に計測しながら自己の精神的〈臨床記録《カズイスチカ》〉をひそかに描いていた。

明治四十四年一月十五日の「鷗外日記」に以下のような記事がみえる。

雪。母上咽頭炎にて発熱し給ふ。Casuistica を草し畢る。

新年の公的機関への挨拶や行事が一段落した頃、鷗外は雪模様の休日をもっぱら思索や執筆に費したらしい。観潮楼の別室で寝込む母の発熱を承知しながら、鷗外は「Casuistica」執筆に精を出し、草し了る。だが、その作品は、病いに伏す母ではなく、在りし日の〈父〉と自分との交歓風景を素材とするものであった。

鷗外その人を語るとき、彼の母・峰子の存在は重く、鷗外研究家がしばしば語るところでもある。しかし、その父静男の存在はどこか影が薄い。いわば「カズイスチカ」は、いつも遠慮がちだった父に対して、鷗外が没後十五年目にして初めて手向けたかの観がある一編である。

「カズイスチカ」は、作品の意味を論じられることは少ないけれども、次の一節だけはしばしば引かれてきた。

そのうち、熊沢蕃山の書いたものを読んでゐると、志を得て天下国家を事とするのも道を行ふのであるが、平生顔を洗つたり髪を梳つたりするのも道を行ふものであるといふ意味の事が書いてあつた。花房はそれを見て、父の平生を考へて見ると、自分が遠い向うに或物を望んで、目前の事を好い加減に済ませて行くのに反して、父は詰まらない日常の事にも全幅の精神を傾注してゐるといふことに気が附いた。宿場の医者たるに安んじてゐる父の resignation《レジニアシオン》 の態度が、有道者の面目に近いといふことが、朧気ながら見えて来た。そして其時から遽に父を尊敬する念を生じた。

早くは「予が立場」(明42・12)以後、鷗外精神の代名詞ともなった「resignation」(諦念)を解説するためには、右はいかにも便利な一節ではある。確かに「日常の事にも全幅の精神を傾注」し、宿場の医者に「安んじてゐる」生活態度は、「妄想」中の遠くを見つめて現在の不満を嘆く「永遠なる不平家」と対置する人生で、鷗外精神の〈諦念〉を論ずるのに恰好の作者自註だといえる。しかし、作品それ自体はそもそも鷗外の〈諦念〉を解題するために書かれたものではない。

重要なのは、鷗外がこの作品を執筆した明治四十四年に、ようやく〈父〉の姿がおぼろげながら「見えて来た」と語った事実である。作者鷗外の脳裡にあったのは、作中の花房医学士が熊沢蕃山を読んだ「其時」の想いではない。今を去る十五年前に没した父の生涯が、五十歳を迎えたこの時に、重い意味をもって鷗外に蘇ってきたという吐露が重要なのである。つまり、日常の些事に全幅の精神を傾注した〈父〉の人生が「有道者の面目に近い」と見えるほど、明治四十四年の鴎外が、「天下国家を事とする」「道」に嫌気がさし、ある精神的な動揺に足元を洗われていたということである。だからこそ鷗外は、無欲で平穏な人生に安んじた父の生き方に、あるいは、その生涯を支えた何ものか――たとえばひとつの〈倫理〉――に懐かしさをこめた共感をうたおうとしたのではあるまいか。

ところで、「カズイスチカ」は、右の引用部分を境として、前半と後半に分かれる。後半では、作品の題名となった三例のカズイスチカ（臨床記録）が語られる。

第一の臨床例は「落架風」すなわち両側下顎脱臼である。父から呼びつけられて治療を委せられた花房は、初めてにもかかわらず見事に成功する。

花房はしたり顔に父の顔を見た。父は相変らず微笑んでゐる。

「解剖を知つてをる丈の事はあるなう。始てのやうではなかつた。」（中略）

「下顎の脱臼は昔は落架風と云つて、（中略）学問は難有いものぢやなう。」

第二の臨床例は「一枚板」すなわち破傷風である。

翁は聞いて、丁度暑中休みで帰つてゐた花房に、なんだか分らないが、余り珍らしい話だから、往つて見る気は無いかと云つた。（中略）

花房は興味あるCasus《カズス》だと思つて、父に頼んで此病人の治療を一人で受け持つた。

その結果、この病人も全快に至る。

第三の臨床例は「生理的腫瘍」実は寡婦の妊娠の話である。父は不在で、助手の佐藤が花房に診察を頼む。

「むづかしい病気なのかね。もうお父つさんが帰つてお出になるだらうから、待せて置けば好いぢやないか。」

「併しもう大ぶ長く待せてあります。今日の最終の患者ですから。」

「さうか。（中略）僕が見ても好い。一体どんな病人だね。」

助手には手に負えず、他の医者でも診断がつかず、癌の疑いまでかけられていた患者を、花房は即座に妊娠だと見破って一件は落着する。

小説の前半は、老父の日常を描きつつ、息子の新しい医学の成長に温かい視線をおくる〈父〉の姿と、医学の知識では勝りながら父には及ばぬ点があることを知る息子が父の淹れる煎茶を「翁の微笑と共に味は」う「対座の時」が描かれる。一方、後半は、右にみる如く、三例の臨床記録が無雑作に投げだされたように描かれる。しかし、引用部分を少し注意深く眺めるなら、この三例は父と息子の間の〈距離〉が確実に離れていく挿話となっている。

第一例では、息子の眼は「微笑」む「父の顔」を間近に見ており、しかも誇らしい息子に対する満足げな〈父〉の肉声もある。第二例では、珍しい患者の診察を息子に勧める父の間接的な声はあるが、息子がいったん患者を「一人で受け持つた」後、〈父〉はその姿を見せなくなってしまう。第三例になると、「帰つてお出でになる」はずの「お父つさん」はついに姿を見せず、〈父〉が不在のまま小説は終わる。

小説の前半、後半の第一例、第二例、第三例と進むに従って、〈父〉の姿は確実に薄れ、息子との距離は遠ざかり、ついに消滅してしまう。鷗外が「カズイスチカ」の中で描いたのは、その姿がついに見失われてゆく〈父〉とのはるかな距離である。実父の没後すでに十五年、とり返しのつくはずもない〈父〉との距離をあらためて計測し、凝縮してみせた鷗外の内面は興味深い。「カズイスチカ」における〈父〉とのはるかな距離は、同時に〈父〉との「対座」で光彩を放ったかつての自分の誇らしげな若年時に対する距離感でもある。いわば自己の精神的基盤でもあったその誇らしさは、〈父〉の残像がまだ反照している時代までは有効だが、〈父〉の反照がすっかり消滅するとき、息子・鷗外の時代もまた終焉に瀕することとなる。その意味で、明治四十四年初頭に描かれた〈父〉の消えゆく影像は、やがて鷗外がみずからに言い聞かせるようにうたった挽歌の前奏にほかならない。こうしてみると、明治四十四年、鷗外の脳裡には亡父へと傾斜する素地が確かにあった。

ところで、もうひとつの問題、当時の鷗外の旧〈主君〉に対する意識はどうか。鷗外と亀井家の関わりを略述するなら[22]、明治四十年九月八日、福羽美静とともに「亀井伯家家政相談人に委任[23]」されて以来、鷗外はしばしば向島の亀井家に出入りすることとなる。亀井家歴代の主《あるじ》で鷗外の人生と重なり合う人物は、津和野藩最後の藩主十二代亀井茲監から十三代茲明、十四代茲常、十五代茲建である。このうち、明治四十四年当時の亀井家当主は茲常で、彼は明治二十九年に没した茲明のあとを嗣いだ。茲常については、「鷗外日記」明治四十二年四月一日や七月十四日の項に彼の大学卒業に関する記事がみえる。同じ明治四十二年の記事では、鷗外が福羽の依頼をうけて茲常の式部官採用を山縣有朋に請い、十二月二日にそれが決定したとあるのが目につく。明治四十三年、一月には茲常のヨーロッパ留学が商議され、三月五日にはその洋行を送り、同年五月には、亀井家襄祖伝記（玄武公事蹟）編纂の依頼をうけている。

さて問題の明治四十四年における鷗外と亀井家の関わりはどうだったか。「鷗外日記」によってその概略を摘記すると以下のようになる。

一月一日、新年祝賀の最後に亀井伯夫人に拝謁。
一月二十六日、玄武公伝記の議で亀井邸。
二月十九日、亀井邸で相談人会。
三月六日、亀井邸で晩餐。
五月七日、亀井伯夫人留別の宴、丸山邸。
五月八日、夫人告別のために来る。
五月二十日、夫人洋行を新橋に送る。
八月二十八日、亀井邸で相談人会。
九月八日、亀井邸で家乗編纂会議。
十月六日、茲矩公略伝の件で佐々布充重が来る。
十一月二十九日、パリ在の亀井伯夫妻に葉書を発信。

自身の多忙な公務や執筆の合間をぬって、鷗外はいかにも実直に家政相談人としての役目を果している。右の記事から、鷗外がとりわけ明治四十四年に〈主君〉への感慨をあらたにすべき特別の事由を見出すことはできない。しかし、かつての主家に対する鷗外の忠勤ぶりはまぎれもないし、亀井伯邸への出入は常に〈向島〉という土地にまつわる「記憶」を新たなものに再生させる。さらに推測すれば、前年末の茲常の洋行とこの年の夫人の旅立ちは、かつての自身の洋行と彼地における〈主君〉茲明との曾遊《そうゆう》を思い起こさせるものであったかもしれない。

「カズイスチカ」にみられる〈父〉静男への想いに比べれば、〈主君〉茲明にまつわる感慨が特に明治四十四年に際立つという材料は乏しい。だが、亀井家とのかかわりのない密接な関係は、鷗外と同世代の〈主君〉茲明への記憶を妨げるものではなく、むしろいつでも連想がそうした感慨と結びつき得る状況にあったといえるだろう。

五

「百物語」のモティーフが、〈明治二十九年〉という遠い記憶の中のふたりの〈死〉に重なって胚胎したことは、ほぼ間違いないと思われる。しかし、さらにいえば、明治四十四年の鷗外をそのようなはるかな想いへと誘った直接の契機とは何だったのだろうか。

明治四十四年、鷗外をとりまく周辺の現実は文字通り激動の連続だった。そのひとつひとつがいずれも鷗外の生活にとって大きな問題であり、ここにそれらを詳述する余裕はない。従って、その概略だけを大急ぎで瞥見しておくなら、おおむね次のような〈現実〉が「百物語」一編のすぐ近くで渦巻いていた。

明治四十四年、年頭早々の大逆事件の判決と処刑、また、その思想統制による前々年来の発禁の激増、さらには二月から三月にかけての南北朝正閏論争、そしてまた、直属の上司であった陸軍次官石本新六との確執および陸軍補充条例改正問題など、いずれも鷗外を直接・間接に揺さぶる重大な問題が続発している。(24) とりわけ、「百物語」

の執筆直前、同年八月の内閣更迭に際して、それまで鷗外の直接の後ろ盾であった陸相・寺内正毅の閣外転出と仇敵・石本の新陸相就任は、鷗外の現実問題として最大の衝撃だったであろう。私見によれば、このとき、鷗外は官途における自分の人生が終焉に近づいたことを否応なく、熟知したはずである。そして、このような〈現実〉が鷗外をして、はるかな過去の時間へと赴かせたのであろう。

　無論、「百物語」における過去への傾斜は、これまでの鷗外がその明晰な頭脳によって処してきたような〈現実〉に対する弁疏《べんそ》などではない。明治二十九年という「年」を鍵《キイ》とする〈父〉や〈主君〉へのはるかなまなざしは、むしろ眼前の〈現実〉に訣別を告げる鷗外のひそかな瞑目のしるしにほかならない。もはや鷗外は、誰に語るのでもなく、もっぱら自分自身のためにみずからの〈挽歌〉をうたいはじめようとしているのではなかろうか。

　たとえば「百物語」の中に以下のような一節がある。

> その飾磨屋がどうして今宵のような催しをするのだらう。世間にはもう飾磨屋の破産を云々するものもある。（中略）それでゐて、こんな催しをするのは、彼が忽ち富豪の主人になつて、人を凌ぎ世に傲つた前生活の惰力ではあるまいか。その惰力に任せて、彼は依然こんな事をして、丁度創作家が同時に批評家の眼で自分の作品を見る様に、過ぎ去つた栄華のなごりを、現在の傍観者の態度で見てゐるのではあるまいか。

「破産」に瀕しているのはひとり飾磨屋の財産だけではない。鷗外もまた、自分の人生を培ってきた精神的中核や官途が破産に瀕していることをしみじみと実感している。

「僕」は、飾磨屋の態度を「創作家が同時に批評家の眼で自分の作品を見る様」な「傍観者」のものと評するが、そのような表面上の冷静さはたかだか他人の見る外見にしかすぎない。自分の人生が「破産」に瀕し、崩壊して行くさまを「血走つてゐる」眼で凝視し続ける当人の思いは、それほど生易しいものではなかったはずである。作中の飾磨屋がついにその「無形の創痍」を語らぬままに自己の「前生活」に殉じるのは、それがけっして他人には語り得ぬ自己の宿命の如き道だったからにほかならない。鷗外もまた、「百物語」を書くことでひそかに自己の〈出自〉をたずね、自己のたどるべき道をさぐろうとしているのかもしれない。

鷗外の「前生活」とは、たぶん、明治二十九年をひとつのエッポクとする〈主君〉と〈父〉が体現していた忠・孝の概念を基軸とする世界であったろう。そこに自然と胚胎され、鷗外五十年の人生を中核において支えてきたひとつの倫理が今まさに崩壊しようとしている。

> 舟から出るとき取り換へられた、歯の斜に耗《へ》らされた古下駄を穿いて、ぶらりとこの怪物屋敷を出た。少し目の慣れるまで、歩き艱《なや》んだ夕闇の田圃道には、道端の草の蔭で蛼《こおろぎ》が微かに鳴き出してゐた。

「百物語」の最後に近いこの叙景描写は、いかにもしっとりとしている。そこに鷗外自身の後ろ姿が描かれているわけではないが、どこか現実に背を向けて人生にひとつの区切りをつけた人間の寂寞が漂っているとはいえまいか。斜めにすりへった「古下駄」をひきずって「歩き艱」む「夕闇」の道は、すでに過去の世代に属する鷗外にとって明治四十四年は生きにくい現実であり、自分の人生がもはや晩年の夕暮れにさしかかっている、という、ほろ苦い暗喩だったように思われる。飾磨屋のみならず、鷗外もまた、自己を育んだ「前生活」の〈倫理〉に殉じようとし始めている。

注

（1）田中実「谷豊栄心中始末と森鷗外」（『立教大学日本文学』第28号、昭47・7）参照。

（2）森潤三郎『父親としての森鷗外』（昭44・12、筑摩書房）参照。

（3）『鷗外その紋様』（小沢書店、昭59・7）参照。

（4）「〈共同体〉のレミニッセンス——『カズイスチカ』と『百物語』——」（『文学』昭52・1、岩波書店）参照。

三好論は、「カズイスチカ」を「百物語」と重ねて読む点や、この時期の鷗外の「帰属感の混乱」を指摘している点において、拙稿と通底する。ただし、そこに主君茲明についての言及はなく、「カズイスチカ」そのものの捉え方も異なる。

(5)「鷗外の短篇小説」（『文藝・臨時増刊　森鷗外読本』昭31・7、河出書房）参照。

(6)「傍観者の位置」（『森鷗外』昭16・12、三笠書房）参照。

(7)『鷗外闘う家長』（昭47・11、河出書房新社）参照。

(8)『森鷗外　近代文学鑑賞講座4』（昭35・1、角川書店）参照。

(9)「『百物語』と鹿島清兵衛」（『鷗外』第9号、昭46・9）参照。

(10)拙稿「『ヰタ・セクスアリス』の底流（上）」（『熊本短大論集』第31巻2号、昭55・10）参照。そこで『ヰタ』が自然主義文学に対する「アイロニーとしての〝性欲の実験装置〟」である点に言及している。

(11)「『百物語』余聞」（『中央公論臨時増刊　歴史と人物』昭46・4、中央公論社）参照。森氏には他に『東洋文庫135　明治東京逸聞史1』（昭44・7、平凡社）や「鷗外と学海」（『鷗外全集　月報9』岩波書店、昭47・7）などの「百物語」に関する言及がある。

(12)無窮会所蔵。なお、森氏（「鷗外と学海」〈注11参照〉）は、当日の日記欄外にある学海の記事「余が詩」を不明としているが、それは『歌舞伎新報』一六四九号（明29・8）に依田百川署名で発表された漢詩「鬼趣行」のことだと考えられる。〔補記〕拙稿初出当時は原本に拠ったが、現在は『学海日録』全11巻・別巻1（平3・9〜平5・6、岩波書店）として翻刻されている。

(13)花柳寿太郎・小島朔二編『鶯亭金升日記』（昭4・7、演劇出版社）参照。

(14)明治二十九年七月、歌舞伎新報社刊。

(15)　明治二十九年八月、歌舞伎新報社刊。ここには当日の様子が十三行の長きにわたって詳細に述べられている。

(16)　明治二十九年七月二十八日付。

(17)　（注9）ほか参照。

(18)　『日本人名大事典』（昭54・7、平凡社）参照。

(19)　（注2）に同じ。

(20)　「仁福寺」は明らかに「弘福寺」の誤記もしくは誤植。

(21)　「向島」（小梅町）は鷗外が上京して最初に「僦居」した（「自紀材料」）土地であり、こうした場所への感慨も含まれるかもしれない。また、後年の『渋江抽斎』「その十六」の中に鷗外が「向嶋」の「新小梅町、小梅町、須崎町の間を徘徊」し、ついでに弘福寺の「先考の墓に詣でた」という記事があり、その親近感をうかがわせる。

(22)　以下は主として当年の「鷗外日記」による。なお、亀井家およびその人脈等については、長谷川泉『鷗外「イタ・セクスアリス」考』（昭43・7、明治書院）参照。なお、茲明については、同じく長谷川氏の『続鷗外「イタセクスアリス」考』（昭46・12、明治書院）に「独逸日記」を中心とした言及がある。

(23)　「自紀材料」参照。

(24)　この辺の詳細については拙稿「明治四十四年、鷗外の生活」（近畿大学『近代風土』第25号、昭61・5）において論じた。本稿とともに併読していただければ幸いである。

「ヰタ・セクスアリス」の〈寂しい〉風景
――鷗外と故郷――

はじめに

のちの鷗外、森林太郎が父静男と故郷津和野を旅立ち、東京に向ったのは、明治五（一八七二）年六月二十六日のことである。[1]ときに数え十一歳であった。以後、鷗外は二度と故郷の土を踏むことがなかった。たとえば自分の時間に比較的恵まれた小倉時代、東京との往復で近くを通ることがあっても、[2]あるいは陸軍軍医総監・医務局長へ昇進したのち、各地の衛戍病院を視察し、もう一歩足を伸ばせばという際にも、鷗外は故郷に立ち寄らなかった。最晩年、当時の津和野町長の懇請に応じ、帰郷を承諾したとの伝聞もあるが、[3]結局のところ腰を上げず、帰郷は実現していない。

帰ろうと思えばいつでも帰れる――、そうした境遇にあってもなお故郷に帰ろうとしない。この事実が鷗外の故郷をめぐる意識についての議論をいっそう複雑にする。議論はしばしば、鷗外最期の遺言とも関連づけられ、「余ハ石見人森林太郎トシテ死セント欲ス」といった一節が故郷に対する鷗外の愛着の例証とされる。だが、迫りくる死を目前に、宮内省・陸軍省への怒気もあらわに絶縁を宣した文中の「石見」と、冷静に人生を反芻しながら刻みこんだ〈故郷〉への感慨とはけっして同じものではない。[4]

鷗外はなぜ帰郷しなかったのか。そこには故郷に対する何か特別の思いがこめられていたのか。この問いに答えるには、やはり、彼自身が故郷をどのようなかたちで語っているかを、予断を排して見つめ直すしかない。もっとも、鷗外の故郷に対する言及のほとんどは素っ気のない応接で、話題のついでに故郷の名に触れた、といった具合である。ある時期の「鷗外日記」には津和野や石見との交流が頻出するが、これはむしろ異例のことに属する[5]。強いていえば、旧津和野藩主亀井家への忠勤ぶりが目に付くが、これも家政相談人の任に当たっていたからで、つねに職責をまっとうする鷗外の生真面目さの一端にほかならない。同郷のよしみで依頼された講演や談話には、当然のことながら津和野や石見の名が登場するが、そこでも彼はけっして手放しの郷土愛など語ってはいない。

要するに、鷗外は、たとえ文章であっても故郷にふれるのはどこか気が差すといった風情なのだ。だが、発禁処分すらも辞さなかった[6]「ヰタ・セクスアリス」の場合はやや例外だろう。そこではめずらしく鷗外自身の意思で〈故郷〉にまつわる心象風景が描かれ、その微妙な心情の揺らぎを伝えている。鷗外の故郷意識は、たぶん、「ヰタ・セクスアリス」のなかに最も典型的なかたちで刻みこまれている。

「ヰタ・セクスアリス」の叙述

「ヰタ・セクスアリアス」（以下、『ヰタ』と略記）は、明治四十二年七月号の雑誌「スバル」に発表され、発行日も含めて二十八日目に発禁処分となった。その経緯や背景についてはかつて拙論を試みたことがあり[7]、ここでは繰り返さない。物語の構成は、ごく大まかにみて三部立てである。主人公金井湛がなぜ「おれの性欲の歴史を書いて見よう」と考えたかを述べる前書き部分、金井君の「六つの時」から「二十一」歳のドイツ留学までを回想した原稿部分、そして、原稿の中断とその理由を述べる後書き部分、の三部である。問題の故郷の描写は、一編の本体ともいうべき金井君の回想（原稿）部分、とくに「六」歳から「十一」歳に至る前半に集中している。

金井君の回想（原稿）は淡彩画ふうにスケッチされた故郷の風景から始まる。

> 六つの時であつた。
> 中国の小さいお大名の御城下にゐた。廃藩置県になつて、県庁が隣国に置かれることになつたので、城下は俄に寂しくなつた。

この一節については、長谷川泉[8]が早くに以下のような指摘をしている。

> 鷗外六歳の時はすなわち慶応三年である。明治新政府による廃藩置県の措置がとられたのは、明治二年の版籍奉還についで、明治四年七月十四日、在京の諸藩知事を招集して詔書が発せられたことによる。ゆえに「ヰタ・セクスアリス」の記述は、金井湛を鷗外その人の事実と考える場合には事実と相違する。廃藩置県の時をもってすれば、明治四年はすなわち鷗外十歳の時となる。

「廃藩置県」は鷗外の「六つの時」ではなく、十歳時に起きた歴史的事実である。つまり、『ヰタ』の回想冒頭と鷗外の伝記的事実のあいだには四年の〈時差〉がある。

四年の時差は、さしあたり金井君の回想が鷗外の自伝ではないということの端的なしるしである。だが、『ヰタ』には逆に、主人公を作者の分身だと読ませたがるそぶりがそこここに見える。たとえば、当時の読者にとって鷗外が津和野出身であることは周知の事実である。それゆえ作者名が「森林太郎」と署名され、主人公の故郷が「中国の小さいお大名の御城下」と書かれていれば、読者はおのずと中国地方の小藩・津和野を連想し、主人公＝鷗外という暗黙の示唆をうける。すでに前書きでも「夏目金之助」や「自然主義」など身近な実名や文壇事象への言及によって主人公の背後には作者鷗外の素顔が透けており[9]、津和野への連想はさらに鷗外のかげを色濃くする。つまり、作者は伝記的事実が『ヰタ』を読む重要な補助線であると指嗾《しそう》しつつ、四年という時差を折り込む。

『ヰタ』の叙述には、伝記的事実に反する時差をおかして一定の意図を実現しようとする志向と、主人公＝作者という構図を浸透させようとする暗示とが交錯している。津和野という具体名を消去しつつも、中国地方の小さな城下町と書いてそれを匂わせる一種の〈見消《みせけち》〉はそうした複雑さの一端だろう。いわば虚と実の双方向に引き裂かれたこの叙述は、たとえるならアリバイの主張（隠蔽）と告白の誘惑に揺れる犯罪者の心理に似て、微妙なうしろめたさやわだかまりの反映である。それはほかでもない故郷に対する作者の思いが、どこか引き裂かれたアンビバレントな心情をひきずる記憶だったことのあらわれでもある。

先の回想冒頭シーンをもう一度思い起こしてみればよい。金井君は、故郷の記憶が、何よりもまず「廃藩置県」とともに刻印され、しかも「寂し」い心象風景として想起される、と語り始める。故郷が単に懐かしさや誇りの対象であるなら、ひとはけっしてこのような「寂し」い光景から語り出しはしない。したがって、もし鷗外の故郷意識を問うのであれば、この引き裂かれた叙述に即応する、すなわちうしろめたさやわだかまりのつきまとう〈故郷〉をこそ鷗外の意識として問い返す必要がある。

廃藩置県と津和野

鷗外は故郷を描くのに、なぜ「廃藩置県」を回想の冒頭に据え、事実を曲げて「六つの時」に設定したのか。まず、鷗外と廃藩置県の関連をふりかえってみよう。

『ヰタ』は、「性欲」という表向きの意匠をそぎ落とせば、自分という存在が「どう萌芽してどう発展したか」を「つくづく考えてみ」るための精神的自叙伝の試みである。(10) もっとも、国家や家という〈公〉の使命に寄り添うかたちで〈私〉の人生を実現してきた鷗外にとって、それは日本の近代化の過程をふりかえることとほぼ同義である。そして、「廃藩置県」こそは、鷗外にとっても新たな近代国家にとっても、大きな分岐点となる重要な歴史的エポックだった。

廃藩置県が日本の近代化における「第二の維新であり、明治以降あらゆる制度の發展の上で時期を前後に畫するもの」(11)だというのは近代史の常識に属する。それは日本の近代化を外からながめる視点によっても裏づけられる。ラフカディオ・ハーンが日露戦争直前に執筆した『神国日本』(12)は、巻末近くの一節「産業上の危機」で、廃藩置県を「一八七一年の維新」と表現している。ハーンによれば、「『舊日本』の社會史」には二つの革命時代があり、第一の革命を「皇室の文武権を、藤原氏が簒奪した事」とすれば、第二の革命は「一八七一年の維新」すなわち廃藩置県から「一八九一年の第一議會開會」までの時期で、その「革命の特徴」は「廃藩」を筆頭とする「武士の抑壓と、貴族の軍隊に平民の軍隊が代つた事」などにある、とされる。

廃藩置県はたしかに実質的な近代の幕開けであり、第二の維新である。だが、その歴史的重要性だけが、四年の時差をおかし、廃藩置県を回想の冒頭に据えた理由のすべてではない。廃藩置県は何よりも鷗外の〈故郷〉津和野ときわめて密接な歴史であった。

前出長谷川氏は、津和野と廃藩置県の関係について「版籍奉還から廃藩置県に及ぶ諸藩主の一連の行動のなかで、津和野藩主亀井茲監《これみ》のとった考えと行動は刮目に値した」と語り、その背景に「新時代の到来を見とおす」「津和野学があった」ことを強調、加部巌夫編「於杼呂我中《おどろがなか》　亀井勤斎伝」(13)ほかを参照しながら次のように述べている。

〔廃藩置県の建議には──筆者注〕版籍奉還の実態が名ばかりのもので、封建遺制が残存され、新政府による治世の実があがらなかったことが、痛烈に批判されている。そして、版籍奉還の実をあげるべき廃藩置県の措置は、亀井茲監の建言と、まずみずからの実践的行動によって断行されるにいたったのである。亀井茲監はこの年（明治四年）九月十日には、家族をあげて津和野を発して上京、二十八日には木挽町の私邸に移った。そして、この日、外桜田にあった藩邸を返上したのである

この表現によれば、廃藩置県という維新の一大事業は、津和野藩主亀井茲監が口火を切り、その率先垂範的な先

導によって初めて実現したという印象を与える。だが、このニュアンスは少々訂正する必要がある。たとえば、松尾正人[14]によれば、明治四年七月十四日の廃藩置県詔書の発布に「先んじて廃藩をしたのは一三藩を数え」るが、津和野藩は最後の十三番目の願い出となっている。[15]もっとも、そうした諸藩のすべてが積極的な廃藩だったわけではなく、幕末維新の動乱による経済的破綻からの余儀ない申し出も多かった。明治四年の正月以来、徳島藩・鳥取藩・名古屋藩など有力諸藩の知事が相次いで廃藩を申し出、さらに旧大藩が同年四月に「大藩同心意見書」十八ヶ条をもって廃藩・州郡県制度および兵権・財政の統一などを献策したことで、廃藩置県やむなしの流れはほぼ決定的になったと思われる。四月以後、さらに丸亀藩・竜岡藩などの諸藩がこれに続き、六月二十五日になってようやく津和野藩の廃藩願が出される。つまり、事実を正確にいえば、津和野藩は、全国の廃藩置県の流れをじっくりとうかがい、その趨勢が決定的になったところで、藩の自主性というタテマエをぎりぎり保てる時機をはかって願い出た、ということになる。これを津和野人一流のこざかしい「小才」[16]だなどという必要はない。機を見るに敏なこの絶妙の判断は、雄藩(長州)に隣接する小藩が幕末維新の激動期を切り抜けて生き残る唯一の知恵だったに違いない。

　廃藩置県は、津和野藩先導によるわけではないが、栄誉ある歴史だったことは間違いない。当時の新聞も津和野藩の廃藩願を次のように大きく取り扱っている。

　亀井津和野藩知事、辭職ヲ請フ建言書ノ略ニ曰、(中略)治教未ダ上下ニ洽浹セズ、窃ニ惟ミルニ(中略)縣治ニ參スルニ藩治ヲ以テスルニ由ル、(中略)方今各藩ノ知事、門閥ヲ以テ職務ヲ世襲シ多ク其任ニ當ラズ、大參事以下モ唯管内ノ人撰ニ出デ人材ニ乏ク、(中略)仍テハ皇基ヲ更張シ、御政體ヲ簡嚴ニ御改革在セラレ、列藩ヲ廢シ、縣治ヲ置キ、廣ク人材ヲ撰擧シ、政治一致ニ歸シ、徧ク教道ヲ敷キ、人心一和仕ル様御處置在セラレ度奉專祈候云々。(明治四年六月「新聞雑誌」第四号[17])

新しい近代国家としての政治理念が全国に浸透しないのは、「県治」を目指すべき地方政治の実態が相変わらず「藩制」に依存し、しかも「藩知事」の職制が旧態依然たる門閥によって世襲され、人材の登用も限定されているからだ、だから、この際、天皇の志しをさらに徹底し、政治体制を改革し、廃藩置県を実現し云々――、と亀井茲監は直言する。この率直な建言と明解な論旨は、たしかに藩校養老館に象徴される尊皇と尚学の精神の反映かもしれない。だが、この場合、さらに重要なのは、津和野藩の建言が旧藩主たちからの自主的な廃藩願を望んでいた政権中枢部の意向にそい、時機的にも恰好の申し出だったという点だろう。松尾氏は前掲書のなかで以下のように述べている。

津和野藩は、府藩県三治一致が名のみで実があがっていないとし、列藩を廃して全国をことごとく郡県治とすべき旨を上表した。同藩は、廃藩を受理されたのち、浜田県に合併されている。木戸〔孝允―筆者注〕は、この津和野藩の廃藩願を「百藩御誘導の一端とも奉存」と称賛した。財政の破綻でよぎなくされたものではなく、純真に郡県達成のさきがけを企図した行為として評価している。藩知事亀井茲監は従三位に叙せられ、「将来の治体を達観」した建言を「満足に被思食候」とする「聖旨」が伝達されたのである。

津和野藩の廃藩願は、先後順ではなく、その内実において百藩を「誘導」するに値する重要な事例として為政者側の高い評価を得た。評価のポイントは「財政の破綻でよぎなくされたものではな」いという点である。事実、それを証する次のような新聞記事もある。

津和野藩の会計頗る好成績

津和野藩願ノ通リ藩ヲ廢セラレ、濱田縣管轄ニナリタリ、向ニ廢藩ヲ願ヒシトキ、會計ノ方法等ニモ能心ヲ盡シ、藩債、藩楮幣償還ノ目的ヲモ立、入税ヨリ一藩ノ諸費ヲ比較シテ、毎歳米二千九百石、金八萬千二百兩ノ餘資ヲ得ルニ至ルト（明治四年七月『新聞雑誌』第六号[18]）

廃藩置県による管轄移譲で明らかとなった諸藩の財政状態は、ほとんどが破綻の危機に瀕していた。幕末維新の激動にともなう戦費の増大や経済活動の停滞は、赤字国債ともいうべき種々の藩札類を濫発させ、インフレと赤字をいっそう増大させた。そうしたなかで津和野藩だけはきわめて健全な財政状態を誇り、上掲の新聞記事によれば毎年「米二千九百石、金八萬千二百兩」の「餘資」すなわち黒字を計上していたことになる。たとえば、同年八月十八日付の太政官布告（「太政官日誌」54）に「従来諸藩に於て製造通用の楮幣、このたび廃藩に付きすべて当七月十四日の相場を以て、追て御引替え相成り候段相達し候」云々とあるように、廃藩置県後の一連の布告には赤字の旧藩の肩代わりと通貨の切り替えに頭を悩ます政府の苦衷があらわである。そして、その経済的負担が深刻だっただけに、津和野藩の健全財政はひときわ光るものだった。

幕藩体制の旧弊を脱しきれない現状への果敢な直言と率先垂範的な行動に加え、中央政府にいっさい経済的負担をかけない藩財政は、津和野藩の廃藩願をいっそう輝かしいものにした。そうした二重の意味で、近代化の幕開けを告げる廃藩置県こそは、津和野藩出身者の誉れの歴史となったのである。だとすると、鷗外が回想の冒頭に廃藩置県を据えたのも、〈故郷〉へ捧げたオマージュだったのだろうか。だが、故郷の誉れの歴史を刻んだにしては、『ヰタ』の「廃藩置県」の光景はあまりに「寂し」過ぎる。

栄光の裏側

廃藩置県は、「小さい」藩が日本の近代化に刻んだ大きな足跡であり、津和野を故郷とする人々にとってたしかに栄光の歴史だった。だが、画期的な新しい変革の波は、その裏側で下級武士や庶民たちに苛酷な生活の激変を強いることになる。後述するように、廃藩置県の断行は、故郷での平穏な生活から浮沈の激しい近代化の波に翻弄される、厳しい都市生活への流出者を多く生み出すことになるだろう。現に、鷗外一家が故郷を離れたのも、流出ではないにしても、そうした余波のひとつにほかならない。

　廃藩置県は、近代化を推進する大きな一歩であると同時に、地方の心温まる故郷を急速に衰退させるもろ刃の剣であった。津和野藩が浜田県に吸収合併され、県庁所在地が移管された結果、津和野の城下が「俄に寂しくなつた」という金井君の回想はまぎれもない事実である。そして、こうした故郷の衰微は加速度的に進行する。

　たとえば、廃藩置県の詔書発布から二年後（明治六年）の夏には早くも「吉見氏築城以來坂崎ヲ經、龜井家ニ至リ、殆五百年ニナンナン」とする津和野城が競売によって落札され、まもなく「取毀の運命」になるとの記事（明治七年十二月「濱田新聞誌」六）が見える[19]。山ふところにある小さな町を風雪を重ねて見下ろしてきた由緒ある城郭は[20]、いわば故郷の風景の中核をなす最大のランドマークだったはずであり、その取り壊しは文字どおり〈故郷の解体〉を意味する象徴的な出来事だったに違いない。また、明治九年十月に起きた萩の乱（前原一誠の乱）は、翌十一月に至って首謀者一党が石州路に脱走し（「東京日日新聞」明9・11・1）、島根地方一帯に不穏な空気が流れ（「郵便報知」同2）、「虚実」の「量りがた」い「風説」とはいえ「大方賊徒に一味して、追々集合せしもの千人程にて、火薬、兵糧等をも運搬する」「諸村落」のひとつに「石州津和野」の名もあがっている（「東京曙新聞」同年11・6）[21]。津和野近在の農村がこうした不平士族に深く同情し、支援するところの多いのは、廃藩置県による近代化が当面は故郷の土地や人心を荒廃させるものとして機能したことを意味する。また、こうしたなか、明治九年十一月、亀井茲監が「舊藩士へ救助として全三千圓出されしにより銀盃一ト組」を下賜されたとの記事がある[22]。旧藩主による緊急の救済は、それだけ故郷の衰微が急激であり、元藩士たちの生活が困窮をきわめていたことを物語る。さらに、明治十一年十月の新聞記事「島根縣津和野通信[23]」には以下のような消息も見える。

○此の地は石南にして長門國に堺し、藩制の頃龜井家の領せし處、城山變じて桑園となり、此所製糸場を開き士族某之を擔任し、内國博覧會に龍紋の賞與ありと。○製茶も亞で盛なり。○士族商法孰も損の卦なり、近頃多くは農に従事し、或は戸長郡吏となり村落の教員となる、六七部は方向を立てたるものの如し、殘る三四は白紐の小袴を着し士族然として禄券の下附を熱［望］する姿。（以下略）

城山は桑畑に変じ、製糸工場が立ち、お茶の生産も盛んとなったが、多くの武家商法は失敗に終わり、元藩士たちの三四割は生活のめども立たないまま、かつての俸禄に相当する代替給付を熱望している、と津和野からの便りは伝える。廃藩置県から七年、故郷の風景は一変し、元藩士たちの生活もけっして楽ではない。そして、郷人の多くがまもなく故郷を棄て、都市へと流出していく……。いや、すでに少なからぬ人々が流出していたのかもしれない。データの出処は不明だが、次のような証言もある。(24)

舊藩のころ、（中略）延享三年には、一萬千五百八十七戸、六萬五千五十四人とそれぞれ増加したが、維新後に士族の多くが上京したため、津和野町の今日〔昭和十八年当時か〕は人口も往事の半分の六千餘〔戸？〕に減じてゐる。

「士族の多くが上京した」というこの「維新後」とは幅のある表現で、廃藩置県（第二の維新）後の変動をさすとみる方が正確だろう。いずれにしても人口が激減し、故郷の城下町が急速に寂れていったさまを如実に示している。

こうしてみてくると、日本の近代化に画期をなす「廃藩置県」は、たしかに津和野藩出身者の誇りとなる栄光の歴史ではあったが、反面、故郷の人々の安穏な生活を撹乱し、故郷を衰微させ、人々の流出を余儀なくさせる〈故郷殺し〉の歴史でもあった。藩主とごく一部の側近が得た栄誉は、それと引き換えに故郷の解体を招き、多くの人々を激しい変革の波間にのみこむ。従来、鷗外をめぐる故郷津和野と廃藩置県の関係は、もっぱら栄光の歴史だけが強調され、注目を集めてきた。その筆法はほぼ同じで「廃藩置県」が津和野藩学の思想を具現化する偉業であり、鷗外もその輝かしい学統につらなる人物だというものである。だが、同郷の士の事蹟を顕彰する儀礼的な撰文は別にして、鷗外には故郷への愛着と廃藩置県を結びつけて我が誇りとするといった言及は見当たらない。とすれば、鷗外が「キタ」の回想冒頭に「廃藩置県」を配したのは、単にそれが栄光の歴史だったからではなく、その裏側で見えにくくなった負の側面も含めて自身の人生をにとって大きな節目となる歴史だったからである。だからこそ、廃藩置県とともに想起される故郷の風景は「寂し」さに包まれ、これを描く鷗外の筆致もどこかうしろめたさをひきずる。たぶん鷗外は、ひとつの歴史が染め分ける光と影の、その仄暗い部分に人生の揺籃となった故郷との切り離せぬ紐帯を見出している。

上京時の韜晦

寂しくなった城下町では、時代の変化に敏感な人々が、地盤沈下の波にのみこまれまいとして、ひそかに故郷からの脱出を企てる。『キタ』の時間でいえば「廃藩置県」から四年後、金井君「十歳」のエピソードとして、次のような場面が描かれている。

内を東京へ引き越すやうになるかも知れないといふ話がをりをりある。そんな話のある時、聞耳を立てると、お母様が餘所の人に言ふなと仰やる（中略）

何故人に言つては悪いのかと思つて、お母様に問うて見た。東京へは皆行きたがつてゐるから、人に言ふのは好くないと仰つた。

わずか十歳とはいえ、明敏な長男は一家の重大な岐路を感じてみずから「聞耳」を立てる。上京の相談を練る一家は、計画が他家に洩れればその分だけ自分たちの這い上がるチャンスが減るといわぬばかりに息をひそめ、声を落とす。このいぢましくも真剣な〈家族の肖像〉は、早くから嫡男としての役割や責任を自覚し、一家の命運を双肩に担い続けた鷗外の原風景のひとつである。一家の上京は、相談の翌年、作中の廃藩置県から五年後に実行され、父と長男だけがまず東京へと先発する。上京の経緯は簡略に記される。

十一になつた。
　お父様が東京へ連れて出て下すつた。お母様は跡に残つてお出なすつた。いつも手伝に来る婆さんが越して来て、一しよにゐるのである。少し立てば、跡から行くといふことであつた。多分家屋敷が売れるまで残つてお出なすつたのであらう。
　旧藩の殿様のお邸が向島にある。お父様はそこのお長屋のあいているのにはいつて、婆さんを一人雇つて、御飯を焚かせて暮らしてお出になる。

金井君の上京を、鷗外自身の来歴をみずから整理した「自紀材料」の記事と較べてみよう。鷗外の上京時すなわち明治五年の項は、以下のように記されている。

十一歳。／六月二十六日石見国鹿足郡町田村の居を出て、父と東京に向ふ。／八月向嶋小梅村に僦居す。

『ヰタ』の叙述も「自紀材料」の記事も、上京については同じく「十一」歳だとしている。したがって、「『ヰタ・セクスアリス』における金井湛十一歳の記述は、鷗外その人の事実をそのまま踏まえたものである」とする長谷川氏の見解はひとまず間違いではない。しかし、廃藩置県との時間軸でみるなら、森家一家の上京は『ヰタ』にあるような五年後（父子以外は六年後）の事実ではない。鷗外と父は廃藩置県の翌年（明治五年）に早々と上京し、ほかの家族全員も二年後（明治六年）には故郷津和野を離れている。つまり、『ヰタ』の叙述は、上京の年次こそ伝記的事実に合致するけれども、廃藩置県からの時間的経過でみれば、むしろ大いに事実と反する記述だといってよい。
　鷗外は廃藩置県から上京までの時間を繰り延べる。しかも、それは『ヰタ』だけにとどまらない。そもそも鷗外は〈上京〉の記憶となるとなぜか歯切れが悪く、ことばが濁る。たとえば、小品「私が十四五歳の時」[25]では次のように叙述される。

私が十四五歳の時はどうであつたか。記憶は頗るぼんやりしてゐる。私の記憶は、何か重要視するものに集中してゐるのだから、其外の物に對しては頗る信頼し難いのである。それだから自身の既往なんぞに對しては頗る灰色になつてゐるのである。（中略）

私は石見國鹿足郡津和野に生れたものだ。四萬三千石の龜井様の御城下で、山の谷あひのやうな處だ。冬になると野猪が城下に出て荒れまはる。さうすると父は竹槍を持つて出掛ける。私はお母あ様と雨戸をしめて内にはいつて、雨戸の節穴から、野猪の雪を蹴立てゝ通るのを見てゐたのだ。

その津和野から東京へ出て來たのが、お尋の十四五歳の時であつたと思ふ。どうも何年何月であつたか、空には覚えてゐない。

父は龜井様の侍医のやうなものになつて出るので、私は附いて出たのだ。今の伯爵のお祖父様なのだ。向島須崎村にお邸があつたのだ。（傍点筆者）

「私は石見國鹿足郡津和野に生れたものだ」以下の場面に鷗外の故郷に対する愛着を見る論者たち(26)は、なぜ鷗外の「記憶」をめぐる奇妙なこだわりや嘘（上京の年齢）を問題としないのか。たとえば、冒頭の一節で鷗外は繰り返し自分の「記憶」が曖昧だと語る。それもむやみに「頗《すこぶ》る」を連発しながら、自分の「記憶」がいかにおぼつかないかを念押しする。そのうえで、自分の上京が「十四五歳の時であつたと思ふ」と煮えきらない口調で語り、しかもダメ押しするように「どうも何年何月であつたか、空には覚えてゐない」と「記憶」の不確かさを強調する。

「記憶」が曖昧だという奇妙な念押しは、もちろん記述内容の誤りを指摘された場合の逃げ口上である。鷗外は自身の上京を「十四五歳の時」だと語る嘘を充分に承知しており、だからこそ記憶違いという逃げ道を用意する。「自紀材料」や『ヰタ』にあるように鷗外の上京は数え十一歳の事実だが、わざわざ逃げ口上を用意してまでなぜ三、四年の時差をとりこもうとするのか。まず思い浮かぶのは、鷗外の公的な履歴書（万延元年〈一八六〇〉生まれ）が実際の生年（文久二年〈一八六二〉）より二歳年長に設定されていた事実で、それとの整合性から上京の年齢を偽らざるを得なかったというケースである。しかし、それならば数え十三歳の時と語ればよかったはずで、さらに一、二年のズレがある「十四五歳の時」と語る必要はない。また、本当の記憶違いというケースだが、これも考えにくい。なぜなら、明治四十二年四月六日の「鷗外日記」に「少年世界の記者日野三郎に僕が十四五歳の時といふ小品を書きて與ふ」とあり、この小品は『ヰタ』（寄稿を同年六月九日の脱稿から一、二カ月前と想定）とほぼ同時期の執筆になる。『ヰタ』では正確に「十一」歳と記しながら、同時期の「私が十四五歳の時」執筆中に急に記憶が薄れたというにはいかにも不自然だろう。とすれば、この嘘は或る意図にもとづく意識的な時間の繰り延べだというしかない。つまり、鷗外は、廃藩置県から自分たちが上京するまでのあいだに少なくとも三、四年の時間的経過があったという虚構をほどこしたかったのである。言い換えれば、そこには廃藩置県直後の（わずか一年後の）上京という事実を何とか韜晦しようとする気持ちが潜んでいる。ちなみに、「私が十四五歳の時」より約半年前（明治四十二年一月十七日）の講演「混沌」(27)でも「私の津和野を出た時は僅かに十四ばかりの子供であつた。」と述べ、鷗外は三年の時差をとりこむ同種の嘘をついている。

数え十歳時の廃藩置県を「六つの時」とした『ヰタ』の〈時差〉も事情は同じだろう。そこでは〈上京の時〉を事実通りに数え十一歳と設定したが、その分、廃藩置県を四年前に繰り延べ、両者のあいだに五年という時間的経過を確保した。「六つの時」は、精神的自叙伝の第一ページを飾る〈最初の記憶〉にふさわしい年齢であるとともに、廃藩置県直後の上京という事実を韜晦するための周到な計算の結果でもあった。

上京をめぐる鷗外の虚構（嘘）は、小説『ヰタ』をはじめ、エッセイ「私が十四五歳の時」や講演「混沌」など、ジャンルを問わない。これは〈上京〉の経緯（とくに廃藩置県からの時間的経過）に対する鷗外のこだわりが尋常ではないことを証するものだろう。そして、鷗外のこだわる〈上京〉とはむろん〈故郷からの出発〉にほかならない。少年の日に津和野の地を発して以来、二度と帰ることのなかった鷗外の〈故郷〉意識は、たぶんこの〈上京〉の経緯に対する深いこだわりと密接に交響し合っている。

上京へのこだわり

なぜそれほどまでに鷗外は上京の経緯にこだわるのか。これを考えるにはその具体的な事実を再確認しておく必要がある。たとえば、生前未発表の自伝的作品「本家分家」(28)に次の一節がある。話を見やすくするために、〔　〕でモデルを補っておく。

吉川家〔亀井家〕の舊藩主で、今から二代前の三位殿と呼ばれてゐた人〔亀井茲監〕が、侍醫を病免した時、舊藩士の中で技倆の優れた醫者を求めた。其の選抜に當つたのが博士〔鷗外〕の父〔森静男〕である。

當時十一歳になる博士を連れて、父は東京に上つた。舊藩邸は向嶋小梅村にあつたので、父は其近所に借家をして住んだ。博士を連れて出たのは、兼ねて博士の藩校での成績が好いのを見て、世話をしてくれようと約束した陸軍大丞何がし〔西周〕の家に託するためであつた。博士は藩校で漢學をする旁、蘭學をしてゐたので、大丞の家から獨逸語を教へる學校〔進文学舎〕に通ひ始めて間もなく、餘り骨を折らずに獨逸文を讀むやうになつた。

其翌年中國から博士の祖母〔森清子〕と、母〔森峰子〕と、七歳になる俊次郎〔次弟・森篤次郎〕と、四歳になる其妹〔小金井喜美子〕とが向嶋へ移住した。

「本家分家」には廃藩置県の記述がないので、これまで注目してきた上京までの時間的経緯は問えない。ただし、気になる一点を除けば、上京の年齢や家族構成および人間関係など、知られている伝記的事実とのあいだに齟齬はないので、ひとまずこの一節が鷗外自身の語る最も具体的かつ事実に近い〈上京〉の経緯だとみてよかろう。

一方、鷗外以外の手になる先行文献は上京の経緯をどのように捉えてきたか、その一端を見ておこう。とはいえ、ない。

〈上京〉についての言及は意外に少ない。妹小金井喜美子も[29]「明治五年、父君は兄君を伴ひて東京に出て給ひぬ。殿の東京に移りて永く住み給ふに定まりつればなり」と語るだけで、長谷川氏の精細な鷗外伝（前出・注2）もこの点は見るところがなく、清田氏も（前出・注26、第二章・第一節）も伊藤佐喜雄『森鷗外』（前出・注24、「上京」）の祖述にとどまる。なかでは、記述の出処が明確でない憾みはあるものの、伊藤氏の言及に傾聴すべき点が少なくない。

明治元年の冬、森靜男は藩の側用人清水格亮に招かれて、林太郎を上京させてはどうか、と云ふ慫慂を受けたことがあつた。藩主亀井茲監は（中略）養老館や城中での噂の高い鷗外の秀才ぶりを耳に入れて、東京の西周のもとへ送つて今後の教育を受けさせたいと思つた。（中略）／ところが、靜男はひとまず熟考を願つたのち、つひにこの恩命を辭退してしまつたのである。（中略）もし林太郎にして業を果すことができず、主命に反くことがあつては一大事である。藩中の嫉視は、その時必ず嘲笑を呼ぶにちがひないのだ。（中略）封建の最後の士風は、功をいそぐことよりも、むしろ過ちなくて随ふことを第一義としたのである。／さういふ謙虚な氣持は、あくる明治二年、津和野へもどつた西周からぢかに勸められた時も變わらなかつた。（一）

そんなわけで、少年鷗外の上京は、なほ二、三年の後を待つことになつた。（中略）彼の聰明さはたぶん早くも一つの決意を胸に秘めたことと思われる。藩主の知遇や父母の囑望を裏切つてはならず、郷人の期待と好事の眼に耐へて往かねばならないとする決意である。微祿な家中者の子弟としての痛切な自覺であつた。（二）

かくて明治五年、十一歳の鷗外は靜男に伴はれ、士族仲間の注目と冷眼とに送られながら上京した。（三）

いささか長すぎる引用となったが、上京の経緯をよく伝える。ただし、「本家分家」が父の上京を軸とし、伊藤著が鷗外の上京を軸としていることに注意しておきたい。

次に山崎一頴は[30]、明治二年十一月から翌年三月にかけて西周が一時帰郷したときの慫慂を伝聞ふうに記したうえで、以下のように述べる。

明治五年（一八七二）西周の強い勧めもあって、鷗外（[満]十歳）は父に連れられて六月二十六日津和野を離れるが、同行者は藩の貢進生として東京で勉学した山辺丈夫（二十歳）とその養母喜勢である。（中略）〔山辺〕は、貢進生として東京に在る時（明治三年四月～五年五月）、養父の死、実母清水佐渡子の死に会い、廃藩による学費の途絶で苦境に立ち、一旦帰郷し身辺整理の上、再出発を期しての上京であった。一ヶ月余りの道中（六月二十六日～八月上旬）での山辺丈夫の語りかけは、鷗外の心を強く刺激し、決意と夢を膨らませたに違いない。

山崎氏はさらに上京の「道筋」について「資料が残されていないため不明」だが、山辺丈夫の伝記『孤山の片影』（石川安次郎著、大12・4）所載の「田中栄秀氏の日誌」（明治三年三月、山辺ら貢進生の上京に同行した津和野藩の役人の日記）に記された旅程と「同じコースの可能性が一番高い」とし、参考としてそれを掲げ、次のようにまとめる。

津和野から三田尻まで徒歩、三田尻から大阪まで船、大阪の淀から京都の伏見まで淀川を川船で上り、伏見から草津まで渡舟で行き、草津からは東海道の街道を徒歩で進み、二十七日間を費やしている。

また、広石修・山岡浩二の「上京」[31]も、『ヰタ』や「本家分家」のほか前出「田中栄秀氏の日誌」や伊藤佐喜雄『森鷗外』らによって、以下のように述べている。

森父子の上京の路程は、町田横堀の生家から南へ向かい、門林というところを通って長州国境の野坂峠を越え、旧長州藩徳佐（現山口県阿武郡阿東町徳佐）に入り、途中地福（同阿東町地福）の祖母清子の実家木嶋家に立ち寄り、大原（同佐波郡徳地町）で一泊し、徳地から三田尻（同防府市）に至ったものと思われる。三田尻には父静男の生家吉次家があり、二人はここに一週間滞在している。三田尻からは船便によって瀬戸内海を東上したと思われる。

事実としての上京の〈旅程〉は、おそらく山崎氏や広石・山岡両氏の労作が説くところに近いものであったろう。ところで、これら先考文献はなぜか父静男の上京の理由についてあまり言及していない。父はまるで林太郎の付き添いでしかないといった扱いなのだが、一家の柱が幼い息子のおぼつかない将来だけを頼りに上京するはずもない。父の上京の経緯が、「本家分家」のように旧藩主の侍医公募に応じ当選したという公明正大なものだったかどうか。[32]むしろ初めに〈上京〉ありきで、典医として主君のそば近くに仕えていた特権を生かし、その後ろ盾を恃んだという可能性はなかったのか。

先考文献に関連して、もうひとつ注意しておきたいのは、山崎氏も「資料が残されていない」と記すように、そうした上京の旅程が伝聞や間接的資料あるいはモデルによって再構成されたものでしかないということだ。つまり、『ヰタ』をはじめ、「自紀材料」「私が十四五歳の時」「混沌」さらには「本家分家」など、鷗外自身の筆は上京の旅程を何ひとつ具体的に語っていない。そこには、上京した結果だけがあり、上京の過程はいっさい空白なのだ。[33]ドイツ留学関連の三編の日記や「北遊日乗」をもちだすまでもなく、鷗外その人はむしろ旅の記録にマメなタイプの人間だった。にもかかわらず、この上京の旅程だけは見事なほど鷗外の筆から欠落している。とすれば、この空白もまた、これまでみてきた虚構（時差）と同様、廃藩置県直後の上京に対する韜晦のあらわれではあるまいか。鷗外はやはり〈上京〉にこだわっている。

故郷へのまなざし

鷗外一家の上京と廃藩置県をめぐる事実をあらためて略年譜ふうに整理し、やや別の角度から眺め直してみよう。

明治四年（一八七一）鷗外数え十歳

六月二十五日　津和野藩（亀井茲監）、廃藩置県を願い出る。

七月十四日　廃藩置県の詔書、発布。
九月十日　亀井茲監、家族とともに津和野を出発、上京。
九月二十八日　亀井茲監、木挽町の私邸に移り、江戸藩邸を返上。
明治五年（一八七二）鷗外数え十一歳
六月二十六日　鷗外、父と津和野を出発、上京。
明治六年（一八七三）鷗外数え十二歳
六月三日　祖母、母、弟、妹が津和野を出発、上京。

この簡略な年譜がものがたる〈事実〉は果してただひとつだろうか。たとえば、廃藩置県を願い出た亀井茲監の英断は、その内実からしてもたしかに「刮目に値」する（長谷川氏）歴史の一齣だろう。新しい時代の行く末を見つめ、藩主という積年の既得権を放棄するのは、なるほど勇敢な行為に違いない。だが、早く（慶応四年）に維新政府の顕職（神祇官のナンバー2）に就き、熱心な尊皇思想をもって側近福羽美静らと復古神道的な祭政一致の儀礼を推進した藩主には、廃藩置県がいずれ避けられぬ帰結であることは先刻承知の既定事実であったろう。また、藩財政から推して藩主個人の蓄えにも余裕が有り、参勤交代でも東京（江戸）暮らしに慣れていた〈殿様〉にとって、この決断はそれほど難しいものではなかった、という見方もできる。まして、その身は従三位に叙せられ、栄誉に浴する。詔書の発布から二ヶ月足らずで津和野をあとにし、まもなく江戸藩邸を返上した立ち回りの素早さは、たしかに果断に富む「実践的行動」（長谷川氏）である。だが、それは逆に見れば、急激な変革が故郷の下級藩士や庶民の生活に及ぼす深刻な影響を切り捨て、現実を顧みるよりも理念に走りがちな主君にして初めて可能な決断だったともいえよう。あるいは、茲監がもともと久留米藩主有馬氏からの養子であり、ために津和野という土地柄にはさほど深い愛着を感じていなかったためとも考えられる。さらに意地悪くいえば、茲監の迅速な行動は、領地の煩雑な事後処理を適当に投げ出し、我が身に有用（必要）な手勢だけをひきつれ、便利な東京にいち早く移住したいとする或る種の身勝手さによってもたらされた決断だった、といえなくもない。

むろん、こうした見方を裏づける材料はきわめて乏しく、英明な藩主の栄光の足跡を証する史料ばかりが多い。だが、廃藩置県後の激動にのみこまれていった怨嗟の声に多少でも耳を傾けるなら、以上のような推測にも一理はあろう。実際、〈事実〉のほとんどはいつも沈黙のうちにあるのだし、残された史料だけが歴史のすべてなのではない。歴史の記録がしばしば一方の立場をだけ語るものだという視点がなければ、廃藩置県の負の側面を含めた実態や鷗外のうしろめたさなどもけっして見えてはこない。

廃藩置県後に迅速だったのは旧藩主だけではない。詔書発布から約十一ヶ月後、旧藩主の上京から約九ヶ月後には鷗外父子も上京している。沈みかけた船から逃げ出す鼠のように、と言えば酷だが、急速に寂れていく故郷を脱出した森家の逃げ足もなかなかに素早い。事実、一家はひそかに上京の相談を練り、時勢の変化に対応するには困難な微禄の士分としては異例の早さで〈棄郷〉を決断した。

歴史の余儀ないあやとはいえ、一方に栄誉に浴するひとにぎりの人間が居れば、他方にはその激動の余波に苦しむ多数の人間も居る。廃藩置県という急激な近代化に直面した津和野の人々もおそらく大きく明暗をわけたに違いない。しかも、津和野の場合、ともにする故郷の名がなまじ歴史的栄誉を担っただけに、かえって複雑な感情を相互に抱かせたはずである。鷗外一家は、廃藩置県の翌年に（たぶん藩主の引きもあって）逸早く上京し、亀井家の江戸下屋敷に旅装を解き、それを第一歩として上昇気運に乗ることのできた数少ない〈勝ち組〉のひとりである。故郷の衰微を横目に上京した森家の上京は、たとえば故郷の解体とともに零落し辛酸を嘗めた〈負け組〉からすれば、〈故郷殺し〉を踏み台に栄誉に浴した藩主に取り入り、その余禄にあずかって要領よく故郷を見限った裏切り者だと見えたろう。永い歴史を重ねて共に培ってきた村落共同体の暗黙の秩序すなわち故郷のエートスは、森家のように自分たち一家の立身出世を第一義とし、われがちに故郷を見棄てた抜け駆けによっていっそう衰退を早めた、と感じられたのではあるまいか。故郷津和野にそうした恨みがましい低い声がこもっていた可能性はけっして少なくない。とすれば、鷗外の〈上京〉をめぐる記憶に故郷へのうしろめたさがつきまとうのはむしろ自然だろう。

廃藩置県翌年の上京を五年後に引き延ばす『ヰタ』の記述をはじめ、上京の時を繰り延べたいくつかの虚構と旅程の空白（隠蔽）は、素早い上京を故郷への裏切りと感ずるうしろめたさを繕うためのひそかな弁明だったのではあるまいか。そもそも旧主君の厚遇をうける鷗外の上京は、「微禄な家中者の子弟」として「藩中の嫉視」を買い、「郷人の期待と好事の眼に耐へて往かねばならない」「痛切な自覺」（伊藤氏）を強いられる旅でった。しかも、廃藩置県の激震は故郷を衰微させ、多くの〈負け組〉を生んだのである。とすれば、後年の鷗外がいかに立身出世の階梯を上ろうと、〈故郷〉からの視線は必ずしも温かいものばかりではなかったろう。回想冒頭の「俄に寂しくなつた」光景は、そうした鷗外（あるいは森家）と故郷との微妙なわだかまりや疎外感を反映するものだったと思われる。同時にそれは、過去を見つめる鷗外の眼が、歴史の光の部分だけではなく、その影の部分にも届く複眼的な認識の布置を備え、「負け組」の怨嗟のまなざし（その寂しさ）にも深く同情するところがあったことを物語る。

鷗外にとって、故郷津和野は、自身も一翼を担った日本の近代化がその矛盾を最も浮き彫りにし、心の疼きを呼び覚ます場所であった。そうした故郷に誰がのうのうと錦を飾れるだろう。鷗外が発禁処分をも予測しつつ敢えて『ヰタ』を発表したのは、性という過激な意匠をもって狭量な国家の秩序に牙をむくためではない。その点では鷗外はついに改良主義者にとどまる。それよりも、廃藩置県による「寂しし」い故郷の風景を点描したこと自体、さらに深い鷗外内部の嘆息を、彼のひそかな〈国家離れ〉を物語るものであったろう。現に、近代国家の礎を築いた故郷の〈誉れ〉の歴史は、我が故郷を殺し、棄郷に拍車をかけ、自分や郷人の心を引き裂く逆説を現出させた。『ヰタ』の「寂しし」い風景を点描したとき、もし自分や一家が故郷を棄てることなく、上京もせずに今も故郷津和野に暮らしていたなら——といった詮無い想いが一瞬でも鷗外の脳裡の片隅をよぎることはなかったろうか。一方、鷗外の眼前には、大逆事件をひかえてますます凶暴な論理を強制し始めた国家の現実も凝視されている。鷗外の描いた故郷の「寂し」い風景には、そうした過去と現在との二重のかげりがにじんでいる。

注

（1）のちにも言及するが「自紀材料」明治五年の項に「六月二十六日石見国鹿足郡町田村の居を出て、父と東京に向ふ。」とある。

（2）明治三十三年三月、小倉を発した鷗外は上京の途中、大阪で下車、車を乗り継いでわざわざ江州土山に一泊、祖父白仙（玄仙）の墓域を整備したという例もある。

（3）長谷川泉『鷗外「ヰタ・セクスアリス」考』（昭43・7、明治書院）参照。同書「金井湛の居宅と鷗外のそれ」に望月幸雄が大正九年津和野町長就任後、東京の亀井家に挨拶した後、鷗外をたずねて「帰郷のことを依頼」すると「鷗外は、津和野へ帰る意志を示したが」実現しなかった云々とある。『鷗外／津和野への回想』（津和野町教育委員会編・津和野町郷土館、平5・7）も同じ事実をより詳細に紹介している。

（4）鷗外の複雑な故郷意識については、津和野藩のキリシタン弾圧事件と縁戚金森一峰との関連を示唆する山崎國紀『森鷗外——基層的論究』（平元・3、八木書店）の見解なども注目に値する。因みに、井出孫六「柳田國男を歩く　1」（「書斎の窓」379、昭63・11）は、鷗外が「生涯、津和野の地を踏むことがなかった」事実を重視し、遺書中の「『石見人』を強調した」ことと関連して「鷗外の故郷によせる万斛の思い」を単なる「文学的レトリック」でも「美学」でもなかったと述べる。これらをうけて、玉井敬之「鷗外と故郷」（「森鷗外研究　3」昭64・12）もまた「故郷津和野への鷗外の愛憎」半ばするものを見ている。いずれにせよ、鷗外の故郷意識がアンビバレントなものであることは確実であり、その内実の解明も鷗外論の要のひとつだろう。なお、大谷晃一『鷗外、屈辱に死す』（昭58・4、人文書院）は、遺書中の鷗外の怒りを爵位（受爵）の問題としてとらえており、現在のところ筆者にはそれ以上の準備はない。

（5）（6）（7）いずれも拙稿「『ヰタ・セクスアリス』の底流（上）」（「熊本短大論集」第33巻第2号、昭55・10）参照。

（8）前出（注3）参照。

（9）前出（注5）拙稿参照。また、詳細は省くが、漱石や自然主義に触れる金井君の発言は、〈雑誌「中央公論」を読む森鷗外〉といった現実にほぼ回収できる。

（10）前出（注5）拙稿参照。

（11）福島正夫・利谷信義『明治前期の地方体制と戸籍制度』（昭56・1、橘書院）参照。

（12）一九〇四年（明37）、ニューヨークおよびロンドンのマクミラン社より刊行。ここでは『小泉八雲全集（第八巻）』（昭6・7、第一書房、戸川明三訳）参照。

（13）明38・3、中山和助発行。ただし筆者未見。因みに「おどろ」は、「草木、いばらなどの乱れ茂っていること。また、その所」（『日本国語大辞典』の意だが、同じ項に引かれた「和訓栞」に「おどろ棘をよめり〈略〉今石見のあたりには藪をさいへり」とある。つまり、「おどろがなか」とは石見地方独特の表現で〈藪の中〉の意味になるが、それ以上の含意は詳らかにしない。『於抒呂我中』が旧津和野藩士による先君（亀井茲監）の偉業を讃える書物であることを思えば、津和野藩の果たした役割はむろん重要だろうが、その評価のほどはやや割り引く必要が　ある。

（14）『廃藩置県　近代統一国家への苦闘』（昭61・9、中公新書）参照。

（15）ただし、前出注11『明治前期の地方体制と戸籍制度』の「明治史要」に基づく表によれば十二藩である。

(16) 鷗外自身、「混沌」(後出注27参照)で「津和野人は小才と云ひますが」と語っている。伊藤佐喜雄『森鷗外』(後出(注24)参照、「庭訓」一、註二)によれば「講演前に同窓会報で蓮法寺謙といふ人の、津和野人の性質といふ記事」を読んでの発言らしいが、当該記事は未見。

(17)(18)(19) 『新聞集成明治編年史(第二巻)』(昭50・7再版、財政経済学会編)参照。

(20) 『郷土資料事典　観光と旅　島根県』(昭62・7、人文社)によれば、津和野城は「三本松城、あるいは蕗城ともいい、市街地の西、標高367mの城山の山頂一帯に築かれた山城」で、十三世紀末、吉見氏によって築城に着手、ほぼ三十年後(一三二四)に完成したが、その石組みのスケールからして堅固で雄大なものだったとされ、五百五十年以上にわたって偉容を誇ってきた。

(21) 萩の乱関連については主として『明治ニュース事典(第一巻)』(毎日コミュニケーションズ、昭58・1)を参照。

(22) 「朝野新聞」(明9・11・2)に「一昨日の事」として当該記事がある。ただし『新聞集成明治編年史』(昭47・10再版、財政経済学会編)参照。

(23) 「東京曙新聞」(明11・10・1)。ただし前出(注22)に同じ。

(24) 伊藤佐喜雄『森鷗外』(昭19・1、講談社)「ふるさと」(三)参照。

(25) 原稿(「日記」明42・4・6)および初出(「少年世界」明42・9)は「僕が十四五歳の時」、のち単行本『妄人妄語』において改題。

(26) たとえば清田文武『鷗外文芸の研究　青年期篇』(平3・10、有精堂)第二章第二節「鷗外の故郷意識」(一)は「鷗外は石見の人として郷里との心的つながりを保」ち「孤寂感、故郷喪失感はそれほどなかった」とのべるだけである。

(27) 「在東京津和野小學校同窓會」第九回例会における講演、同会会報第六号所載。

（28）大正四年八月十八日の「鷗外日記」に「本家分家を艸し畢る」とある。鷗外生前には発表されず、『鷗外全集』第三巻（昭12・3、岩波書店）に初めて所収。

（29）『森鷗外の系族』（「不忘記」昭58・1、日本図書センター）参照。

（30）（31）ともに『鷗外／津和野への回想』（前出注2）参照。ただし、山辺丈夫の同行など、具体的な事情を逸速く示唆したのは、田中実「西周と森鷗外」（『森鷗外の断層撮影像』昭59・1、至文堂）である。

（32）父の肖像を描いた「カズイスチカ」（「三田文学」明44・2）にも上京直後の父が旧藩主の侍医だという記述はなく、「私が十四五歳の時」の「父は亀井様の侍医のやうなものになつて出る」という一行以外、この叙述を裏づける資料はない。

（33）浅井卓夫『軍医鷗外森林太郎の生涯』（昭61・7、教育出版センター）は、鷗外が執筆した「山辺君墓表」中に「自身の上京時に同行したことには言及していない」と指摘している。なお、自伝的な作品ではないが、漱石の「三四郎」を意識して書かれた「青年」（「スバル」明43・3〜44・8）もいきなり東京市内のシーンから始まっており、上京の途次から始まる「三四郎」とは異なって、上京の過程が欠落している。

〔追記〕本稿中の引用文は、作品本文以外の参考資（史）料については原表記のままとした。

Ⅳ　小説と戦略

「痴人の愛」の戦略
——反・山の手の物語——

一

芥川龍之介を評した堀辰雄の一文[1]に次の一節がある。

彼（芥川）は遂に彼固有の傑作を持たなかつたと断言してよい。彼のいかなる傑作の中にも、前世紀の傑作の影が落ちているのである。

行路の人々を眺めるかわりに〈本の中〉に人生を学んだ芥川の、ブッキッシュな宿運を巧みに言いあてた評言だろう。

堀に倣っていえば、谷崎潤一郎の「痴人の愛」にもまた、前時代のさまざまな「傑作の影が落ちている」。尤も、「痴人の愛」の「影」は、芥川文学に否応なく刻印されたそれとは異なり、作家みずからが意識的にとりこんだ〈戦略〉としての「影」だったように思われる。「痴人の愛」といえば、一般には作者谷崎の〈資質〉を端的にあらわした一編として、そのオリジナリティをうたわれる「彼固有の傑作」だったはずである。事実、マゾヒスティックな女体拝跪やフェティシズムは、「痴人の愛」の名とともに、谷崎のまぎれもない〈資質〉をあらわす代名詞としてうけとめれられてきた。だが、その一方では、「痴人の愛」はなぜか多くの「傑作の影」をあげつらわれる作品でもあるのだ。

試みに「痴人の愛」に「影」を落とすとされる「傑作」の例を、従来の言及の中からひろってみれば、その数はたちまち十指に余る。

「痴人の愛」に落ちた最も色濃い「影」は、秦恒平の力説する「源氏物語」だろう。[2]秦氏は、譲治がナオミを「教育」しようとする物語が、光源氏と若紫の関係を、すなわち男性が未成熟な女性を自己の理想型に育て上げるという構図を下敷としながら、逆に男性の方が少女に拝跪させられていくかたちに反転した作品であって、「痴人の愛」はまさしく「源氏物語」の「批評的パロディを鮮やかに演じ」る物語だとする。また、磯田光一[3]は「痴人の愛」の先蹤《せんしょう》として樋口一葉「たけくらべ」をあげ、物語の舞台として共通する「千束」に注目しながら、ナオミを美登利の後身に見立てている。他にも、二葉亭四迷「浮雲」や宇野浩二「蔵の中」「苦の世界」を示唆する今村忠純、[4]有島武郎「クラヽの出家」「石にひしがれた雑草」をあげる小坂晋、[5]近松秋江「黒髪」との比較に注意を促す千葉俊二[6]などの指摘がある。さらに、「痴人の愛」をめぐる先年のシンポジウムにおいても、山田有策は「たけくらべ」や「源氏物語」とともに森鷗外「舞姫」の名をあげ、野口武彦はボードレール『悪の華』の序詩との関連性に触れ、[7]小森陽一も自然主義文学の諸作や夏目漱石「門」などを「転倒」するもくろみに言及する、[8]といった具合なのだ。[9]

さしあたり管見に入っただけでも、右のような諸作が「痴人の愛」と似た、あるいはそれを裏返しにした関連作品として、直接・間接の類縁性を指摘されている。これらの言及は、秦氏の力説を除けば、おおむね簡略な指摘にとどまるが、それでも、いずれの言及にもそれぞれ首肯したくなる要素があることもたしかなのだ。

たとえば、秦氏の述べる「源氏物語」については今さら多言を要しまい。うら若い少女を男性の理想型に養育しようとする物語の骨格は明らかに両作に共通するモティーフだろうし、随筆「にくまれ口」その他における谷崎の「源氏物語」への関心や、後年の膨大な谷崎訳「源氏物語」の存在を考えれば、「痴人の愛」が「源氏物語」に対する谷崎一流の反転の物語であることはほとんど動かしがたい。[10]

あるいは、今村氏の示唆する「浮雲」も、私見によれば極めて有力な素材のひとつだと思われる。たとえばナオミの「英語」の勉強はお勢の英語の勉強ぶりに酷似しているし、「根生《ねおい》の軽躁者《おいそれもの》」であるお勢に魅惑的な肉体を与えモダンな衣裳を着せればナオミの姿に似てくるはずだし、文三がお勢に抱いた期待感は譲治がナオミの「教育」に期待したものと同種の幻想であったろう。文三と譲治の落差にしても、立身出世から疎外された文三がもっぱら自己の内面を凝視することで不遇をかこち、譲治が自己の欲望に殉じてみずから立身出世を放棄するという違いはあるものの、ともに幻想を抱いた若い女性の前に旧来の自己の存立基盤や立身出世の夢を崩されていくという基本的構図に見かけほどの距離はない。そういえば、文三も譲治と同様、若く（十四歳）して父を失い、地方の故郷（静岡）に母を残して上京した青年だった。文三がさまざまな理屈や誇りのためにお勢への愛を見誤った存在だったとすれば、譲治は文三の固執したプライドを捨てることで自己の愛欲に従順となり、〈内面〉という観念の迷妄から覚めた〈リアリストの文三〉だったといえる。加えて、「浮雲」自体にもすでに「源氏物語」の「影」が落ちていることを思えば、両作の距離はさらに縮まるかもしれない。

また、「たけくらべ」にしても、そこに登場する「千束神社のお祭」は、磯田氏の重視するナオミの実家の所在地「千束町」につながるし、二人のヒロインがともに肉体を金銭によって換算する世界を〈帰着点〉あるいは〈出自〉とする美少女であり、美登利がやがて「学校」から自分の席を失い[11]、ナオミが「教育」の成果を裏切る存在だという点に注目すれば、肉体の意味に着目した〈反・教育小説〉という共通の血脈を見出すことも可能だろう。

さらに、山田氏の示唆する「舞姫」についてみるなら、エリスとの愛から辛うじて立身出世の道に帰還した太田豊太郎は、ひとつ間違えばエリスとの愛に「まことの我」ならぬ「我本性」を発見する可能性も小さくなかったのであり、とすれば、ナオミのために中流上層階級への立身出世を投げた譲治と豊太郎の位置は意外に近距離にあったといえる。加えて、「父をば早く喪ひ」て母の手に育てられた豊太郎の境遇や母の死というエピソードも譲治のそれに共通しており、また、貧困のために「充分なる教育を受け」られなかったエリスに豊太郎が読み書きを教える場面も譲治のナオミに対する「教育」を想起させる。つまり、譲治は〈本性に殉じた豊太郎〉ともいえよう。

すべての事例を検討する余裕はないので他は省略するが、右にみただけでも「痴人の愛」がさまざまな「傑作の影」を身にまとい、そうした形跡が総じて見やすいかたちで刻印されているのは事実だろう。

多彩なテクストとの類縁性をあたかも見せつけるように刻印した一編――こうした「痴人の愛」の現実は、それが単に結果としてさまざまな「傑作」に似てみえる、ということではなく、むしろ意識的に似せて書かれた、という事情を物語るのではあるまいか。つまり、「源氏物語」を別格とすれば、「痴人の愛」は、「舞姫」「浮雲」「たけくらべ」など、いわゆる日本の近代小説として定評のある「傑作」との類縁や近似性をわざと匂わせながら、逆にそれらとのズレを明らかにしていくことをめざした物語だった、と。いささか先回りをして述べるなら、〈近代〉日本の小説観を規定し〈文学史〉を制度化してきた既成のオーソドクシイに対してトータルな〈批評〉を試みること、端的にいえばそれが「痴人の愛」におけるひそかな〈戦略〉だったのではなかろうか。

二

「痴人の愛」に内在する〈近代〉への〈批評〉という問題については、これまでにも言及がなかったわけではない。一例をあげれば、磯田氏は、「痴人の愛」が「西洋化をめざして生きた近代の日本人に対する、一種の戯画であり、鎮魂歌とさえいえるのではないか」と指摘する。(12) 女主人公ナオミの最大の特徴がその「西洋人のやう」な名前や体つきにあり、譲治がナオミの西洋らしさに強く魅かれ、いわば我を失うかたちで没入していく物語の経緯は、たしかに近代化＝欧化主義を性急に追い求めた「近代の日本人」の哀しい「戯画」だったともいえる。

だが、当面の論点を「痴人の愛」にみられる多彩なテクストとの類縁性にもとめるなら、問題は漠とした〝〈近代〉

への〈批評〉というより、さらに限定した〝日本の〈近代小説〉に対する〈批評〉〟というかたちにしぼりこめるだろう。そうした視点に立てば、作品の「一人称の告白体という話法」に着眼して、日本の近代小説との関連を論じた野口武彦の次のような見解[13]などがまず注目されていい。

自己の異端者ぶりをどぎつく強調するのではなく、読者と共通の生活圏に物語の空間をひらいたことで、作者谷崎はこの作品に最大級の皮肉を仕掛けたのである。ここにはおそらく、明治から大正にかけて近代小説の基調をなしていた告白小説のスタイルのあざやかな逆転がある。

物語の冒頭をあたかも自然主義文学のスローガンのように「有りのままの事実を書いてみよう」と切り出し、末尾で「此れを読んで、馬鹿馬鹿しいと思う人は笑って下さい」と相対化してみせた譲治の語りは、たしかに自己の内情を告白することに一種の倫理的誠実さをもとめてきた日本の近代小説、とりわけ自然主義文学の系譜に属する近代の「告白小説」に対する痛烈なパロディであった可能性が強い。現に谷崎自身、後半部分の雑誌連載開始（『女性』大13・11）を前にした「はしがき」で「一種の『私小説』」だとわざわざことわっているが、これも挑発的な逆説の一種に相違ない。その意味では、野口氏の指摘は語りのスタイルに関するかぎり正しいといってよい。

しかし、作者谷崎が「痴人の愛」に「仕掛け」た戦略はたぶん表層的な〈語り〉のみにとどまらない。その「皮肉」にしても近代の「告白小説」だけを対象とするものだったのかといえば、いささか疑問が残る。事実、これまで「痴人の愛」との関連性を指摘されたテクストについてみても、それらは必ずしも「告白小説」ばかりではないし、およそ〈告白〉とは無縁な作品との間にも「痴人の愛」との通底が見出せる。

たとえば、漱石の「三四郎」における小川三四郎が河合譲治に似てみえる、といえば奇矯にすぎるだろうか。二人にふりあてられた境遇をひとまずラフ・スケッチふうにまとめてみるなら、両者の基本的設定はおおむね次のように概括できる。すなわち、譲治も三四郎も、父を早くに亡くし、母ひとりの手で育てられた〈地方〉の裕福な農家の総領息子であり、ともに〈東京〉に上京してきて、それぞれ美しい女性に惑わされる男たちなのだ、と。作品の全体的な特色からいっても、明治末期と大正後期の差はあるものの、両作ともに〈東京〉を舞台とする〈風俗小説〉的色彩が濃く、小さなエピソードながら、二人が故郷の母にお金を無心するシーンも共通している。

むろん、譲治と三四郎は、その出身地・学歴・現職・年齢など、種々の点で大いに異なるし、「三四郎」が「痴人の愛」の典拠などというつもりはない。二人はたしかに類似の〈境遇〉を背負い、同じ〈東京〉という都会を彷徨するけれども、両者のとりこまれる現実社会の階層は全く異質の世界であり、両者の人生の軌跡もけっして交叉しそうにない。彼らは同じような地方から上京する青年ではあるものの、譲治はついに近代日本の知的エリートにはなりきれない〈三四郎もどき〉のひとりにほかならない。

ところで、問題はそうした「三四郎」一編との類縁ではない。重要なのは、「三四郎」という例をも含めたトータルな〈漱石〉的世界を標的とする〈戦略〉の方なのだ。現に「痴人の愛」には「漱石」の名が以下のようなかたちで登場している。

> 私は電気の技師であつて、文学だとか芸術だとか云ふものには縁の薄い方でしたから、小説などを手にすることはめつたになかつたのですけれども、その時思ひ出したのは嘗て読んだことのある夏目漱石の「草枕」です。さうです、たしかあの中に、「ヴェニスは沈みつゝ、ヴェニスは沈みつゝ」と云うところがあつたと思ひますが、ナオミと二人で船に揺られつゝ（中略）うつとりと酔つた心地になるのでした。（四）

「痴人の愛」には、右のように譲治の語る「夏目漱石の『草枕』」とともに、ナオミが読みかけたまま眠ってしまう「有島武郎の『カインの末裔』」（十三）もその名をあげられている。

物語全体を支配する空気からいえば、新たな風俗を追うことに忙しく、危うい男女関係にふり回される譲治やナオミの日常は、けっして熱心な読書家のそれではない。従って、このような近代小説を代表する作品や作家名の登場は、「痴人の愛」の文脈からすれば明らかに異例の言及であって、読者の眼にもとまりやすく、それだけに作者の綿密な計算に基づく意識的な表象だったといえるだろう。たぶん作者谷崎は、これらの名に、日本の近代小説とかかわる「痴人の愛」のひそかな〈戦略〉を解く重要な鍵のひとつを託したに違いない。

なぜ夏目漱石と有島武郎なのか。

たとえば有島の場合、ナオミによって「今の文壇で一番偉い作家だ」と評されるが、これはもちろん作者谷崎の評価をストレートに反映する言説ではない。流行に浮かれやすいナオミの浅薄な日常からいえば、彼女の評価はおそらく世間一般の評判にならったうけうりにすぎない。従って、ナオミの保証は、彼女という存在自体のいかがわしさにみあうように、強調すればするほどかえってその評価のうさんくささを印象づける逆説として作用する。一方、物語の時間はほぼ大正五年から大正十三年の頃と考えられるが、第四階級の文学や『宣言一つ』をめぐる論争・北海道の狩太農場の解放・心中事件など、有島の目立った言動のすべてがそうした時間の枠内におさまる。つまり、物語内の〈世間〉からみても「有島」はその頃最もセンセーショナルな存在だったわけで、特に波多野秋子との心中事件（大12・6）は「痴人の愛」連載開始（大13・3）のわずか九ヶ月前のことであり、有島の名は事件の衝撃の余波とともにまだ読者の記憶にも生々しいものだったはずである。その意味では、「有島」という作家名は作者谷崎の読者サービスでもあったはずで、それが世間の流行にかぶれやすいナオミの口から出たものである以上、「有島」の名は、文学の内実とは無縁の、ゴシップ的な世評の高さを諷する一種の揶揄として登場させられたものとみてよい。

また、漱石の場合にしても、その名が芸術や文学に「縁の薄い」めったに「小説など」読まない人物の口をかりてあげられている以上、それは世間一般における知名度の高さを示すものではあっても、けっして文学的な質の高さを保証する言質ではない。のちにみるように、「草枕」自体は漱石文学の中でも谷崎が特に推賞する一編なのだが、漱石文学全般に対して彼は必ずしも好意的というわけではない。

要するに、作中の文脈における「漱石」や「有島」の名は、世間や文壇において「偉い作家」だといわれる〈一般的評価〉の代表的名辞にほかならないが、谷崎はそうした定評に対して、あまり文学に明るいとも思えぬ譲治やナオミに折紙をつけさせることで逆に相対化しようとしたのである。換言すれば、漱石や有島を「偉い」とみる日本の近代小説の〈常識〉に疑義を呈するためにそれらは引用されたのではなかったか。とりわけ日本の近代小説史に確たる位置を占める「夏目漱石」は、「痴人の愛」全体の構造を決定した最大の「影」であり、反転する原画だったように思われる。

三

思えば、谷崎ほど一貫して漱石文学に対する疑義を投げつづけた作家はいないのではあるまいか。たとえば、文学史の〈常識〉は谷崎をさして反自然主義の耽美派作家だと言いならわし、それはそれで正しいのだが、彼の文壇的第一声がほかならぬ漱石批判だった事実にも注目したい。「刺青」（『新思潮』明43・11）その他の作品によって華々しい文壇デビューを飾ったこの小説家が、実はそれより以前に「『門』を評す」（『新思潮』明43・9）の一文を著した批評家であったことはあらためて思い出されてよい。谷崎は、その一文において、「紅葉なく一葉なく二葉亭なき今日に於いて」漱石こそが「文壇の第一人と認め」られると述べながら、当時世評の高かった「門」を「失敗」だと論断するところから出発したのである。

谷崎の漱石文学批判はこの「『門』を評す」にとどまらない。文壇登場から約十年後、「芸術一家言」（『改造』大9・5、7、10）においても、谷崎は次のような周知の「明暗」批判と漱石観を開陳している。

漱石氏のものでも、前期の作品には、たしかに芸術的感激を以つて書いたと思はれるものが少なくない。「猫」や「坊つちやん」などは、暫く読まないが、今読んでみてもきつと悪くないだらうと思ふ。「それから」を読んだ時は、私は最も漱石氏に傾倒した一人であつた。キザだと云われる「虞美人草」や「草枕」にしても、近頃読み返してみたが、「明暗」よりは遥かにいい。殊に「草枕」は傑作の部に属すると思ふ。（中略）

そんならなぜ、傑作でないところの「明暗」を持ち出して、云はずともよい悪口を云ふのであるか？――私は死んだ夏目先生に対して敬意をこそ表すれ、決して反感を持つては居ない。にも拘らず、「明暗」の悪口を云はずに居られないのは、漱石氏を以て日本に於ける最大作家となし、就中その絶筆たる「明暗」を以て同氏の大傑作であるかの如くに推賞する人が、世間の智識階級の間に甚だ少なくないことを発見したからである。

さらに、右よりはるか後半、「痴人の愛」発表から三十年以上を経た座談会（『文芸臨時増刊　谷崎潤一郎読本』昭31・3、河出書房）においても、谷崎は以下のような漱石批判を述べている。

「ぼくはね、鷗外、漱石、露伴、というように考えてみると、漱石が一番合いませんね。勿論偉いところは認めた上でのことですけれども、まあ嫌いです。」

「やっぱり、のちになるほど、いやですね。あの『こゝろ』なんぞというやつも、このごろだいぶ言われるんだけれども、あれ、半分くらいでいいんで、実に長ったらしく延しているように思うんだけどね。ぼくは読んでて実に退屈でたまらなくなっちゃう。」

「ぼくは『それから』くらいまでだな、あとはだんだん嫌いになるな。」

こうした一連の発言から明瞭なのは、谷崎が漱石文学の中では「それから」以前の「前期の作品」に比較的共感を覚えており、中でも「それから」や「草枕」を愛読しているという事実であり、とりわけ注目したいのは「殊に『草枕』は傑作の部に属する」という高い評価を与えている点であろう。一方、「門」以後の後期の作品には総じて冷淡だが、特に晩年の「こゝろ」や「明暗」には採点が辛く、そうした評価の厳しさが「このごろだいぶ言われる」世評の高さや「世間の智識階級の間」で「大傑作であるかの如くに推賞する」声の大きさに反撥する文脈の中で強調されている点は興味深い。

漱石を「文壇の第一人と認め」、「敬意」を表するという谷崎の言辞が、批判を前にした儀礼的挨拶とは思えない。また、「草枕」を頂点とみる漱石文学の前期作品群に対する高い評価も谷崎の本音であったに相違ない。にもかかわらず、彼が後期の漱石文学に対してとりわけ厳しい評価を下すのは、それが谷崎自身の文学的嗜好による品評の結果であるにしても、そこに予想以上の「世間の智識階級」による手放しともいえる高い評価が横行していたことも影響しているのではなかろうか。いうなれば、「こゝろ」や「明暗」を〈傑作〉と評して疑わない「智識階級」という名のオーソドクシイが、漱石神話を形成するとともに、日本の近代小説における多様な可能性を一面において呪縛する暗黙の機制としてはたらいている、と。つまり、〈告白〉に作家の倫理的誠実さを求めて日本の近代小説に自閉的な狭隘さをまねいた自然主義文学や私小説ばかりではなく、漱石に代表される「智識階級」の文学が無意識のうちに強いてきた或る種の排他性もまた、谷崎からすれば撃つべき敵だったように思われる。

いずれにせよ、谷崎がその文学的生涯を通じて〈漱石〉の名にこだわり、厳とした批判的視点を堅持したことは事実である。しかも彼は、みずから「傑作」と評した「草枕」を選んで「痴人の愛」の作中にとりこんだ。とすれば、これもまた作者が相当に意を用いた「仕掛け」のひとつだろう。

先に同じ漱石の「三四郎」との類縁を想定してみたが、「痴人の愛」はまた、「草枕」を反転させた物語ともみなせるのではあるまいか。

たとえば、「痴人の愛」においてはナオミの名前が重要な鍵となっている。譲治は「最初は、その児の名前が気に入つたから」彼女に「好奇心」を抱いたと述べており、続いてカフェでの通称「直ちゃん」や本名の「奈緒美」を紹介し、「NAOMI と書くとまるで西洋人のやうだ」と語り、最後に彼女の「感じ」を出すために「名前を片仮名で書く」とわざわざことわったうえで「ナオミ」と記している。つまり、「痴人の愛」は奈緒美が NAOMI になろうとして結局は西洋もどきのカタカナ名であるナオミにしかなれなかった物語でもあるわけで、その意味では「名前」こそが物語の発端だったということになる。(14)

そうした名前の問題に注目するとき、ナオミの物語に引用された「草枕」に登場する女主人公の名前が「那美（ナミ）」であるという事実はもっと重視されてよい。すなわち、ナオミとナミという命名の近似性は、単なる偶然ではなく、「痴人の愛」と「草枕」の両作に通底する命脈をそれとなく暗示するために作者が読者に用意したひそかなヒントだったのではあるまいか。

たとえば、「草枕」の余は、那美（ナミ）さんの裸身や神秘的な色香に迷わず、彼女のうちに「憐れ」を発見することで「非人情の美学」の完成をもくろみ、「画家」たる自己を確立しようとする。一方、「痴人の愛」の譲治（私）は、余とは正反対に、ナオミの肉体に迷い、むしろ自分の内部に潜む〈憐れさ〉を露呈し、極めて人間くさい〈人情の美学〉に殉ずることで〈サラリーマン〉たる自己を解体する。つまり、谷崎にとっては、「草枕」が傑作と思えるだけに、なおそのアラも目立ち、たとえば那美さんという女体の前に自己を放擲することのない傍観者的な「余」に本当に「画」（芸術）が「成就」し得るのか、といった疑問があったのではあるまいか。「草枕」がついに倫理的な規矩を超えることのない芸術家の観照的な美学だったとするなら、「痴人の愛」はそうした枠組を破壊することであばかれる裸の人間の耽溺の美学だったといえる。いわば譲治は〈対象と一体化する余〉だったのだ。

しかし、再び念を押せば、重要なのは「草枕」一編との通底ではない。すでに「三四郎」の例もあげたように、こうして「痴人の愛」と漱石作品との類縁をひろっていけば、小森氏の示唆する「門」や、さらには「こゝろ」なども同様にその「影」を指摘できるかもしれない。というより、問題はもともと「漱石」一個の文学にとどまるものではなく、むしろ〈漱石的ナルモノ〉というふうに拡大さるべき性質のものなのだ。事実、これも既述したように、物語の結構からいえば、漱石作品以上に、「浮雲」や「舞姫」の方が単独の作としてははるかに「痴人の愛」との類縁性が具体的であり濃密である。すなわち、「痴人の愛」における戦略の射程は、漱石も含めたそれら近代小説の数々の「傑作」に共通する何かなのだ。その何かを敢えて〈漱石的ナルモノ〉と言いなすのは、作中に「草枕」の引用があることや谷崎の漱石に対するこだわりの強さもあるが、「痴人の愛」の世界がさまざまな意味で、漱石作品の内実を反転させるようなかたちに出来上がっているからである。たとえば、漱石が自己の作品の主要舞台として自然に選びとった〈山の手〉の街々は、谷崎の親しんだ〈下町〉の眼からみれば、たぶん漱石自身も意識していない〈漱石的ナルモノ〉の本質を浮彫りにする舞台だったのではなかろうか。

四

「痴人の愛」の主な舞台は、東側の背後に隅田川をひかえた歓楽の地を起点とし、川の西岸を南下しながら河口を屈折点として、東京湾岸沿いをゆるやかに南西方向にたどって行く地域の街々である。むろん、鎌倉の海岸や横浜の本牧も重要な舞台だが、それらをも仮に〈東京圏〉にふくめるなら、「痴人の愛」はさしずめ広義の〈東京湾〉のウォーター・フロント〈ベイ・エリア〉をめぐる物語とも言い得る。

念のために作中にあらわれた地名をひととおりみておこう。ナオミの実家があった千束（①）をはじめ、ナオミと譲治の二人が出会った浅草・雷門（②）のカフェ・ダイヤモンド、譲治の卒業した高等工業があった蔵前（③）、彼の下宿していた芝口（④）、二人の落ち合った新橋（⑤）、譲治および二人がぶらついた銀座通りや帝劇（⑥）、続いて二人が借家を探し回った「市中」の高輪（⑦）田町（⑧）三田（⑨）界隈や「郊外」の蒲田（⑩）大森（⑪）品川（⑫）目黒（⑬）など、さらに譲治の会社があった大井町（⑭）や二人が「お伽噺の家」を構えた大森駅から十二、三町離れた線路沿いの文化住宅（⑪）のほか、ナオミの英語教師ミス・ハリソンの住む目黒（⑬）や声楽・ピアノを教える女教師の住んでいた芝の伊皿子（⑮）およびダンスを習った三田聖坂（⑨）の吉村音楽店なども明

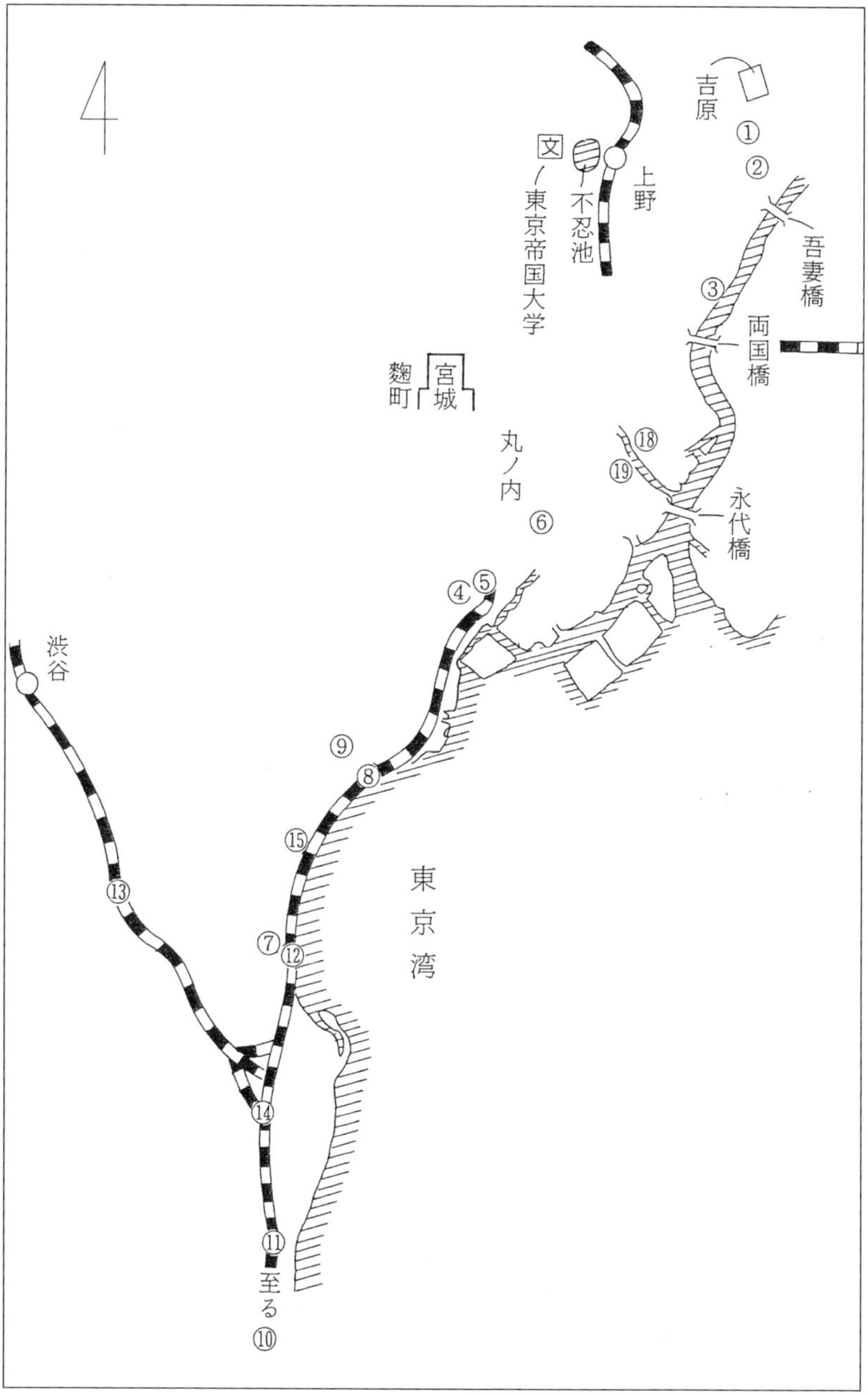
吉原
①
②
吾妻橋
③
両国橋
上野
文
不忍池
東京帝国大学
宮城
麹町
丸ノ内
⑥
⑱
⑲
永代橋
④
⑤
渋谷
⑨
⑧
⑮
東京湾
⑬
⑦
⑫
⑭
⑪
至る
⑩

示されている。そして、おおむね東京湾をのぞむこれらの街の西方の延長線上に飛び地のように横浜（⑯）と鎌倉の長谷海岸（⑰）が配されている。

たとえば、これらの地名を、ナオミと譲治の関係を軸とする時間系にそって整理しなおしてみよう。

すでにみたように、二人の出会った場所は浅草の一角だが、この出会いを物語の起点とみるなら、それ以前の過去に属する事柄は、実家におけるナオミの暮らしと譲治の高等工業時代および卒業後の会社勤めや独身生活等である。これらを地名に照合すれば、千束（①）・浅草（②）・蔵前（③）・芝口（④）・新橋（⑤）・銀座界隈（⑥）および大井町（⑭）近辺ということになる。

右のうち、譲治の勤務先である大井町（⑭）は物語の起点以後にもわたる地点なので例外とすると、①から⑥までを結ぶ街々は、いずれも巨大な近代都市〈東京〉のなかでもとりわけ〈江戸〉という古層の匂いを濃密にこもせた旧・下町の周辺だといってよい。

千束に実家をもつナオミはまだしも、地方の草深い田舎（宇都宮在）出身の上京する青年であった譲治が、蔵前の学校に通ったとはいえ、なぜ就職後も芝口の下宿に居続け、旧・下町の周辺に滞留するのだろう。高等工業卒という中間エリート層の資格を有し、実家も裕福だった新来の東京人という設定であれば、譲治の住居は、旧・下町周辺よりはむしろ新開の郊外としてひらけつつあった〈山の手〉の周縁あたりに定めるのが妥当ではあるまいか。

東京帝国大学を卒業し、大正八年まで本郷曙町に居を構えていた谷崎が、たとえば「三四郎」の主要舞台となった本郷近辺の〈山の手〉に不案内だったはずはない。にもかかわらず、三四郎ほどではないにしても、一応中間エリート層に属する譲治が、「インテリに属するサラリーマン」など滅多にいない「〝居職〟の人々の住む町」[15]であった旧・下町の周辺にばかり足跡をのこすのは、やはり何らかの作意がはたらいていたためであろう。

ひとくちにいえば、譲治のそうした動線には、作者谷崎の微妙な反・山の手意識が反映している。たとえば、「痴人の愛」で慎重に避けられた地域は単に〈山の手〉だけではない。譲治の①から⑥の動機には、谷崎の生まれ育った日本橋蠣殻町（⑱）や南茅場町（⑲）もその線上に含まれるが、作者は自身に懐かしいその旧・下町の街々もまた、〈山の手〉とともに物語世界から排除する。なぜなら、そうした伝統的な〈下町〉（旧・日本橋区）こそは、〈山の手〉のリードする近代化によって最も激しい変貌を強いられ、現実の東京からすっかり消滅させられた不在のマチであり、かけがえのない〈故郷〉だったからである。新たな風俗をふんだんにとり入れたキッチュの物語でもある「痴人の愛」には、すでに不在となった伝統の〈下町〉や「智識階級」の多い〈山の手〉よりも、むしろ猥雑な下町の周辺こそがふさわしい舞台だった。

たとえば、後年の随筆「東京をおもふ」（『中央公論』昭9・1〜4）には、「生まれ故郷の東京を見捨てゝ而も尚東京と縁を切る事が出来ずにゐる」谷崎の屈折した思いがこめられている。そこで彼は「乱脈を極めた」「今の東京」に対する「反感」を次のように語っている。――。

「山の手臭の微塵もない」洗練された下町弁を話す父の時代の「下町の町人」は、たしかに自分に「最も縁故の深い連中」で「江戸の伝統を受け継いだ純粋の」「東京人」なのだが、彼らは「現在の大東京を代表する市民でも何でもな」く、「今の帝都を代表する」のは、おおむね「山の手」に属する「所謂智識階級」だとして、以下のように続ける。

いつたい山の手住民は以前から下町の町人に対して、官吏や、軍人や、政治家や、読書人が多かつた。そして彼等の住宅区域は大部分震災を免かれたので、焼け残つた彼等が自然東京を代表するやうになり、それが今日の智識階級と云ふものに進化したのである。「進化」と云ふのは、（中略）今日の智識階級は震災前の下町山の手両様の趣味を包容し、尚その上方贅六の料理をも歓迎し、近代芸術の教養に富み、西欧の絵画や音楽さえ理解する。実に彼等の鑑賞力は出鱈目と云つてい丶程に広い。彼等の趣味を比率で現はすと、山の手五分、下町三分、田舎二分と云ふところではあるまいか。〈山の手〉を基盤とした「智識階級」に対する谷崎の皮肉は右の一節にとどまらない。それはたとえば、「私の云ふ東京の智識階級とは」「何処か肌合が芸術家風であるけれども（中略）色々なことに首を突つ込んで聞いた風な口を利くに過ぎない」とか、「山の手の官員さんの家庭あたりから流行り出し」た言葉遣いが「いつしか純東京の下町言葉を駆逐するようになつた」けれども、かつて「下町の人間は、山の手言葉を野暮ツたらしい、田舎臭い、勿体ぶつた云ひ方として軽蔑してゐた」とか、そうした「言葉の変遷」が「他国の人に自分の故郷を乗つ取られたと云ふ感」を深くさせ、「今の東京弁」が「イキがらうとして却つて田舎臭くなり、智識階級ぶつて却つて品が悪くなつた嫌ひがないか」とか、さらに「近頃の奥さん連が使ふ」言葉も「山の手言葉が一般化したのに違ひない」とか、「東京のインテリゲンチャ臭味」などといった表現として吐露される。

〈山の手＝智識階級〉による〈言葉〉を軸とした〈下町＝町人〉に対する征圧が、谷崎に痼疾にも似た根深い反感を抱かせているのは事実だろう。とすれば、〈山の手〉に踏みこまず、〈下町〉の周辺だけに滞留する「痴人の愛」の動線も、たぶんそうした反感と無縁ではあるまい。

谷崎にとって、急速な近代化を遂げた巨大都市・東京の歴史とは、何よりもまず陰影に富む〈下町〉という故郷のマチの消滅であり、同時に〈下町〉コトバを駆逐し、〈山の手〉コトバによる言説の一義的な統御を強いる過程でもあった。

近代の東京を征圧した〈山の手＝智識階級〉による言説の統御は、単に日常的なコトバの問題だけにとどまらない。それはまた、日本近代の小説言説をも深く貫き、〈山の手＝智識階級〉に属する登場人物たちを物語の主人公に押し上げる結果ともなった。二葉亭や鷗外や漱石など、「偉い」とされる作家たちの多くが、〈山の手〉の空気ともいうべき知的かつ倫理的匂いのする〈士大夫〉的人物を主人公とした「智識階級」の文学を創造し、その反面、人間の業ともいうべき〝性〟の問題等を避けてきたのは、とりもなおさず彼らの作品世界が〈山の手〉を基盤とする小説言説によって形成されてきたからである。

河合譲治は、ナオミとともに、そのような〈士大夫〉的「智識階級」の文学を代表する多くの主人公たちとは明らかに対蹠《たいしょ》的な世界に属する人物である。譲治とナオミの物語が今や不在となった〈下町〉に代わる周辺の街々を舞台とするのは、それが〈山の手〉という背景に支えられた「智識階級」の言説では掬《すく》いきれない、新たな「町人」的言説によってのみ紡ぎ得る物語だったからである。(16) ナオミと出会ったのちの譲治たちの動線が、以後の足跡(7)～(15)においても、主として近代の巨大都市〈東京〉の〝ウオーター・フロント〟を、いわば新興の下町ともいうべき湾岸沿いを西方に流れていくのは、「痴人の愛」が日本の近代小説のオーソドクシイとして仰ぎみられる〈智識階級＝山の手〉の言説と対峙せんがための〝反・山の手の物語〟だったからではあるまいか。

注

(1) 昭4・3、東京帝国大学卒業論文「芥川龍之介論――芸術かとしての彼を論ず――第三章」。
(2) 『谷崎潤一郎』(平1・1、筑摩書房)参照。
(3) 『思想としての東京』(昭53・10、国文社)参照。
(4) 「『痴人の愛』に関するメモ」「解釈と鑑賞」(昭58・5、至文堂)参照。
(5) 「有島の中期作品群――第三巻解説」(『有島武郎全集第三巻』付録「月報4」昭55・6、筑摩書房)参照。
(6) 「共同討議　谷崎の作品を読み直す」(紅野敏郎・今村忠純・千葉俊二・山田有策「國文学」昭60・8、學燈社)参照。
(7) 「方法の可能性を求めて――『痴人の愛』を読む――」(「日本近代文学　第35集」昭61・10)参照。

（8）小森氏はさらにこのシンポジウムの発言を敷衍させた「小説言説の生成」（『構造としての語り』昭63・4、新曜社）で、郊外の秘密の「お伽噺の家」に閉じ籠る「ナオミと譲治のあり方の基底には、崖下の家に身を隠すように『世間』から隔絶した生を営む、お米と宗助夫婦の影がある」と述べている。

（9）他に、森安理文『谷崎潤一郎　あそびの文学』（昭58・4、国書刊行会）に「とはずがたり」の示唆がある。

（10）尤も谷崎自身は福田清人との対談（『十五人の作家との対話』昭30・2、中央公論社）で「源氏物語」との関連を否定したとされる。

（11）この点については拙稿「『たけくらべ』の身体性」（「解釈と鑑賞」平1・6、至文堂）で多少論じたことがある。

（12）「谷崎潤一郎　人と文学」（『痴人の愛』昭59・3、新潮文庫）参照。

（13）「『痴人の愛』について」（注12に同じ）参照。

（14）谷崎自身、「創作余談」（『毎日新聞』昭30・2）中で、作品の題名以上に登場人物の名前にこだわると述べている。なお、〈名前〉については、小森氏（注8参照）に「生身の人間から切り離された指示対象《レフェラン》をもたない〈記号〉として『名前』に惚れる男、これが語り手としての譲治なのである」との重要な指摘がある。

（15）佐江衆一「わが浅草、九尺間口の人情」（『裸足の精神』昭54・3、毎日新聞社）に父の時代（関東大震災前後）の「浅草六区と蔵前との中間あたり」をそのように述べる一節がある。

（16）谷崎文学を〈町人〉の文学とみる観方自体は、河盛好蔵「練絹《ねりぎぬ》のような美の魅力」（『週刊読書人』昭40・8・16）をはじめとする多くの先蹤がある。だが、ここで問題としたかったのは、作家の出身階級や出身地および作品の素材ではなく、作品を形成する論理としての言説の方であったが果たせなかった。別稿を期したい。

（補注）文中の地図は「明治四十二年参謀本部内帝国陸地測量部」作成の一万分の一地図を下敷とした。「痴人の愛」の現在からいえばやや旧態となるが、作者の記憶に残る〈東京〉を重視したためである。

「魚服記」の空白

――故意と過失の裂け目――

一

「魚服記」の冒頭は、「ふつうの地図には載つてゐない」本州最北端に位置する「ぼんじゆ山脈」の記述から始まる。山脈の中央にある小山の中腹には約一畝歩《せぶ》ぐらいの「赤土の崖」があり、それは義経伝説の痕跡だとされる。小山は「馬禿山」と呼ばれるものの、「事実」は老人の横顔に「似てゐる」にすぎない。とはいえ、山かげの「景色」が良いのでこの「地方」ではかなり「名高い」、と。

淡々としたこの導入部は、物語の現場となる「滝」や「炭焼小屋」をクローズアップする前にスケッチされた、俯瞰的な周辺の遠景である。きわだった特徴もない叙述だが、その文脈を逐語的に追ってみると、けっして直線的でも単純でもない。たとえば、記述されたことばの表層が指し示す明示的な意味作用を「デノテーション」と呼ぶが、この導入部はそのデノテーションによって導かれる慣性的な読みの流れ、いうなれば〈予期される読み＝方向性〉を微妙にはぐらかす文脈となっている。

たとえば、最初に提示される「ぼんじゆ山脈」は、読者になじみのないローカルな地名だが、その所在を可視化するはずの「ふつうの地図」にも「載つてゐない」と語られる。読者は、未知の地名をいきなり告知され、しかも所在を確認できぬまま、物語世界への参入を強いられる。つまり、未知の地名〈ぼんじゅ山脈〉の提示→可視化〈地図〉への期待→その否定（載つてゐない）、というふうに、この物語は〈予期される読み〉を切断するところから始まる。所在さえ不明な地名は、具体的なイメージを喚起しないため、読者の意識の中心から遠ざかるが、そこに「義経」伝説が引き合いに出される。有名な悲劇の主人公との結びつきは、その地名を再び読者意識の中心に引き戻し、想像力を喚起しようとする。しかし、伝説の地は、由緒のありそうな奇観でもないため何の説明も加えられず、ふくらみかけた想像力はすぐにしぼんでしまう。つまり、有名な伝説の提示→想像力の喚起→変哲のない平凡な地形、というふうに、ここでも〈予期される読み〉ははぐらかされる。一方、続いて紹介される「馬禿山」も、その名に似合わぬ形状だとされ、名前が喚起する想像力を否定される。そのくせ、山かげの景色がよいのでこの地方では「名高い」として、再び読者の関心（注意）をひこうとする。

要するに、「魚服記」冒頭の叙述は、読者のさまざまなイメージや連想を喚起するかと見せながら、〈予期される読み〉を裏切る奇妙な〈はぐらかし〉を反復する（あるいは、〈予期されない読み〉を否定しつつ、再び気を引くようなそぶりを見せる）。「地図」という近代的な合理性に基づく可視化の装置とその否定、想像力を喚起する反近代的な〈伝説〉とその幻滅、変哲のない地形の平凡さとそれに反する人気――、こうした〈はぐらかし〉は、この物語に対する読者の直線的な読みを揺さぶり、思考の足元をぐらつかせる。そして、その不安定さは、「魚服記」の物語が、言語化された明示的な情報が提示する一義的な枠にはおさまらぬ、大きな振幅を内包する物語であることを予告している。

二

「魚服記」の物語は次のようなエピソードから始まる。

ことしの夏の終りごろ、此の滝で死んだ人がある。故意に飛び込んだのではなく、まつたくの過失からであつた。植物の採集をしにこの滝へ来た色の白い都の学生である。このあたりには珍らしい羊歯類が多くて、さうした採集家がしばしば訪れるのだつた。

語り手（テクストの話者）は、学生の転落について「故意に飛び込んだのではなく、まつたくの過失からであつた」と語る。だが、その転落が「まつたくの過失」であるなら、わざわざ「故意に飛び込んだのではなく」という注記など不要だろう。この過剰な念押しは、転落の原因が「過失」という一義的な〈真相〉に収まらず、かえって逆の可能性もあったことを暗示する。少なくともその転落が〈過失／故意〉のどちらとも決めかねる事象であったことを示唆する。たとえば実際の転落シーンを見直してみよう。

学生が、絶壁のなかばに到達したとき、足だまりにしてゐた頭ほどの石ころがもろくも崩れた。崖から剝ぎ取られたやうにすつと落ちた。途中で絶壁の老樹の枝にひつかかつた。枝が折れた。すさまじい音をたてて淵へたゝきこまれた。[1]（一）

転落はわずか数行の描写に凝縮される。そこではよけいな修飾が排され、「もろくも崩れた」「すつと落ちた」「枝にひつかかつた」「枝が折れた」「淵へたゝきこまれた」というふうに、転落の動作だけが畳みかけられる。それゆえここには学生の内面が入る余地はなく、転落に〈抗う〉風情も感じられない。声一つあげずに転落する学生は、まるで予期された自己の死を甘受するように自然体で「すつと落ち」る。それは「過失」による不慮の死というより、むしろ覚悟の上の自死（故意）であるかのような印象を与える。語り手の断言は、図と地が反転するルビンの壺やウロボロスのように、「過失」から「故意」へと反転・連結しながら、境界の曖昧な両義的世界の中に溶解してゆく。「過失」と「故意」は、明解に分節化された対立概念でもなく、一方が「事実」を説明する唯一の〈真相〉でもない。

現に、「一番はつきりと」転落を「見た女の子」の眼には、学生の姿が不慮の事故（過失）に巻き込まれた無残な姿というより、水と戯れる楽しげな姿として映じている。

いちど、滝壺ふかく沈められて、それから、すらつと上半身が水面から躍りあがつた。眼をつぶつて口を小さくあけてゐた。青色のシヤツのところどころが破れて、採集カバンはまだ肩にかかつてゐた。

それきりまたぐつと水底へひきずりこまれたのである。（一）

上半身を「すらつと」「躍りあが」らせた学生の姿は、むしろ躍動感に溢れ、水の世界に同化した歓喜を表すかのようであり、「眼をつぶつて」「小さくあけ」た「口」元は、スワへのメッセージを物語るかのようだ。しかも、生前同様、学生は採集カバンを「まだ肩にか」けたまま、スワを手まねくように「水底」へと姿を隠す。のちにスワが学生を「たつた一人のともだち」（三）と「追想」するのは、この無言の〈呼びかけ〉がスワには明瞭な声として聞こえ、二人だけの〈黙契〉に思えたからにほかならない。とすれば、スワの眼には、学生の転落は「過失」ではなく、水の世界との同化をめざした投身（故意）と見えただろう。だからこそ、〈転落＝投身〉した学生の記憶はオブセッションとなって、のちのスワの〈投身〉を先導することになる。

つまり、「魚服記」では、「過失」と「故意」の境界は不分明であり、物語の〈真相〉は双方のあいだを揺れ続ける。過失と故意のはざま、すなわち無意識と意識の〈裂け目〉をさまようこの物語は、それゆえ背後に多くの不確定要素もしくは〈空白〉を含みもつ。そして、明示的な物語をとりまく〈空白〉の群れは、その背後に隠蔽された〈もう一つの物語〉を浮上させる。ラカンのよく知られたテーゼ「無意識は一つの言語のように構造化されている[2]」にならえば、明示された物語の〈空白〉は沈黙するもう一つの物語のように構造化されている。

三

「魚服記」の主な登場人物は父親と娘スワの二人だけである。それゆえ「魚服記」はひとまず〈父と娘の物語〉

といえるが、親子の〈出自〉に関する情報はきわめて乏しい。たとえば、親子の出自をわずかにうかがわせる叙述は次のようなものである。

馬禿山には炭焼小屋が十いくつある。滝の傍にもひとつあつた。此の小屋は他の小屋と余程はなれて建てられてゐた。小屋の人がちがふ土地のものであつたからである。茶店の女の子はその小屋の娘であつて、スワといふ名前である。父親とふたりで年中そこへ寝起してゐるのだつた。(中略)

スワを茶店にひとり置いても心配はなかつた。山に生まれた鬼子であるから、岩根を踏みはづしたり滝壺へ吸ひこまれたりする気づかひがないのだつた。天気が良いとスワは裸身になつて滝壺のすぐ近くまで泳いで行つた。泳ぎながらも客らしい人を見つけると、あかちやけた短い髪を元気よくかきあげてから、やすんで行きせい、と叫んだ。(二)

ここから判明するのは、スワ親子が「ちがふ土地」から来たヨソモノで近隣から「はなれて」孤立していること、またスワが「山に生まれた鬼子」でその短髪が「あかちやけ」ていること、ぐらいである。このいかにも乏しい断片的な情報は、かえって〈空白〉の内容を際立たせる。たとえば、このヨソモノ親子はどこから来たのか、なぜ以前の土地を離れたのか、「鬼子」とはどのような存在なのか、等々である。そこで〈父と娘の物語〉をとりまく〈空白〉をあらためて見直してみると、そこには当然語られるべき〈情報〉を排除する「構造」が潜んでいることがわかる。それはスワの〈母〉をめぐる言説の徹底的な隠匿である。そして、スワや父に関する〈空白〉は、物語の表層から排除された〈不在の母〉がほとんどその鍵をにぎっている。

物語はスワの〈母〉について、その生死さえ語ろうとしない。もし生きているなら、スワはなぜ母と離別したのか、つまりなぜ父と二人暮らしなのか。また、もし死別したのなら、母の死因や死の状況とはどのようなものだったのか。さらに、スワの「あかちやけた」髪はいかなる由来をもつのか。こうした現状をめぐる〈空白〉の多くは、母の情報が少しでもあれば大きく解明されるだろう。つまり、「魚服記」は〈父と娘の物語〉であると同時に、〈隠匿された母の物語〉でもある、といえるだろう。

では、〈隠匿された母の物語〉とはどのようなものか。

「魚服記」では登場人物の具体的な風貌がほとんど描かれない。その中で、唯一の例外はスワの「あかちゃけた」髪である。この唯一の点描を手掛かりに〈隠匿された母の物語〉を想定してみよう。

いささか突飛な推測だが、隠匿された物語の発端に、スワの母がかつて「あかちゃけた」髪の外国人に犯されたという〈事件〉があった、と仮定してみよう。そうすれば、「魚服記」という物語の〈空白〉はかなりの部分が解明される。たとえば、スワの「あかちゃけた」髪は同じ髪色をもつ外国人を父とするためで、「山で生まれた鬼子」というおどろおどろしい形容もその異形の髪色と不幸な出生の経緯によるものと考えられる。また、スワ親子が近隣から離れて孤立するのは、彼らがヨソモノであると同時に、かつての〈事件〉で村落共同体からうしろ指をさされ、「ちがふ土地」へ出奔せざるを得なかった苦い記憶をひきずる親子だったためとも推測できよう。

こうした〈事件〉の想定は、父の行為についても別の側面を照らし出す。スワがそうした出生の秘密をもつ娘なら、二人は血縁的に他人であり、実の親子によるインセスト（近親相姦）ではない。そして、父の行為も、単なる性的欲望のはけ口ではなく、かつて他人に妻を寝取られた男（コキュ）が過去の傷痕を体現する娘を身代わりとする歪んだ復讐、もしくは失われた妻への倒錯した愛だったということになる。ちなみに、スワの滝への投身も、それと知らずに母の最期をなぞる行為だった可能性もある。

スワの母がかつて「あかちゃけた」髪の外国人に犯された、という、まがまがしい事件を示す明確な論拠があるわけではない。それでもこの突飛な推測が捨てがたいのは、多くの〈空白〉と直結する母の〈不在〉について、この物語がタブー（禁忌）のように口を閉ざし、その隠匿の強固さが何か触れがたい隠微な秘密を想起させるからだ。

また、この物語には、静かな晩に起きる山の「不思議」や「天狗」のたてる音、さらには遠くから響く「山人《やまふと》」の笑い声など、物語の周縁（外部）には超常的な〈異形の存在〉が数多く棲息し、それがスワの不吉な運命をも予言している。とすれば、スワの「あかちやけた」髪はやはり〈異人〉の痕跡だった可能性が高い。加えて、スワを犯す父の行為が昔日の不幸な記憶に起因する悲しい〈錯乱〉だとしたら、隠匿された〈母の物語〉を上述のように推測することも可能だろう。

こうした突飛な推測の当否は別としても、「魚服記」の物語をめぐる〈空白〉の「構造」が、それと双曲線を描くようなもう一つの物語、たとえば〈父の物語〉と対をなす〈母の物語〉を喚起するのは事実だろう。そして、それは父が娘を犯すという〈修羅場〉に見合うような〈母の物語〉であるはずだ。つまり、「魚服記」の対語的世界を構成する叙述は、セクシュアルな罪障感を核とし、「故意」と「過失」のはざまで〈犯す〉父の物語と〈犯された〉母の物語に引き裂かれている。物語世界は、その二項対立的な往復運動のダイナミズムや二つの物語の競合によって深い陰影を刻み、事実を規定する一義的な〈真相〉への懐疑や異議申し立てによってリアリティを獲得する。換言すれば、物語のすべては、「故意」と「過失」の裂け目からたちのぼってくる。

四

「二」章の後半では、「そろそろ一人前のをんな」に成長し、「少し思案ぶかくなつた」スワが「滝壺のかたはら」で「むかしのことを思ひ出してゐ」る。その思い出とは幼い日に「父がスワを抱いて」「語つてくれた」「三郎と八郎といふきこりの兄弟」の話である。それは、弟の八郎が兄三郎の留守に谷川で獲ってきた魚を一人で食べてしまい、むやみに喉が渇くので井戸の水を飲み干し、さらに川の水を飲むうちに全身に鱗が出て大蛇に変身し、駆けつけた兄が「八郎やあ」と呼ぶと大蛇も川の中から涙を流して「三郎やあ」と呼んだが、どうしようもなかった、というものだ。ひとくちにいえば、利己的な欲望に負けて兄弟愛を裏切ればその報いがある、という因果応報譚めいた土俗的変身譚である。

この土俗性については、山内祥史が[3]、久保喬の回想[4]等をふまえつつ、柳田国男『山の人生』[5]の影響を重視している。実際、『山の人生』一章の、女房を亡くした炭焼きの男が子供を殺す話や、親の許さぬ男や子供と村を出奔した女が帰郷し、大きな滝へ飛び込む話などは、「魚服記」の世界を容易に連想させる。また、同書十六章・十七章には「鬼子」をめぐる話も多く、「似て居らぬから我子では無い」という推断から「母は往々にして不当に疑はれた」例や、「最も怖ろしい例」として「色赤きこと朱の如く、両眼の他に額に尚一つの目あり」云々といった話も語られ、スワの「あかちやけた」髪や「山で生まれた鬼子」との類縁を感じさせる。同書四章の後半ではマタギの古伝の一例として「萬次萬三郎の兄弟」の話が紹介され、「八郎といふ類の人が山中に入り、奇魚を食つて蛇体に変じたといふ話」が「広く分布して居る」としている。津軽・秋田に広く分布するこの変身譚は、すでに太宰にもなじみの伝説であって、そこから、この一節が「三郎と八郎」の兄弟の話に変奏された可能性もある。ともあれ、柳田の描く平地に定住する農民から「異種族視」される「山人と名づくる此島国の原住民」の生活の記録は、「魚服記」の土俗的な空気を彷彿とさせる。

「三郎と八郎」の話に類する伝説は、全国に流布した化成説話の一種で、特に蛇体への変身譚は湖沼生成譚として十和田湖や八郎潟と結びつき、津軽をふくむ東北地方に深く根づいている[6]。このことから三郎と八郎の話を含む「魚服記」の世界と津軽の民話的風土との関連性はしばしば指摘される。その一方、「魚服記」に挿入された兄弟の話と物語全体との関連性を具体的に論じた見解はあまりみあたらない。

そこでまず、三郎と八郎の話を構成するいくつかのメタファに注目してみたい。たとえば、「兄弟」の関係に注目すれば、そのポイントは裏切り（反目）であり、それはすぐにカインとアベルの物語（旧約聖書・創世記）や海幸・

山幸の物語（古事記、日本書紀）を連想させる。一方、「大蛇」でいえば、〈蛇〉は神話的にも精神分析学的にもセクシュアルな欲望のシルシであり、アダムとイヴに禁断の木の実を与えた〈蛇〉でいえば原罪の象徴でもあるだろう。「水」については、フロイトによれば「水に対する関係によって表現される」のは通例「誕生」に関わること、つまり「母と人との関係の表現」である。こうしたメタファの連なりは、全体としてどのような〈物語〉を構成し、「魚服記」の物語とどのように結びつくのか。

スワが思い出すこの「話」は、「魚服記」の世界に入れ子型に象眼された〈物語〉で、たぶんシンボリックな暗示的意味作用を付与されている。そこでまず注意したいのは、それが幼い「スワを抱いて」父が語る物語だという点である。しかし、出口のないその日暮らしと一杯の酒に無為の日々を送る父親にいったいどんな物語が語れるというのか。

繰り返せば、この「話」が上述のメタファのようにひとまず〈裏切り・セクシュアルな欲望・罪・誕生・母〉にまつわる物語だとしよう。そのうえで、兄弟を夫婦の転移とみ、弟の裏切りを妻の裏切りの転移とみなし、かつ蛇をセクシュアルな欲望と罪、水をその母から誕生した娘、と読むなら、そこには父が娘に語り得る唯一の〈物語〉が浮かび上がる。つまり、この父は娘に〈失われた妻の物語〉＝〈不在の母の物語〉を無意識のうちに語りかけていたということになる。スワが何の共通点もないこの「話」に激しく共鳴し、「あはれであはれで」父親の指を「小さな口におしこんで泣」くのは、それが彼女の〈出自〉にかかわる〈母の物語〉だったからではなかろうか。

五

スワの「追憶」は以下のように覚める。

スワは追憶からさめて、不審げに眼をぱちぱちさせた。滝がさゝやくのである。八郎やあ、三郎やあ、八郎やあ。

父親が絶壁の紅い蔦を掻きわけながら出て来た。

「スワ、なんぼ売れた」

スワは答へなかつた。(二)

スワが「追憶」にひたっていたのは「滝壺のかたはら」である。それはスワがかつて学生の「転落＝投身」を「はつきり」と見、「水面から躍りあがつ」て「口を小さくあけた」姿を目撃した場所でもある。それゆえ「追憶」から覚めたスワが聞く滝の「さゝや」きとは、伝説の兄弟の哀切な声であるとともに、彼女を水中へいざなう学生の無言の声でもあったろう。父の登場は、そうした追憶の余韻が滝の「さゝや」きとしてまだ反響している最中だった。「なんぼ売れた」といういつものことばは、夢のような追憶の余韻を蹂躙し、やるせない日常を露呈する。それゆえスワの失望は深く、父への嫌悪も一段とつのる。父の問いかけに「答へなかつた」スワの沈黙には、閉塞した現状への嫌悪と脱出への切実な願いが渦巻いている。ここから「さゝや」きを発する水中まではほんの一歩だろう。このとき、スワは確かに現状の外の世界＝別の人生に〈目覚め〉ており、だからこそおし黙って店じまいを終え、次のようなことばを発する。

「お父《ど》」

スワは父親のうしろから声をかけた。

「おめえ、なにしに生きでるば」(二)

無為の日常に埋没する父には人生の意義を語るすべなどありはしない。娘の問いにビクついて「判らねぢや」と答える父は、「くたばつた方あ、いいんだに」と罵倒されても「そだべな」と「かかりくさのない返事」をするだけだ。しかも、父はスワの苛立ちを「一人前のをんな」になった生理的な神経の昂ぶりとのみ見ている。スワの身体の成熟は事実にしても、彼女の苛立ちはそれ以上に現状への疑問と別世界の人生に対する〈目覚め〉から発したものだ。だからこそ、スワは父の「返事」が「馬鹿くさく」て我慢がならず、「阿呆、阿呆」と「怒鳴」りつける。別世界の人生に目覚めて現状への疑問をつのらせる娘と、わずかな金でもあれば酒をあおる父と、二人の亀裂はもはや修復不能だろう。親子の二人暮らしが早晩破綻するのは必至であり、カタストローフは着実に迫っている。

　盆を過ぎて秋が深まる。この冬の到来までの間は「スワのいちばんいやな季節」（三）だった。わずかにスワの心を慰める楽しみは、「なめこ」が生えている「羊歯類」の密生する場所で、「たつた一人のともだちのことを追想」することだった。この「ともだち」が、滝に転落した「色の白い都の学生」をさすのはむろんだが、その学生がかつて発した無言の誘いは今もスワの耳に残り、彼女の現状からの脱出の願いを増幅させる。

　凩で「朝から山があれた」日、一日中「小屋にこもつてゐた」スワは珍しく「髪をゆつてみ」る。夜には「風がやんでしんしんと寒くなつた」が、「こんな妙に静かな晩には山できつと不思議が起る」。不気味な天候や古代女性の成人式をあらわす髪上げの儀礼に似たスワの所作は、女の身体にかかわるセクシュアルな波乱を予感させる。そして、その「不思議」を予告し目撃するのが「山人」であるのは、父が娘を犯すこの無残なドラマの真の起源が、山人と同じく周縁（外界）から侵犯する〈異人〉に起因することを示唆する。かつてスワに異形のシルシを刻印した〈もう一つの物語〉の中の〈異人〉、あの〈事件〉の端緒となった「あかちやけた髪」の外国人こそその真の起源なのではなかろうか。

　スワの身体を「疼痛」が貫き、吹雪の中を歩き出した彼女は「おど！」と低く叫んで滝に飛び込む。その投身は、父の行為に対する嫌悪や絶望というより、彼女自身が憧れ、都の学生のオブセッションに導かれた別世界への飛躍である。しかし、そこには彼女を待つはずの「ともだち」も、哀切な声で呼びかける伝説の「大蛇」もいない。学生との黙契も、幼いスワが深く共鳴した伝説も、また、自身の大蛇への変身も、すべてが幻影にすぎない。スワが投身によって転生を試みた水中の世界は、彼女が夢想した別世界（ユートピア）ではなく、「小さな鮒」が泳ぎ回るだけの「薄暗い」「冷た」いもう一つの現実でしかなかった。それゆえスワは〈未完の自死〉にケリをつけるべく再び「滝壺へむかつて」進む。だが、スワの転生はけっして実現しないだろう。なぜなら、父に犯されたスワが投身〈自死〉するかぎり、それは結局のところ、「魚服記」の〈もう一つの物語〉である〈犯された母の物語〉が刻印した宿命への回帰を意味するからだ。スワの転生は、犯す父の物語やそれを生む犯された母の物語を超えるとき、すなわち自身の〈出自〉を直視し、〈投身＝自死〉という幻影から解放されたときに初めて実現する。だが、父の物語と母の物語の消しがたい〈記憶〉は、故意と過失のあいだをさまようその裂け目から無数の〈投身〉する息子や娘の物語を生成し続ける。

六

「魚服記」発表[7]より二年半ほど前、昭和五年十一月二十八日夜半、太宰治は銀座裏のカフェ「ホリウッド」の女給田辺あつみと鎌倉腰越小動崎海岸で睡眠薬カルモチンを仰いで心中をはかった。翌日、太宰は苦悶中を発見されたが、女性はすでに絶命していた。これは長らく〈江ノ島事件〉と呼ばれ、「道化の華」（昭10・5）や「虚構の春」（昭11・7）などの叙述から〈投身心中未遂〉とされてきた事件である。

近年の精細な調査は、この心中未遂が海への〈投身＝入水〉ではなく、海岸べりにおける陸地での睡眠薬心中だったことを明らかにしている。しかし、太宰はこの事件を想起させる多くのシーン[8]を一貫して〈投身〉のイメージで描き続けた。それは、鳥居邦朗[9]が推測するように最期に〈投身〉を「予定」していたためかもしれない。あるいは、心中の場として海岸が選ばれたのは、そもそも太宰が死後の世界を胎内回帰（羊水）のように想像していたためかもしれない。もっとも、心中の現場が〈海岸〉である以上、水中のイメージは容易に連想されたはずで、太宰が作品の叙述として〈投身〉を描くこと自体、なんの不思議もない。だが、この〈事実〉の変容にはそれ以上の意味があったと思われる。

第一、この心中未遂事件は、太宰側には〈未遂〉でも、相手の女性は現に死に至っている。しかも、生死の分かれ目には、睡眠薬の服用量の多寡という微妙なサジ加減も影響する。実際、太宰が「自殺幇助罪」の嫌疑をうけたように、相手だけを死に至らしめる、あるいは自分だけが生存する、という作為の可能性も皆無ではない。つまり、「故意」か「過失」か、そうした不透明さがこの事件にはついてまわる。心中の相手を死なせた事実はむろん深い心の傷となるが、それより厄介なのは、心中で自分一人が生き残った結果が、本当にやむを得ぬ「過失」だったのか、それとも未必の「故意」に近い潜在意識がはたらきはしなかったか、という不透明さである。虚構をはらむのが当然である小説の〈叙述〉が、それでも〈事実〉との齟齬を糺されるのは、そうした不透明さを隠蔽するための〈事実〉の改変だったのではないか、という疑いが介在するからだろう。

しかし、小説家の倫理とは〈事実〉との齟齬に責めを負うような問題ではない。極論すれば、小説家には、他者を死に至らしめた事実そのものよりも、他者の死に関与した自身の意識のありようの方が重要なのだ。なぜなら、小説の〈表象〉とは、過去を再現する「思い出」ではなく、故意であれ過失であれ過去の不透明な意識をその継続性において綴る「記憶」であるからだ。[10] ひらたくいえば、私が過去にどうしたかの告白ではなく、私が過去をどのように想起するかの表白なのだ。この〈私が思う〉「記憶」がそれ自体にふさわしい表象を求めようとすれば、小説にとって過去の変容は不可避となる。〈事実〉に反する「水中」の世界とは、そのような経緯が引き寄せた表象なのではあるまいか。

事実に反する「水のイメージ」への執着を、鳥居氏は「一種の自己浄化、自己救済」であり、「地上的な汚れからの解放」が「主要な意味」だと述べる。だが、もしそうなら、いったん「すつきり」「さつぱり」した「水の底」

のスワが、「じつとうごか」ずに「なにか考へ」、再び「滝壺へむかつて行」く必要はない。スワが二度目の〈投身〉を敢行するのは、水中の世界が投身前のスワが夢想したユートピアではなく、それゆえ「解放」や「救済」でもなく、地上とつらなるもう一つの現実にすぎなかったからだ。

先にも述べたように、スワの投身は二度に限らず今後とも繰り返されるだろう。なぜなら、父と母と自身の痛みを背負って投身するスワの悲劇は、故意と過失の裂け目をさまよう痼疾と化した小説家の「記憶」の〈形代《かたしろ》〉もしくは人身御供だからである。父に〈犯される娘の物語〉と娘を〈犯す父の物語〉と〈犯される母の物語〉という、いわば人間倫理の原初的な〈罪〉を輻輳する「魚服記」の世界は、ある確信犯的な〈罪障感〉の物語である。たとえば、小説家が過去の「思い出」を不可避的に変容する「記憶」の傲慢さに対する〈罪障感〉、あるいは小説家が出発するとき〈書く〉ために供物として捧げた倫理感への〈罪障感〉。スワはそうしたエクリチュール自体が内包する罪障感の化身にほかならない。その意味で、「魚服記」はまさしく太宰治の〈小説家〉の誕生を告げる作品だった。

注

（1）全集本文は「絶望」となっているが、「絶壁」の誤植だと思われる。なお、太宰治作品の引用は、筑摩書房版『太宰治全集』全十二巻・別巻（平元・6～平4・4）に拠った。

（2）ジャック・ラカン（宮内忠雄・竹内迪也・高橋徹・佐々木孝次訳）『エクリ』（昭47・5、弘文堂）参照。元々は『セミネイル　Ⅵ』（一九七三、スウイル社、パリ）の記述とされるが、原著未見。

（3）『太宰治全集』第一巻「解題」参照。

（4）「太宰治の青春碑」（「群像」昭56・7、講談社）。

（5）柳田国男『山の人生』（大・11、郷土研究社第2叢書）

（6）赤木孝之『注釈『晩年』抄』（平8・5、新典社）参照。

（7）「海豹」（昭8・3）

（8）上記以外の「葉」「東京八景」「人間失格」などでも事情は同じである。

（9）鳥居邦朗『太宰治論　作品からのアプローチ』（昭57・9、雁書館）参照。

（10）ベルクソンを論じたG．ドゥールズ『差異について』（平12・6、青土社）参照。

「虚構の春」の〈太宰治〉
——書簡集と書簡体小説の間——

はじめに

本書『太宰治はがき抄　山岸外史にあてて』[1]は、山岸外史に宛てた太宰治の書簡（はがき）八十二通を収める。より正確にいえば、ここには太宰治という個人が特定の一人物に宛てた複数の発信が並んでいるだけで、それ以外はいっさい掲載されていない。むろん、これらが現実に投函された書簡である以上、山岸側から太宰に宛てた返書も多数存在していたはずである。にもかかわらず、本書が太宰側の一方的な発信集となったのは、ほかでもない、たまたま入手された現物書簡の束をそのまま影印本で出そうという本書の刊行経緯による。つまり、ここに見られる書簡の〈一方通行〉は、そうした偶然の結果であり、何か特定の企図や創意に基づくものではない。したがって、本書は広い意味においても〈作品〉ではないし、ましてや〈小説〉でもない。それでもなお、本書が何か意味ありげな一冊に見えるのは、以下のような理由による。

たとえば、本書を〈太宰治が特定の一個人に宛てた発信集〉という形式から見た場合、その〈裏返し〉と見まがうような一編がすぐに連想されるからだ。その作品とは〈「太宰治」一人に宛てられた不特定多数からの来信集〉という〈形式〉をもつ小説「虚構の春」（「文学界」昭11・7）である。ちなみに、前者を〈太宰治〉と表記したのは現実の作家その人の氏名だからで、後者を〈「太宰治」〉としたのは作中で多くの来信の宛て先となる受信者、その登場人物名だからである。いずれにせよ、山岸宛ての太宰書簡集である本書と「虚構の春」は、まるで好一対のような対照の妙をなしている。

一

「虚構の春」執筆前後の状況については、佐藤春夫宛書簡（昭11・5・18）や本書所収の書簡（書簡番号28＝昭11・5・20、同30＝昭11・6・24）をはじめ、檀一雄や小野正文、伊藤佐喜雄や河上徹太郎らの証言があり、そうした経緯についてはすでに山内祥史の労作「解題」(2)や「年譜」(3)が詳細に語るとおりである。それらを参考にまとめれば、「虚構の春」は昭和十一年五月頃に起筆され、六月末にはほぼ完成したと考えられる。だが、前年の四月、急性虫様突起炎の手術時に腹膜炎を併発した太宰は、その際、鎮痛剤として注射されたパビナールの中毒となり、翌十一年二月には佐藤春夫の指示で済生会芝病院に強制入院させられる。しかし、退院から一ヶ月後には再びパビナールに手を染め、その間、第二回芥川賞にも落選（三月）、心身ともにすさんだ生活状態が続いていた。夏（八月）頃の借金は、総勢十八名、総額四百五十一円にのぼったとされる。

「虚構の春」は、上記のような生活の中で、友人・知己・縁者・読者からの来信（私信）の数々を、原文通りや一部改変し（数名は実名のまま）、無断で公表したというシロモノであった。作品のこうした成立状況を考えれば、「虚構の春」は、来信（私信）の多くをノリとハサミで切り貼りしただけの作、あけすけにいえば、パビナール中毒の患者だった作家が、薬代欲しさの原稿料稼ぎのために窮余の一策としてデッチ上げた一編だった、といえるだろう。

しかし、作品の〈質〉はしばしば作家の実生活を裏切る。つまり作家の天分とは、悲惨な現実に根ざすいかに安直な創作動機であれ、それが作品となる最後の瞬間、モティーフの安直さを一気に〈創作の秘儀〉に転化し得る才能のことではあるまいか。救いのない窮状の中でヤケ気味に執筆（？）された「虚構の春」も、現実の泥田に花開く蓮にも似た不思議な錬金術の賜物だったのかもしれない。

二

たとえば野口武彦[4]は、「虚構の春」が「まさに書簡体小説の形式を利用し、あまつさえそれを逆手に取って、まったく新しい手法を開発しつつ書いた小説」だと高く評価している。「書簡体小説（epistolary novel, roman par letters)」とは、ひとくちにいえば、小説の中軸となる部分が手紙やはがき（もしくは手記）という形式によって構成された作品をさす。だが、状況説明をすべて排除し、虚実とりまぜた来信の羅列だけで全編を構成した作品となると、まぎれもなく異例の一編だろう。その意味では、「虚構の春」は確かに〈書簡体小説〉の極北に位置する一編だといえる。

野口氏は前掲の論文で、〈書簡体小説〉の機能と「虚構の春」の「新しい手法」をきわめて丹念に論じている。以下、私見をまじえて同じ問題を整理・再確認してみたい。

まず、「手紙」という「言語伝達の機能」を氏の論旨にそって私なりに概括すれば次のようになる。

①「手紙」のような特定の発信者と特定の受信者をもつ言語伝達は、一般に言表行為の場面性を要請されるが、逆に場面性の差異に還元できない独特な表現機能を言表行為過程に与える。

②その独特な表現機能は、社会慣習における心理的価値と結びつく。たとえば、隔離された発信者と受信者の間の「手紙」は、情報精度の高さ、両者間でのみ完結する原則的な非・公開性、口約束と異なる保存性などである。

右でやや難解なのは「場面性」であるが、ひとまず手紙を媒介する〈関係性や状況〉もしくはコミュニケーション論におけるコードやコンテクストと理解しておこう。

では、こうした機能をもつ手紙（書簡）が小説中に導入された場合、いかなる「機能」をもつのか。野口氏によれば、書簡体小説の手紙は「発信者の言表行為性そのものの顕在化」であり、手紙の書き手はテクスト「内部」の「特別な言表行為の場を所有する言表行為主体」であるため、「小説話法上、作者自身とはつねに別個の人格」として「作中に自立した現在時制を確保できる」存在である。要するに、書簡体小説の手紙の書き手は、現にそこにある手紙を書いた主体として自己を主張し、小説の語り手や作者と画然と区別される存在だということだろう。手紙のもう一つの特性は、発信者と受信者の両者だけで完結する「非・公開性」であるが、それが書簡体小説の手紙となると、「小説の言表であるかぎり、読者に読まれる」ことを前提にしつつ、「手紙の言表であるかぎり、原則として受信者以外のだれにも読まれない」ことが前提になる。したがって、書簡体小説は、本来は受信者に向けられたメッセージを読者が「傍受」もしくは「窃視」する仕組みをもつ。以上のことから、野口氏は「書簡体小説の手法の秘密」が「手紙の非・公開性のルールの侵犯」にある、と結論づける。〈書簡体小説〉という方法の核心をつく簡明な分析であり、ここに付け加えるべきものはない。したがって、以下ではやや視点を変え、書簡体小説の変遷を実例に則して一瞥してみたい。

三

ここでもまた、先の野口論が参考となる。ただし、氏は〈書簡体小説〉のカタログや系譜に関心はないとして、指標となる数編の作品をあげ、きわめて簡略な概説にとどめている。たとえば、書簡体小説の原型を「源氏物語」に挿入された「消息文」に見、本格的な先蹤は江戸初期の仮名草紙「薄雪物語」だとした上で、書簡体小説を「手法として自立させた」一編として西鶴の「万の文反古」をあげる。さらに近代以降では、永井荷風の「監獄署の裏」

（明治43）や近松秋江の「別れた〔る〕妻に送る手紙」（明治43）に言及し、「その実例を数え出したらいくらでもあるだろう」と述べている。現に芥川龍之介ひとりを例にとっても、「尾形了斎覚え書」（大正6）「二つの手紙」（同）「開化の殺人」（大正7）「糸女覚え書」（大正13）「文反古」（同）「温泉だより」（大正14）「手紙」（昭和2）といった作品を、すぐ数え上げることができる。したがって、探索の範囲を広げれば、その実例は文字通り「いくらでもある」といえるだろう。

そこでまず、書簡体小説の本格的な先蹤として名のあがった「薄雪物語」を検討してみよう。「まったく古風な中世ふうの恋物語」と評される(5)この作品の筋は、以下のようなものである――都のほとり深草の里に住む「やさしき」男が、清水寺で「容顔美麗《ようがんびれい》」の女を見かけて思いをつのらせる。観音の御利益で、美女に仕える下女からその名が「うすゆき」で「御年十七」だと聞き出した男は、下女を介して文《ふみ》を送る。以後、物語は「おとこ」の文《ふみ》と「女返し」の往復書簡が繰り返される。最初、薄雪は亡夫の戒めの歌などを引き合いに男の申し入れを拒み続けるが、やがて受けいれる。その後、男が留守の間に女は病死し、悲嘆した男は出家して高野山に入るが、女の面影懐かしさに都へ戻り、墓の近くに庵を結ぶが二十六歳の若さで没する――。

悲しい恋物語と出家譚が接合した筋立て自体は、中古から繰り返されたありふれたシチュエーションの一つといってよい。したがって、この物語の特徴は、大半を二人の〈手紙〉のやりとりによって構成した〈書簡体〉の形式にある。しかも、その往復書簡は、単に物語の形式的特徴にとどまらず、読者の現実的要請に応える利点としても機能した。たとえば、恋文中に引かれた業平と井筒の女や滝口と横笛など、古典的な恋愛モデルの引用は、読者にとって〈恋の規範〉もしくは〈恋文の用例〉として「啓蒙性と実用性」(6)を伴い、広く受け入れられたのである。実際、「薄雪物語」は、幕末の天保十五年（一八四四）までに「少なくとも十五種の刊本が出た」とされる。(7)

むろん、〈恋〉を主題とする男女間の〈歌〉のやりとりは、古来からの定型として枚挙にいとまがない。だが、

「薄雪物語」がやや異質なのは、〈歌〉を含む一定の文章量（長さ）をもつ〈散文＝手紙〉によって、互いの心情を具体的に〈叙述＝説明〉するという点である。こうした〈散文化〉が文学の進歩か退歩かは別として、「薄雪物語」がひとまず往復書簡による〈書簡体小説〉としての体裁を具えていることは確かだろう。とはいえ、ここには読者が受信者へのメッセージを「傍受」もしくは「窃視」するといった「仕組み」への認識は乏しいし、「手紙の非・公開性のルール」が読者によって「侵犯」されるという方法意識も稀薄である。換言すれば、作家自身の中に〈秘匿しながら露出する〉というそれ自体背理的な言表行為に伴う自己相対化の意識や創作論理が皆無である。「薄雪物語」は、作品世界を見下ろす〈作者〉がもっぱら、手紙を交換する男女二人の〈使い分け〉という技術に腐心する。ここには書簡体小説の〈形〉があるだけで、〈方法〉はない。

四

次に、西鶴の「万の文反古」（元禄九年、一六九九）について検討してみよう。「万の文反古」の冒頭には次のような「序文」が付されている（紙幅の都合上、必要な箇所のみ原文を「　」で示し、前後は簡略な口語訳要旨とした）。

代々の賢人が書いた書物は有益だが、それに対して「見苦しきは今の世間の状文なれば、心を付けて捨つべき事ぞかし。かならずその身の恥を人に二度《ふたたび》見さがされけるひとつなり」。去年の暮れ、正月の準備に忙しい家の大掃除の際、かき集められた反古紙を買って行く人がいたが、それは日々の暮らしに流行の張り子の美人人形を作る人で、「塵塚のごとくなる中に女筆もあり、または芝居子の書けるもあり。をかしき噂、かなしき沙汰、あるいは嬉しきはじめ、栄花終り、なが〳〵と読みつづけて行くに」「人の心も見えわたりてこれ。／

某月某日／西鶴」

西鶴は言う――「見苦しいのは今の世の中の手紙（状文）であるから、十分に気をつけて捨てるべきだ。でなければ、必ずやその手紙が他人の目にふれ、差出人の身の恥は、送り手だけでなく、第三者にも知られ、二重の恥をかく原因となる」。「塵塚のような文反古の中には、女性の手紙もあれば、また少年役者の書いたものもある。ヘンな噂や、悲しい事件、あるいは嬉しい事の始まり、栄華な生活の終わりなど、ながながと読み続けてゆくと」「人の心の奥まで見通せて、興がつきない」――と。

この「序文」が宣言しているのは、「状文」＝手紙が本来「他人の目にふれ」ることのないプライヴェートな伝達手段だという事実である。処分する場合にも「心を付け」るべきなのは、そこにヘンな噂や悲しい事件など「身の恥」となるような「人の心」が刻まれているからだろう。それはとりもなおさず手紙が「非・公開性」をもつ言語伝達だという認識である。「万の文反古」は、そうした〈書簡〉の特質を明確な前提とし、たまたま目にふれた何通かの手紙を寄せ集めたという設定になっている。各々の書簡は、語り手の短い感想を付した独立した短編だが、それら全体がやがて〈お金〉を軸とする世相を浮上させる。あえて無関係な複数の書簡を並べたにもかかわらず、結果的に金銭という統一的な主題が提示されるという仕掛けに、作者の方法意識は鮮明だろう。他者の目にはふれない私信の「非・公開性」、その秘密保持性が保証する信憑性に依拠して吐露されるホンネの数々……、そこから醸成されるリアリティこそ西鶴が〈書簡体〉に求める創作論理だった。つまり、〈書簡〉の機能が保証する秘密保持や信憑性は、彼の剔抉した「世間」の本質＝シビアな金銭の世界を律する重要なファクターであり、そうした金銭の物語を読む読者たちを説得する方法としても有効な武器だった。

このように見てくると、「万の文反古」が〈書簡体小説〉を「手法として自立させた」メルクマールだとする見解(8)にことさら異を唱える必要はない。ついでにいえば、ここに提示された複数の書簡の内容の同一性は、結果的に金銭こそ「世間」の本質だというメッセージの正しさを多角的に検証するという機能をもつことも自明だろう。その意味でも、「万の文反古」が〈書簡体〉という技法を存分に活用した完成度の高い作品であることは疑いをいれない。

五

次に、タイトル自体が書簡体小説であることを明示している「別れた妻に送る手紙」を見てみよう。その冒頭は以下のように始まる。

拝啓
お前——別れて了《しま》つたから、もう私がお前と呼び掛ける権利はない。それのみならず、風の音信《たより》に聞けば、お前はもう疾《とつく》に嫁《かたづ》いてゐるらしくもある。もしさうだとすれば、お前はもう取返しの付かぬ人の妻だ。その人にこんな手紙を上げるのは、道理《すじみち》から言つても私が間違つてゐる。けれど、私は、まだお前と呼ばずにはゐられない。……

一見して明らかだが、この作品は「私」が「お前」に「呼び掛ける」「手紙」という形式をとった典型的な〈書簡体小説〉である。手紙は二人が共有した過去の時間と「私」の現在とを交錯させながら、痴愚にも等しい「私」の未練を綿々と語る。それは「私」という発信者が「お前」と呼ぶ受信者に宛てた〈私信〉であり、それゆえ「手紙」の言表として「非・公開性」を原則とするが、一方では「小説」の言表として読者の前に「公開」される。したがって、読者は「私」が「お前」に発したプライベートなメッセージを「傍受＝窃視」し、「手紙の非・公開性のルール」を「侵犯」しつつ物語を読むことになる。

ところで、「別れた妻に送る手紙」の手紙は、むろん「私」の語る一人称の言表で構成されている。一般的な〈書簡体小説〉がそうであるように、小説の物語内容は発信者である「私」の抱える問題に焦点がしぼられ、小説のプロットも「私」の言表によって展開される。それゆえ、この手紙からは、遠く離れた「お前」の声をはじめ、〈他者の声〉はほとんど聞こえてこない。この手紙が「私」の一方的な往信である以上、それも当然なのだが、だとしてもこの言表には書き手（語り手）である「私」の思いだけがあまりに濃厚すぎる。実際、小説の前半では往信らしく「私」の「お前」に対する〈呼びかけ〉が顕著なのに対し、小説の後半ではそれが消失し、もっぱら「私」の愚かな現況だけが〈書簡体〉の枠を逸脱した客観描写の世界として語られる。そこでは受信者と発信者の間に〈距離〉が介在する「手紙」の言表の特性や、その形式にともなうさまざまな制約や配慮がすっかり溶解し、「私」の現在だけがただあてどなく語られる。それはひたすら自身の思考や感情に埋没する「私」の自己完結的な一人称の言説であり、その言表主体を裏うちする〈私〉自身からも〈自己相対化〉や〈対象化〉の意識が消滅していったことを意味する。

最も典型的な〈書簡体小説〉である「別れた妻に送る手紙」の「私」は、書簡体形式の要請する一人称の言表から出発しながら、その〈背理〉を食い破り、より肥大化した自己完結的な一人称言説に居座り始める。〈モノローグ〉にも等しい方法意識を喪失したこの〈私の王国〉こそ、やがて〈私小説〉と呼ばれる世界への入り口となる。

六

さて、ここまで〈書簡体小説〉の結節点ともいえる三編の作品「薄雪物語」「万の文反古」「別れた妻に送る手紙」を一瞥してきた。それらは形式上では男女の往復書簡・市井に生きる複数の人々の書簡・特定の人物に宛てた一人の書簡と姿が異っており、その主題も男女の悲しい恋と出家譚の接合・世間の動因となる金銭・別れた女への繰り言というふうにそれぞれ異なる。しかし、表層こそ大きく異なるが、〈書簡〉内部の言表が基本的には言表主体の一人称的言表であることに変わりはない。平たくいえば、手紙の書き手はその文章の中で結局は「私のこと」を語っており、読者の関心もそこに向かう。つまり、従来の〈書簡体小説〉の多くは、書簡の〈発信者＝書き手〉に焦点があてられる物語だった。だが、太宰の「虚構の春」は、一編のすべてが複数の人々からの来信であり、しかも発信者同士に特別な関係や脈絡はない。したがって、作品の焦点は、来信のすべてを受け取る唯一の〈受信者〉＝「太宰治」という人物にしぼられ、読者の関心もその〈受信者〉に向かうことになる。書簡の〈書き手〉でもなく、空白の〈受け取り手〉でしかない人物を主題とする〈書簡体小説〉、それが「虚構の春」の採用した形式だった。

この点について、野口氏は、太宰の「虚構の春」が一般的な書簡体小説の「常識を踏みやぶ」ることで、「根本的な約束事をばらばらに分解し、裸にし、逆手にとり、つまり徹底的なパロディ化操作を加えることで、作者が自己の存在の問題性を追求するのを托するに足りる、まったく新しい小説手法として生まれ変らせた」と述べている。

しかし、問題は「徹底的なパロディ化操作」を加えた「新しい手法」だけではない。重要なのは、作者が「追求」した「自己の存在の問題性」であって、それがどのような理由で「新しい方法《フォルム》」を要請したかを問うことだろう。

脈絡のない複数の来信の中にバラまかれた「太宰治」の断片、それがさしあたり「虚構の春」が「新しい手法」で示した〈もう一人の「太宰治」〉であり、新しい〈私の姿〉であった。つまり、一個の完結した実体としての「私」などは存在せず、「私」とは無数の他者（複数の来信）の目に映じた断片的な〈私〉の集合であり、それが作家「太宰治」の正体なのだ、と。そこには彼がこれまで「太宰治」というレッテルの下に要求されてきた〈真実〉の姿も〈本物の私〉も存在しない。

人は、時として、他者の言説や視線に映る〈私〉と「私」自身との間に奇妙な違和感や距離を感じつつも、その乖離を埋めるすべを知らないとしたら、他者の視線に映じる多面体の〈私〉以外に「私」と呼べる私など存在するだろうか、と太宰は〈もう一人の私〉である「太宰治」に問いかける。

たとえば、「元旦」と題された「虚構の春」の終章には、寄稿の手違いを知らせる一通を除けば、新年を賀す二十一通のステレオタイプな挨拶だけが無表情に並んでいる。「謹賀新年」に始まり「頌春献寿。」で閉じるこの一章は、紋切り型の挨拶の集合こそ「春」の内実であり、それを〈虚構の春〉として否定するなら〈真実の春〉もまた存在しない、と語っているように思える。つまり、〈虚構の春〉だけが「春」であって、それ以外に「春」などあり得ないのだ、と。同様に、他者の目に映じた「太宰治」の断片の数々、そのどれもが〈真実〉でも〈本物〉でもない〈虚構の「太宰治」〉の断片だが、それだけが辛うじて太宰治という存在なのだ、と。だからこそ、「虚構の春」では、他者の目に映じた〈私〉の断片である来信の数々を掻き集め、その受信者でしかない〈虚構の「太宰治」〉を物語ろうとしたのである。「虚構の春」の〈書簡体〉形式は、「私」とは〈他者の視線〉の中の存在でしかない、という明白な事実を告げる最も端的な方法だった。

七

〈書簡体小説〉は、当然ながら日本文学固有の形式などではない。それどころか、西欧における近代の〈小説〉は「書簡体」とともに始まった。たとえば、〈近代小説の祖〉とされるサミュエル・リチャードソンの「パメラ」（一七四〇～〇一）や「クラリッサ」（一七四七）がそうだし、それらの影響下に書かれたルソーの「新エロイーズ」（一七六一）やラクロの「危険な関係」（一七八二）なども書簡体小説であった。

太宰が、上記のヨーロッパ文学をどれほど読みこんでいたかは詳らかにしない。だが、「虚構の春」を考える上で、「危険な関係」一編はいささか興味深い。ただし、注目するのは、全編百七十五通という大量の書簡からなる物語本体ではなく、「刊行者の言葉」と「編集者の序」という二編の前文である。おそらく〈作者〉ラクロ本人が「刊行者」と「編集者」になりすまして書いたこの二文には、それぞれ次のような一節がある。

まず「刊行者の言葉」の冒頭の一節である。(9)

前もって一般読者におことわりしておかなければならないのは、本書の標題がいかにあろうと、また編集者がその序文においていかに説いておろうと、われわれとしてはこの書簡集の真偽のほどは保証しないということ、それどころかわれわれは本書を単に一篇の小説にすぎないと考える有力な理由さえ持っている、ということである。

「書簡集」を商品として売り出す「刊行者」自身がのっけから「真偽のほどは保証しない」と宣言し、それが「小説にすぎない」のではないかと疑念を抱き、さらに「編集者（の説明）」に対する不信感をも露わにする。二重三重の猜疑に包まれたこの一文が表明しているのは、結局のところ、書簡集の「真偽」を追及することの空しさである。

　また、「編集者の序」には次のような一節がある。

> おそらく一般読者は（中略）この書簡集が、これでもなお大部にすぎるとお思いかもしれないが、じつはここに収めてあるのは、交わされた全書簡のうちのごく小数を抜萃したものにすぎない。……私が〈修正をほどこすことについて─浅野〉受けた反対の理由は、発表したいのは書簡そのものであって、単にそれにもとづいて書かれた作品ではないこと、また、この文通にたずさわった十人ほどの人物がすべて同じような正確さをもって文章を書いたとするのは、事実に反するしかえって不自然でもある。

「編集者」が語っているのは、①この書簡集が「全書簡」の一部を「抜萃」した「ごく小数」であること、②本書は「書簡そのもの」であって「作品ではない」こと、③手紙の拙い文章が〈原文〉通り、などである。①はこの書簡集が事件の全貌を伝えていないこと、②はもしかすると「作品」であること、③は「事実」が不「正確」な文章中に存在すること、などを言外に示している。つまり、この一文が表明しているのは、事件〈全体〉を「事実」通りに「正確」に再現することの困難さ、すなわち「作品」と「事実」との境目の難しさである。

　〈書簡体小説〉の代表作といえる「危険な関係」の作家が、わざわざ「刊行者」や「編集者」に身をやつし、「書簡集」の「一般読者」に向けて差し出したこの奇怪な弁明は、一人称的言表それ自体の危うさ（アポリア）を鮮明に物語るものとして記憶されてよい。それは、「真偽」の「保証」を拒否し、「作品」と「事実」の境目を〈溶解〉させた作家太宰にとっても心強い示唆となり得るものだろう。特に虚実とりまぜた複数の来信を並べただけという〈暴挙〉（「虚構の春」）に出た作家にとって、書簡の「真偽のほどは保証しない」とうそぶく「刊行者」の厚顔は、もし対面していればとりわけ親近感を覚える存在だったに違いない。

　太宰治が山岸外史という一友人に宛てた〈書簡集〉は、むろん「作品」ではない。しかし、一通々々に点在する〈太宰の顔〉の断片は、「真偽」のほどを超えて「ある一人」の太宰治を形成するだろう。また、複数の太宰書簡に点在する〈山岸の顔〉も「ある一人」の山岸外史を彫琢するだろう。〈書簡集〉の中の〈顔〉はわれわれ自身の胸中に思い浮かび、〈書簡体小説〉（作品）中の〈顔〉はテクストの体系内にその映像を結ぶ。〈書簡集〉にあって〈書簡体小説〉にないモノ――それは書簡の書き手が否応なく背負い、その書簡と対面するわれわれ読者もまた逃れられない現実の時間――ときがたてばやがてセピア色に黄ばんでゆく、あの止まらない時間だけである。

注

（1）近畿大学日本文化研究所編（平18・3、翰林書房）。本書は元近畿大学総長・理事長世耕政隆氏所蔵（現在は近畿大学図書館所蔵）の遺品をカラー影印本としたものだが、同時に翻刻・校異（全集との）・ノートなども付されている。それらはすべて同大学文芸学部教授佐藤秀明氏の労になることを付記しておく。

（2）『太宰治全集　第一巻』（昭64・6、筑摩書房）所載。

（3）『太宰治全集　別巻』（平4・4、筑摩書房）所載。

（4）「小説手法としての手紙――太宰治と『虚構の春』――」（「國文学」昭54・11、學燈社）参照。

（5）岸得蔵「解説」（『日本古典文学全集　37』平6・8、小学館）参照。なお、テキストは『仮名草子集成　第六巻』（昭60・11、東京堂出版）による。

（6）前出（注5）に同じ。
（7）暉峻康隆「仮名草子」（岩波講座「日本文学史」）ただし（注5）参照。
（8）この点については、野口氏に限らず、神保五彌「解説」（『日本古典文学全集 40』平2・3、小学館）や暉峻康隆『日本の書簡体小説』昭18・8、越後屋書房）などを参照すると、近世文学ではほぼ定説に近い。
（9）ピエール・ショデルロ・ラクロ著・竹村猛訳『危険な関係』（平16・5、角川文庫）。

「眠れる美女」管見
――黄昏の中の女――

一

「眠れる美女」[1]の物語は、まだ男性機能を失っていない一人の老人（江口）が、五夜にわたって秘密の宿を訪れ、眠り続ける美しい娘たちの裸体に添い寝しつつ、妖しげな夢や回想や感慨に耽る……、というものだ。こうしたストーリィを軸に「眠れる美女」を眺めれば、老残の夢が紡ぐ淫靡な逸楽の世界を描いた作、ということになろう。作品発表時、川端康成はすでに六十二歳に達しており、老境は確かに他人事ではなかった。しかし、この作品が作者自身の〈老い〉という感慨を吐露した作だとしたら、「眠れる美女」は奇を衒いすぎた厚化粧の〈心境小説〉ということになる。たとえば作中「六十七歳」の江口老人は、さしあたり川端の近未来の分身と目され、読者は江口の語る〈老いの哲学〉を作者川端の言説として享受しがちになる。現にそうした見方も散見されるが、それは後述するように川端の仕掛けた巧妙な罠にほかならない。川端という作家名が喚起するイメージを離れ、テクスト自体を丹念に読むなら、この一編は、周到に計算された舞台設定や登場人物の性格づけ、さらには過剰なまでの細密描写も含め、緻密な作品構造をもつ厳然たる虚構《フィクション》である。それは作家の感慨を吐露した〈心境小説〉などとはおよそ対極に位置する作品なのだ。

ところで、人間の〈生〉もしくは〈生命〉は、しばしば〈死〉を凝視することでより明確に認識され、意味づけられる。同様に、人間の〈性〉もまた〈老い＝死への接近〉を凝視することでより明確となる。なぜなら、エロスとタナトスが対であるように、〈性〉は〈生命＝生〉の発露だが、〈老い＝死への接近〉にともなう減退や喪失は〈性〉の一回性を明瞭にし、〈性〉を端的に意味づける磁場であるからだ。したがって、〈老人文学〉こそ〈性〉を主題とするのにふさわしい文学だ、ともいえる。たとえば、谷崎潤一郎の「鍵」から「瘋癲老人日記」に至る〈性〉への執着に見られるように。

「眠れる美女」も老人たちの登場する〈老人文学〉である以上、その主題に〈性〉が選ばれるのはきわめて自然なことだろう。とはいえ、秘密の宿で深く眠る生娘に添い寝する老人たちの痴態は、ひとつ間違えば〈老年の性〉を猟奇的に描く悪趣味な風俗小説あるいはマニアックなエロ小説とみなされる危険性をもっている。

たとえば、フェミニズムの視点からは、「眠れる美女」は意識も意志も奪われた娘たち＝女を「玩弄物」（その四）とするファロセントリック（男根主義的）なテクストである。現に、フェミニストの女性三人による鼎談『男流文学論』(2)では、吉行淳之介批判の章で、吉行の「夕暮まで」や谷崎の「蘆刈」とともに、「眠れる美女」も俎上にあげられ、断罪される。吉行や川端の描く男女関係がいずれも「一方的な上下関係」だとして、上野千鶴子は Eiji Sekine の論(3)を参照しつつ、次のように述べる。

川端の場合は王と犠牲の関係です。この犠牲はまったく意のままになる『眠れる美女』。自分からは反応もコミュニケーションもできない死に近い存在です。ほとんどネクロフィリア（屍姦）の世界です。

こうした批判は一面で当然だろう。物語は、先にも見たように老年の男たちがセクシュアルな欲望のために無抵抗の女性の身体を慰み物として弄ぶというもので、そうした作品の無条件な認知は、女性にとってきわめて侮辱的な男性本位の思考だといえる。しかし、「眠れる美女」は、本当に「王」である男たちとその「犠牲」になる女という「一方的な上下関係」だけを描いた作品だろうか。

たしかに、眠る女性の身体をセクシュアルな欲望のために金銭を払って弄ぶ男性の行為は買春行為の一種であり、ファロセントリックな構図であることは否定できない。だが、「眠れる美女」が多くの性愛小説と異なるのは、まずファロス〈男根〉による性的機能の喪失を前提とするところから出発する物語だという点である。淫靡な秘密の宿にやってくる「安心の出来るお客さま」〈その一〉たちは、〈老い〉による男性機能の喪失を条件とし、例外的に能力を保持する江口にしても宿の「禁制」〈「その一」「その三」「その四」〉を破って性交に及ぶことはできない。なぜなら「禁制」を犯すことは、この宿の瓦解であると同時に、客たち自身の身の破滅でもあるからだ。

だが、さらに重要なのは、この秘密の宿を成立させている「禁制」の主導権《イニシアティブ》が、男性たちにではなく、宿の女に握られているという事実である。そこには「王と犠牲の関係」とは異なる、別の〈男女関係〉がある。つまり、「眠れる美女」は、紙幅のほとんどを客の老人たちと眠る娘たちに費やしながら、一方では、宿の女と江口老人の微妙な〈男女関係〉をも描いている。われわれ読者は、眠る女の裸体に接する江口老人らの淫靡な戯れに目を奪われがちだが、そうした物語の背後には秘密の宿を管理・監視する宿の女の見えざる視線が常に張りついているのだ。

先に見たフェミニズムによる批判が必ずしも当たらないのは、この宿の女が小説の語り手であり視点人物である江口の理解を超え、いわば男性的認識の枠に収まらぬ〈他者〉として、さらにいえば男性の視線を正当化する〈記号としての女〉とは異質の存在として登場しているからだ。つまり、「眠れる美女」には男性優位の男女関係とは別種の男女関係が複線的に描かれている、それが重要なのだ。

実際、作品冒頭において宿の女は江口には了解不能の存在として描出されている。

> 女はかうして隣室をのぞくにもなれてゐるのにちがひなくて、やはりなんでもないうしろ姿なのだが、江口にはあやしいものに見えた。帯の太鼓の模様にもあやしい鳥が大きかつた。なに鳥かわからない。これほど装飾

化した鳥になぜ写実風な目と脚をつけたのだらう。もちろん気味悪い鳥ではなく、模様として不出来といふだけだが、この場の女のうしろ姿に、気味の悪さを絞るとすると、この鳥である。（その一）

宿の女は、「あやしい」「気味の悪さ」だけではなく、その「ゆるやかなものいひはあなどりの薄笑ひをふくんで」（その二）おり、「中年女の手の気味悪いぬくみが通ってきさう」（その四）な存在である。さらには「薄い唇のはしに皮肉な笑ひを浮かべ」（同）、「地獄の鬼」（同）と呼ばれ「悪魔の笑ひ」（その五）をもらす。しかも、宿の女は江口の問いかけや疑問や要望に全く応じようとしない。たとえば、福良専務が死んだ後の処理をめぐって江口が「その温泉宿とこの家と、おなじ持主なの？」と尋ねるが「女は答え」ない（その五）し、娘たちと同じ眠り薬を二度要求しても断り、宿の秘密や娘たちにかかわる問いにはいっさい答えない。また、作品末尾で「黒い娘」が死んだ際、江口が狼狽しつつも「手つだはう」と申し出たのに対し、宿の女は一言「いりません」と拒絶し、あげくの果てに「お客さまは余計な御気遣ひはなさらないで、ゆつくりおやすみになつゐて下さい。娘もう一人をりますでせう」と平然と言い放ち、江口老人の心を「刺」す（その五）。つまり、宿の女は江口からの問いかけや語りかけをすべて拒絶し、その来歴や素性が全く不明の〈女〉として、また、江口の理解や認識を超えた厳然たる〈他者〉として存在している。「眠れる美女」がその作品世界に独自の陰影と奥行きをもつのは、老人たちの逸楽の背後で仄暗い闇から糸をひく宿の女の存在があるからだ。いいかえれば、この宿の女を解読しないかぎり、「眠れる美女」の真の意味は見えてこないだろう。

二

六人の眠れる美女の姿は、三島由紀夫の表現をかりれば「異様に精細な、言葉が言葉のみで愛撫してゆくやうな描写の的確さ」[4]および「およそ言語による観念的淫蕩の極致と云ってよい」[5]筆致によって描出される。一方、宿の女もわずかとはいえ「小柄で声が若く」「薄い唇」と「黒の濃い瞳」の持ち主という姿が暗示的に描かれる。ところが、作品全編に登場し、語り手であり視点人物でもある江口老人は、具体的な容貌が少しも描かれない。読者の前に明らかにされるのは、ただ一点、彼が「六十七歳」の老人だという事実だけである。「異様に精細」な描写をいとわぬ作家が、なぜ江口だけは年齢以外の具体的な描写を避けたのか。

反社会的な秘密の宿に出入りする老人が、現実の境遇や生活上の背景を隠すのは当然としても、物語の基軸となる登場人物であれば、たとえわずかでもその特徴を描出するのが普通ではあるまいか。仮に、江口を透明な語り手としてその身体性を消去するのが作意なら、「六十七歳」という年齢の明示は逆に余計な情報だったはずである。また、眠り続ける娘たちにしても、客は男性機能を喪失した老人でありさえすればよく、具体的な年齢など必要ない。とすれば、「六十七歳」という年齢の明示は、宿の女との関係においてのみ意味があると考えられよう。

「秘密」の宿を守るには、新しい会員の江口は是非とも身許の確かな人物でなければならない。それはたぶん紹介者の木賀老人が保証したと考えられるが、次に重要なのは江口が性的機能を失った老人だという条件である。しかし、それは当人のみが知るところで、木賀老人にもそれを確かめる手立ては無かったろう。ましてや宿の女には江口の不能を確認する手段はない。したがって、江口の性的機能の有無は、宿の女にすれば一般的にその能力を喪失すると考える年齢、すなわち「六十七歳」という老齢によって判断するしかない。だからこそ、江口の年齢の明示が必要だったと考えられる。

ところで、こうした年齢の明示は、単に「秘密」の宿を守る条件にとどまらず、宿の女と江口との関係にも深くかかわっている。事実、具体的な年齢は江口だけでなく、宿の女も「四十半ばぐらい」と明記される。小説冒頭近くに次のような描写がある。

女は四十半ばぐらゐの小柄で、声が若く、わざとのやうにゆるやかなものいひだつた。薄い唇を開かせぬほどに動かせ、相手の顔をあまり見ない。黒の濃いひとみに相手の警戒心をゆるめる色があるばかりでなく、女の方にも警戒心のなさそうな、ものなれた落ち着きがあつた。（その一）

ここでの女の所作に注目してみよう。彼女の「ゆるやかな」物腰はいわば余裕のある接客態度だが、それは同時に江口をいささか見下ろす意識の反映でもあるだろう。女が「相手の顔をあまり見ない」のは、江口も他の客たちと同様、もはや男ではない老人（非人間）と見なされていることを意味する。つまり、宿の女にとって「六十七歳」という老齢はそのままセクシュアルな不能を意味し、江口もそんな哀れな老人の一人で「警戒心」など不要な相手だという意識が女に鷹揚な態度をとらせる。しかも、その余裕は、小説を読みすすめてゆくと、彼女の「あなどり」に根ざすものであることがわかる。以下の二晩目の江口と女の会話は、老人たちに対する女の優位を露骨に示すやりとりだろう。

「この前の子とちがふのか？」

「はい、今晩の子は……。ちがつた子もよろしいぢやございませんか。」

「僕はそんな浮気じやないね。」

「浮気……？　浮気つておつしやるやうなこと、なにもなさらないぢやございませんか。」女のゆるやかなものいひはあなどりの薄笑ひをふくんでゐるやうだつた。「ここのお客さまはどなたもなさいませんわ。安心のできるお客さまばかりにいらしていただいております。」薄い唇の女は老人の顔を見ない。（その二）

「その一」と同様に繰り返される女の「ゆるやかなものいひ」は「あなどりの薄笑ひ」を含み、老人たちを「なにもなさらない」「安心のできるお客さま」と表現する。それは江口ら老人たちのセクシュアルな不能を見下す女の優越意識のあらわれであり、だからこそ彼女は男性（人間）として見るに値しない「老人の顔」をまたもや「見ない」のだ。

ところで、この優越意識は、宿の女が江口らと違って、まだ性行為が十分に可能な生理的・肉体的条件を保持していることを物語っている。彼女の常識では「六十七歳」は性の不能者であり、そうした老人の哀れさが、まだ性のさ中にある「四十半ば」の女に、倒錯した矜持（優越意識）を与えているのだ。それゆえ柔らかな物言いとは逆に、老齢に対する女の追い討ちはかさにかかる。先の引用後に次のようなやりとりが続く。

「それに浮気とお思ひになりましても、女の子は眠つてゐて、どなたとおやすみしたか、わからないんでございますよ。この前の子も今夜の子も、だんなさまのことはまるで知らないで通すんですから、浮気つていふのとは少うし……。」

「なるほどね。人間のつきあひぢやないね。」

「どうしてでございますか。」

もう男でなくなつてしまつた老人が眠らされてゐる若い娘とつきあふのは、「人間のつきあひ」ではないなど、この家へあがつてしまつてから言つてみたところでをかしい。

「浮気なさつてもよろしいぢやございませんか。」と女は妙に若い声で老人をやわらげるやうに笑つた。（その二）

この二カ所の引用に見える「浮気」の一語は、江口ら老人たちを性的不能者とみなし、そのことを揶揄する「あなどり」にほかならない。特に、不可能を承知しながら「笑つて」語る「浮気」の勧めは、「四十半ば」というまだ性が十分可能な女の身体の優位性の誇示であり、能力を失ってもなお性に執着する老人たちへの痛烈な皮肉であるだろう。そして、女の「妙に若い声」は、「その一」にも「声が若く」とあったように、宿の女の肉体にひそかに息づくセクシュアルなフェロモンの発露と見てよい。

三

「浮気」の一語に関しては、さらにもう一カ所、いかにも暗示的な場面がある。江口の四度目の来訪も突然だったことを軽くたしなめた女は、以下のように応対する。


「それでしたら、せめて二三日前に、どの子かお約束しておいて下さるとおよろしいのに……。浮気なお方ですねえ。」

「浮気つて言えるかねえ。眠つてゐる娘にも？　相手はまつたくなにも知らないんぢやないか。だれでもおなじことだらう。」

「眠つてをりましても、やはり生き身の女ですから。」

「ゆうべのお客はどんな老人だつたかつて聞く子もあるの？」

「それはぜつたいに言はないことになつてゐます。この家のかたい禁制ですから、どうぞ御安心なさつて。」

「それに一人の娘にあまり情をうつすのは迷惑のやうな口振りが、君にはあつたと思ふがね。この家での（浮気）について、前に君は、僕が今夜君に言つたのとおなじやうなことを僕に言つたのを、おぼえてゐるだらう。今夜はそれがまるであべこべになつてしまつた。妙だな。君も女の本性をあらはして来たつてわけ……？」


女は薄い唇のはしに皮肉な笑ひを浮かべて、

「お若い時から、たくさんの女を泣かせて来たお方なんでせうねえ。」

江口老人は女のとつぴな飛躍におどろきながら、「とんでもない。じやうだんぢやない。」

「向きにおなりになつて、それがあやしいわ。」（その四）

やや長い引用となったが、この部分には作家の周到な計算がうかがえる。たとえば、しばしば出てくる「浮気」の一語は、テキストに潜在する宿の女と江口の関係性を照らし出すキィ・ワードの役割を担っている。江口がいみじくも「あべこべ」だと指摘するように、この「浮気」の意味するところは、「その二」に見える二人の関係性を鮮やかに逆転させている。二度目の来訪時に語られた「浮気」の一語は、老人の性的不能を「あなど」る女の身体的優位を反映するものだったが、この場面の「浮気」は、江口が女を追及する武器へと転じており、それをめぐる二人のやりとりから、宿の女もセクシュアルな「生き身の女」であるという「本性」を露呈させるものとなっている。江口がかつて「たくさんの女を泣かせて来たお方」だろうとなじる女の「飛躍」は、はからずも彼女自身の性における潜在的な欲望を暗示し、まだ性が可能な身体をもてあます女であるがゆえのこだわりであろう。「浮気」の一語をめぐる江口の反論に返す言葉を失って浮かべた女の「皮肉な笑ひ」は、いわば〈正体〉をさらした女の居直りであり、そうした心理的余裕の喪失が「秘密の家」にあるまじきお客の過去を問うという失態を生み、江口に「おどろき」を覚えさせる。江口の否定を「あやしいわ」と疑う彼女の反応は、女としての媚態を含み、「四十半ば」の肉体に潜むセクシュアルな欲望をはしなくも物語る。いいかえれば、宿の女が江口の〈過去〉にこだわることは、彼の「顔を見」始めたことを意味し、宿の女にとって江口が哀れな老人から一人の男性へと蘇生したことを意味する。これは「六十七歳」＝セクシュアルな不能者という女の常識も、それを「あなどる」女の肉体的・生理的優位も、彼女がこれまで根拠としてきた前提も、すべてに亀裂が入ったことを意味する。とすれば、そうした前提に立って営まれてきた秘密の宿の崩壊もまた近いということになる。

　繰り返せば、「六十七歳」の老齢は、江口のセクシュアルな不能を保証するものではなかった。だとすると、「六十七歳」という年齢の明示は、それを裏切る江口の性的能力の保持と、「四十半ば」という女の年齢とを〈対比〉させつつ、彼女の肉体的・生理的条件に潜在する性的欲望を反照する不可欠な記述だったということになる。そして、語り手であり視点人物でもありながら具体性を欠く江口の奇妙な透明性は、彼がもっぱら宿の女の「本性」を浮き彫りにする触媒的存在だったことを物語る。

このように見てくると、作品の主眼は、筆の多くを費やした江口老人と眠れる美女たちの交渉よりも、「四十半ば」の宿の女の身体に秘められたセクシュアルな情動にこそあるといえよう。重ねていえば、老残の夢を紡ぐ江口たちの行為よりも、淫靡な逸楽世界の単なる提供者と見えつつ、徐々に「本性」を露呈してゆく宿の女の方が「眠れる美女」の真の主人公にふさわしいのではなかろうか。

四

「眠れる美女」の真の主人公が宿の女だといえば、次のような反論が出るかもしれない。まず、江口の感慨や回想や夢の記述に比べれば女に関する描写がいかにも少ない、と。また、女が秘密の宿の〈あるじ〉という保証はなく、彼女が単に〈使われている〉だけの人物だとすればそこに主体的な意志を見ることはできないのではないか、と。

しかし、その点では江口にしても事情は同じだろう。彼がこの秘密の宿を訪れる必然性は明瞭ではなく、現在の境遇や生活ぶりはもちろんその後の状況も不明である。というより、そもそもこの一編においては、〈なぜ〉と問いかける因果論的な合理性や日常性そのものが拒否されている。たとえば、過剰とも思える江口の感慨や回想、眠れる美女たちへの執拗な細密描写なども、読者の求める日常的な合理性を遮断し、非日常的な小説空間へ導くための〈戦略〉だったのではあるまいか。

たとえば、小説冒頭の一節は、そうした〈戦略〉を精妙に溶かしこんだ、〈なぜ〉を拒否する書き出しとなっている。

たちの悪いいたづらはなさらないで下さいませよ、眠つてゐる女の子の口に指を入れようとなさつたりすることもいけませんよ、と宿の女は江口老人に念を押した。

（中略）家のなかは物音もしない。鍵のかかつた門に江口老人を出迎へてから今も話してる女しか、人を見かけなかつたが、それがこの家のあるじなのか、使はれてゐる女なのか、はじめての江口にはわかりかねた。とにかく客の方からはよけいなことを問ひかけないのがよささうである。（その一）

見てのとおり、物語の始まりは、「いたずら」に対する女の禁止と、その「念押し」で幕を開ける。その結果、江口は「客」の一人として余計な「問ひかけ」を断念するが、このとき江口に寄りそって物語を読み進める読者もまた、宿の「秘密」に対する「問ひかけ」を封じられる。具体的な風貌も描かれず、日常的現実の背景も希薄な江口老人は、ややもすると作者川端を連想させやすいが、そうしたダブル・イメージは作家が読者を馴致させるための巧妙な囮だったのかもしれない。たとえば、なぜこういう宿が存在するのか、宿の女は何者なのか、江口はなぜこんな宿に足を向けたのか……といった、設定の合理性に関する読者の問いは、女の拒否によって、江口とともにすべて剥奪されてしまう。いずれにせよ、作者は、江口よりもむしろ宿の女の背後に身を寄せ、この作品世界に対する読者側からの干渉を周到に排除しているように思える。

なぜなら、読者が日常的な合理性をもってあの家の「秘密」を詮索し始めれば、非日常性を暗黙の了解として成立する、一種童話的な構造をもつこの作品世界はたちまち瓦解してしまうからだ。そればかりか、「秘密」の家の「禁制」を差配することで倒錯した優越意識に浸る女の矜持もまたその足場を失うことになる。「眠れる美女」の世界は、そうした危うい構造にかかる作品であり、それゆえ「秘密」の宿を守るために「問ひ」を禁じる女と「問ひ」を封じられる〈作家もどき〉の江口老人が不可欠だった。

このように見てくると、「眠れる美女」において最も注目すべき存在はやはり宿の女だといえる。たとえば、この「秘密」の宿は、老人たちのゆがんだ性的欲望を実現する場所であるが、それは逆に彼らの男性機能の喪失を改めてあぶり出す残酷な装置ともいえる。江口が女に向かって「老人」に可能な「いちばんの悪事」を尋ねたとき、女は「この家には、悪はありません」と答える（その四）が、実はこの家自体が「悪」、すなわち女の悪意によって仕掛けられた巧妙な〈罠〉だったのではあるまいか。宿の女は、セクシュアルな能力を喪失した老人たちの哀れさを間近に見ることで、自分にはまだ性的能力が十分に保持されていることを実感し、その身体的優位を誇ろうとする。そうした中年女性の倒錯した優越感を満たすための邪悪な装置、それが「秘密」の宿の正体なのではあるまいか。「浮気」の一語をめぐって露呈した女の「本性」以外に彼女の内面を語る描写は乏しいが、女を「悪魔」にみたてる場面はある。福良専務の死をめぐる会話で、仲間の死をもいとわず逸楽の世界を訪れた江口に対し、女は明らかにサディスティックな嗜虐性を漂わせる不気味な「笑ひ」を投げかける。

「知つて来たんだから、いいぢやないか。」

「ふふふ……。」悪魔の笑ひと聞けば聞ける。（その五）

ではなぜ、宿の女は、わざわざ残酷な装置である「秘密」の家をしつらえ、哀れな老人たちに「悪魔」の「笑ひ」を投げかけるのか。それはたぶん、「四十半ば」という微妙な年齢にさしかかった中年女性の身体に由来する。「四十半ば」は、一般的には身体の美しい盛りを過ぎたとはいえ、肉体的・生理的にはまだ十分にセクシュアルな能力を保持している。だが、女性の性を〈産む性〉を軸とする社会通念からすれば、性の主座を追われる存在だといってよい。つまり、セクシュアルな能力を保持する身体の自然と、性にかかわる社会通念がしいる疎外と、その乖離の中で宙づりになった存在――、宿の女は、そうした性のかげりをひきずる微妙な年齢の女だった。老残の逸楽を剥き出しにする反社会的な「秘密」の家は、そうした〈性の黄昏〉にうづくまる女性の、おどろおどろしい復讐の舞台だったのではなかろうか。

五

ところで、「眠れる美女」というタイトルから、われわれはおなじみの童話「眠れる森の美女」を連想することができる。グリムやシャルル・ペローの童話によって定着された〈眠り姫〉譚は、北欧からインドにまで広く流布していたとされる。渋澤龍彦[6]によれば、女流精神分析学者マリー・ボナパルトは〈眠り〉を媒介とする美しい姫の物語の暗喩として、「真の女になるべく予定された少女」というセクシュアルな表徴を読み取っている。すなわち『眠れる森の美女』とは、女のエロティシズムがクリトリス系統から膣系統に移行するまでの、曖昧な潜伏期間に生きている少女のことである」と。さらに渋澤氏は童話のさまざまなヴァリエーションの中で、美しい姫たちの眠る場所が一様に「塔の中」であることもそうした暗喩と関係する、とも述べている[7]。

〈眠り姫〉譚という童話の類型的構造から解読されたセクシュアルな暗喩には否定しがたい説得力がある。閉鎖的な空間に隔離されて長い眠りにつく姫の表象から女性の身体にかかわる過渡的な状態を想起する解釈も妥当であり、王子によって眠りから目覚める表象から男女間のセクシュアルな交渉の暗示を読みとるのも自然な理解だろう。とはいえ、川端が童話「眠れる森の美女」から直接的な示唆を得たといいたいわけではない。

第一、川端作品に漂う淫靡な逸楽の匂いは、童話のピュアな世界にはあり得ないものであり、また、童話の眠り姫が凛々しい王子の登場によっていつかは目覚めるのに対し、川端の眠れる美女は老人たちとの接触にもいっさい反応せずに眠り続ける。その意味では童話「眠れる森の美女」と「眠れる美女」の世界は全く異質のものだといえる。

しかし、そうした差異を承知の上であえていえば、「眠れる森の美女」が少女たちの童話だとすれば、「眠れる美女」は江藤淳[8]が語るように「裏返された童話」と読めなくもない。特に、先に見たように童話世界をセクシュアルな暗喩の文脈でとらえて見直すと、両者は意外に連続する地平に立つ物語だと見ることもできる。

たとえば、童話の〈眠り姫〉譚を、少女たちの〈性〉の歴史における夜明けを謳うプロローグだとすれば、「眠れる美女」は〈性〉の黄昏を告げるエピローグとみることもできる。すなわち、童話世界で奏でられた序曲が時を経てやがてたどりつく終曲の世界が川端作品である、と。時の流れをはさんで双方の世界を対応させてみると、江口たち老人はいわば老いたる王子であり、目覚めることなく眠り続ける美女たちは老いたる王子たちの記憶にのみ姿をとどめるまぼろしの姫の残像といえる。

老いたる王子たちが決して交われない〈眠り姫〉の幻像を抱いているとき、時を経た〈眠り姫〉の実像はどこに潜んでいるのか。「眠れる美女」の世界にそれをもとめるとすれば、ほかでもない「宿の女」が該当するだろう。

童話世界の主人公が王子よりもあくまで〈眠り姫〉であり、そこに潜在するセクシュアルな暗喩においても主眼は姫の〈性〉である。童話の〈眠り姫〉譚がそうであったように、「眠れる美女」の世界も老いたる王子たちの〈性〉が主眼なのではなく、かつて〈眠り姫〉だった後年の女性、すなわち今や「中年」となった「宿の女」の〈性〉が主眼なのではあるまいか。「眠れる美女」は、たとえていえば童話世界の〈眠り姫〉がヴァギナ感覚に目覚めて〈大人の女〉になったあとのさらに後年の女の物語なのだ。かつての〈眠り姫〉は、歳月を経て「四十半ば」の「宿の女」に変貌し、はからずも〈性の主座〉を追われた〈黄昏〉の恨みを、反社会的な「秘密」の宿に託して晴らそうとした。男性機能を喪失してもなおセクシュアルな欲望にとりつかれ、「秘密」の家に迷いこむ老人たちの妄執を冷笑しながら、宿の女はひとまず勝ちどきをあげる。しかし、彼女の直面する〈性の黄昏〉は、いかにしても抗えず、やがては「底知れぬ性の深み」（その二）を思い知る悲哀となって、「秘密」の家ともども、闇の中へと呑みこまれてゆくだろう。川端が冷徹な眼で凝視するのは、男性的機能を喪失した老人たちの逸楽ではなく、その背後で身もだえする黄昏の中の女だった。

注

（1）「眠れる美女」は「新潮」（昭35・1〜6、昭36・1〜11）に発表された。

（2）上野千鶴子・小倉千加子・富岡多恵子『男流文学論』（平4・1、筑摩書房）

（3）「The Erotic in the Absence of Sexuality」のち関根英二『〈他者〉の消去』（平5、勁草書房）

（4）「『眠れる美女』論」（「國文学」昭45・2、學燈社）。

（5）「解説」（『眠れる美女』昭42・11、新潮文庫）。

（6）渋澤龍彦「少女コレクション序説」（『ビブリオテカ　渋澤龍彦　㈣』昭55・1、白水社）中「眠れる森の美女」の章に以下の言及がある。

少女が父親に対するリビドー的固着、すなわちエレクトラ・コンプレックスをもちながら、陰核による自慰の誘惑を断念し、やがて女に膣の快感を教えにくる若者を待つまでの、待機のための長い長い眠りの期間を、好んで童話の女主人公の名前を借りて表現したのは女流精神分析学者のマリー・ボナパルト女史であった。

真の女になるべく予定された少女は、一般に最終的な快楽、膣オルガスムを得るのに成功するより以前に、陰核による自慰を放棄し、それまでの不十分な快楽をわずかな思い出としたまま、潜伏期間に入らねばならない。かくて、母親の男根的な紡錘竿（つむざお）で手を傷つけた『眠れる森の美女』のように、自慰の罪を負ったその手のために、少女の既成のリビドー組織は眠りにおちいり、やがて夫が処女膜の森の茨を分けてやってくるまで、その眠りから覚めることがないのである。私たちの家庭における少女の理想的な発達とはこのようなものであろう。（『女性の性的素質』）

「眠れる森の美女」とは、女のエロティシズムがクリトリス系統から膣系統に移行するまでの、曖昧な潜伏期間に生きている少女のことである。

（7）「少女コレクション序説」（注6）中「塔に閉じこめられた姫君」の章に以下の言及がある。

「眠れる森の美女」ばかりではなく、シンデレラも、「驢馬の皮」も、白雪姫も、すべて童話の女主人公は忍耐強く王子の到来を待っていなければならない。同じ年ごろの男の子が、冒険を求めて世界を遍歴したり、怪物や巨人を相手に闘ったりしているのに、こちらは、暗い城や塔や洞窟の中に押しこめられ、閉じこめられて、死んだような深い眠りにとらわれつつ、ただひたすら待っているのである。この待っている状態が、童話のなかでしばしば「塔に閉じこめられた姫君」の美しいイメージによって表現されているのは、読者も周知であろう。グリムの「ラプンツェル」の塔が、その最も典型的な例だ。元来、破瓜期の少女を小屋に閉じこめて、一定期間、共同体から隔離するという習慣は、どこの民族のあいだにも認められた一種の通過儀礼であり、この儀礼の深い意味は、近親姦への自然的欲求から少女を遠ざけて、少女のクリトリス段階を克服せしめることにあったといわれている。塔のイメージは、この隔離のための小屋を童話風に潤色したものにほかなるまい。「眠れる森の美女」も、高い塔の上で百年の眠りに落ちるのである。

（8） 江藤淳『文芸時評』（昭38・10、新潮社）昭和36年11月の項に次の言及がある。

「山の音」でも「みづうみ」でも川端氏は老人の女体への憧憬を描いた。憧憬が専ら感覚のゆらぎとして歌われるのは「眠れる美女」でも同様だが、ここではその感覚の衰弱と荒廃を美に仕立てあげようとする詭計がからくも功を奏したというべきであろう。この作品のエロティシズムは、生命からではなく、死の感覚をもてあそぶところから生まれている。そういえば、「眠れる美女《ママ》」（「眠れる森の美女」の誤りか？）という童話があったが、川端氏の作品は、人工が最も根源的な生の秘密をあばき出しているという意味で、一種の裏返された童話だともいえるのである。

「木の都」試論
――幻景の〈故郷〉の町から――

一

織田作之助の「木の都」（「新潮」昭19・3）は、語り手の「私」にはこれといった波乱もない淡々とした話である。生まれ故郷の大阪上町台地を久しぶりに訪れた「私」は、懐旧の情に浸りながら近所を歩き回るうち、かつて「第二の青春」を過ごした京都時代の知己で、今は「矢野名曲堂」の店主である人物と再会し、その家庭事情をかいま見る。その一家がよぎなく名古屋に転居するまでの経緯がひとまず話の筋といえるが、それよりは「私」が歩いた〈故郷〉の町のスケッチがメインといえる短編である。

物語は次のように書き出されている。

大阪は木のない都だといはれてゐるが、しかし私の幼時の記憶は不思議に木と結びついてゐる。

「私」が「木と結びつ」く「記憶」から語り始めるのは、宇野浩二をはじめ大阪を「木のない都」とする〈通説〉(1)にさりげなく異をとなえるためであろう。幼時からなじんだ生國魂《いくたま》神社や北向八幡や中寺町のお寺や源聖寺坂などを被う木々がその反証であり、続けて高津・生玉・夕陽丘の三つの高台を含めた上町台地全体が次のように語られる。

そこは俗に上町とよばれる一角である。上町に育つた私たちは船場、島ノ内、千日前界隈へ行くことを「下へ行く」といつてゐたけれども、しかし俗にいふ下町に対する意味での上町ではなかつた。高台にある町ゆゑに上町とよばれたまでで、ここには東京の山の手といつたやうな意味も趣きもなかつた。

ここには二種の命名法、すなわち大阪「上町」のように地形をそのままなぞる即物的な命名と、東京の「山の手／下町」のように身分階層を反映する社会的な命名とが例示されている。こうした差異は、同じ戦争の終結を「敗戦」とも「終戦」とも語るように、土地の命名にも生活意識やイデオロギーが反映されることを示している。中央集権の膝元である首都〈東京〉ではその政治性が反映しやすく、土地の命名にも社会的ヒエラルキーが含意される。しかも、〈東京〉的思考は全国的な基準として流通しがちであり、一般化されやすい。「上町」という〈大阪〉的命名法がここに対置されたのは、〈東京〉を基軸とする一元的な価値観に同化・回収されがちな風潮へのひそかな反発であろう。「上町」や「下へ行く」の表現は単に空間的な上下を意味するだけで、そこには社会的階層の上下を腑分けする〈東京〉的な「意味も趣き」も存在しない、と。織田が「木の都」冒頭にさりげなく織り込んだのは、〈東京〉と一線を画す、〈大阪〉の即物的な命名法が物語るあけすけでフラットな生活感覚、社会階層の上下意識に縛られない庶民的な闊達さである。これは、いったん「木のない都」のレッテルが貼られると、大阪の町全体が「木のない」都市であるかのように思いなす短絡的な〈通念〉への嫌悪であり、土地を命名する〈ことば〉にも浸透する〈東京〉本位の中央集権的な発想に対する違和感でもあったろう。

冒頭シーンは、続けて「私」の「育つた」〈故郷〉が「上町」だという事実を物語る。こうした出身地名の明示は、織田が大阪上町台地出身の作家だという、よく知られた事実をあらためて読者の意識に呼び起こす。その結果、作家の出自と小説の舞台とが重なり合い、その近似性から読者はある予断を抱かせられる。つまり、作中の「私」とは作者織田作之助その人であり、彼が幼少から〈我が庭〉とした上町台地周辺の描写は当然〈実景〉であるに違いない、と。実際、作中の寺社や地名は実在の場所であり、作中でも「私」が「幼時」からなじみ「育つた」地域だと語られる以上、その描写が作者であり「私」でもあるオダサクの親しんだ〈実景〉と考えられても不思議ではない。だが、「木の都」の描写は本当に〈実景〉なのか。たとえば、「私」は数ある坂の中で「とりわけなつかしいのは口縄坂」だと強調し、その由来を次のように説明する。

　口縄（くちなわ）とは大阪で蛇のことである。といえば、はや察せられるように、口縄坂はまことに蛇の如くくねくねと木々の間を縫うて登る古びた石段の坂である。蛇坂といってしまえば打ちこわしになるところを、くちなわ坂とよんだところに情調もおかし味もうかがわれ、この名ゆえに大阪では一番さきに頭に泛ぶ坂なのだが、しかし年少の頃の私は口縄坂という名称のもつ趣きには注意が向かず（以下略）

いかにも妥当な説明に思えるが、実際の「口縄坂」は「くちなわ」のように「くねくねと」曲がっている坂ではない。その説明はどちらかといえば「源聖寺坂」の形状にふさわしく、当の「口縄坂」は曲折のない直線の急坂にすぎない。そうした実態は、左に示す当時の地図に徴しても明らかである。(2)

「口縄坂」の名の由来は諸説があり確定できないが、実際の形状と大きく乖離したオダサクの説明は、坂の名にことよせたあとづけの説明だろう。命名の由来はむしろ、坂の上り口にあって松屋町筋に面した稱名寺の開基縁起〈海中から出現した地蔵の口に縄がからまっていた〉か、大阪城築城時の〈縄打〉や〈朽縄〉に因むとみる方が合理的である。この近辺を〈我が庭〉とし、口縄坂を「とりわけなつかしい」と語るオダサクだけに、そうした事情にも通じていたはずだが、それでもなお、実態と異なる形状を命名の由来としたのは、〈実景〉よりも「口縄坂といふ名称のもつ趣き」、その〈ことば〉から立ち上る言語的イメージを重視したからであろう。

　周知のようにクチナワとはヘビ（蛇）の異名で、古くは「蜻蛉日記」や「宇津保物語」、また「枕草子」「大鏡」「徒然草」等にも見え、日本最初の分類体漢和辞書「和名鈔」にも見える。そして、クチナワの語とその転訛形は近畿地方を中心に、九州にまで至る西日本一帯に広く流布している。その反面、クチナワの語はなぜか東日本にほ

（源聖寺坂）
（口縄坂）

とんど流布していない。近代以後に標準語形のヘビが全国的に浸透してゆくなか、摂津・河内地域ではクチナが勢力を保ち、和泉地域ではほぼ全域でクチナワが、泉南地域ではグチナワが標準語形のヘビをしのぐ勢いで分布している。(3)つまり、近代の標準語となる〈国語〉が勢力を拡大し、多様な古語が全国的に廃れてゆくなか、クチナワは〈大阪〉周辺に残る独自な表現として地域の特性を際立たせる〈ことば〉だった。作中で「口縄（くちなわ）とは大阪で蛇のことである」と語られるのもそうした事情を反映している。

オダサクが「口縄」の名にこだわるのは、〈東京〉語を祖型とする標準語すなわち〈国語〉への一元的な同化を忌避し、〈大阪〉的な表現のクチナワがもつイメージの豊饒さ、その「情調もおかし味もうかがわれ」る〈ことば〉に魅かれるからであろう。それゆえ実態とは異なるが、クチナワという〈ことば〉の喚起する「くねくねと」と曲がった形状を、あたかも即物的な〈大阪〉的命名法による〈実景〉であるかのように語ったと思われる。オダサクの描く「口縄坂」は、その「名」の由来とした〈ことば〉の「趣き」を重視する想像力が紡ぎ出した〈幻景〉の坂だった。(4)

二

繰り返せば、オダサクの語る「口縄坂」は実態と異なる〈幻景〉の坂であった。では、そのほかの上町台地近辺の描写はどうであろうか。

それ［木と関わる幼時の記憶］は、生國魂神社の境内の、巳《み》さんが棲んでいるといはれて怖くて近寄れなかつた樟の老木であつたり、北向八幡の境内の蓮池に落《はま》つた時に濡れた着物を干した銀杏の木であつたり、中寺町のお寺の境内の蟬の色を隠した松の老木であつたり、源聖寺坂や口縄坂を緑の色で覆うていた木々であつたり（以下略）

「生國魂神社」をはじめ、作中に語られた「北向八幡」や「中寺町のお寺」、また「源聖寺坂や口縄坂」もすべて実在の場所である。生國魂神社の境内の一隅には「巳《み》さんが棲」むとされた「樟の老木」も現存している。大阪城の守護神として崇められた北（城方）向八幡はかつて生國魂神社の東に隣接していたが、(5) 焼失した社は縮小されて本殿奥に移築され、「私」が「落《はま》つた」蓮池も埋め立てられたが確かに存在していた。中寺町は同神社の南に隣接する寺院群の地域であり、源聖寺坂や口縄坂もむろん現存している。したがって、作中の描写はひとまず〈実景〉だともいえるが、簡単にそうとは言い切れない要素もある。たとえば、「木の都」が収録された『猿飛佐助』（昭21・1、三島書房）の「あとがき」で、オダサクは次のように述べている。

「木の都」は昭和十九年三月号の「新潮」に掲載された。このやうな淡い味の小説は作者の好みに合はぬが、ただこの小説が一見私小説でありながら全部空想の小説であることと、今となつてみれば失はれた大阪のある町をしのぶよすがともなる意味で、捨てがたく思い、この集に入れることにした。

収録七編のうち四作目（中央）に配された「木の都」が、「あとがき」では最後で言及される。「木の都」へのひとかたならぬ思いをうかがわせるが、だとしたら「このやうな淡い味の小説は作者の好みに合はぬ」との言も額面通りにはうけとれない。しかも、「この小説が一見私小説でありながら全部空想の小説である」とわざわざ断ったのは、「全部空想」かは怪しいとしても、「木の都」の創作方法に小さからぬ自負を抱くからであろう。作家自身の故郷を舞台とし、語り手が作家と等身大の「私」であれば、ひとまず「私小説」の必要条件は整っている。だが、オダサクは〈私小説ではない〉とし、さらに「全部空想」の産物だと主張する。「私小説」の必要条件をほぼ満たしながらも、オダサクがあえて〈私小説ではない〉と主張する論拠はどのあたりにあるのだろうか。

たとえば、生國魂神社の境内はさまざまな文学や芸能とのゆかりが深く、きわめて〈文学性〉の濃密な地域だが、彼はそうした〈文学性〉をすべて排除した。一例をみれば、近松門左衛門の浄瑠璃「曾根崎心中」は、大阪三十三番札所をめぐる〈序開き〉に続く冒頭シーンで、お初・徳兵衛が久しぶりに再会する場面を「いくだまの社」に設定していたし、オダサクの愛好する文楽（人形浄瑠璃）[6]ゆかりの浄瑠璃神社も隣接していた。また、井原西鶴の一昼夜独吟四千句の「西鶴大矢数」[7]の興行もここが舞台である。西鶴を「大阪の生んだ、いな日本がもつ最高の作家である」と強調するオダサクは、現代語訳や評論など、西鶴関連の文章を多く発表しながら[8]、その名にすら触れようとしない。さらに同境内には「義経千本桜」に登場する源九郎狐ゆかりの「源九郎稲荷神社」や芭蕉の句碑などもある。

特に注目したいのは谷崎潤一郎の「春琴抄」（「中央公論」昭8・6）である。冒頭で春琴の墓が「市内下寺町の浄土宗の某寺にある」とし、次のような描写が続く。

下寺町の東側のうしろには生國魂神社のある高台が聳えてゐるので今いふ急な坂路は寺の境内からその高台へつゞく斜面なのであるが、そこは大阪にはちよつと珍しい樹木の繁った場所であつて琴女の墓はその斜面の中腹を平らにしたさゝやかな空き地に建つてゐた。（中略）私は、折柄夕日が墓石の表にあか〳〵と照つてゐるその丘に彳んで脚下にひろがる大大阪市の景観を眺めた。蓋し此のあたりは難波津の昔からある丘陵地帯で西向きの高台が此処からずつと天王寺の方へ続いてゐる。そして現在では煤煙で痛めつけられた木の葉や草の葉に生色なく埃まびれに立ち枯れた大木が殺風景な感じを与へるがこれらの墓が建てられた当時はもつと鬱蒼としてゐたであらうし今も市内の墓地としては先づ此の辺が一番閑静で見晴らしのよい場所であらう。

谷崎が描く「大阪にはちよつと珍しい樹木の繁った場所」とは、「木の都」の舞台そのものである。「大阪論」[9]で谷崎の随筆「私の見た大阪及び大阪人」[10]に言及し、「卍」の大阪弁を推賞し、「細雪」の名もあげるオダサクならば、生まれ故郷を描くこの一節は当然知っていただろう。現に、彼は「木の都」発表の二年前に刊行された「春琴抄」を所蔵しているのにもかかわらず[11]一言も触れようとしない。

以上のような生國魂神社やその近辺にまつわる〈文学〉的事跡の多くを、オダサクも十分承知していたはずだが、なぜか言及しようとしない。

作中のメインストリート「神社と仏閣を結ぶ往来」は当時の谷町九丁目から南に伸びた生玉門前町の通りのことで、それは拡張された現在の谷町筋内の東側部分に当たる。東西を走る千日前通りと谷町筋が交差する現在の谷町九丁目交差点（通称「谷九」）を起点とすれば、作中に登場する最も遠方の場所は、上本町の東北に位置する「私」の通った「高津宮跡にある中学校」すなわち現大阪府立高津高校である。そのはるか手前、谷九から谷町筋東側を北へ少し歩くと近松門左衛門の墓（元は近くの法妙寺内にあったが、谷町筋拡張のため現在は大東市に移転）があり、谷九から谷町筋西側の一筋目の神社門前通りと二筋目の地蔵坂を少し下った中間には作中で「『高き屋に登りて見れば』と仰せられた高津宮の跡」と語られた高津神社もある。千日前通りを挟んで生國魂神社と南北に対面する高津神社は、「これは、都うつりのはじめ、たかみくらにのぼらせ給ひて、民のすみかを御覧じて、詠ませ給へる歌なり」（『俊頼髄脳』）と伝わる仁徳天皇の御製「高き屋にのぼりて見ればけぶり立つ民のかまどもにぎはひにけり」[12]が歌われた場所とされる。もっとも、オダサクが参看した可能性もある直木三十五の『大阪物語（前篇）』はこの歌が「本当は、後世の偽作」だとする。この高津神社のすぐ南東、谷九交差点より千日前通り北側の一筋目には梶井基次郎の墓所常国寺もある。同じ大阪出身で三高の先輩にあたり、同じ結核に苦しんだ梶井にはオダサクも深く傾倒しており[13]、その墓所を知っていた可能性が高いが、これにも触れていない。加えれば、愛染坂中腹の南側（現星光学院内）には芭蕉ゆかりの有名料亭「浮瀬《うかむせ》」跡もあり、ここは父鶴吉が板前をしていたとされる店だが[14]、ここもやはり言及されない。

こうした〈文学性〉やゆかりをオダサクはほぼ排除した。むろんその地域の描写が「私」の「幼時の記憶」を軸とする以上、〈文学〉的事跡など意識の圏外だったといえばいえる。だが、一方で、故郷の上町台地が舞台で、作者の私と至近距離にある「私」が語り手である以上、「木の都」はむしろ「私小説」そのものと見える。それでもなおオダサクが「私小説」ではないと主張するのは、〈作家〉として当然の知見である〈文学性〉やゆかりを排除することで、〈現実の私〉との差異を担保できたと考えたからではあるまいか。いわば、「私小説」としての〈顔〉をもつ「木の都」を〈私小説〉から遠ざけるために、作家としての〈知見〉をあえて捨象し、自身の〈実像〉と異なる「私」を表出したのだ、と。作家の実像に似て非なる「私」とは、同時代の〈私たち〉の一人である〈普遍的な私〉の表象であり、いうなれば「社会化した私」(15)の謂ではなかったか。むろん、「全部空想」とは強弁にすぎないが。

三

上町台地近辺を彩る数々の〈文学〉的事跡をほぼ排除したオダサクであったが、唯一の例外として、次のような一節が書き加えられた。

夕陽丘とは古くからある名であらう。昔この高台からはるかに西を望めば、浪華の海に夕陽の落ちるのが眺められたのであらう。藤原家隆であらうか「ちぎりあれば難波の里にやどり来て波の入日ををがみつるかな」とこの高台で歌つた頃には、もう夕陽丘の名は約束されてゐたかと思はれる。しかし、再び年少の頃の私は、そのやうな故事来歴は与かり知らず、ただ口縄坂の中腹に夕陽丘女学校があることに、年少多感の胸をひそかに燃やしてゐたのである。

オダサクはなぜここで歌人藤原家隆の歌（一首全体）を引き、夕陽丘の名にちなむ事跡だけをとり上げたのか（高津神社の仁徳御製は上の句の一部でしかない）。たとえば、オダサクが参照したとされる北尾鐐之助『近畿景観第三篇近代大阪』(16)にも上掲の一節を彷彿とさせるような記述がある。

夕陽丘町の坂は、坂の途中に夕陽丘高女が出来て、すつかり若やいだ姿に彩られてゐる。有名な愛染堂、大江神社、藤原家隆卿の墓などがこの附近に集つてある。家隆卿はこゝに隠遁して一生を終へた。いまこの辺の地形を考へてみても、以前は西方一帯の低地を隔てゝ、近くに浪華の海の色を朝夕に眺めたことであつたらう。夕陽ケ丘の名の起りであるといふ。

　ちぎりあれば難波の里にやどりきて波の入日ををがみつるかな

の歌も、凡そは想像することが出来る。

双方の記述は確かに似ているが、オダサクが北尾本を引き写したと言いたいわけではない。仮にそうであったとしても、夕陽丘の由来や家隆の事跡は広く知られていたろうし、その地名が難波の海に沈む夕陽を望む地形にちなんだ命名であることも明白だろう。問題は周辺の文学的事跡を慎重に排してきたオダサクがなぜこの事例にだけ言及したかである。

周知のとおり藤原家隆（一一八五～一二三七）は鎌倉前期を代表する歌人であり、『新古今和歌集』の撰者としても知られる。彼は数え七十八歳で従二位に叙せられ、嘉禎二年（一二三六）十二月、病気のために七十九歳で出家、翌三年三月に大阪天王寺に赴き、再晩年の一カ月ほどを当地の「夕陽庵《せきようあん》」で過ごし、四月九日に八十歳の生涯を静かに終えた。いわゆる〈日想観《じっそうかん》〉を実践し、西に向かって端座合掌したまま、息絶えたと伝えられる。『古今著聞集』[17]巻第十三「哀傷廿二」には次のような記事が見える。

　従二位家隆卿は、わかくより後世のつとめなかりけるが、嘉禎二年十二月廿三日、病におかされて出家、七十九にてなられける。やがて天王寺へくだりて、次年或人の教によりて、俄に弥陀の本願に帰して、他事なく念仏を申されけり。四月八日、宿執や催されけん、七首の和歌を詠ぜられける。

　契あれば難波の里にやどりきて波の入日をお〔を〕がみつるかな

なはの海の〔を〕雲井になしてながむれば遠くもあらず弥陀の御国は
二なくたのむちかひは九品のはちすのうへのうへもたがはず
八十にてあるかなきかの玉のをはみださですぐれ救世の誓に
うきものと我ふる里をいでぬとも難波の宮のなからましかば
阿弥陀仏と十たび申てをはりなば誰もきく人みちびかれなん
かくばかり契ましますあみだぶをしらずかなしき年をへにける

かくて九日、かねてその期をしりて、酉剋端座合掌して終られにけり。本尊をも安置せざりけり。「たゞ今生身の仏、来迎し給はんずれば、本尊よしなし」とぞいはれける。さていたゞきあらひて、よきむしろなどしかせられける。（以下略）

オダサクがこの古い伝聞を知っていたかどうかはわからない。ともあれ「夕陽丘」の「名」が地形を写した〈実景〉に基づく命名なのは明らかだが、彼はその〈実景〉にとどまらず、「年少の頃の私」が「与かり知ら」ないはずの「故事来歴」を書き加えた。繰り返せば、なぜこのように例外的な〈文学〉的事跡をわざわざ持ち出したのか。

思うに、家隆の歌はオダサクの心にしみるある感慨を喚起してやまなかったのではあるまいか。家隆は「ちぎり」すなわち〈宿世の縁〉に導かれて「難波の里にやどり来て」と歌い、仏道における〈約束の地〉に至った〈歓喜〉を吐露したように思える。一方、オダサクにとって、そこは生まれ育った〈故郷〉でありながら、今や何の「ちぎり」も〈縁〉もなく、わずかに過去の「記憶」を偲ぶ地でしかない。「私」の十年ぶりの帰郷は、「本籍地の区役所へ出掛けねばならぬ用向き」すなわち〈生まれ故郷〉の公的認証の手続きだが、それはもはや戸籍上の〈出生地〉を記録した紙一枚の〈故郷〉にすぎず、〈約束の地〉に至った歓びなどとは無縁である。つまり、「ちぎり」を歓ぶ家隆の歌は、〈故郷〉との〈縁〉を失った「私」の〈故郷喪失〉をあぶり出し、本来なら〈約束の地〉である「故郷の町」を単なる〈風景〉として通過する「私」の〈孤独感〉を浮き彫りにする。たとえばW・ベンヤミン(18)は、「近代的」産業資本の技術革新を象徴する「パノラマ」が「芸術と技術の関係の逆転を告知するもの」で「パノラマにおいて都市は風景へと拡張される。のちに遊歩する人にとって――もっと微妙な仕方でだが――都市が風景になるのと同じである」と述べ、その典型をボードレールに見ている。

> ボードレールにおいてはじめて、パリが抒情詩の対象となる。この文学は郷土文学ではない。都市を捉えるアレゴリー詩人のまなざしは、むしろ疎外された〔他郷《よそ》者になった〕人のまなざしである。それは遊歩者《フラヌール》のまなざしである。遊歩者の生活形式は、のちの大都市の悲惨な生活形式を、まだ仄かな宥和の光で包んでいる。遊歩者はまだ大都市への、そして市民階級への敷居〔過渡期、移行領域〕の上にいる。

「木の都」もまた故郷の町を舞台とするが郷土を賛仰する「郷土文学ではない」。「私」の「まなざしは、むしろ疎外された〔他郷者になった〕人のまなざし」であり「遊歩者《フラヌール》のまなざしである」。オダサクが例外的に家隆の歌を書き加えるのは、「ちぎり」すなわち〈根生い〉の宿縁を喪失し、「故郷の町」を単なる〈風景〉としてまなざす「遊歩者」となった自身の、そしてまた、同じように〈郷土〉を離れて不安定な都市生活に漂う〈近代〉の民衆の、拭いがたい〈孤独〉を感じるからであろう。しかも、この「遊歩者」の〈孤愁〉には十九世紀のパリと違って「宥和の光」ははるかに乏しい。その背景には近代資本主義の膨張が行きつく典型的なカタストロフのひとつ、〈戦争〉の影がまとわりつき〔後述〈注23〉の「初出」参照〕、「遊歩《フラヌリー》」の足取りを重くするからである。現に「木の都」が掲載された「新潮」の巻頭は「撃ちてし止まむ」の見出しに応じた三編の所感で飾られ、次には「神州不滅」と題する一文も掲載されている。けっして声高ではないが、故郷喪失と孤独感に包まれて町中をうろつく「遊歩者」は、戦時下の翼賛体制による縛りを離脱する存在であって、〈時局〉へのひそかな嫌悪を示す姿でもあったろう。

ただし、「木の都」の〈故郷喪失〉は、実際上の「故郷」を喪失した〈孤独感〉のみにとどまらない。それはまたオダサクの〈文学〉と深く関わる大きな問題でもあった。たとえば「年少多感の胸をひそかに燃やし」た心情を点描したあと、続く段落には以下のような一節が綴られている。

中学校を卒業して京都の高等学校へはいると、もう私の青春はこの町から吉田へ移つてしまつた。少年の私を楽ませてくれた（中略）夜店なども、たまに帰省した高校生の眼には、もはや十年一日の古障子の如きけちな風景でしかなかつた。やがて私は高等学校在学中に両親を失ひ、ひいては無人になつた家を畳んでしまふと、もうこの町とは殆んど没交渉になつてしまつた。天涯孤独の境遇は、轉々とした放浪めく生活に馴れやすく、故郷の町は私の頭から去つてしまつた。その後私はいくつかの作品でこの町を描いたけれども、しかしそれは著しく架空の匂ひを帯びてゐて、現実の町を描いたとはいへなかつた。その町を架空に描きながら現実のその町を訪れてみようといふ気も物ぐさの私には起こらなかつた。

昭和五年、数え十五歳で母を失ったオダサクは、翌六年三月、高津中学校を卒業、四月に第三高等学校文科甲類に入学、昭和七年九月に父の死に出会い、「天涯孤独の境遇」となる。右引用の前半はおおむねそうした事実を忠実にたどっている。「無人になつた家を畳」み、「この町とは殆んど没交渉」になり、「天涯孤独」となったオダサクは、「放浪めく生活に馴れ」て「故郷の町」が「頭から去つてしまつた」。たとえるなら、この「私」にとっては「ふるさとは遠きにありて想ふもの」ですらない(19)。この〈故郷喪失〉の感が、その後「いくつかの作品でこの町を描いたけれども」「現実の町」らしくはなく「著しく架空の匂ひを帯び」る引き金になったのであろうか。いずれにせよ、そうしたジレンマを抱きつつ再び「故郷の町」と向き合ったのが「木の都」であった。

四

「故郷の町」を「現実の町」らしく描こうとしても「著しく架空の匂ひを帯びて」しまうのはなぜか。いささか唐突だが、「木の都」の十一年前に発表された小林秀雄の「故郷を失つた文学」(「文藝春秋」昭8・5)を参照してみたい。

「木の都」と「故郷を失つた文学」とを隔てる十年余の時間や小説と評論の差異はむろん小さなものではない。だが、小林は、オダサクが三高時代以来、生涯にわたって熱心に読み続けた唯一の批評家だった。杉山平一[20]によれば、織田とは旧制松江高校からの「帰省毎に会ったが、文芸部に小林を呼んで、彼が紹介の挨拶をしたと得意気にはなした」という。また、オダサク自身、「わが文学修行」で「小林秀雄氏の文芸評論はランボオ論以来ひそかに熟読した」と吐露し、その他の文章でも小林の名をあげている。さらに「故郷を失つた文学」を収録した単行本二冊を含む小林の著書を六冊所蔵し[21]、創作ノートにも「小林秀雄の卓見/「新人Xへ」「私小説」」と大書する。さほど系統だった読書家とも思えぬオダサクが、小林の発言だけには一貫して注目し続けたといってよい。現代の文学的問題を抉る〈指標〉として、また、現代文学の行方を占う〈指針〉として、オダサクも小林の発言に刺激をうける文学青年たちの〈共通感覚〉の輪の中の一人だったといえよう。とすれば、すでに大家だった谷崎潤一郎が当時の青年文学に苦言を呈したとき、青年側の立場から現代文学の状況を闡明してみせた「故郷を失つた文学」は、オダサクのみならず、当時の文学青年にとってきわめて心強い援護に思えたことだろう。

「故郷を失つた文学」の冒頭は谷崎の「「藝」について」(「改造」昭8・4)の引用から始まる[22]。「現代の日本には大人の読む文学」が「殆んどない」と切り出した谷崎は、いわゆる「純文学」の読者が「文学青年共」「極端に云えば作家もしくは作家志望の人たちのみ」に限られ、「文壇」が「若い者相手の特別な世界」なのは「日本の芸術のうちで、文学だけが特にさう云ふセセコマシイ天地に跼蹐《きょくせき》してゐる」からで、その偏狭さは「何かしら現代の文学に欠陥がある」ためだと苦言を呈した。谷崎の発言に「重苦しい気持ちを強い」られた小林は、まず自身の「故郷」意識から語り始める。

私は人から江戸つ児だといはれるごとにいつも苦笑ひする。何故かといふと、さういふ人が江戸つ児といふ言葉で言ひ度い処と、私が理解してゐる江戸つ児といふ言葉との間にあんまり開きがありすぎるからだ。〈中略〉言つてみれば東京に生まれながら東京に生まれたといふ事がどうしても合点出来ない、又言つてみれば自分には故郷といふものがない、といふやうな一種不安な感情である。

「故郷」をめぐる複雑な思いは小林一人の問題ではない。たとえば、上掲引用の「江戸つ子」を〈大阪人〉に、「東京」を〈大阪〉に読み換えるなら、オダサクもまた「苦笑ひ」を余儀なくされた一人だろう。「人」が言う〈大阪人〉とは、一例をあげれば彼自身の出世作「夫婦善哉」の世界、いわば「木のない」猥雑な町中に住み、賑やかに声を張り上げ、「もうかりまっか」を挨拶代わりとする拝金主義の人々、といったイメージである。こうした一般的な理解に対し、大阪人の物や金は「象徴にまで高められた現実」であり「倫理的なもの」で、その精神が「致富への径路をとらずに、芸の極致を目指した文楽の人達の修行」に見える「勤倹努力主義」こそ大阪の本質だとするオダサクの理解（「大阪論」）には大きな「開き」がある。まして彼は大阪の〈古層〉が残る「木の都」で生まれ育った。人の言う〈大阪人〉との「開き」はオダサクを「苦笑」させ、自身が〈大阪〉生まれだという事が「合点でき」ず、「自分には故郷といふものがない」という「一種不安な感情」にかられることもあったのではないか。これは近代化を急ぐ都市部で生まれ育った人々にとって、「故郷」が今や懐旧的な憧憬の対象ではなく、自己の存在の揺らぎを映し出す逆説的なトポスへと変容したことを示すものだろう。

小林はさらに、京都からの帰途、滝井孝作と列車に同乗した折、窓越しに見た風景に感動した滝井のことばに驚き、「そもそも故郷といふ意味がわからぬと深く感じた」というエピソードを紹介し、次のように述べる。

思ひ出のない処に故郷はない。確乎たる環境が齎す確乎たる印象の数々が、つもりつもつて作り上げた強い思ひ出を持つた人でなければ、故郷といふ言葉の孕む健康な感動はわかないのであらう。振り返つてみると、私の心なぞは年少の頃から、物事の限りない雑多と早すぎる変化のうちにいぢめられて来たので、確乎たる事物に即して後年の強い思ひ出の内容をはぐくむ暇がなかつたと言へる。思ひ出はあるが現実的な内容がない。殆ど架空の味ひさへ感ずるのである。

「思ひ出はあるが現実的な内容がない」ため「殆ど架空の味ひさへ感ずる」という小林の述懐と、「故郷の町」を「現実の町」らしく描こうとしても「著しく架空の匂ひを帯びて」しまうという「木の都」の一節はきわめてよく似ている。ただし、小林の「故郷喪失」が「物事の限りない雑多と早すぎる変化」にさらされた〈東京〉の変貌ぶりに起因するのに対し、オダサクの「故郷」は、近代都市大阪に囲繞されたわずかな地域とはいえ、「不思議に移り変りの少い町」で「寺も家も木も昔のままにそこにあり、町の容子がすこしも昔と変つてゐない」と語られる。つまり、〈都市空間〉の目まぐるしい変貌のため「確乎たる環境が齎す確乎たる印象」が「作り上げ」る「強い思ひ出」が醸成できなかった小林と違い、オダサクの場合は、町の容子は昔のままであるのに両親も実家も失い「天涯孤独の境遇」となった結果、「故郷の町」が「頭から去つてしまつた」のである。彼の〈故郷喪失〉は、都市空間の変貌ではなく、「天涯孤独の境遇」に発する〈人間関係の喪失〉なのである。〈故郷喪失〉の原因も位相も異なる二人が、それでも同様に〈故郷喪失〉にこだわるのは、それが現実の故郷喪失ではなく、〈文学の故郷喪失〉だったからである。

五

自身の「故郷喪失」を体験的に語り始めた小林は、論点をしだいに「故郷のない精神」や「故郷を失つた精神」へと敷衍し、「現代の文学」の「欠陥」を指摘する谷崎と自身を含めた若い世代との差異を次のように述べる。

谷崎氏は「心の故郷を見出す文学」といふ言葉を書いてゐたが、文学どころではない、私には実際上の故郷というものすら自明ではない。

「心の故郷」どころか「実際上の故郷」さえも「自明ではない」現代青年の典型を、小林はドストエフスキーの「未成年」に見出し、作中の「青年が、西洋の影響で頭が混乱して、知的な焦燥のうちに完全に故郷を見失つてゐるという点で、私達に酷似してゐる」と指摘する。故郷を失った現代では「一種の動物」である「青年的性格が社会の表面に現れて、円熟した精神の価値が低下して見えて来る」とし、「さういふ事情の下で文壇が益々若い者相手の特別な世界となるのは当然だ」として文壇の現況を次のように要約する。

今日のわが国の新文学はたゞ青年の文学だといふだけではないやうだ、青年の文学、而も、青春を失つた青年の文学だと言へやしないかと思ふ。（中略）そこには喧ましく議論される今日の社会経済問題の他に、急激な西洋思想の影響裡に伝統精神を失つたわが国の青年達に特殊な事情、必至な運命を読む事も出来ると考へる。

「未成年」の青年を「西洋の影響」で「完全に故郷を見失つてゐる」と述べ、その青年に「酷似」する「わが国の青年達」が「急激な西洋思想の影響裡に伝統精神を失つた」と語る小林にとって、「故郷」と「伝統精神」が同義であるのは明らかだろう。その「故郷」こと「伝統精神」を「見失」わせた「西洋の影響」と「わが国の新文学」と関係について、小林は以下のように述べる。

私達が文学に頭をつつこんだ時にはもう飜訳文学は読み切れない程あつたので、〔二葉亭や鷗外の翻訳が〕当時の青年に与へた感情や驚愕は、到底私達には想像が出来ないのではないだらうか。私達は生れた国の性格的なものを失ひ個性的なものを失ひ、もうこれ以上何を奪はれる心配があらう。（中略）私達が故郷を失つた文学を抱いた、青春を失つた青年達である事に間違ひはないが、又私達はかういふ代償を払つて、今日やつと西洋文学の伝統的性格を歪曲する事なく理解しはじめたのだ。（中略）かういふ時に、徒らに日本精神だとか東洋精神だとか言つてみても始りはしない。

「西洋の影響」は、当初の「驚愕」がもはや「想像ができない」ほど今日の我々にとって自明と化しているが、その過程で「生れた国」固有の「性格的なもの」や「個性的なもの」を失った結果、「故郷を失つた文学を抱いた、青春を失つた青年」になった。しかし、そうした「代償を払って」西洋文学の〈先進性〉を仰ぎ見る劣等感から解放され、今や対等の視線で西洋文学の本質を「理解しはじめ」る地点に立ちつつある、と。したがって、すでに失われた「伝統精神」すなわち「故郷」意識を、実際には存在しない出来合いの「日本精神」や「東洋精神」と「言つてみても始りはしない」。小林はこのように論じた上で、谷崎の「東洋古典に還れ」という意見も実は「ただ私はかういふ道を辿つてかういふ風に成熟した」と語ったにすぎないと述べ、一文を次のように締めくくる。

歴史はいつも否応なく伝統を壊す様に働く。個人はつねに否応なく伝統のほんたうの発見に近づくやうに成熟する。

いかにも小林らしい明晰に見えて実は難解な結語である。これを仮に言い換えるなら、「歴史」は常に「故郷」（伝統）を破壊しながら新たな時代に向かって流動し、「個人」は常に「私」が「故郷」と信じる世界（＝伝統）に向けて「成熟」を夢見る、と。たとえそれが「故郷を失つた文学を抱いた、青春を失つた青年達」の〈夢〉にすぎぬとしても、失われた「青春」すなわち〈幻景〉である「私の故郷」をめざして「成熟」を試みるしか現代青年の進むべき〈文学〉の道はないのだ、と。

こうした「故郷を失つた文学」の指摘は、その後の現代文学の未来をはからずも予言するものとなった。たとえば先にみたように、十一年後の「木の都」でオダサクは「いくつかの作品」で「故郷の町」を「現実の町」らしく描こうとしても「著しく架空の匂ひを帯びて」しまうのはなぜか、と自問する。それは端的にいえば、「今日のわが国の新文学」が「故郷を失つた文学を抱いた、青春を失つた青年」の文学だからである。実際の故郷も文学の故郷も、また青春をも失った現代の文学が、それでもなお「故郷の町」を「現実」らしく「作品化」しようとするのは「青春の回想」にまだ未練〈甘さ〉を残すからで、すでに失われた故郷を実在するかのように描けば、そこにはおのずと「架空の匂ひ」がつきまとう。とすれば、「故郷の町」を「現実の町」らしく見せかける〈仮構〉の風景に「青春」の喪失を投影すること、いわば非在の言語空間である〈幻景〉の「故郷の町」の空虚さに自身の「青春」の喪失を重ねること、これしかない。むろん、文学テクストに描かれた「故郷の町」は、もともと「現実の町」ではあり得ず、言語によって仮構された〈幻景〉の町にすぎない。だから、真に避けるべきは、「架空の匂ひ」などではなく、「故郷の町」のリアリティを「現実」らしさの〈再現〉に求めようとする創作意識の方だろう。「故郷」との「ちぎり」を断ち、「もとこの町の少年であつた」記憶を拒み、「青春の回想の甘さ」に訣別すれば、その〈幻景の町〉には甘やかな感傷に包まれた「架空の匂ひ」など生じるはずもない。その意味では、〈幻景〉の「故郷の町」をさまよいつつ「青春の回想の甘さ」に訣別し、「私」の荒涼たる〈孤独〉を描いた「木の都」は、オダサク本人の意図はどうあれ、「故郷を失つた文学を抱いた、青春を失つた青年」の文学の典型といえよう。そして、この〈幻景〉の町にまぎれこんだ「私」も、現代日本の文学青年にとって不可避な〈近代〉精神の逆説を象徴する「遊歩者《フラヌール》」の一人にほかならない。

六

紙数の少ない短編としてはやや意外だが、「木の都」には「去年の初春」から「年の暮」に至るほぼ一年の時間が流れている。そして、その時間は「矢野」一家と「私」との接触を軸とするが、その結末は以下のようなものであった。

「矢野名曲堂」店主の息子「新坊」は、中学受験に失敗したのちしばらくは新聞配達をしていたが、「名古屋の工場に徴用され」る。(23)「姉」の話では「新坊」は「ふと家が恋しくなつて、父や姉の傍で寝たいなと思ふと」「もうたまらくなり、ふらふらと昼の汽車に乗つて」帰ることを繰り返すという。年の暮れになって「私」が久しぶりに名曲堂を尋ねてみると、表戸には「時局に鑑み廃業仕候」と貼り紙があり、一家は消えていた。隣の標札屋の老人はその間の事情を次のように語る。

新坊が家を恋しがつて、いくら言ひきかせても帰りたがるので、主人は散々思案したあげく、いつそ一家をあげて新坊のゐる名古屋へ行き、寝起きを共にして一緒に働けば新坊ももう家を恋しがることもないわけだ、それよりほかに新坊の帰りたがる気持をとめる方法はないし、まごまごしてゐると、自分にも徴用が来るかも知れないと考へ、二十日ほど前に店を畳んで娘さんと一緒に発つてしまつた

矢野一家の転居が重要なのは、それが「私」の生き方と正反対の動機による選択だったからである。見てきたように、「私」の〈故郷喪失〉は「天涯孤独の境遇」による〈人間関係〉の喪失だったが、矢野家の転居はそれとは逆に〈家族の絆〉すなわち〈人間関係〉の「ちぎり」を最優先した選択で、だからこそこれまで暮らした土地〈故郷〉をもきっぱりと棄てて悔いるところがない。この転居の前にも、「私」は矢野「父子の愛情が通ふ温さ」に「あまくしびれて」おり、「姉」の「凛とした口調の中に通つてゐる弟への愛情」も感じていた。それだけに〈家族の絆〉のために決断した矢野一家の転居は、「私」の〈孤独感〉をいっそう浮き彫りにしてやまない。矢野一家の転居を語った標札屋の老人に対し、「私」は次のような感懐を抱く。

私がもとこの町の少年であつたといふことには気づかぬらしく、私ももうそれには触れたくなかつた。

「私」が「もとこの町の少年であつた」事実に「触れたくなかつた」のは、今やこの「故郷の町」に〈私〉を繋ぎとめる人間的な「ちぎり」が皆無であり、そうした人間的「ちぎり」の喪失を自身の宿命として甘受することを決断したことを意味する。だからこそ「木の都」は次のように結ばれる。

口縄坂は寒々と木が枯れて、白い風が走つてゐた。私は石段を降りて行きながら、もうこの坂を登り下りす

ることも当分あるまいと思つた。青春の回想の甘さは終り、新しい現実が私に向き直つて来たやうに思はれた。
　風は木の梢にはげしく突つ掛つてゐた。

「寒々と木が枯れて」「白い風」が走る口縄坂の荒涼たる光景は「私」の胸中に渦巻く孤独な心象風景そのものだろう。「私」の眼前にはもはや「青春の回想の甘さ」に浸る余地など皆無の「新しい現実」だけがひかえている。これこそ「故郷を失つた文学を抱いた、青春を失つた青年」が向かうべき〈文学〉の世界である。そういえば、作品半ばにはすでに末尾の心象風景へとつながる次のような印象的な一節もあった。

　たまたま名曲堂が私の故郷の町にあつたといふことは、つまり第二の青春の町であつた吉田が第一の青春の町に移つて来て重なり合つたことになるわけだと、この二重写しで写された遠いかずかずの青春にいま濡れる思ひで、雨の口縄坂を降りて行つた。

「故郷の町」で「第一の青春」と「第二の青春」が「二重写し」になった「遠いかずかずの青春」は、いかに愛惜してもその喪失が不可避だと予感するがゆえに「濡れる思ひ」で回想される。矢野一家の転居、その消失とは「二重写し」の「青春の回想の甘さ」の消滅であり、〈家族の絆〉と対照的な「私」の深い〈孤独〉を映し出す鏡であった。
　ところで、末尾の「私」の荒涼たる心象風景にはオダサクの「青春の回想の甘さ」を断ち切る別の要因もあったのではなかろうか。それは「木の都」執筆中のオダサクを襲った二つの〈不幸〉である。一つは、この年、一月二十日に結核のため故郷敦賀で病没した畏友白崎禮三(24)の若すぎる死である。オダサクの〈文学〉開眼をうながした白崎の死は、三高時代以来の奔放な「第二の青春」から続く「青春の回想の甘さ」の終幕を告知し、彼の背中を「新しい現実」へと押し出す深刻な打撃だったのではあるまいか。二つ目は、同じく京都時代の「第二の青春」に華を添えた愛妻一枝の絶望的な子宮癌の発病である。白崎といい、一枝といい、彼らは「京都の町」を舞台とするオダサクの「第二の青春」と〈文学〉への出発を彩る最も重要な登場人物たちだった。その二人が奇しくも同じ一月に、一人は絶命し、もう一人は病に倒れたのである。大谷氏[25]によれば「一月に短編『天野名曲堂』を『新潮』に送ったが、締め切りに間に合わず、二月に『木の都』と改めて書き直」したのち、「木の都」は「新潮」三月号に発表された。これはたぶん織田晩年の内妻だった織田（輪島）昭子著『わたしの織田作之助＊その愛と死＊』中の「創作ノート」の章をふまえた言だが、織田作之助のノート原本もその写しも、また、「天野名曲堂」の原稿も未見のため確実なことは言えない[26]。しかし、これが事実なら「天野名曲堂」から「木の都」へ「書き直す」過程で、白崎の死や一枝の発病が深い衝撃として影を落とした可能性は少なくない。口縄坂を走りぬける「白い風」は白崎の、「寒々と」枯れた「木」は一枝の、それぞれ隠喩とみるのはあまりに感傷的なこじつけであろうか。

二つの〈不幸〉が実際にどれほど作品自体に影響したのかは不明である。しかし、この哀しい〈現実〉が「木の都」完成直前のオダサクの〈生身〉から「青春の回想の甘さ」を根こそぎ奪う決定的な打撃だった可能性は高い。こういってよければ、この〈不幸〉はオダサクの眼前に〈もはや「文学」以外の何ものも存在しない〉荒涼たる「現実」を突きつけ、作家としての〈第二の誕生〉を促す重大な契機だったのではあるまいか。もしかすると、小林の言う「故郷を失つた文学を抱いた、青春を失つた青年」の文学という認識も、この哀しい〈不幸〉に直面して初めて骨身に徹したのかもしれない。「木の都」は、「淡い味」の小品ながら、そうしたオダサクの重要な転機をひそかに告知する一編だった。

「木の都」発表後、オダサクは時局に注意を払いながらさまざまなスタイルの作品を手掛け、約一年後に敗戦を迎える。そして、焼け野原となった大阪の町を前にして、それこそ「故郷を失つた文学を抱いた、青春を失つた青年」を地でゆくような本格的な作品に取り組むことになる。「アド・バルーン」（「新文学」昭21・3）や「世相」（「人間」昭21・4）がそれだが、それら現実に失われた〈不在〉の大阪の町を、すなわち〈幻景の町〉を活写しつつ〈青春の喪失〉を語る物語だったのはいかにも暗示的である。

注

（1）宮川康「木の都」解題（東郷克美・吉田司雄編『近代小説〈都市〉を読む』平11・3、双文社出版）に本作の題名が宇野浩二の著書を「踏まえている」との指摘がある。宇野の書き下ろし随想『大阪』（昭11・4、小山書店）冒頭の章題は「木のない都――昔のままの姿――」で、本文は「私が大阪から上京して、先づ驚いたのは東京の町中に木の多いことであった」で始まる。宇野の暮らした母方の伯父の家は宗右衛門町十番路地で、そこの「家々」には「私の伯父の家の庭同様、一本の木もなかつた」とし、東京で「神楽坂が一ばん大阪の町らしい感じがする」のは「町幅が狭いのと」「木がないからだ」という友人の説明に「なるほど、木がない、か」と応じている。同じ大阪出身の作家宇野に恃むところ大だった織田が読んでいた可能性は大きい。

（2）「最新天王寺区地図」（昭17・2・10、和楽路屋）部分。大阪府立中之島図書館所蔵。本学大学院生佐薙昌大君の複写を借用した。

（3）真田信治監修・岸江信介他編『大阪のことば地図』平21・9、和泉書院）参照、同僚深澤愛准教授の教示による。なお、クチナワについては柳田国男「青大将の起原」（初出「なぶさ考――音訛事象の考察　四」「方言」昭7・4、『柳田国男全集　17』平11・2、筑摩書房）があるが、西日本にのみ流布した理由は説明されていない。

（4）〈幻景〉の語は前田愛の『幻景の明治』（昭53・11、朝日新聞社）や『幻景の街――文学の都市を歩く』（昭61・11、小学館）にちなむ。しかし、その意味は当時の「知識人が共有していた精神風景」や「原風景」の「かたち」（前者の「あとがきにかえて」）でも、『都市空間のなかの文学』の実践編である後者の「作品のなかに描かれたところを復原して行くところに狙いがある」（「あとがき」）わけでもない。ここではむしろ〈実景〉の枠組みを借りつつも、それを撓ませ歪ませたテクスト中の虚構の風景を〈幻景〉と称する。

（5）（注2）地図参照。

（6）「大阪論」は随筆集『大阪の顔』（昭18・9、明光堂書店）の巻頭に書き下ろされた一文とされるが未見、『織田作之助全集　八』（昭45・10、講談社）による。同文中に「文楽座だけは、殆んど毎日欠かさず見ている」とあるほか、随所で文楽への愛好を語っている。なお「北（城方）向神社」や「馬場先」の北側にあった「浄瑠璃神社」は、今は小さな社に縮小され、生國魂神社内の一隅に名残をとどめている。

（7）「西鶴二百五十年忌」（「大阪新聞」昭17・8）参照。その他にも大阪を論じて西鶴を称揚する表現は少なくない。

（8）『西鶴物語集――町人物』や『西鶴・世間胸算用』などの現代語訳や『西鶴新論』『西鶴論覚書』などの評論のほか、西鶴をめぐる随筆などが数編ある。

（9）前掲「大阪論」（注6）参照。

（10）「大阪の可能性」（「新生」昭22・1）参照。

（11）大阪府立中之島図書館「織田文庫」蔵『春琴抄』（昭17・11、創元社）参照。

（12）前出「織田文庫」蔵『大阪物語（前篇）』（博文館文庫54、昭16・8、博文館）参照。直木は同書で現在の「高津宮址の碑」は「明治三十二年仁徳天皇千五百祭の時に、ここを宮址と認めて、記念のために建てた」とし、「この宮跡」には諸説があるが「大阪城説」を「正しい」と思うとする。

（13）三高時代の評論「シング劇に関する雑稿」（「嶽水会雑誌」111号、昭7・12）には「裏通」を愛するのは「『檸檬』の作者梶井基次郎氏を苦しめた病魔が、肉体よりしのびこんで、シングの心に強く根を張つた」からとあり、随筆「わが文学修行」（「現代文学」昭18・4）では「本当に小説の勉強をはじめたのは、二十六の時である。（中略）ドストエフスキイやジイドや梶井基次郎などを読んだほかには、月月の文芸雑誌にどんな小説が発表されてゐるかも良く知らなかつた」と述べ、また、「大阪の作家」（「現代文学」昭18・2）では「梶井基次郎氏の抒情には、耳かきですくうほどの女女しい感傷も見当らない」例として『瀬山の話』をあげ、前出「大阪論」では「梶井氏の神経は、鋭敏かつ繊細ではあるが、その芯のところはあくまで勁く、あれほど心身を蝕まれながら、驚くべき逞しい健康な生活意慾をもつていた」と評する。梶井への並々ならぬ親炙のほどがうかがえる。

(14) 大谷晃一「織田作之助」(『大谷晃一著作集』第二巻、平20・5、沖積舎。『織田作之助――生き愛し書いた』(昭48・10、講談社)の改訂版)は、父鶴吉が明治二十年代の何年間かを名料亭「浮瀬」(大谷氏は「うかぶせ」と読む)の板前として過ごし、家付き娘福浦イハの妹イシとの間に子ももうけていたとする。

(15) 小林秀雄「私小説論」(『経済評論』昭10・5~8)は「社會に於ける個人」の意識の一般化を「社会化した『私』」の条件としている。

(16) 前掲書(注14)で大谷氏は「風景描写に北尾鐐之助の『近代大阪』を下敷きに使った」と述べ、宮川氏(注1参照)も「「作家」と書いた浮彫りの看板をかけた仏師の家に」云々といった叙述から、北尾本を「参考にしていると考えられる」と指摘する。ちなみに北尾鐐之助『近畿景観第三篇　近代大阪』(昭7・12、創元社)は前出「織田文庫」に所蔵されている。

(17) 橘成季『古今著聞集』巻第十三「哀傷廿二」参照。なお、巻五「和歌第六」にも同様の簡略な記事があり、第一首だけがとられている。『十訓抄』「十ノ五十三」にも同様の簡略な記事が見え、「近くは、壬生の二位家隆卿、八十にて、天王寺に終り給ひける時、三首の歌をよみて、回向せられける。臨終正念にて、その志、むなしからざりけり。その一首にいはく、／契りあれば難波の里に移り来て／波の入り日を拝みつるかな(以下略)」とある。

(18) 『パリ――十九世紀の首都』(一九三五、『ベンヤミンコレクションⅠ』平7・6、ちくま学芸文庫)参照。なお、海野弘は『覆刻版　近代大阪』(昭64・3、創元社)の「解説」で著者北尾を「都市のフラヌール(遊歩者)」と評するが、それは「木の都」で「故郷の町」を〈風景〉のように眺めて〈通過〉する「私」にこそふさわしい。

（19）室生犀星「小景異情　その二」『抒情小曲集』大7・9、「朱欒」大2・5）

（20）杉山平一「織田君の思い出」『織田作之助全集　第一巻』「月報1」（昭45・2、講談社）参照。

（21）「わが文学修行」（注13参照）以外にも、「文楽的文学観」（「京都帝国大学新聞」昭18・3）「僕の読書法」（「現代文学」昭18・10）「肉声の文学」（初出未詳）や「可能性の文学」（「改造」昭21・12）にも小林の名が見える。織田の蔵書にも『（続）文芸評論』『（続々）文芸評論』『歴史と文学』『様々なる意匠』『無常といふ事』『ドストエフスキイの生活』など六冊の著作が見える。

（22）余談だが、先にふれた「春琴抄」が「故郷を失つた文学」の翌月に発表されている事実も、両者と「木の都」の類縁を感じさせて興味深いが、今は措く。

（23）浦西和彦編『織田作之助文藝事典』（平14・7、和泉書院）「木の都」（増田周子）が初出と初刊『猿飛佐助』（昭21・1、三島書房）の主な異同を記している。中では、「少年工として働きに行き」「工場で働く方がどれだけお国の役に立つかも知れない」ため（初出）が「徴用された」（初刊）に、「一日工場を休めばそれだけ増産が遅れるんだと叱りつけて」（初出）が削除されて「その晩泊めようとせず」（初刊）に、また「不憫でもあるが、しかし今日の時局ではさうするのが当然ですわといふ」（初出）が「不憫でしたが、という」（初刊）に改められたのが目につく。いずれも戦時下の時局に配慮した初出の表現が戦後の初刊本で作者の意図する表現に改められた経緯を示している。

（24）白崎禮三（大3・1・28〜昭19・1・20）は福井県敦賀の出身、武生中学から三高に進学し、同校の文芸部「嶽水会雑誌」にフランス象徴主義ふうの詩を発表、同級生の瀬川健一郎・織田の三名で京都の町を流連し、織田らと創刊した雑誌「海風」にも毎号詩を発表した。享年三十歳。なお、瀬川に「白崎は織田にとっては得難い生涯の文学的友人であったし」「白崎の文学論には目を輝かせていた」との回想がある（「高等学校のころ」『織

田作之助全集　第二巻』「月報2」昭45・3、講談社）。

（25）『大谷晃一著作集　第二巻』（注14）八〇六頁参照。

（26）『わたしの織田作之助＊その愛と死＊』（昭46・2、サンケイ新聞社出版局）に「創作ノート」の章があり、そこに大谷氏が参看したらしい記事がある。それは「殆ど仕事の予定表で、克明に書かれてある」「大きな大学ノート」で、その抜き書きらしい「昭和十九年分」のメモがある。「木の都」関連の箇所のみを以下に引く。

一月　　十三日。小説「天野名曲堂」24枚「新潮」に送るも〆切に間に合はず。

二月　　五日。小説「木の都」24枚脱稿。「新潮」へ送る。

　　　　二十九日。（前略）「木の都」新潮3月号に掲載。

ただし、「創作ノート」原本もその写しも、また、「天野名曲堂」の原稿や「木の都」の原稿も所在不明で筆者未見。それらは織田文庫（前出）にも織田（輪島）昭子氏寄贈の日本近代文学館収蔵資料にも現存しない。昭和44年1月開催の『織田作之助・田中英光・坂口安吾三人展』（1月16日〜24日、毎日新聞社主催、伊勢丹）のパンフレット（筆者未見）に「創作ノート」の写真が掲出されたらしいが、それが原本か写しかは不明。なお、この件については、宮川康氏の懇篤なる教示を得たことを明記しておく。

（補注）　拙稿は、二〇一一年十月八日、詩人の以倉紘平氏に案内役をお願いし、石川俊一氏ともども（両氏は元本学教授）秋晴れの上町台地を歩いた散歩がきっかけである。その二週間後には佐藤秀明氏を窓口として昭和文学会秋季大会が本学で開催され、二日目恒例の文学散歩が〈「木の都」の舞台を歩く〉で、中田睦美氏（本学教職教育部准教授）の説明よろしく再び上町台地を歩いた。二度の散歩と前記諸氏に感謝したい。

あとがき

「戦い済んで日が暮れて」ではないが、足腰の弱った老兵が戦《いくさ》の報に接してオットリ刀で駆けつけてみると勝敗はすでに決しており、死屍累々の戦場には〈静寂〉だけが満ちている――そんな感が否めない。定年退職を機に初めての単著刊行というお粗末だが、それも生来の怠惰を多くの知己が後押ししてくれなければ実現しなかった。

静かなる叱咤を粘り強く続けてくれた畏友小林修、休日を削って煩瑣な編集実務すべてを引き受けてくれた後輩の滝口富夫、繁務のあいまをぬってデータ作成に汗を流した元院生の中田睦美、そして、年少ながら全幅の信をおけた友人であり、仕事では常に私の遺漏をカバーしてくれる最良のパートナーだった故・芹澤光興の地下からの声などが私の背中を押した。周密・犀利な読みのスリルを教えてくれた小川幸三、透明な感性で心を洗ってくれた詩人の以倉紘平、拙稿への的確なアドバイスをくれた佐藤秀明など、近畿大学元同僚たちからの刺激もモノグサの私を動かした。表紙も同じく同僚だった伊藤尚子さんの素晴らしいリトグラフ（"THE 16TH SPACE INTERNATIONAL PRINT BIENNIAL"〔平23・6、於ソウル〕入選作）をもったいなくも使わせていただいた。

老兵は黙して消え去るのみと思っていたが、三十余年の教師生活を無事に完走できたのは、私一人の力ではない。浅井清・小田切進・前田愛ら恩師たちからの恵沢や家族の支えはむろんだが、何よりも教え子たちとの出会いが大きな励みとなった。それゆえ本書は彼ら教え子たちに捧げたい。とりわけ近畿大学の教養部や文芸学部の私のゼミから旅立った学生たち、彼らこそが本書の真の著者といってよい。しがない教師を支えてくれてありがとう。

最後に、本書の無茶な刊行を引き受けてくれた翰林書房の今井肇・静江夫妻に深謝する。『漱石作品論集成』の苦労をともにした日々がなければ、本書はけっして誕生しなかった。その縁を結んでくれた玉井敬之先生にも謝意を表したい。

二〇一三年　九月

浅野　洋

初出一覧

Ⅰ　小説を書く漱石

「硝子戸の中」二十九章から――漱石の原風景――（小説家の起源 1）
（近畿大学大学院文芸学研究科「混沌」平23・3）原題「小説家たちの起源　Ⅰ　夏目漱石（その一）」大幅に改稿
「吾輩は猫である」――猫の自死と〈書き手〉の誕生――（小説家の起源 2）
（近畿大学文芸学部論集「文学・芸術・文化」平24・3）原題「小説家たちの起源　Ⅱ　夏目漱石（その二）」大幅に改稿
「坊っちゃん」管見――笑われた男――
（「立教大学日本文学」昭61・12）原題「笑われた男――『坊っちゃん』管見――」
「こゝろ」の書法――物語の母型――
（『文学における変身』平4・12、笠間書院）原題「変身、物語の母型《マトリックス》――漱石『こゝろ』管見――」

Ⅱ　芥川文学の境界

「手巾」私注（「立教大学日本文学」昭58・12）原題に同じ
「地獄変」の限界――自足する語り――（「文学」昭63・5、岩波書店）原題に同じ
「袈裟と盛遠」の可能性（「近畿大学教養部紀要」昭62・3）原題に同じ
「蜃気楼」の意味――漂流することば――（『一冊の講座　芥川龍之介』昭57・2、有精堂）原題「『蜃気楼』の〈意味〉
――漂流する〈ことば〉――」

Ⅲ　明治の陰影

「十三夜」の身体――原田勇の鬱積――
（「近畿大学日本語・日本文学」平8・3）原題「原田勇の鬱積――『十三夜』の身体――」
「たけくらべ」の擬態――裏声で歌われた戦争小説――
（近畿大学大学院文芸学研究科「混沌」平25・3）原題に同じ
「百物語」のモティーフ――鷗外の夕闇――
（「近畿大学教養部紀要」昭61・3）原題「鷗外の夕闇――『百物語』のモティーフ――」
「ヰタ・セクスアリス」の〈寂し〉い風景――鷗外と故郷――
（「近畿大学教養部研究紀要」平8・3）原題「鷗外と故郷へのまなざし『ヰタ・セクスアリス』を中心に」

Ⅳ　小説と戦略

「痴人の愛」の戦略――反・山の手の物語――
（『昭和文学論考――マチとムラと――』平2・4、八木書店）原題「反・山の手の物語――『痴人の愛』の戦略――」
「魚服記」の空白――故意と過失の裂け目――
（『二十世紀旗手・太宰治』平17・3、和泉書院）原題「故意と過失の裂け目――『魚服記』の空白――」
「虚構の春」の〈太宰治〉――書簡集と書簡体小説の間――
（『太宰治はがき抄』平18・3、翰林書房）原題「書簡集と書簡体小説の間――太宰治『虚構の春』をテコに――」
「眠れる美女」――黄昏の中の女――
（「現代国語研究シリーズ　12　川端康成」昭57・5、尚学図書）原題「眠れる美女――老いたる眠り姫――」大幅に改稿
「木の都」試論――幻景の〈故郷〉の町から――
（「近畿大学日本語・日本文学」平24・3）原題に同じ

【著者略歴】
浅野　洋（あさの・よう）
1947年、石川県金沢市生まれ。立教大学大学院博士課程後期課程満期退学。熊本短期大学（熊本学園大学）を経て、近畿大学教養部・同文芸学部教授。2013年4月より近畿大学名誉教授。共著『芥川龍之介を学ぶ人のために』（世界思想社）、『二十世紀旗手・太宰治』（和泉書院）等がある。

小説の〈顔〉

発行日	2013年11月16日　初版第一刷
著　者	浅野　洋
発行人	今井　肇
発行所	翰林書房
	〒101-0051 東京都千代田区神田神保町 2-2
	電 話（03）6380-9601
	FAX（03）6380-9602
	http://www.kanrin.co.jp/
	Eメール● Kanrin@nifty.com
装　釘	大久保友博＋島津デザイン事務所
印刷・製本	㈱メデューム

落丁・乱丁本はお取替えいたします

ISBN978-4-87737-358-0